i

imaginist

想象另一种可能

理
想
国
imaginist

许子东 著

21世纪
中国小说选读

九州出版社
JIUZHOUPRESS

从先锋到守望者：21世纪中国
小说

读近20年的小说，观察新世纪的中国

已完结·共60集

———— 主讲人 ————

许子东
香港岭南大学中文系教授、文
学批评家

《21世纪中国小说选读》音频节目

许子东　主讲

编者的话

　　《许子东文集》共十卷。前三卷均为作家论；四至六卷，包括两项专题研究和一本论文集；七至九卷，都是以文本细读为中心的文学史论述。卷一至卷九只收学术文章，有文体分类，也按时序编排。最后一卷是自传。

　　关于作家论，研究中国现代文学的同行，大都从此起步，后来或进入文学史、思想史或文化研究。一再耕耘作家论的学者不多。作者却在几十年间，陆续写了三本（卷一《郁达夫新论》、卷二《细读张爱玲》、卷三《重读鲁迅》）。何以如此执着这种在今天学术生产工业中已不那么为人重视的研究方法和出版体例呢？作者意在探索，如何走进中国现代文学研究最重要的基础课题。

　　关于专题研究及论文集，起因是探讨小说如何研究历史。卷四《当代小说中的现代史》，开始把更多精力投入中国当代文学批评，介入文学现场。卷五是一项借用俄国形式主义理论的专题研究，题目里的"集体记忆"，并非研究1966—1976年的文学，而是考察20世纪80年代中国小说如何叙述"十年"。卷六，到了90年代，尤其作者到香港任教以后，同时也打开了一个新的研究领域。

　　关于文学史的论述，最早其实来自课堂讲述。卷七《许子东现代文学课》(《文集》收入的是增订本）是作者在岭南大学本科一年级课程的课堂实录，当时有腾讯新闻现场直播，保留了教学现场的气氛、效果和局限。卷八《重读 20 世纪中国小说》（上下册）及续篇卷九《21 世纪中国小说选读》是作者近些年的学术工作，以代表作文本细读为主体，但不按传统的以时代为中心，或以作家类型排序梳理。这些研究既是声音也是文字，始终重视文本，也正视一些复杂的文学史课题。

　　卷十作者自传，有感于时代循环迅速，过去也不会消失。人有可能两次进入同一河流？自传见证神奇的时代。《文集》记录作者几十年的文学批评实践。

目 录

集外集

自 序

小说如何研究历史

　　《21 世纪中国小说选读》在某种意义上是《重读 20 世纪中国小说》的续篇。《重读 20 世纪中国小说》一方面强调文本阅读在中国现当代文学研究中的重要性，另一方面也尝试一种比较另类的文学史书写方法，即以作品阅读，而不是以作家研究或时代背景或文学思潮的发展变化为文学史书写的资料基础。在"文学"与"史"两个侧面，比较偏重有关"文学"的可能性、不确定性，当然也想梳理总结文学历史的确定性和规律性。从梁启超《新中国未来记》到刘慈欣《三体 Ⅱ》，90 多部作品，跨越一百年，但最后还是有很多遗漏空缺，所以就应约续写《21 世纪中国小说选读》。

　　"21 世纪"，只过去二十多年，我们很难知道本世纪内之后会发生的事情，包括之后的中国小说。本书中也有少数上世纪的作品，如阿来的《尘埃落定》，之前遗漏，本书补上。世纪之分，未必十分严格。书名里的"中国"，显然，还没收入香港小说、台湾小说和少数民族语言的小说，也是缺失，期待日后有专书来讨论不同文学生产机制下的香港和台湾文学。"选读"范围，以纸质出版的长篇小说为主，偶尔也讨论中短篇小说，基本上不涉及网络小说。"选读"当然也有选择的标准。相对"客观"的标准，是获得重要文学奖项，拥有很多读者。广受社会关注说明作品不仅是文学现象，而且也可能是文化现象、社会现象。相对"主观"的标准，是"在文学界较有影响力的作家的代表作"。何为"较有影响力"，什么是"代表作"，这就难免受研究者本人阅读量、理论视野和文学趣味的限制。说到底，我只是阅读近二十年来的二三十部小说，当然不能奢望在总体上代表 21 世纪初的中国小说。"选读"的目的，是将这些小说作为最新的当代文学现象研读，希望把握这些作品和 20 世纪 80 年代及 90 年代的紧张延续关系，探讨中国现代文学在新世纪的发展变化、源流脉络。

在 21 世纪初期，至少在经济规模上，中国出现了史无前例的巨大变化。生产力影响生产关系，经济基础会决定上层建筑。二十多年来，经济发展如此迅速，中国的小说，又有什么变化呢？

"从先锋到守望者"，是本书原定的题目。20 世纪中国小说的发展线索大致有四个阶段。一是晚清时期，梁启超和四大谴责小说，还有早期鸳鸯蝴蝶派；二是 1918—1942 年，现代文学时期；三是 1942—1976 年，很有中国特色的"革命"时期；四是 1977 年以后，或称"新时期文学"，或称"文革后文学"、改革开放时期的文学……没有一个命名可以完全概括到位，但是大家都明白，这个时期的文学跟前面三个时期都不一样。

如果这个分期大致可以确立，那么现在我们读的 21 世纪中国小说，颇令信奉进化论或期盼革命的理论家们失望——还迟迟没有出现第五、第六个时期。从文学史上看，近二十年的小说基本上还是 20 世纪 80—90 年代文学潮流的延续。借用汪晖的说法，强调革命的"短 20 世纪"，提早结束了。借用陈晓明的说法，接下来是"漫长的 90 年代"。王蒙、陈忠实、贾平凹、莫言、王安忆、余华等作家，从 80 年代到现在，一直是当代文学的主要代表。从《红高粱》《活着》《白鹿原》《长恨歌》，到《生死疲劳》《古炉》和《繁花》，基本上沿续同一个文学传统。简而言之，21 世纪的中国小说主流，迄今为止，是 80 年代文学的持续发展。

为什么时代看似巨变，文学好像依旧？

中国文学在 20 世纪，总是紧随着社会革命而剧烈变化。"五四"新文学当然是对晚清乃至整个传统文学的革命；30 年代的左联和左翼文学又很快挑战 20 年代文学研究会或《语丝》的"人的文学"；延安文艺当然是对 30 年代文学的方向改变；五六十年代的国家文学生产机制又是对民国文学的全局改造；六七十年代的"文学"（如果还有文学）更是对之前"帝修封"的彻底颠覆。站在 80 年代回头看，每一个十年都必须批判前面的十年。为什么 80 年代以后的情况不同了呢？

仅看新世纪，过去二十年中国和世界都发生了巨大的变化。第一是科学发展，电脑、手机、网络科技、人工智能改变了人们的生活方式，也会冲击动摇印刷工业特别是所谓纯文学的、严肃文学的传统价值。第二是经济变化，从 20 世纪末到 2024 年，中国内地 GDP 从 1 万亿美元到接近 19 万亿美元，1/4 世纪增加近 20 倍。国家社会经济变化如此巨大，当代小说有没有与时俱进？第三，不仅阅读工具变了，读者人口和文化心态也变了。由于地缘政治冲突，或社会矛盾变化，意识形态环境也有微妙变化。80 年代文学回顾中国艰难历程有光荣、有教训，读者和作家一起冲破禁区，解放思想；今天的读者尤其是年轻人，有了新的自豪、自信和梦幻，也有了新的困惑、怀旧和焦虑。"前后互不否定"，那究竟是往前走，还是向后看？

于是我们注意到，当代小说虽然自身可能没有根本性的"革命"，可是文学与社会的关系，已出现了微妙而且重要的变化——一度是思想解放的先锋，现在是人文传统的守望者；一度是冲破禁区的尖兵，现在是改革开放的守卫者；一度是吴亮所说的现代派是"真正的先锋一如既往",现在则可能是写实主义"坚持初心",在"与时俱进"中尽力坚守底线。

在我有限的阅读范围内,近二十年来的中国小说出现了三种比较值得注意的文学现象,或者说是三种不同的写作动向:一是露骨写实主义,二是细密写实主义,三是浪漫与科幻。

"露骨写实主义"这个概念被夏志清、王德威用来形容当代中国小说里的灾难文学。近二十年来这种露骨写实主义的典型,当然就是《古炉》《陆犯焉识》《河岸》《平原》《张马丁的第八天》等。《古炉》仔细追究"十年"乡村武斗的残酷细节与中国农民家族械斗的历史传统;《陆犯焉识》是张贤亮劳改文学的2.0版,描写劳改农场极尽悲惨之能事,既令读者获得痛苦的感官想象,又使人反省50年代的司法制度和知识分子政策。苏童的《河岸》也以露骨的肉体细节——男主人公的父亲在船上企图自宫未遂——来控诉特殊年代中"血统论"的正反教训。毕飞宇的《平原》,虽然在细节上没有那么惨不忍睹,但也是直面惨淡的乡土风景。李锐的《张马丁的第八天》,写百年前的义和团故事,其核心情节——让一个虔诚的北方妇女,一定要幻想亡夫投胎在意大利教士的裸体肉身上,名副其实是露骨写实;或者说细节虽不写实,中国天理对世界公理的冲突的象征意义却很露骨。总之,露骨写实主义深化了80年代以来的灾难文学。或者说反思"十年"之前因后果,仍是21世纪当代小说的一个重要潮流。

更值得注意的是第二种,细密写实主义。这是80年代所罕见的文学现象。从文学史角度广义而论,细密写实主义或者也是1985年寻根文学的一种深入发展。从文化寻根,到文体复古,从价值观转向语言实验。代表作是《一句顶一万句》和《繁花》,某种程度上也包括《天香》《古炉》。这些小说都不是以戏剧性的情节或者人物性格分析来做长篇小说的叙事主线,而是像《清明上河图》一样慢慢地铺开琐碎、纷繁、细密的世俗生态画卷。有意无意地使用话本小说形式，细节大于情节，全局大于重点，氛围大于人物，对话大于描述。"细密"两个字，既是形容碎碎念、烦琐的写实手法，也令人想到波斯的细密画。相对于威尼斯画派注重焦点透视，细密画是细节第一、全景纷繁，看似没焦点，其实是散点透视。这是一种不同于"五四"欧化方向的文体潮流。在林棹的《潮汐图》、葛亮的《燕食记》、魏思孝的《土广寸木》等新人新作中，也可见到这种细密写实的实验倾向。

露骨写实主义是人们不想回去的噩梦，细密写实主义是一种无法剪贴成梦境的无情现实，第三种"浪漫与科幻"则直接满足我们的一些梦想。阿来的《尘埃落定》满足当代汉人的宝玉梦和王子（政治）欲望；《狼图腾》满足国人自卑的战狼梦；《风声》看似写革命历史故事，其实是满足一种密室游戏的智力测验梦；《三体Ⅲ》满足了被反省、被怀疑的"爱心"中国梦。这些长篇的基本特点都是大胆虚构，一个王国、一个密室、一个边塞、一个宇宙等，把读者活生生地拉出普通或痛苦的现实。而另外两种文学现象——露骨写实主义和细密写实主义，偏偏是要人们正视这种痛苦和普通的现实。所以第三类文学的核心，是奇特幻想而不是悲惨细节或琐碎细节。

也有些长篇以男女性别斗争为幻想主题。铁凝的《大浴女》幻想理想的性关系；史铁生的《我的丁一之旅》幻想男人不可言说之梦；王安忆的《天香》幻想古代的女权社会。比较特殊的是莫言的《生死疲劳》，在三题上其实与露骨写实主义很相近，在手法上却是魔幻现实主义，反省几十年来的各种政治运动。

在数码社会主义的意识形态面前（或之中），当代小说究竟在守望什么？第一，文学作品是否拥有独立的生命？是否拥有相对独立的表达哲学理念和政治见解的权力／义务？时事、政策和商业当然强势且充满变化，但文学和学术的生命力却可能更加长久。第二，新世纪的小说和80、90年代的文学一脉相承，继续反思现当代中国的种种社会现象。反省60年代的文化革命，是中国当代小说在世界文学中的独特使命。第三，新世纪小说的发展变化，主要由艺术形式探索和文学语言实验（而不是由政治潮流、文艺运动、商业运作）所推动。

"小说史"研究的吊诡之处在于，一方面，"史"的研究是一种科学，假定研究对象是已经发生的事（亚里斯多德语）；而另一方面，"小说"是一种虚构的艺术，假定描述的是可能发生的事。所以"小说史"研究既要面对资料、史实、数据等"板上钉钉"的材料，还要面对由印象、情感、幻想组成的作品的艺术效果。"小说史"的基本定义当然是研究小说这一艺术门类于一定时期内在内容、形式、语言上发生变化的历史过程，但"小说史"也可以做另一种理解，即考察小说如何研究历史，尤其在20世纪到21世纪的中国语境中。中国历史上非常重要的司马迁传统继承不易，同样一个历史时期、同一种社会现象（比如"反右""大跃进"或"三年困难时期""十年艰辛探索"等），一般民众通过历史教材或党史研究获得的知识，可能还不如通过当代小说（尤其是畅销获奖作品）获得的那么生动、详细、具体和深入人心。虽然小说里的"中国故事"，也未必是最客观、最真实的当代政治历史，但至少这是已为广大民众所广泛接受的"中国故事"。"礼失求诸野"，历史研究依托体制，或者比较偏向"礼"；小说回归出处街谈巷议，更加靠近"野"。所以"小说史"不仅研究小说演变的历史，也可以考察小说如何研究历史——尤其是近几十年中国的现实和历史。

第一部

······2000—2009······

	1940	1950	1960	1970	1980	1990	2000	2010
铁 凝			1957					
姜 戎		1946						
阿 来			1959					
毕飞宇				1964				
史铁生		1951						2010
莫 言			1955					
麦 家				1964				
苏 童				1963				
刘震云			1958					

铁凝《大浴女》
"性"与"革命"的关系

长篇小说《大浴女》写于 1999 年，初次出版于 2000 年。书名有可能被误解为法国画家皮埃尔·雷诺阿的一幅油画，画中有三个在河边沐浴后休息的裸女。"百度百科"解释说："她们的身体荡漾着一种青春风韵，又显得健康成熟。玫瑰色的肤色显示了少女的壮实和健美……"但作家后来直接谈论过书名："我的文学对美的想象有一部分来自于绘画，对绘画的感受你是说不出来的，凡是说出来的都是不准确的。……写《大浴女》的时候还没想好名字，后来我翻塞尚的画册，看到大浴女的组画，大浴女之一、之二等等，还有大浴男，还有男性的裸体，这些裸体非常打动我。我小的时候接触绘画比较早，画家笔下那些美的人体给我深刻印象。中国的文化，人体裸露是一种羞耻感。我觉得安格尔的《泉》，还有苏联格拉西诺夫的《农庄浴室》里边那些很健壮的农妇洗澡，我感受的是人体自由、蓬勃的生命力……是一种承接、一种担当。这是我作为观众的理解……我要说的大浴女是复数的，也可以说成大浴女们。实际上是一种精神的涤荡，一种和生命、和世界的坦然面对。"[1]

　　中文小说《大浴女》，当然不只是表现女人们的青春美和生命欢乐。小说中有罕见的女"性"研究：研究女人的性观念，探讨女人的性追求，描写女人的性理想，分析女人如何直面惨淡的人"性"。和《玫瑰门》一样，小说贯穿两个主题，一是革命年代，一是女性命运。从 20 世纪 60 年代到 80、90 年代，《玫瑰门》更多叙述女性命运，《大浴女》则更关心女"性"心理的不同选择模式。和很多同时代甚至更早更晚的作家比较，铁凝的特点总是将"革命"和女"性"心理混合在一起，拆解不开。

一　唯一的婚内性关系："山上的小屋"

　　小说女主角尹小跳周围有四个女人，小说的主要情节就是她们与不同男人以及她们之间的非常赤裸裸的关系。在逐一分析这五个女人的性心理史之前，有必要先看看这部长篇小说的一个引子："山上的小屋"。

　　亚里士多德说："历史学家记述已经发生的事，诗人描述可能发生的事。所以，诗是一种比历史更富哲学性、更严肃的艺术，因为诗倾向于表现带普遍性的事，而历史却倾向于记载具体事件。"[2]后人研究文学史，有些资料属于"已发生的事"（比如作家年龄、经历，哪一年出版作品，书中有多少女性角色等），但有些"资料"（其实是材料），属于"可能发生的事"，比如书中各种男女关系的性质和意义，取决于读者、评论者的不同解读。这就构成了文学批评与文学史研究的敏感交叉地带。在《大浴女》里，"已发

1　铁凝：《以蓄满泪水的双眼为耳》，北京：生活·读书·新知三联书店，2016 年，第 284—287 页。
2　［古希腊］亚里士多德：《诗学》，陈中梅译，北京：商务印书馆，1996 年，第 81 页。

生的事"是共有七段婚外性关系。但这七段婚外性关系产生什么样的意义,在小说的创作及阅读中,也只是"可能发生的事"。而且我们注意到在这七段婚外性关系之前,整部作品中唯一一段(或者说一种)合法性关系,也写得十分特别,那就是"山上的小屋"。

尹小跳的父母尹亦寻和章妩,原来在大城市的建筑设计院工作,后来下放到一个乡下农场。农场分男队女队,八十多对夫妻都分开生活,但礼拜天可以在山上的一间小屋团聚一下。

> ……屋子却有一间,日子也只有一天,因此他们必须排队。
> 他们这排队也和买粮买菜有所不同,他们虽是光明正大的夫妻,却不能光明正大地人挨人真排起队来等候那间小屋的使用。这"使用"的含义是尽人皆知的直接,直接到了令人既亢奋又难为情。[1]

从清晨起就有人分散聚集在小屋附近,树下、菜地,看似散漫,其实有序,谁先谁后,谁是下一队,大家心中有数,并不混乱。作家形容说,这是"散而不乱的棋局"。偶然也有两对与小屋的距离差不多,临到门口或者在争夺或者在谦让,体现民族的优良美德。当然进了小屋,想到外面那么多人等着,动作不免要快一些,有些步骤该省就省了。作家说:"大部分进入小屋的夫妻是这么做的,他们懂得自我约束,没有谁能关着门没完没了地磨蹭。"

不是因为犯罪或战争状态就大规模成建制地打破家庭男女生态,这在传统中国社会也不多见。有研究者认为精耕细作的农业、严密组织的家庭生活和官僚化的行政机构,是中华传统文明的三

---

1 铁凝:《大浴女》,沈阳:春风文艺出版社,2000 年。以下小说引文同。

个最重要的特点。[1]"严密组织的家庭生活"，不仅因为礼教道德，历朝历代还都有各款刑法以防止基本家庭男女性关系秩序被破坏。发展到 20 世纪中叶，出现了"男队""女队"的新生态新秩序，"严密组织的家庭生活"出现了革命性的变化，其影响，尤其是对下一代的影响十分深远（这正是这部小说有意无意的主题所在）。

但是中国的情况又没有发展到波尔布特的程度。男队女队群体分居，但夫妻名分仍在，性关系的合法性仍在，于是出现了铁凝关心的"山上的小屋"这样独特的甚至"史无前例"的历史文化风景。作者又到底纯真，只描述此时男女在小屋里动作不能太慢，因为小屋实际上是在同事同行同志们的众目睽睽之下。但另一方面，却也不能太快——除了各人生理需要或有不同，还有同样重要甚至更加重要的"面子"问题：时间太短也丢脸。在外等候的男女，尤其是女的，可能还会特别注意同事之间谁的时间比较长，表面要骂，心里可能还是佩服羡慕。小说的叙事视角是女儿辈的尹小跳，比较单纯，并没在这个地方继续深挖下去。

即便如此，"山上的小屋"——和残雪小说同名[2]——俨然成为一个象征。在某种意义上婚姻本身不就是一个"山上的小屋"吗？满山遍野的男人女人只有进了这个小屋才能做爱。在那个伟大高尚的年代，男女住旅馆都必须出示结婚证件。整部长篇《大浴女》前后写了很多不同的男女关系，却全部都发生在"山上的小屋"之外。

除了"山上的小屋"，小说开始部分还有一个重要细节是，1966 年秋天，小学生尹小跳看到同学们在批斗教数学的唐老师。唐老师白净瘦弱，胸前挂着"我是女流氓"，身材细弱像根牙签，

1　[美]费正清编：《剑桥中国晚清史：1800—1911 年》，上卷，北京：中国社会科学出版社，1985 年，第 12 页。

2　残雪：《山上的小屋》，《人民文学》1985 年第 8 期。

且坚决不说她私生女的父亲是谁。斗争会于是步步升级，先是批她养猫，批她亲猫，然后就要她亲大家的脚；同学又端来屎尿，一定要她把私生女问题招出来。等到要把私生女拉出来示众的时候，唐津津老师居然就在众目睽睽之下抓起茶缸，双手捧着屎尿一饮而尽。

"女流氓"唐津津老师和她的私生女的父亲显然是一段"婚外性关系"，小说没写这段关系的起因和过程，却写了这段关系的悲惨后果。从唐津津老师后来的坚持态度看，她对私生女全力保护，对那个不出场的"奸夫"可能也是有感情的。这是《大浴女》中的第一段婚外性关系。

1966 年我也是小学生，亲身经历过类似场面，在《许子东讲稿》（卷三）[1]有《自己的故事：废铁是怎样炼成的》一章，详细描述了我当时目睹（如果不是参与的话）一个类似的批斗场会，其画面终身难忘。但我班的实际造反行动是丢丢粉笔，或将胶纸扔到自然课男老师烫过的头发上等，不像《大浴女》里这样激烈。大概正好我们碰到了不同的情况，也可能是小说家的典型化手法处理——源于生活，高于生活。我们这些学生批斗老师时其实又兴奋又害怕，而且批了半天不知罪名。最后有同学耳语，轻声传递老师的罪名："搞腐化"。语气态度使我们小学生都觉得这一定是个很严重很可怕的罪名，虽然实际上当时谁也不知道"搞腐化"的意思。

离题了。这段评论 ChatGPT 肯定写不出来。我的一些同行都能比较熟练地在文学性、现代性、先锋性、民族性、当代性、人民性、中国性（最后一个概念有点超前）等学院话语层面穿插，我却常常只能依赖自己对"性"的经验体会来读小说。

1　许子东：《许子东讲稿》（卷三），北京：人民文学出版社，2011 年。

二　第二段"婚外性关系"：章妩与唐医生

在唐津津老师这一段藏头去尾、躲躲闪闪的"婚外性关系"序曲之后，小说中的第二段"出轨"，发生在女主角的母亲与唐医生之间，这段故事详细很多。通过"山上的小屋"，我们已经看到了尹小跳的母亲章妩在农场生活是多么困苦艰难，处在一种集体的光明正大的变态畸形中。所以章妩想请病假回省城看女儿，而且实在不愿意再回农场，就在医院装病想请到长假。装病过程很细致，先是查出来没病，但章妩坚持自己有病——

　　　她忽然把她的脸凑到唐医生脸前，她压低了嗓门，悄声地、耳语般地、又有些绝望地说：你不能……你不能……接着她感到一阵天旋地转，她的眩晕及时到来了，她失去了知觉。

于是，与医生的关系开始接近。然后她住院了，旁边居然没人。医生晚上查房，听诊的时候，"当那冰凉的东西触及到她的皮肉按着她的心脏时，她伸手按住了他的手——他那只拿着听诊器的手，然后她关掉了灯"。

到底是单独病房还是男医生的安排就不清楚了。按手关灯，这是女人发出的信号。接下来还有几分钟的僵持等候，小说的叙述颇冷静，不像当事人的女儿视角，更似客观"性学"研究："他们揣测着较量着，耗着时间，似都等待着对方的进攻，似都等待对方的放弃。"但她最后拿起听诊器对他耳语，"她的声音更小了，伴随着抑制不住的喘息。这喘息分明有主动作假的成分，又似混杂着几分被动的哀叹"。"你不能……你不能……你不能……"，然而最后医生"双手镇静而又果断地放在了她的两只乳房上"。

这一段"奸情"后来影响了两个人的一生。当时千钧一发之际，只是一连串的喘气声，"你不能……你不能……"，按照西方礼仪，包括现在的"me too"运动，不能就是不能，之后就属于骚扰了；但是看日本电影，"不行"的后面可能是顺从。中国的标准可能是一切要看语境，问题是语境会过去，声音可录下来。小说接下来写章妩"有一种前所未有的轻松。是的，轻松，她竟丝毫没有负罪感"，她得到了罕见的新的快乐。

章妩跟唐医生的"不正当男女关系"到底是为了利益（病假单），还是为了性欲、性高潮？是为利益更加容易理解，还是为欲望更加无耻，或者相反？

在张爱玲的《留情》里，女主角敦凤曾向亲戚长辈杨老太抱怨，说男人只是她的饭票。但心情一高兴时，她又亲切地把围巾给米先生递了上去："围上罢，冷了。"很体贴，像小夫妻似的。"……（敦凤）一面抱歉地向她舅母她表嫂带笑看了一看，仿佛是说：'我还不都是为了钱？我照应他，也是为我自己打算——反正我们大家心里明白。'"[1]好像爱情当中有自私功利的打算，反而比两性温情更理直气壮。也许在当时的上海，乃至于"十年"中的北方，世俗社会理解、允许、原谅人为功利算计的性关系，却耻于承认与性有关的快乐。为粮票或病假单可以，为"高潮"不行。

之后章妩常在病房等待，小说写她虽然是为了病假单，但"她宁愿想成那是她的性欲在等待"。小说以女儿视角的叙事提问，为了病假与性欲的等待，哪一个原因更可以从道德上辩解和原谅？竹林长篇《生活的路》[2]，写"文革"中女知青以身体为代价求调回城里，好像女人的性追求必定要跟利益有关。这个问题比较重大，我们先暂时放一放。

1　张爱玲：《留情》，引自《传奇》（增订本），上海：山河图书公司，1946年，第20页。
2　竹林：《生活的路》，北京：人民文学出版社，1979年。

章妩跟唐医生的关系在小说里后来就半明半暗了。明的是女人获得每月一张病假单，长期留在城里，也请医生来家吃饭、给医生织毛衣，医生跟丈夫、女儿都见面了。女儿小跳本能地讨厌唐医生，还写信向父亲告密，忘了贴邮票，未寄成。暗的是两个人继续交往，有时候章妩还在医生那里留夜。小说再也不描写奸情细节了，显然女人是喜欢快乐的。过了两年，尹小跳和妹妹尹小帆之外，又添了一个妹妹尹小荃，小说写小妹很漂亮，和姐姐们都不像。尹小帆不喜欢小妹，因为她不再得宠；尹小跳也不喜欢小妹，是某种直感，潜意识里已经怀疑这是唐医生的私生女，她的存在破坏了她们的家庭。

小荃刚学会走路时，某天邻居妇人们在缝制装订《毛泽东选集》——这个符号反复出现，不仅仅是衬托时代背景。邻居们招手，让小荃过去。可爱的小荃跌跌撞撞，经过一条小马路，道路中间有一个污水盖被移开了。小跳、小帆姐妹都看见了，千钧一发，她们居然没有去救，结果小妹就掉进了污水井。一个代表不正当男女关系的结晶就此消失，给小说中几乎所有的女人都打下了无法忏悔的耻辱烙印。

三　第三段至第六段故事：唐菲的颓废

小说的第二号女主角唐菲，和尹小跳关系密切。她第一次出场时 15 岁，十分性感。小说写她鲜艳的嘴唇、弯曲的刘海，"有点儿像是另一个世界的来宾；她那一对稍显斜视的眼睛也使她看上去既凛然又颓废"。小说还专门介绍了尹小跳理解的颓废并不是贬义，而且还"融入了她意识深处朦胧的罪恶向往吧：女特务、交际花……从前她看过的那些电影，那些人总是衣着华丽、神秘莫测，喝着美酒，被男人围着"，"唐菲是颓废的，她身上那股子无以名状的颓废气令尹小跳激动不已"。于是在《大浴女》的女性群像中，唐菲就代表了女人放荡颓废的一个极端。

她开始是作为唐医生的外甥女到尹家做客，其实她就是唐津津老师的私生女（难道出轨也有遗传基因？）。唐津津老师受辱自杀，在学校里怎么也不肯供出她的男人，唐菲就靠她的舅舅唐医生抚养。她和尹小跳虽然开始因打耳光相识，但其实心心相通，因为她们都不喜欢唐医生和章妩的不伦之恋，也不喜欢两人的私生女尹小荃，结果小跳和唐菲成了终身闺蜜。

唐菲又漂亮又颓废，且早早地经历了时代洗礼和逆境培养。小说中的第三段"不正当男女关系"发生在她与中学里的"白鞋队长"之间。队长其实是学生中的流氓，用一种半绑架式的方式追求唐菲，叫她上自行车她就上车，叫她搂腰她就搂腰，一到房间里就强行要亲她，唐菲不让接吻，身体却不怎么反抗，还自己把裤子脱了。

> 那时她的确是真的有了欲望，被他的蛮横和激动深深地勾引着，她的身体膨胀起来，无所顾忌地迎接着他鲁莽的重量和令她疼得出汗的坚硬。她不知道什么是爱，她其实从来没爱过这白鞋队长。她只是有点儿愿意他对她这样，这仿佛能使她坏得更加透彻，同时也能使她更彻底地扬起她的头。

"她不知道什么是爱"，这是小说叙事者的评语，也很接近尹小跳的观点。当然之后尹小跳身陷与一个著名作家的老少恋，自己也未必清楚知道什么是爱、什么是性。

唐菲的放纵凸显了时代因素，令人想起王朔《动物凶猛》里的女主角。虽然最初是半绑架、半胁迫，但之后因为跟"白鞋队长"的关系，班上的同学再也不敢欺负她了。"流氓头头"占领了她，她反而安全了，有了保护。

"白鞋队长"高中毕业下乡以后，唐菲又认识了城市歌舞团的一个舞蹈演员。小说对这第四段"不正当男女关系"的开端起步，有细细的描写。女学生出挑，男演员俊美，两人互相注意。男演员叫唐菲去试舞："听我说，你的身体条件实在是好，为什么你不参加毛泽东思想宣传队？""你，肯定还不到十七岁吧？抽时间我可以帮你看看你的腰和腿。"

某星期天中午，唐菲走进教室，男演员在黑板前的讲桌上等她，开始测量她的腿。

> 他说我是在看你大腿和小腿的比例啊多么合适多么合适，还有这小小的膝盖骨。他的手捏着她小巧的膝关节，然后那手继续向上触到了她的腰，接着那手轻易就钻进了她的被皮带束住的内衣它直奔她的胸脯而去。她不知道自己是什么时候躺在课桌上的，总之她平躺在了课桌上……她扭动着以示他就这样下去一直下去，她渴望他就这样拨弄她又刺探她，刺探她的潮润也捣毁她深深的抽搐。

如果说和"白鞋队长"的"初恋"，还有点借流氓保护自己的利害动机，那么跟舞蹈演员的肢体关系实在没有多少要参加小分队的功利成分，而是欲望大于利益，而且出现了对男人相貌颜值的关注。只是在那个革命时代，男性颜值不是名正言顺的追求目标。

接下来唐菲就常常去演员家里，她甚至愿意和演员夫妻一起生活，怀孕了她也不着急，以为男人会娶她。这个演员可吓死了，唐菲是个孩子，这是犯法的，最后送了一块上海宝石花手表就打发了唐菲。唐菲怎么办？没法打胎，只能告诉舅舅唐医生，而且也不肯说出她的男人是谁，跟她母亲一样。女人怎样也要保卫男人的名声，自己承担一切后果，王安忆《长恨歌》[1]里的第二段恋情也有这样的情节。这到底是男人一厢情愿的对女性道德的幻想，还是女人确有这样一种性的本能呢？

无可奈何的时候，唐菲甚至以章妩的事威迫叔叔——我知道你跟尹小跳的妈妈有这样的事情。唐医生性情善良，最后就帮她做了流产手术，自以为保全了这个孩子最珍贵的名誉。

从此以后唐菲就有点身经百战的味道了，一方面人越长越娇美性感，但是另一方面对性越来越无感。中学毕业时她不愿下乡，就把工厂来招工的师傅的自行车车胎都撒了气，趁机在野外强行勾搭招工师傅。这一次明显就是为了达到目的不择手段。这是小说中的第五段"不正当男女关系"。后来她果然进了工厂，但工种不理想，是翻砂车间。怎么办呢？她又去找俞大声副厂长，在办公室里就往厂长身上坐。厂长拒绝了她，但不知道为什么，工作还是调成了。

接下来唐菲又做裸体模特，赚了很多钱。有个年轻画家和画家的副市长父亲都看上了她，唐菲那时已经很看不起这些男人了，只是为了闺蜜尹小跳要调入出版社，勉强答应了副市长（第六段同类故事）。

到这时小说才写了一半，真正的女主角的故事还没有完全展开。读者已经见证了至少六段"不正当男女关系"：唐津津与她的男人，章妩与唐医生，唐菲与"白鞋队长"，唐菲与舞蹈演员，唐菲与招工师傅，唐菲与副市长。作者对这些男女关系都持比较批判的态度，过程细节或有陶醉，结果都是女人吃亏——唐津津被逼自杀；章妩为这段出轨背了一辈子的包袱，一直抬不起头来，

---

1 王安忆：《长恨歌》，北京：作家出版社，1995年。

只是服侍她的丈夫和女儿（女儿还"意外"摔死）；唐菲更被小说家早早安排罹患肝癌匆匆死去，身边完全没有家人。

为什么不在"山上的小屋"里的性关系，不以结婚为目的的恋爱、出轨等，小说总是描写女性"吃亏"？或至少是付出比较大的牺牲代价？这是长篇小说《大浴女》提出的一个尖锐问题。

男女性爱后女方通常承担更多身体方面的后果。唐菲怀孕、章妩的私生女，都会直接改变女人的身体状况和日常生活。这些生理上的变化，常常带来社会环境的压力。在"破四旧"的红色革命时期，女人在道德上承担的罪名，也比男人更加明显可见。更重要的是，为什么男女一有接触，一般来说，女性会觉得在"不正当男女关系"中自己比较吃亏呢？在《大浴女》中，这种"吃亏感"既是主观感觉也是客观事实。既来自少女尹小跳角度的叙事，也基于书中情节因果关系。这个问题稍微复杂一点，要分开几个层面讨论。

第一，男女性爱要求总数不一定相等。即使在原始共产主义社会，或在荒岛上，假定男女人数相当，却由于种种原因（性活跃年龄差异、经期、生产期、文化偏见等），男性和女性的性需求在总数上不一定相等。造物主本来有个弥补的方法——男性在短时间里一般只能一次，女性仅在生理上或可多次，但这个弥补，被后来的父权制文明抵消。父权制，主要为了保障男人确定自己的子女，用各种方法（禁锢、奖励和礼教）限制女性和超过一个男性来往（否则就是"不正当男女关系"）。所以性能力（性需求）总数上的不相等，在人类历史上主要靠战争和性工业来平衡。战争会牺牲一部分男性，性工业则主要牺牲一部分女性。这是人类学讨论的题目，不涉及道德。儿童不宜。

第二，总数不相等，供不应求，资源少的一方就会要求一些附加条件，也是要求男性要提前尽到可能做父亲的责任（这在动物界也很常见）。男女发生关系时（在没有婚姻契约保护下），女方（尤其是年轻美貌拥有自然生理优势的女性）就可能获得食物、山洞、项链等作为补偿（现在就是名牌包、钻石、房产证等）。同样的事实，也是男性在使用山洞、食物、装饰品做武器来争夺、占有（进而剥夺）女性的性资源。在号称史无前例、事实上也是男女关系相对不那么物质化的"文革"期间，医生的权力（病假单）、流氓的保护、上海宝石花手表、招工名额等，仍然在男女关系中扮演着重要角色。和改革开放后的社会现实比较，"革命时期"中"不正当男女关系"里的经济因素减少，政治权力增加。

第三，男性中心主义的性爱秩序（及潜规则），对女性是一种胁迫，对男性也构成某种压力。女性不仅有意无意要为山洞、食物或礼物而服从男性，而且也会为性爱之中如果缺乏山洞、食物和"名分"的补偿而感觉"吃亏"。纯粹的性关系既然是女人"吃亏"，那男人便自觉在这游戏中"占了便宜"。"白鞋队长"占有唐菲，既有"性"的动力，也觉得光荣威风；招工师傅和副市长利用权力获得性报酬，他们自己也不确定其乐趣是来自"性"还是职务权力。和人类的其他交易相似，既然对方觉得"吃亏"，大概就是己方"获益"。少年时代开始形成的男性无意间的"得益"感，后来会影响一生（其实也可能是吃亏的）。

但如果一个女性，在"不正当男女关系"中，不觉得自己吃亏，还能获得快乐，问题是不是更复杂了？

四　第七段至第九段故事：女主角尹小跳

《大浴女》详细描写章妩和唐菲的性爱历程，叙事基调是并不满意女性这种"颓废"的性生活。那么作为对比，女主角尹小跳又该怎么谈恋爱呢？

对尹小跳长什么样子，小说描写不多。虽然没有唐菲那么颓废、出众，但她心气高，有才华，个性独立。十几岁到三十几岁前后二十年，也就是20世纪70年代到90年代，值得书写的男朋友一共有三个，都在"山上的小屋"之外。这也正好是《大浴女》中第七段至第九段的"不正当男女关系"（当然最后两段男女关系是否"正当"，不同时代有不同定义）。

先是一位姓方的著名作家，当时他创作的电影正在热映。知名光环下，他和年龄相差很大的出版社编辑小跳来往，亲笔写过68封长短情书，女主角一度为之陶醉。关系最密切的时候，方作家也表示要离婚，要娶小跳。比较令小跳难接受的是，方作家在情书里还要坦白他跟其他女人（不是妻子）的做爱细节，这差不多是胡兰成2.0版（胡兰成也只是强调、坦白，没到炫耀性爱细节的地步）。小跳把这种变态心理理解为因他以前承受了太多苦难而想向社会复仇，因为他总是说"他们欠我的太多了"。

现实当中，说实在话，也有这样的作家，比如说到酒店一定要大的套房，说我曾经十几年只睡30公分宽的草铺。可是睡劳改农场的草铺跟今天海外的酒店有关系吗？谁欠的问谁要去，不能简单转嫁给社会。当然我们不做索引派，只读文本。滥情、荒诞的方作家如何一度吸引聪明、正直、善良的女主人公？大概第一是同情苦难中幸存的人。小跳曾说，"如若他再次劳改，她定会伴随他一生一世受罪，吃苦"。王安忆在90年代初写的《叔叔的故事》[1]已经在警惕那些把苦难作为资产的政治文化现象，小跳当年的崇拜苦难也有80年代初知识分子平反的特殊时代背景。第二，特定时代，苦难等于名气，名气等于风度，和社会名流来往不谋其利，是否也会满足"虚荣心"？第三，小说描写小跳虽然自己对性事一无所知，却帮助号称有"性障碍"的作家重新变成一个男人。

1　王安忆：《叔叔的故事》，《收获》1990年第6期。

这段写得有点做作，或者说是男人自己有点做作，但是否也可能增加了女主角在"性"方面的成就感？

最后，小跳受不了方作家的情书，受不了他的坦白和滥情。更明显更关键的是，作家并不能兑现离婚的许诺。小说把方作家洋洋得意的风流滥情和唐医生被捉奸从烟囱里跳下的情节做对照，提出的一个拷问是：为什么都是通奸，有人可以做得这么潇洒，有人可以死得这么难看？

离开作家之后，小跳事业顺利，当上了出版社副社长，访美的时候专程到一个比她年轻好几岁的美国青年麦克家里做客，两个人在迪斯科狂欢，异乡他国，穿州过省，环境浪漫，麦克又帅，而且马上表白，简直像是女主角理想的梦幻布局。但是女主角却在这场唯美爱情之旅中意识到了自己到底真正爱谁。

在美国男友的怀抱里，她明白她爱的其实是一个姓陈的已婚男人，从少年时候就认识，他叫陈在。小说前半部他们是邻居，后来陈在成为一个建筑师，一直跟尹家姐妹关系亲密，像家人一样。小跳从美国回来后告诉他，她是爱他的，陈在马上答应会离婚娶她。虽然小跳父母不赞成此事，小跳、陈在却很坚决，小说主角好像正在走向幸福结尾。

小说从分析女性生态及性心理入手，写到这里，似乎有点以尹小跳的性爱探索过程，来隐喻80年代后中国青年文化的精神潮流：从挣脱"山上的小屋"、到热情探索拥抱西方文化，再到回归现实，回归本土，回归自己的宿命？

五　其他不正当男女关系

尹小跳的妹妹尹小帆是小说里第四个女性形象，她的性生活表面风光，其实不幸。丈夫戴维是个美国人，婚后却一直和年长的德国女友来往。小说里的姐妹关系有点像中美生活方式的对话较劲，妹妹其实嫉妒姐姐小跳，什么都要跟姐姐争夺，至少姐姐是这样感觉的（这说明姐姐也在争夺）。争夺的标志是方作家访问芝加哥时，妹妹跟这个名人也过了一夜（第十段"不正当男女关系"），后来小帆又赶到德州与和小跳恋爱过的麦克闪婚。

小说中的第五个女人是陈在已婚十年的妻子万美辰，之前从未露面，直到陈在和她离婚以后，她来找尹小跳，不是吵架，而是交心。在小说《废都》或电影《爱情神话》中，都有男人盼望他的妻子或前妻与他的情人（不止一个）一起聚会和平相处的情节，这当然只是男人传统的白日梦。《大浴女》也有一个女版"小团圆"。万美辰和尹小跳两人坦诚相见，成了闺蜜，共同话题却还是这个男人陈在，都想听另一个人说这个男人怎么好。这样的约会，居然瞒着这个男人。局面渐渐就有点失控了。[1]

《大浴女》画作画的是几个女人脱光衣服，展现赤裸的身体。小说也将几个女人除去日常衣衫，全方位讨论女性的性经验、性取向、性追求和性价值观。章妩是老实人，犯错受罚，晚年整容整得面目全非。唐菲以身体为武器，征服了不少男人，胜利也就是失败。尹小跳不肯走女人常规路线，心气高傲，多次冒险。尹小帆是姐姐永远的竞争者和继承人。至于万美辰，貌似传统淑德、惠贤温顺，其实可能是"绿茶"。小跳被她感动了，就向正准备和她结婚的陈在提出分手。

---

1 铁凝后来解释写陈尹之恋的原因："我为什么要写他们啊，是因为他们是真正的相知，他们从相遇到身心融和，灵魂和肉体的超常契合的那种美，是尹小跳从来没有享受过的，这个值得书写。写这个好像圆满了，但又为后来最终的缺失埋下了伏笔，陈的前妻又回去了，他对亲情的一种挂念，不是爱。但是这种挂念也是人生当中需要的，所以尹小跳就退出了，她感到自己变成了一种实际意义上的抢夺了。写他们一度的理想结合，是为了尹小跳最后的缺失。"引自铁凝：《以蓄满泪水的双眼为耳》，北京：生活·读书·新知三联书店，2016年，第288页。

小跳的"圣母"姿态也好理解，但为什么陈在不坚持一下自己的选择呢？女人不愿意被男人让来让去，男人难道不是这样吗？还是冰雪聪明的女主角这时已经明白陈在的爱。女主角的境界有点高：只要你爱我就好了，我就全身而退。这也为这部讨论女人性追求的长篇小说加上了一个勉强的陌生化的结尾。

一方面，小说从女性角度探讨了"山上的小屋"以外的种种可能性，种种不正当关系的人性依据，为利、为性、为爱，等等。被社会定义的"不正当男女关系"，其道德依据也因为利、为性、为爱而区分。大概既不为"利"也不为"性"，还想着对方（或为分手而真实痛苦）的情况，便是难以解释只能体会的"爱"（有这种体会的人生是痛苦的，没有这种体会的人生是浪费的）。另一方面，从女性角度讨论男女战争的小说（这样的作品本来就不多），最后却又回到女性之间的争斗或谦让，而把男性"包括在外"。以女主角难以摆脱的私生女落井事件，作为不伦之恋的象征式的终极惩罚后果。小说中的审母情节可以追溯到《金锁记》的传统及《玫瑰门》的实验，也可以跟同时代的《长恨歌》比较：王安忆是用母亲的眼光嫌女儿浅薄，《大浴女》是以女儿的眼睛审母亲的原罪。

阅读《大浴女》的过程中，有几个问题一直令人困扰：第一，"山上的小屋"的象征意义是什么？第二，"不正当关系"究竟是为了利益还是欲望？第三，男女关系的游戏规则在史无前例的"革命"时期，有没有根本性的变化？

《大浴女》中直接的床上文字其实不少，偶尔也有撒野之处，比如"他伸手撩开她脸上的乱发闷声闷气地叨叨着我的小心肝儿我的小心尖尖儿我的小亲×……"等，但大部分还是评论句式，比如"他们互相欣赏又互相蹂躏，他们互相欣赏又互相蹂躏，他们互相欣赏又互相蹂躏"，一句话讲三遍，原文照抄。

参考文献

吴义勤主编：《铁凝研究资料》，济南：山东文艺出版社，2009 年

贺绍俊：《铁凝评传》，郑州：郑州大学出版社，2005 年

贺绍俊：《作家铁凝》，北京：昆仑出版社，2008 年

李晓明主编：《铁凝小说》，长春：吉林文史出版社，2006 年

马云：《铁凝小说与绘画、音乐、舞蹈》，石家庄：河北人民出版社，2006 年

张光芒、王冬梅编著：《铁凝文学年谱》，上海：复旦大学出版社，2014 年

姜戎《狼图腾》
知青角度的"战狼文化"

在选择"近二十年中国小说"时，要不要读《狼图腾》，有些犹豫。这部作品 1997 年开始创作，2004 年出版，是在全世界被翻译最多的当代中文小说之一，据说译成了 30 种语言，在 110 个国家和地区发行。在中国再版 150 多次，正版就有近 500 万册，估计这是近二十年来最畅销的中国小说之一（盗版就更多了），连续几年排在文学图书畅销榜前十名。后来法国导演让·雅克·阿诺把它拍成了电影，中法合拍，3D 实景。所以《狼图腾》不仅是一部小说，也是一个文化现象。

陈晓明在《中国当代文学主潮》里说："（《狼图腾》）小说写出了人与大自然的亲密关系……小说有着强烈的环境意识……对农耕文明的批判与对草原（游牧）生存意志的探讨……对动物进行了详尽的书写……对中国文明历史起源的图腾崇拜与现实挑战的反思。"陈晓明认为，"狼图腾具有一种政治意识……作者的主张也引起多方争论，质疑声和反对声此起彼伏，网络上的讨论持续经年，参与者甚众"。[1]

1　陈晓明：《中国当代文学主潮》（第 2 版），北京：北京大学出版社，2013 年，第 534—536 页。

《狼图腾》的流行和后兴起的"战狼文化"有没有关系？回答这个问题最好的办法还是先读作品。越是宏大主题的作品，越要从细节开始说起。

一　草原观狼捕羊

小说作者吕嘉民，笔名姜戎，1946 年生于北京，籍贯上海，1967 年内蒙草原插队，1978 年回城，1979 年考进社科院研究生院。单看简历，和张承志很像，都是从北京到内蒙，都回来读研究生，都写知青小说，都写草原。一读作品，当然全然不同，这就是文学的奇妙之处，明明是类似的配方，冲出来的药，做成的酒，完全是不同味道。

姜戎后来登上了 2006 年第一届中国作家富豪榜。他的妻子张抗抗曾是中国作协副主席。当然，这些背景材料并不重要，重要的是小说里的主人公为什么会以狼为敌，又以狼为神？为什么要与狼战斗，又要以狼为信仰？

小说第二章，知青陈阵——比较接近隐形作者视角的小说主人公——跟毕利格老人一起埋伏在草丛里，用望远镜观察狼群打围黄羊群。观摩狼羊之争是准备坐收渔翁之利，同时也让老人给知青上了一堂课。老人讲了三点。第一，狼在大自然生物链中有不可或缺的功能。老人的原话是：

> 黄羊可是草原的大害，跑得快，食量大，你瞅瞅它们吃下了多少好草。一队人畜辛辛苦苦省下来的这片好草场，这才几天，就快让它们祸害一小半了。要是再来几大群黄羊，草就光了。今年的雪大，闹不好就要来大白灾。这片备灾草场保不住，人畜就惨了。亏得有狼群，不几天准保把黄羊全杀光赶跑。

陈阵吃惊地望着老人说：怪不得您不打狼呢。

老人说：我也打狼，可不能多打。要是把狼打绝了，草原就活不成。草原死了，人畜还能活吗？你们汉人总不明白这个理。[1]

整部《狼图腾》后来有很多段落，描写蚊灾、旱獭、老鼠、狐狸、绵羊、马群、天鹅等动物之间这种你死我活的生命依存关系，所以狼群打围黄羊是地球生态第一课。

第二，老人指点知青，观察狼群在打围黄羊的过程中所表现出来的计谋、策略，还有速度、凶残。

在高草中嗖嗖飞奔的狼群，像几十枚破浪高速潜行的鱼雷，运载着最锋利、最刺心刺胆的狼牙和狼的目光，向黄羊群冲去。撑得已跑不动的黄羊，惊吓得东倒西歪。速度是黄羊抗击狼群的主要武器，一旦丧失了速度，黄羊群几乎就是一群绵羊或一堆羊肉。陈阵心想，此时黄羊见到狼群，一定比他第一次见到狼群的恐惧程度更剧更甚。大部分的黄羊一定早已灵魂出窍，魂飞腾格里了。许多黄羊竟然站在原地发抖，有的羊居然双膝一跪栽倒在地上，急慌慌地伸吐舌头，抖晃短尾。

陈阵真真领教了草原狼卓越的智慧、耐性、组织性和纪律性。狼群如此艰苦卓绝地按捺住暂时的饥饿和贪欲，耐心地等到了多年不遇的最佳战机，居然就这么轻而易举地解除了黄羊的武装。

描写狼群的语言是非常文艺腔或者知青化的，用鱼雷来形容冲刺的狼，写冻死的黄羊像一个雕像，还写在打斗中看到了"只有在西方的宗教绘画中才能看到如此纯净的目光"。作家觉得这种

1　姜戎：《狼图腾》，武汉：长江文艺出版社，2004年。以下小说引文同。

书生腔还不够，索性在看狼群杀黄羊时——

　　他脑中灵光一亮：那位伟大的文盲军事家成吉思汗，以及犬戎、匈奴、鲜卑、突厥、蒙古一直到女真族，那么一大批文盲半文盲军事统帅和将领，竟把出过世界兵圣孙子、世界兵典《孙子兵法》的华夏泱泱大国，打得山河破碎，乾坤颠倒，改朝换代。原来他们拥有这么一大群伟大卓越的军事教官，拥有这么优良清晰直观的实战军事观摩课堂，还拥有与这么精锐的狼军队长期作战的实践。陈阵觉得这几个小时的实战军事观摩，远比读几年孙子和克劳塞维茨更长见识，更震撼自己的性格和灵魂。他从小就痴迷历史，也一直想弄清这个世界历史上的最大谜团之一——曾横扫欧亚，创造了世界历史上最大版图的蒙古大帝国的小民族，他们的军事才华从何而来？他曾不止一次地请教毕利格老人，而文化程度不高，但知识渊博的睿智老人毕利格，却用这种最原始但又最先进的教学方式，让他心中的疑问渐渐化解。陈阵肃然起敬——向草原狼和崇拜狼图腾的草原民族。

　　这一大段有关狼的军事学议论是不是有道理，另当别论。只是主人公当时隐藏在草丛中，身在危境，脑子里瞬间展开百科全书，如果拍成电影，此处应该引入、停格、大字幕。这种不管现实处境，将历史、哲学、政治高论随时随地塞在知青嘴里的写法，可能会让部分读者出戏。但出戏本来就是作家的原意。

　　第三，作家一边细写草原动物的情节，一边反反复复地提醒主人公和读者（包括他自己）狼图腾的象征意义，不厌其烦，不知道强调了多少次。这种象征意义在牧区老人那里已经是宗教。

　　陈阵说：您是不是说，狼是草原的保护神？

　　老人笑眯了眼，说道：对啊！腾格里是父，草原是母。狼杀的全是祸害草原的活物，腾格里能不护着狼吗？

　　所以在知青眼里，这更像军事教科书，"蒙古骑兵真跟狼群一样厉害，能以一当百。我真是服了，当时全世界也不得不服"。其实老人带知青看狼群围羊，不是上军事课，而是草原生产惯例。草原上的猎物，谁看到了这个猎物就归谁，狼一下子吃不掉那么多死伤的羊。第二天，毕利格、陈阵就带了一大群牧民来，这是"螳螂捕蝉，黄雀在后"了。不过按照惯例，死羊、伤羊也只拿一部分，牧民说还得留一些给狼群，跟野兽也要讲文明。老人曾抱怨说"你们汉人总不明白这个理"，书中实际的例子就是马上赶来一批盲流农民，把余下来的死羊、伤羊全部抢走。这样做，据小说的描写，就逼得狼群无处可走。

二　狼群攻击军马

　　小说第五章出现了狼群攻击军马事件。这章比较难写，因为前面狼群攻击黄羊是替草原灭灾，所以可以赞赏狼的勇猛；但这次狼袭击的是牧区养的军马，狼是敌人，而且还有军马的马倌在那里保护，是人跟狼殊死搏斗，这时还要赞赏歌颂狼的精神，就出现了下面的故事场面：

　　马群发出凄厉的长嘶，一匹又一匹的马被咬破侧肋侧胸，鲜血喷溅，皮肉横飞。大屠杀的血腥使疯狂的狼群异常亢奋残忍，它们顾不上吞吃已经到嘴的鲜活血肉，而是不顾一切地撕咬和屠杀。伤马越来越多，而狼却一浪又一浪地往前冲，继续发疯发狂地攻杀马群。每每身先士卒的狼王和几条凶狠的头狼更是疯狂残暴，它们蹿上大马，咬住马皮马肉，然后盘腿弓腰，脚掌死死抵住马身，猛地全身发力，像绷紧的硬钢弹簧，斜射半空，一块连带着马毛的皮肉就被狼活活地撕拽下来。狼吐掉口中的肉，就地一个滚翻，爬起身来，猛跑几步，又去蹿扑另一匹马。追随头狼的群狼，争相仿效，每一条狼都将前辈遗留在血管中的捕杀本能，发挥得淋漓尽致、凶猛痛快。

马群伤痕累累，鲜血淋淋，喷涌的马血喷洒在雪地，冰冷的大雪又覆盖着马血。残酷的草原，重复着万年的残酷。狼群在薄薄的蒙古高原草皮上，残酷吞噬着无数鲜活的生灵，烙刻下了一代又一代残酷的血印。

狼的屠杀是在夜间，知青也不在场，全知的视角是一个抽象的叙事者的态度，所以有一连串"疯狂""发疯发狂""疯狂残暴"等词汇，最后两句重复了四次"残酷"。这些"残酷"当然是人的观念。在狼那里，是日常生活。

在这一大堆细节描述中，作家也忍不住插入论文体的概念："如果没有狼牙，狼所有的勇敢、强悍、智慧、狡猾、凶残、贪婪、狂妄、野心、雄心、耐性、机敏、警觉、体力、耐力等等一切的品性、个性和物性，统统等于零"，"母狼们真是豁出命了，个个复仇心切、视死如归、肝胆相照、血乳交融"。这几句如果避开主语，人们可能以为是在形容军队。一群军马最后都被杀或被赶入水泡丧生，这是一次大事故。这是在"文革"时期，上面就派了军代表包顺贵来调查，结果看马的被隔离审查。

三 《狼图腾》中的三个反派

《狼图腾》中狼并不是反派，反派人物前后有三个。第一个"反派"是军代表包顺贵，后来还做"革委会"主任。他最喜欢打狼，还把狼皮送给军区首长。第二个"反派"是汉人群体，准确说是一些盲流，他们不珍惜草原，急功近利，比如狼围剿羊以后，他们把所有死羊、伤羊都抢走了。按毕利格老人的说法，这是人把狼群逼急了，才出现狼群屠杀军马的事情。书中反复重复老人的民族观——"你们汉人胆子太小，像吃草的羊，我们蒙古人是吃肉的狼"，后来北京知青陈阵等人也反复地让读者接受狼和羊的民族观。第三个"反派"，就是狼羊史观中的唯物基础，不是蒙汉人种差异，而是游牧和农耕文化的不同。在整部长篇里，农耕文化是一切反派力量的根本原因。

从20世纪开始，苦难民众、官府权贵和知识分子这三种形象，总会在各种中国小说里形成一个三角关系，最典型的模式就是民众被官员、富人欺负，知识分子旁观同情，但无力拯救。"我"看鲁四老爷嫌弃祥林嫂，觉慧看老太爷卖掉鸣凤，《活着》里面的文青听福贵讲一生遭遇，等等。这种"民—官—士"的三角模式在《狼图腾》里边也依然存在。毕利格老人就代表了受欺负的牧民，包顺贵是"文革"期间的军代表，知青陈阵就是在旁边眼睁睁看着草原一步步被毁坏的知青、知识分子，看到草原被"文革"极左路线、汉族人口的压力、农耕文化观念三个力量合起来毁坏。当然，后来还会出现吉普车、猎枪、电灯、电话、现代工具等。

小说像一篇长篇论文——《理性探掘：关于狼图腾的讲座和对话》，作为论文就有点感情用事，不够理性。小说主体叙述中国边境草原狼群怎样逐步被驱逐、被消灭的写实部分，尤其是细节，更有文学价值。

从人物塑造而言，毕利格老人和包顺贵军代表都形象鲜明，令人印象深刻，但实际上也是高度象征性、类型化。老人代表了牧民对狼的尊重、信仰，也是对草原（大自然）和腾格里（上天）

的尊重。当然老人又精通各种传统的生产狩猎技能，草原好像没有能难倒他的事情（除了包顺贵代表的"文革"军队和政权）。包顺贵的类型化就更加明显了。小说后半部，军官们开吉普打狼一段，场面十分漂亮，但读者这时如果已经渐渐接受了陈阵他们所接受的狼的图腾意义，就会觉得这种开车打狼的行为十分可恶、讨厌。

小说的主人公是几个知青，这几个知青形象区别不大，尤其是陈阵和杨克。因为作家非常频繁地把狼文化议论随时随地地塞在几个知青嘴里，主题先行（其实是"主题全行"）的同时，损害了这些人物的独特性格。在小狼做什么动作的时候，我们几乎区分不出陈阵和杨克会有什么不同的反应。

但没关系，个性化的人物刻画本来就并非《狼图腾》追求的重点。作者的写作初心，是他苦思冥想了几十年的有关狼文化的观念和联想。让主人公反复结合变化的场景，最后都要表达一个不变的信念，表达对狼性、狼血、狼嚎、狼旗的理解，和对狼牙、狼皮、狼耳、狼眼的触觉。

读者的阅读重点，至少在开始，不一定是狼文化的观念，首先还是要看曲折的情节。毫无疑问这是一部以观念为核心的小说，最后却能以情节取胜，也是无心插柳。这里所说的情节，一方面是指那些令人眼界大开的战斗场面，比如之前不惜篇幅引述的狼群打围黄羊群、狼群攻击军方马匹。类似的大场面后来还有第十二章，牧民设包围圈以100多条狗围攻40多条狼；第十六章，发现新草原以后，目睹狼抓旱獭；还有第三十一章、三十二章，军官开吉普，用枪追打狼等几乎所有与狼有关的战斗场面。当然还有一些其他动物之间的生存残余关系。另一方面，仅靠这些大段的战争场面还不够，长篇《狼图腾》的一个重要情节线索，就是陈阵、杨克等知青异想天开地养了一只小狼。这个行为在草原上没有先例，因为养狼同时犯了两方面的大忌——从现实看，狼终究是敌人，怎么能喂养？从信仰上看，狼是神，怎么能像养狗一样来对待它？这是一种亵渎。

陈阵等人使用的是科研的理由，没想到包顺贵也支持，说可以研究敌情，有利于打狼。小说于是详尽描写他们饲养一只幼狼的不容易。这里应该与姜戎的知青经历有关，否则好像很难编造出来。为了喂小狼要委屈母狗，又要专门准备饲料，稍大一点就要套铁链、扎木桩。之后搬家，小狼要反抗，有两次甚至咬了陈阵，因为小狼并不承认他是主人。

如果说各种以狼为中心的战斗场面是小说情节一个一个的环，那么这只小狼的命运就是串起这些环的一条线。最后小狼还是坚持自己的本性，宁死不屈，反抗到底，自残重伤，主人只能送它上腾格里，也就是将狼的肉身交给老鹰，把狼皮做成旗帜，在空中飘扬。

四　《狼图腾》的价值与缺陷

这部长篇最有价值的地方，第一是细节丰富，情节紧张，题材独一无二；第二是挑战常识，"尽毁三观"。狼在汉语中一向是贬义词——狼子野心、狼心狗肺、狼狈为奸，在生活当中也最难驯服——老虎、狮子还能表演，也会睡觉，从没见过马戏团有狼，即使是动物园里的狼也会不停地转来转去。所以小说特别描写狼绝不接受被人牵着走。

小说在几个层面为狼文化翻案，主要的理由有两个：一个是人类应在道德上尊重敌人。狼作为敌人（或者狼对付敌人），也有自尊，也有胆略，也会勇猛，也有意志、气节、精神、情操，当然有的形容词是知青主人公和牧民的想象美化。另一个就是科学上正视狼在草原食物链中的关键位置。

小说的第三个值得注意之处，便是在边境草原跟狼群打交道的过程当中，再现了民众、官员、知青的三角关系。基本模式还是官员欺负民众，知青旁观。

但《狼图腾》在艺术上也不是没有缺陷。第一，不仅主题先行，而且"主题全行"，主题贯穿全书。第二，主人公时时刻刻要阐发作家的理念，各种人物，尤其是几个知青，整天发表作家的笔记式议论：汉人是羊，草原人是狼，没有狼，历史要改写，唐代以后的中国弱就是因为没有了狼……到了第三十五章，陈阵从苏武牧羊想到，为何北欧、俄罗斯很多世纪流行斯拉夫忧郁症，而蒙古人待在冰天雪地却精神健全？他们靠的一定是同草原狼紧张、激荡、残酷的战争。这个观点正确与否姑且不论，把议论、联想随时随地塞在不同人物的嘴里，无论如何是会损害人物形象塑造的。

《狼图腾》的主题先行或者说主题贯穿，也值得进一步分析。这是一部难得的具有双主题的小说。一个主题是生物链，就是大自然的世界观，写各种动物的生态价值，几乎没有一部当代中国小说在这方面可以比拟。第三章中，陈阵感叹黄羊惨死，狼群可恶，滥杀无辜。毕利格老人说：

难道草不是命？草原不是命？在蒙古草原，草和草原是大命，剩下的都是小命，小命要靠大命才能活命，连狼和人都是小命。吃草的东西，要比吃肉的东西更可恶。你觉着黄羊可怜，难道草就不可怜？黄羊有四条快腿，平常它跑起来，能把追它的狼累吐了血。黄羊渴了能跑到河边喝水，冷了能跑到暖坡晒太阳。可草呢？草虽是大命，可草的命最薄最苦。根这么浅，土这么薄。长在地上，跑，跑不了半尺；挪，挪不了三寸；谁都可以踩它、吃它、啃它、糟践它。一泡马尿就可以烧死一大片草。草要是长在沙里和石头缝里，可怜得连花都开不开、草籽都打不出来啊。在草原，要说可怜，就数草最可怜。蒙古人最可怜最心疼的就是草和草原。要说杀生，黄羊杀起草来，比打草机还厉害。黄羊群没命地啃草场就不是"杀生"？就不是杀草原的大命？把草原的大命杀死了，草原上的小命全都没命！黄羊成了灾，就比狼群更可怕。草原上不光有白灾、黑灾，还有黄灾。黄灾一来，黄羊就跟吃人一个样……

但是《狼图腾》还不仅有一个生物链的主题，作家并不甘心只是把自己独特的和动物尤其是野兽近距离接触的经历，做绿色主题延伸。《狼图腾》还可以有第二种读法，就是在特殊的中国革命历史背景下，讨论人和自然的关系。后来的中法合拍电影主要关心绿色主题，全世界这么多译本也都是关心保护地球的世界观，其实牧民老人关于草原的议论也完全可以从政治角度去联想解读：以人狼交战、动物草原互相依存挣扎为实例，证明农耕文化急功近利，汉族比游牧民族更怯弱更愚蠢，动物图腾就成了反思国民性的工具。于是救中国必须靠狼性文化、狼图腾。

据说姜戎从1971年下乡内蒙时，便已为小说打腹稿，大概是有了概念想法，积累了生活细节。到2004年小说出版，前后三十多年，小说的双主题，正好赶上新世纪的两个时代主题。狼的生态环境意义，契合保护大自然的世界性绿色主题；狼的战斗风格，又符合中国崛起的红色战狼文化。可以说这是一部畅销小说。但小说酝酿创作的原意却是家国情怀，是担忧中国人民族性格太弱，像一群羊，需要输些狼血。所以也是文以载道——狼道不同于羊道。

和作家曾经在一个大队生产班的知青，后来说小说胡编乱造，歪曲狼的本性。《血色黄昏》的作者老鬼也说："不只是我，身边所有到过内蒙古牧区插队的老知青们，也都接受不了这本书。因为它虚构了一个事实，虚构了一种文化。蒙古族牧民非但不以狼为图腾，而且对狼是格杀勿论的。"[1]

如果老鬼和其他知青说得部分有理，那么狼图腾的现象就更有意思了。难道这不是蒙古人的图腾，而是其他民族或者首先是当代汉族人的一个梦吗？德国汉学家顾彬说，"《狼图腾》对我们德国人来说是法西斯主义"[2]，似乎又有点太上纲上线了，但小说最后的理性判决部分至少在文体上的确可议。张承志也用论文考证写长篇小说《心灵史》，但主要是翻译伊斯兰教经典和引用清代历史文献，夹在叙事之中，证明单一历史事件可有不同解释。《狼图腾》主要不是加资料，而是放议论，而且不仅议论草原，还议论整个中国历史发展过程。以陈阵的观点为主，又像史学探讨，又有抒情成分，核心观点当然也不是没有道理，大概就是说其他民族和汉族的战争及融合，最终促进了中华民族的发展。这个道理，通俗一点，金庸小说也写过；学术一点，陈寅恪对"关陇集团"也有过专题的研究。[3]

但问题是，第一，作为小说的一部分，让两个知青重回草原，坐在小狼洞前，从炎黄谈到秦汉，谈到五胡乱华，谈到元明清，一个朝代都不漏，怎么说都有点不自然，虽然知青后来已经成了研究生、学者。第二，如果干脆附一篇论文，其中的核心意向：中国人是羊，每隔数百天要打狼血才能维持生命力——五胡乱华也是输血，元代、清代就是中华救星——虽然生动形象，令人印象深刻，可怎么融入历史论述，难度始终比较高。

1 王颖佼：《〈狼图腾〉是"披着羊皮的狼"？》，《中国青年报》，2008年4月22日。
2 《德国汉学家称中国当代文学是垃圾》，《重庆晨报》，2006年12月11日。
3 陈寅恪：《唐代政治史述论稿》，上海：上海古籍出版社，1994年。

五　草原衰亡、狼群消失的原因

不知道《狼图腾》如果有一个减少议论、删除结尾的版本会是什么样的效果，但作家的情怀还是令人佩服，他终于把他的想法——不管人们喜欢不喜欢——都说了出来，反反复复说了个够。而且更重要的是，在大部分具体小说情节里，他想阐发的理念其实也早已潜伏在内。

草原为什么衰亡？狼群为什么消失？小说实实在在写了三个原因。

第一，政治权力和草原民众脱节。包顺贵，你看这个名字，顺然后贵，顺谁呢？动不动就给人办学习班，多次指挥打狼比赛，显然不再顺牧民心愿，更多的是要打好的狼皮，送给兵团首长。小说描写的打狼战役，改牧场为耕地，改游牧为定居，生产建设兵团的发展都是自上而下的命令，却都是包顺贵眼睛只往上看的结果。当然我们可以说这些对草原的侵蚀改造背后都有农耕文化的利益和人口压力，但这些人口利益和人口压力，与政权、权力结构有没有关系呢？

第二，在草原一次次受侵蚀、被损害的过程中，为什么人们都不抗争？如果说盲流、民工或者兵团干部是有眼前的好处，那么牧民和知青呢？如果说有些人是蒙昧无知，睡着了，那么像陈阵这样伏在草地看狼羊争斗，从而悟到成吉思汗与《孙子兵法》的这样智慧的青年怎么也无可奈何呢？小说第三十一章、三十二章有一个非常精彩的解释。包顺贵和八个军官开着吉普车，要陈阵带路去打狼，陈阵当然不愿意，但包顺贵说，你如不去，我们要杀了你养的小狼。陈阵没办法了，心里虽然痛，只好带路，让神射手打中了好几只狼。崇拜狼血，为什么还是做羊呢？这是一个很好的范例。放大来看，陈阵其实不少，也不只那个时候有这种表现。

第三，必须指出，兵团盲流之所以能迅速改造、侵蚀草原，除了政治权力，除了民众"属羊"以外，还依靠了现代工业文明，特别是科技，包括电灯、电话等的帮助。吉普追狼就是一个典型象征。我曾在香港中文大学听过张承志的一个演讲，说多年后重回草原非常失望，草场损失严重，年轻的牧民不骑马，骑三铃摩托。摩托确实比马比狼更快，微博、微信确实比书信、文件更方便。姜戎预料到了没有？科技使人更容易牧羊，也使人更容易变成羊。

简而言之，大自然主题想说明狼和万物一样有不可替代的价值。汉族和农耕文化的孱弱，是因为行为讲"顺"，目标讲"贵"，小说希望汉人由"羊"变"狼"。其实鲁迅早说过，国人常常是狼羊一体，见狼显羊性，见羊显狼性。[1]只要家国一体思维中，一直以"战术""战略"为核心，对狼的虚假崇拜，就难以避免。电影《战狼》里，"狼群"还是帮助雇佣兵的反派力量。狼成为图腾，小说里描写的其实是一张漂亮狼皮高高挂在长杆上，像旗帜一样，里面塞的是干草。

参考文献

陈晓明：《中国当代文学主潮》（第2版），北京：北京大学出版社，2013年
张英、吴冰清：《姜戎：62岁的新作家》，《南方周末》，2008年4月3日
王颖佼：《〈狼图腾〉是"披着羊皮的狼"？》，《中国青年报》，2008年4月22日
朱冰：《〈狼图腾〉虚构了"狼图腾"》，《中华读书报》，2008年4月30日
潘卡吉·米舍尔：《荒野的呼唤：评〈狼图腾〉》，林源译，《当代作家评论》
　2008年第6期

1　"他们是羊，同时也是凶兽；但遇见比他更凶的凶兽时便现羊样，遇见比他更弱的羊时便现凶兽样。"见鲁迅：《忽然想到》，引自《鲁迅全集》第3卷，北京：人民文学出版社，2005年。

阿来《尘埃落定》
藏族土司制度与汉人读者的"梦"

　　《尘埃落定》写于 1994 年，当时阿来还没有出名，书稿曾经被十几家出版社退稿。完全可以想象编辑退稿的原因：90 年代是《活着》《长恨歌》《白鹿原》的时代，康巴藏区的生态跟我们汉人有什么关系？但小说出版后持久热销。

　　现在四川大学有一家省级的期刊，刊名就叫《阿来研究》，还特别注明不是只刊登评论阿来的论文。学界有《鲁迅研究》《红楼梦研究》，但还没有听说《沈从文研究》《老舍研究》《茅盾研究》，而阿来现在成了现象级的作家，成了刊物的篇名。

　　阅读《尘埃落定》时，常想小说在汉语文化圈这么受欢迎，读者究竟在小说里看到了什么？是特殊的藏族政治文化生态，还是对土司制度和奴隶处境特别同情、好奇？还是有可能成为下一任土司的"我"的第一人称叙事，让当代青年感到共鸣？如果是第三项，这个共鸣又是什么呢？是接近或者运用权力的韬略？是对女性"为所欲为"的幻想？还是年轻国人虚拟的"帝王梦"，哪怕是极小范围内的打引号的"帝王"？

一 藏族土司制度

先看比较明显的层面，当代汉族的人们对藏族土司制度的兴趣。

小说第二节有清晰的说明：人与人的不同首先在于"骨头"，也就是血缘。

人与人的等级体现在建筑上："麦其土司的官寨的确很高。七层楼面加上房顶，再加上一层地牢有二十丈高。里面众多的房间和众多的门用楼梯和走廊连接，纷繁复杂犹如世事和人心。官寨占据着形胜之地，在两条小河交汇处一道龙脉的顶端，俯视着下面河滩上的几十座石头寨子。"[1] 这么清醒的有象征意义的地理政治描写，哪里像一个傻瓜王子的口吻？

"寨子里住的人家叫作'科巴'。这几十户人家是一种骨头……""骨头"就是一种由 DNA 决定的阶级。

"种地之外，还随时听从土司的召唤，到官寨里来干各种杂活儿，在我家东西三百六十里，南北四百一十里的地盘，三百多个寨子，两千多户的辖地上担任信差。"要到土司官寨干零活，同时要做信差，这信差也是特权。奴隶有天生的基因，也有天生的级别。

"顺着河谷远望，就可以看到那些河谷和山间一个又一个寨子，他们就是依靠耕种和畜牧为生。每个寨子都有一个级别不同的头人，头人们统宅寨子，我们土司家再节制头人，那些被头人节制的人就称之为百姓。这是一个人数众多的阶层。"分析很理性，基本上是土司制度各阶级分析。"这又是一种骨头的人"，说的是百姓。

可是这些普通寨子里的人，比土司寨附近寨子的人是不是也稍微低一级呢？土司寨旁边的是不是叫"首寨"呢？存疑。

至于百姓，"这个阶层的人有可能升迁，使自己的骨头因为贵

---

1 阿来：《尘埃落定》，北京：人民文学出版社，1998 年。以下小说引文同。

族的血液充溢而变得沉重。但更大的可能是堕落，而且一旦堕落就难以翻身了。因为土司喜欢更多自由的百姓变成没有自由的家奴。"百姓和家奴是两个阶级。

"家奴是牲口，可以任意买卖任意驱使。而且，要使自由人不断地变成奴隶那也十分简单。只要针对人类容易犯下的错误订立一些规矩就可以了。这比那些有经验的猎人设下的陷阱还要十拿九稳。"这很有社会学研究的根底，也可以说阶级斗争意识很强，知道"人类"的很多法律规矩和游戏规则，特别是如何针对人们容易犯错的事情订立规矩。

小说的第一人称叙事者是麦其土司的次子，大家认为他是一个傻子。恐怕上面的描述还不够清晰，他还加了几句总结：

> 骨头把人分出高下。
>
> 土司。
>
> 土司下面是头人。
>
> 头人管百姓。
>
> 然后才是科巴（信差而不是信使），然后是家奴。这之外，还有一类地位可以随时变化的人。他们是僧侣，手工艺人，巫师，说唱艺人。对这一类人，土司对他们要放纵一些，前提是只要他们不叫土司产生不知道拿他们怎么办好的感觉就行了。

基本上土司、头人管理百姓，就像晚清民国小说里的官府压迫民众。僧侣、巫师、艺人，大致是知识分子。相比旧社会，土司制度的特点就是：第一，百姓不是最底层；第二，土司是独立王国，在有限土地上几乎拥有无限的权力。

20世纪近百部中国小说，大部分小说都讲中国故事，而中国故事的关键词是"革命"，革命的主要内容就是阶级关系的变化。《尘埃落定》发生在藏族地区，阶级关系也有两个特点：

第一个特点是百姓与奴隶的关系。奴隶可供百姓驱使，但是百姓一旦违反什么规条，比如小说里说女人未婚而有性行为，那就会被贬成奴隶，所以奴隶的存在使得百姓更加听话。土司真诚地说，他的仁政是为百姓服务的。因为谁要是不拥护，就会被开除出百姓的阶层，所以凡百姓都必然拥护土司。

第二个特点是统治力量政教合一，而且政权等于族权，土司的家事几乎就是这个地方的社会、政治、军事大事。在历史上，土司制度是当时汉族政权允许的少数民族自治方式，但是土司制度其实没法完全独立。小说第四章，麦其土司就请来一个姓黄的省特派员，特派员给他们提供先进的武器，他们借此打败了临近的汪波土司。同时又引进了鸦片，种鸦片一度使大家发财。

麦其土司当然也有他"为所欲为"的时候。他看上了一个头人的妻子，也会"浪漫"追求，还派人杀了那个头人，之后又要灭杀手。当然这件事有违土司制度的道德规范，因此就产生了仇家，后果很严重。

二 傻瓜儿子角度叙事的优势

所有这些土司制度的内外争斗，都是由土司的傻瓜儿子来讲述，这是《尘埃落定》的一个叙事优势。为什么是叙事优势呢？中长篇用第一人称不好写。我们知道吴组缃《官官的补品》是短篇，里边的"我"不知羞耻，也不知自己愚蠢，竟以喝农妇的奶补身体为荣。余华的《活着》是双重第一人称，由一个文青的"我"来转述福贵的"我"的自述，所以相当朴素，相当成功。莫言的《生死疲劳》每部都有地主"我"，"我"有时候是驴，有时候是猪，有时候是狗；当中也有小说中人物的"我"，交错叙事，相当复杂。

相比之下，《尘埃落定》的"我"技术上很简单，从头到尾就是一个主人公，13岁男孩渐渐长大，接近权力，触及了土司制度的权力斗争。

是什么原因让今天的汉族读者，尤其是青年读者，在一部长篇的范围内，对这个土司儿子产生认同、理解或者感情代入呢？首先可能是男人对女人"为所欲为"的幻想。

小说第一节，"我"是一个少年，早上起来，刚退烧，两只手就伸向侍女桑吉卓玛的怀里，"一对小兔一样撞人的乳房就在我手心里了"。土司的第一个老婆已经病死了，"我"的母亲是商人买来送给土司的，结果就生了所谓的傻子。13岁那年，侍女桑吉卓玛教会了"我"怎么做男人，侍女是奴隶身份，一切顺理成章。其实也不需借用土司制度的特权，宝玉从来就是中国男人的榜样。袭人、秦可卿也从来是《红楼梦》读者的梦中人物。

> 十八岁的桑吉卓玛把我抱在她的身子上面。
>
> 十三岁的我的身子里面什么东西火一样燃烧。
>
> 她说："你进去吧，进去吧。"就像她身子什么地方有一道门一样。而我确实也有进到什么里面去的强烈欲望。
>
> 她说："你这个傻瓜，傻瓜。"然后，她的手握住我那里，叫我进去了。

"我"对这个奴隶身份的启蒙老师后来一直是感谢的，答应让她嫁给了一个银匠，后来还常常带她在身边。第二个侍女叫塔娜，就没有这么可爱，未必赢得主人的欢心了。一度"我"巡视土司领地，一路上每天都被安排不同的女人。"我"后来还娶了邻邦茸贡土司的天仙般的女儿，也叫塔娜，但不是真爱，是政治婚姻，茸贡现在是女土司，将来土司之位会传给女婿。这个美貌老婆几次给"我"

戴上绿帽,"我"尽管伤心,也肯原谅。

所以王子身份、宝玉性情是"我"吸引读者的原因之一。中国文学从古至今,最出名的男主角大概是宝玉。几百年文人宝玉梦,但谁有他的生活环境呢? 含着玉石长大, 自幼环境优越, 不愁功名衣食,身边都是女人。想想在土司领土中,什么女人都能让你"为所欲为"——"我"的父亲就是个榜样。无论如何, 中国特色的王子梦(不用去为荣誉征战, 不用寻找宝物, 伸手就有女人),会增加读者对第一人称叙事的代入感。"王子"不知是否也是藏语文学中的第一男主角?

三 韬光养晦的权力想象

比"为所欲为"的性幻想更重要的,是韬光养晦的权力想象。

男主角的哥哥旦真贡布,是土司长子,也是大家心目中的王位继承人,无论是骨头(基因)还是长相、表现,各方面都明显优于傻子弟弟。骨头是因为血统,因为他是老土司和藏族原配所生,不像弟弟是汉藏混血。长相方面,小说反复写哥哥英俊潇洒,而且一直频繁换女人,后来见到美丽的弟媳妇儿也不放过,而且还是女方自愿。表现方面,这个王子作战勇猛,土司派他与邻邦作战,总能凯旋。哥哥看到傻子弟弟,常常摸摸他的头,表达怜悯、同情。

作为傻子的"我",本来也习惯和接受了这个局面,"我"和大家一样相信哥哥是将来的土司。但稍稍成年以后,老土司分派兄弟两人,到不同方向的边境安寨立营。哥哥面对强邻汪波土司,继续打下战功,捍卫主权,开拓疆土。"我"这个傻子弟弟,带着一些亲信,包括一个瘸子管家、一个死忠的奴隶打手、前侍女卓玛,还有职业的行刑官等,来到另一侧边境,却没有盖堡垒、修战壕,而是盖了一个开放的市场，努力发展与邻邦贸易。各个土司都在模仿种鸦片的时候，傻瓜儿子却主张改种小麦，结果这一年鸦片市场受打击，只有麦其土司粮食丰收。

面对大量邻邦居民，"傻子"（"傻子"这个时候越来越需要打引号了）又实行挑拨离间计，让拉雪巴土司和茸贡土司为粮互斗，而且都要依靠他的支持——或者是粮食，或者是武器，或者是婚姻。这些经济外交成绩，部分是管家助手的协助，部分是傻瓜二公子的异想天开，不按牌理出牌。等到老土司再来巡视二公子的边境"特区"的时候，王位继承渐渐成了问题。

这是一个"老二"挑战"老大"的游戏格局。一方面，"老二"是性，"老大"是脑，宝玉梦层面已有冲突；另一方面，"老二"是崛起的"傻子"，"老大"是传统强势，如何挑战是真的考验。渐渐地，"我"的内心也开始有了想做土司的欲望（也可能潜意识里一直就有这种欲望）。在女人方面"为所欲为"，归根到底也是基于权力。人对权力的无意识的渴望，有时自己都想象不到。比如我们一般读者在阅读《尘埃落定》过程中会产生一种难以解释的快感——一个康巴藏族土司的傻瓜儿子为什么使我们着迷呢？当然了，换另一个角度看，有很多王朝，一个儿子继了位，其兄弟就有生命危险。所以在某种程度上，"我"也不仅仅是向往权力，同时也是出于一种恐惧和生存的欲望。

这个阶段"我"之所以渐渐积累了政治斗争资本，一个原因是以经济工作为中心，外交上讲究武斗以外的其他策略，比如盖堡垒，做贸易，首先考虑民心民意，等等；另一个原因是政治权术上的韬光养晦——简单说就是继续做傻子。他不是装傻，而是傻得很真诚，也不是真傻。既不装傻，也不真傻，这是政治人物的一种境界。

"我"之所以能够确立自己的政治路线，除了经济成绩和韬略权术，还有第三个原因，就是听从另类知识分子的建议。土司制度是族权加政权，但是和神权（喇嘛、僧侣）也会有合作，有矛盾。小说里前面写了两派喇嘛，两种教派互相竞争，但都要顾及老麦其土司的底线，"前提是只要他们不叫土司产生不知道拿他们怎么办好的感觉"。这时也有别的教派进入——翁波意西是格鲁巴教派的追随者，弘扬禅宗理念，传播新教，但他得罪了老土司，被割了半个舌头。其间象征意义不难明白——割了半个舌头就是不让说话了。但是这个翁波意西又做了书记官，他默默地记载土司王国的历史，成了土司世界的司马迁，对傻子的政治理念却有很大的影响。所以对待翁波意西的不同意见，成了"我"和英明深沉的老土司的关键区别。

老土司一度宣布身体不好，要提前隐退，使得两个儿子的王位之争浮出水面，越来越严重。小说后半部才会发现老土司的戏份很重，不在傻瓜儿子之下——老谋深算，深谋远虑，心机重重。

关于老土司最后将王位传给谁，之后几个主要人物——兄弟俩、美女塔娜、仇家杀手、老土司夫妇等结果如何，本文不再剧透。各位细读作品，会发现结局是出人意料的，也是耐人寻味的。归根到底，这不是一部只写"改土归流"等历史民族问题的小说。很多少数民族小说其实也都主要面对汉族读者及奖项，有意无意承担巩固、扩展想象共同体的功能。《尘埃落定》也不只是一部充满异乡情调、满足男女奇特梦幻的小说，而是一部你不易觉察的当代中国政治小说。

参考文献

张学昕、梁海：《阿来论》，成都：四川人民出版社，2021 年

洪子诚：《中国当代文学史》，北京：北京大学出版社，2010 年

陈晓明：《傻子视角下的家国史》，《记者观察》2015 年第 7 期

丁杨：《阿来：重述格萨尔为藏地祛魅》，《中华读书报》，2009 年 9 月 9 日

周政保：《"落不定的尘埃"暂且落定：〈尘埃落定〉的意象化叙述方式》，《当代作家评论》1998 年第 4 期

阿来：《寻找本民族的精神》，《中国民族》2002 年第 6 期

阿来、孙小宁：《历史深处的人生表达》，《中国文化报》，1998 年 3 月 31 日

毕飞宇《平原》

乡村世界中的性与权力

20 世纪 50 年代至 60 年代初出生的作家以知青为主，贾平凹、莫言、王安忆、韩少功、张承志、史铁生，还有余华、苏童等，都从 80 年代开始创作，之后三十多年一直被认为是中国当代小说界的主流。他们能够引领潮流三四十年，这个现象很值得文学史家研究。

直到今天，能够挑战这批作家的人还是不多，毕飞宇是其中的一个。其实毕飞宇比苏童只小一岁，比余华也只年轻四岁，年龄上他们其实是同辈作家，但是因为苏童、余华 80 年代就已出名，毕飞宇是差不多到了十几年后的 2003 年，他的《玉米》才引起文坛注目，所以感觉上毕飞宇就是后一批新人了。同样的情况还有阎连科，他其实是 50 年代生人，因为代表作《受活》是 2000 年后出版，所以严格说来也是"新世纪作家"。

要挑战甚至超越贾平凹、莫言这一代作家不容易，毕飞宇有什么特别之处？毕飞宇 1964 年出生于江苏兴化，现任江苏省作协主席。他的文字强悍有力，不是典型的纤细秀美的江南文风。他的题材还是人们熟悉的乡土中国，农家院里的甜酸苦辣。不过更突出两个要点——一个是性，一个是权力。和很多从知青角度写农村的作品不同，毕飞宇有点像从农民的角度看知青。

一 《玉米》：朴素刚强的农民女儿，最终也向权力妥协

2003 年出版的《玉米》[1]，由《玉米》《玉秀》《玉秧》三个中篇组成，讲的是一个家庭的三姐妹。《玉米》的故事既离奇又简单。乡村的支书名字叫王连方，他的老婆连生了七个女儿，终于得了一个男娃。其间王连方和村里的很多农妇，张三家的、李四家的，都有两性关系，张三、李四也无可奈何。小说主角既不是王支书，也不是那些女人，而是王支书的女儿玉米。玉米十几岁就承担持家重责，在姐妹当中树立了她在家庭内部的权威。然后她又抱着她家唯一的男娃，一家家地去那些和他爸有关系的女人家里串门，其实是一种示威警告，但她对"主犯"父亲王连方，却没办法，抗议的方式就是见面不说话。同时她又经乡村干部介绍，准备嫁给一个政治背景很好的飞行员，因此获得村民们的羡慕尊敬，部分挽回了自己家庭在村庄里的面子。

但是玉米的种种努力，却因为父亲越界与军嫂偷情破坏军婚而失败。父亲的失败不在于他睡了多少农家妇人，而是他被撤职。这以后玉米的两个妹妹被村里的人强奸（作为一种报复），飞行员也毁掉婚约。成也在"权"，耻也在"权"，威也在"权"，败也在"权"，哪怕这个"权"只是一个村支书。

小说结尾，玉米叫父亲帮她找个男人，怎样都行，只要是做官的，这也是现当代文学中官员形象的一种新发展。在和王支书发生过关系的这么多农家妇人当中，只有有庆家的与王支书有点感情，因此也有些快乐。其他的女人大都是出于恐惧害怕，勉强

1　毕飞宇：《玉米》，南京：江苏文艺出版社，2003 年。

从命。多年不孕的有庆家的居然还怀上了王书记的种，可是这时候书记已经下台了，前景应该很惨。有庆家的也同情关爱玉米，但这两个女人都太有个性了，无法沟通。

小说背景是1971年，作家这个设计是想突出"文革"已经渗透到乡村最底层，以前说"皇权不下县"，后来公社就是基层，十年间政权随标语口号、知青下乡、高音喇叭早已进村，权力已经充分地人伦化、道德化了。

李敬泽后来回忆说，当时，"在文学界，人们频繁地提起'玉米'：'看《玉米》了吗？''你觉得《玉米》怎么样？'局外人听来，好像人人家里种着一片地，地里长着玉米。"[1] 其实是人人家里都生长着或者盼望着这两件东西——情欲和权力。

《玉米》后面还有两个中篇。《玉秀》写娇美有心机的三妹，到嫁给干部的玉米家里谋求新的生路，结果竟和姐夫的儿子发生了关系。《玉秧》写若干年后比较朴实的玉秧在1982年的师范学校，如何既被人欺负又努力维护自尊。这两个中篇更向王安忆的"分析文体"靠拢。比如写学校老师跟女生的谈话："也不是真正的紧张，说异乎寻常也许更合适，带上了蠢蠢欲动的意味，又带上了不敢越雷池半步的局限性。"[2] 这种"分析文体"在《长恨歌》里随处可见。同时毕飞宇也喜欢解析女性心理，玉米三姐妹的故事都贯穿着性与权力的辩证而又狗血的关系。当然毕飞宇的人物回到乡村田野里更有生命力。

1　李敬泽：《〈玉米〉序》，引自毕飞宇：《玉米》，南京：江苏文艺出版社，2003年，第1页。

2　毕飞宇：《玉米》，南京：江苏文艺出版社，2003年，第232页。

二 端方:《平原》乡村世界的主角之一

《玉米》是一部中篇,《平原》[1]是一部长篇。《玉米》写的是粗野暴力,结构精巧。2005年出版的《平原》在粗野暴力方面收敛很多,细节语言文雅很多,但小说结构更扩大,从一条线展开为一个面,从乡土命运展开为乡村世界。

中国古典小说大部分是以情节为中心,晚清以后出现了一些变化,或以情节为中心,或以人物为中心,或以背景为中心。《平原》属于哪一种呢?《平原》的情节看上去很散漫,几条线索交错发展。每章开头常常是农村季节和田园景色的变化,好像不是一条主线贯穿的长篇,但小说直到最后一章,最后一页,最后一句话,核心情节才完成。正像一场球赛,直到加时赛最后一秒才分胜负。可见情节依然非常重要,充满张力。

同时,每一章开始的季节田野,写农民怎么靠地吃饭,其写实及象征意义,又说明小说有一个以背景为中心的用意。毕飞宇自己在写序的时候就说了一些题外话:"我不是一个中国农民问题的专家,但是我可以负责任地说,中国农民是全人类最缺少爱的庞大集体,从来没有一个组织和机构真正爱过中国的农民。"[2]为什么缺少爱呢?是因为中国农民这个庞大集体内部缺少爱(按费孝通《乡土中国》里"同心圆"的理论,农民的爱以血缘及亲情差序格局划分秩序[3]),还是这个集体缺少被人爱(即使在解放后,工业、军事发展也可能以牺牲农民利益为代价)?总之作家在小说里有讨论中国农民问题的雄心壮志。

如果以更朴素、更简单的方法读小说,读完《平原》,闭上眼睛,

---

1 毕飞宇:《平原》,首次发表于《收获》2005年第4、5期;南京:江苏文艺出版社,2005年。
2 毕飞宇:《〈平原〉的一些题外话》,引自《平原》,北京:人民文学出版社,2012年,第7页。
3 费孝通:《乡土中国》,北京:北京大学出版社,2012年。

首先看到几个人物——强悍的端方，跳楼的老鱼叉，冤死的三丫，面目不清、行为可憎的混世魔王，既聪明又痴呆的"右派"顾后，可怜又可敬的农妇沈翠珍、孔素贞，最后当然最重要的是那脚趾张开、皮肤粗黑、意志坚强、为心失控的知青女支书吴蔓玲。

所以《平原》这个乡村世界首先是由人物组成的，我还是愿意从人物性格角度来讨论作品。

端方是1976年刚从县镇高中毕业回乡的农民子弟，和《平凡的世界》里孙少平的情况接近。但孙少平回村后有队长哥哥孙少安帮助，马上到乡村小学教书。土地承包制后小学不办了，孙少平重新进城打工，寻找新的人生，而且和省委书记的女儿恋爱。而端方就没这么好运了，他回家先要面对继父冷眼的考验，又要处理跟即将出嫁的又不同父也不同母的姐姐红粉的关系，还要处处维护母亲沈翠珍在家里的面子（后母跟姐姐关系不好），同时还要承担起保卫弟弟端正和网子的责任（继父和母亲生的小儿子网子，是个很无用的人）。没有村长兄长帮助，也没有人能让他当乡村教师。后来再回镇重见中学时的单相思对象，端方满脸满身自卑，情绪很坏。虽然心气高傲，但最终还是死心塌地回乡。相比之下，我们才知道《平凡的世界》中的农民原来并不平凡。

《平原》开始时，端方在王家庄确立自己的生存空间有几个步骤。

第一，劳动关。初下地割麦，只会使猛劲，很快手上起血泡，腰骨疼痛。继父王存粮暗笑，却也暗地关照，毕竟是家人，只是挫挫高中生的锐气。

第二，在家中有承当。村里一个小青年大棒子淹死了，在这个事上，弟弟网子其实是有点过错的，因此就承受了村里很多人的肉体、语言攻击。这时端方出来保护他的弟弟，虽然也不是亲弟弟，但这个行为确立了他在家里的地位，之后也建立了他在村里的地位。修身齐家才能治村平乡下。一个正直的农民，如果不被家人尊敬，怎么可能得到村里众人的尊重呢？费孝通所谓的差序格局，完全可以体现在玉米和端方身上。

第三，端方这个高中生农民得罪了村里一帮闲人混混，这些人下暗手袭击网子。端方不找凶手，却教训他们的头头佩全，靠勇也靠谋，结果在气势上压倒对方，并且制服了这帮乡村小流氓。这帮人后来甚至抛弃了原来的头头，转听端方指挥，于是男主角就确立了自己在村里的江湖地位。

所以秩序是：劳动、谋生、家庭、亲人、乡村、江湖……端方在没有人关照，也没有来自干部女儿的爱情支撑的情况下，就靠自己能吃苦、很勇敢、有承当，赢得了家里人和村里人的尊敬。这是毕飞宇写农民和路遥的不同之处。但是端方能走多远呢？

对主人公的考验总是女人。孔素贞家解放时有十几亩地，虽然她嫁了长工儿子，可还是被划为地主。她的女儿三丫悄悄喜欢端方，觉得他勤力、壮实，一点也不怕苦，不摆知识分子臭架子（高中生就算知识分子），明知成分不配，却忍不住相思。"不停地走神。平白无故地酸甜苦辣。很伤。人也瘦了。反而好看了。"[1] 这也是毕飞宇的文字特点，喜欢用抽象词汇写具体事情。又如写端方家里："平安无事的时候，一切都山清水秀，一旦生了事，枝枝杈杈的就出来了……"毕飞宇的全知叙述，有时夹杂一些红色时代文体，比如业余巫婆许半仙求神："好男不和女斗，好女不和饭斗。富贵不能淫，威武不能屈。人在岸上走，船在水中游。舍得一身剐，敢把皇帝拉下马。进一步地动山摇，退一步海阔天空。男人嘴馋一世穷，女人嘴馋裤带松。做一天和尚撞一天钟。车到山前必有路，船到桥头自然直。一万年太久，只争朝夕。"还有评论体，写绿色的田野："那是一片平整的绿，妖娆，任性，带上了一股奋不顾身

1　毕飞宇：《平原》，南京：江苏文艺出版社，2005年。以下小说引文同。

的精神头……如果从细部去推究一下，浩瀚的绿色就变得非常具体了……"写乡民吵架也有抽离效果："她这么一软反而露出了可怜的一面，情真真意切切了，反而有了震撼人心的力量。"

看到端方是个好出身的健康青年，三丫就铤而走险，直接约端方说晚上在河西等他。青年男女烈火干柴，河西约会，野外"炒饭"，在三丫这边把生米先煮成熟饭："哥，三丫什么都没有了。你要对她好。"

端方生母沈翠珍和三丫母亲孔素贞，都反对这段自由恋爱。那是70年代，阶级斗争已经持续进行了几十年。三丫和端方之间其实并无任何经济上、政治上或者思想上的阶级对立，分别就在血缘。实际上已演变成一种血统斗争、DNA斗争。毕飞宇在《〈平原〉的一些题外话》里说："三丫的悲剧来自血统论……血统论是这个世界上最邪恶的事情，最起码，是最邪恶的事情之一。"[1]当时，三丫母亲比其他任何人都更加反对三丫和端方的关系。先是把三丫关在家里念佛，然后这个"封建活动"又被翻墙见情人的端方向领导告发。绝望当中的三丫喝农药自杀，其实是假装的，但是却试出端方的真情，被端方送到医院。可是送医中途赤脚医生打吊瓶，错挂了药瓶，结果在送医的船上三丫一命呜呼。

作为读者，看到主要人物中途去世，会有些意外和失望。读者会以为端方、三丫之恋是贯穿全书的一条主线，一个农民和一个地主女儿的爱情悲剧。后来才发现整本书没有贯穿单一情节，三丫只是端方故事的一个环节，当然是非常重要的一个环节。

端方不仅对三丫有情有义，也没有报复错杀了三丫的赤脚医生兴隆，反而当场消灭了证物，掩盖了事件。但之后端方一直不

1　毕飞宇：《〈平原〉的一些题外话》，引自《平原》，北京：人民文学出版社，2012年，第10页。

能从打击当中复原，以至于小说后半部他主动离村，躲到河对岸的养猪场，用苦活重活麻醉惩罚自己——农民的自尊心确实是以前作家较少处理的主题，虽然在毕飞宇笔下有些浪漫化和理想化。

三 《平原》中的其他乡村人物

毕飞宇说："'老鱼叉'是《平原》当中最为重要的一个人物，也是我写得最为成功的一个人物（抱歉，卖瓜了）。"[1]作家的苦心用意是一回事，艺术效果又是另外一回事。老鱼叉其实是一个比较概念化的人物。在"土改"中杀了地主，又占了地主的小老婆和房子（这是张炜《古船》、格非《大年》早就处理的故事），老鱼叉后来住在这个房子里一直内心不安，整天在家里找鬼，多次上吊，最后跳楼自杀。作家说："我愿意把'老鱼叉'的死看作'胜利者'的良心未泯，它是后来的后怕、后补的后悔。"作家也承认："我写'老鱼叉'的时候特别地胆怯，一到这个部分我就惶惶不可终日。"

毕飞宇既是怕老鱼叉，害怕造反农民的鬼魂，也是潜意识地知道理性分析太清晰，反而影响艺术的复杂性。"土改"受苦的农民，后来后悔错杀了地主并睡了地主老婆，这种事有没有呢？也许有，但一般不会自杀上吊，否则中国就不是现在这个样子了。

老鱼叉以外还有两个次要人物，在《平原》里也非常显眼。一个是懒惰颓废的知青，没有名字，就叫混世魔王。他最后强奸支书吴蔓玲，却没有受到惩罚，反而当兵上调了。另外一个是整天陶醉于马克思著作原文的"右派"顾后，满村上下写标语，有点像《芙蓉镇》里的秦书田。但秦书田多少有点装傻，顾后却真的陷在革命理论里不能自拔，非常沉浸。

1　毕飞宇:《〈平原〉的一些题外话》,引自《平原》,北京:人民文学出版社,2012年,第6页。

毕飞宇十几年前生活在江苏农村，小说中的很多背景素材，大都是作者少年时的所见所闻、亲身感受。但之后毕飞宇到城里读中文系，长期担任文学杂志编辑。他可能有意无意是要和80年代流行的知青文学和寻根文学主流对话。毕飞宇强调自己不能选择知青作家的角度，他也觉得"右派"作家的控诉过于偏激，过于抒情，所以《平原》里的知青和"右派"与以前很多主流文学当中的有所不同。简单说就是知青也可能很坏，"右派"也不一定聪明，可能真傻。

在王家庄农民的日常生态当中，在高音喇叭和领袖葬礼（显然这部作品是写1976年）的历史背景里，知青也好，"右派"也好，他们的甜酸苦辣在其他作品里是被放大的，在广大的中国土地上，他们有这么重要吗？

但有一个放大，恰恰成为《平原》中的最大亮点，那就是大队支书吴蔓玲。

四 "知青、干部、农民"首次三合一

吴蔓玲和混世魔王一样，也是南京来的知青，现在做了王家庄的支部书记，其他知青都走了。她到第四章才登场：

> 吴蔓玲跨过了门槛。引起端方注意的却不是她手上的血，而是吴蔓玲的脚，准确地说，是吴蔓玲的脚丫。

女主角以"脚"登场亮相在古典小说里并不少见，但通常是缠足、性感、娇美。但在《平原》里却是别样风景：

> 她赤着脚，脚背上沾了一层泥巴，一小半已经干了，裤管

一直卷到膝盖的上方。端方注意到，吴蔓玲乌黑的脚趾全部张开了，那是打赤脚的庄稼人才会有的状况。

赤脚登场以后几分钟，支书就包完伤口风风火火走了。留下端方在迷惑："吴蔓玲好听的南京话哪里去了呢？还有，她好看的模样又是到哪里去了呢？"这是从农民的角度看知青。好听好看的尺度却是高中生在城里读书被"异化"的。

在一旁的赤脚医生兴隆提醒他，你要当兵就要对吴书记好一点。"你的命就在她的嘴里，可以是她嘴里的一句话，也可以是她嘴里的一口痰。"

长篇《平原》和中篇《玉米》有某种隐隐的连续性，有一个贯穿的人物就是吴蔓玲的上一任——王连方。每次王连方找人家媳妇睡觉的时候态度都很好，小说写他："笑眯眯地对人家说：'帮帮忙，帮帮忙哎。'"后来那些乡民在村里田头不敢说"帮帮忙"三个字了，说出来就像骂人。

知青吴蔓玲做书记，其实仔细想想，这是"五四"文学以来从来没有出现过的一种人物形象。20世纪的很多小说，最重要的人物不是知识分子就是农民，这两者（区别）是非常鲜明的。两种身份的混合如《平凡的世界》里的孙少平，农民想做知青。可是最突出、最奇特的例子还是《平原》。端方也是农民子弟做了知青。但除了知青和农民以外，从梁启超、李伯元开始，20世纪小说里有第三种人物形象，那就是各种各样的干部。在晚清多数是贪官，在"五四"以后多数是帮凶爪牙。在延安以后，官员当然是中间两分的，呼应中国传统的审美习惯，帮地主的是坏官，救穷人的是好官。但是在50年代王蒙《组织部来了个年轻人》以后，官场内部又出现了犬儒的官僚主义者，比如刘世吾；出现了好心办坏事的官员，比如高晓声《陈奂生上城》中的吴书记等；偶尔也出现了穷人出身，最后变成坏人的官员，比如《古船》里的赵多多、四爷等。可是一个知青学生出身、外表行为像农民的好官，却十分少见。而且真的是"好官"。从理论到实践，从口头到行动，没有一点好心办坏事或坏心做好事的情节，也没有半点讽刺揶揄的笔调。这几乎是以前没有出现过的人物。

从现代文学史上看，知识分子、官员、农民这三种人物，第一次"三合一"在一个人物形象身上。它不仅是知青文学的一个新突破，也是乡土文学和官场文学的一个新结合。

吴蔓玲的口号是"两要两不要"——"要做乡下人，不要做城里人；要做男人，不要做女人。"（不仅是知青文学、乡土文学和官场文学的新突破，也是女性文学的新发展？）生产队挑粪从来是男人的活，吴书记也参加。"男同志能做到的，我们女同志也一定能够做到。"这句话其实是毛主席说的，可是，经吴蔓玲之口，你感觉不到她在背诵毛主席语录，就像是她说的。干活时甚至来了例假都不知道。平时"小吴其实是一个最和气、最好说话的人了，对每一个人都好。不论是老的还是小的，见人就笑"，生活作风也过硬，说话没有架子。这样出色的女人王家庄没人敢提疑问，用上届支书王连方的粗话说："就算是吴蔓玲脱光了，躺在那儿，王家庄也没几根鸡巴能硬得起来。"

在地头里和群众闲聊的时候，有人背了块大的玻璃镜匾路过，吴蔓玲想看看镜子：

> 镜子里有一个人，把整个镜匾都占满了，吴蔓玲以为是金龙家的，就看了一下旁边，打算叫她让一让。可是，吴蔓玲的身边没有人，只有她自己。回过头来，对着镜子一定神，没错，是自己。
>
> ……吴蔓玲再也没有料到自己居然变成了这种样子，又土

062

又丑不说，还又拉挂又邋遢。最要命的是她的站立姿势，分着腿，叉着腰，腆着肚子，简直就是一个蛮不讲理的女混混！

现代文学里有很多女人因为照镜子重新认识自己。白流苏在上海阁楼上对着镜子不怀好意地微微一笑，后来就出征浅水湾，做爱的时候又好像身体掉进了镜子，等等。吴蔓玲书记在镜子面前看不到自己，这也是男作家的镜子在照女性人物（男性凝视）？

在脚丫登场和田边照镜以后，我觉得这个女人有戏，后边可能会变成像阎连科《受活》中的茅枝婆那样好心办坏事的干部，或者性格一步一步往七巧方向演变，折磨她的情敌，等等。但是，这些情况都没有出现。吴蔓玲还是像农民一样朴素勤劳，像知青一样有文化有修养，同时又像干部一样讲政策讲道理。毛主席去世以后全村办葬礼，她带领大家一起悲伤地哭，抓到了念佛的群众要批斗，她也不加码也不减料。在1976年，这个地方的"族权"只剩下几个老人调停邻里纠纷了。"神权"当然更是封建迷信。这个时候的"政权"，早已一体化地渗透在王家庄的每个角落、每寸土地，通过高音喇叭，通过各项政策，更具体的是通过像吴书记这样像知青一样的农民和像农民一样的知青，或者是像农民又像知青的干部。这么浓墨重彩写一个人物，当然不只是一个官员符号，果然小说后来发生了两件事，令读者（我也是读者）意想不到。

五　农民的自尊与意外的结局

某天半夜，另一个留在乡村的南京知青混世魔王，到吴书记住的大队部，趁老同学不防备把女书记给强奸了。事后，吴书记也没报案，小说也没有多解释。大概因为报了案，上级可以惩罚混世魔王，但是女书记的损失无法弥补了，名誉上受损，还会引起别人的猜疑——都是知青，会不会半推半就有什么隐情？这些都可能影响女书记日后的政治前景。不管出于什么考虑，吴蔓玲非常气愤，却只是想阻止混世魔王当兵，日后慢慢整他。没想到这个混世魔王这一年就真的当兵去了，临别时吴蔓琳在这男同学脸上吐了一口痰，当作最后的宣泄。

第二件事情是吴蔓玲后来悄悄喜欢上了端方。这也不意外，男一号跟女一号总要面对面。看到端方对三丫的感情，吴蔓玲有点暗暗嫉妒，吴蔓玲想让端方去当兵，又想在他当兵之前跟他好一阵。被强奸以后，她反而更有生理上的感觉了，一度与爱犬关系密切，当然是被动的，也没有写得太过分。此时端方去了养猪场，养猪人老骆驼倒是真的有点像对人一样对待猪，有时候就靠母猪来宣泄欲望。端方面对吴书记的关心、苦心，某夜也曾醉酒下跪，事后十分后悔，觉得自尊心受损。

自尊是端方这个农民的基本特点，是一个有文化农民的基本性格，所以在混世魔王离开以后，吴书记曾假装无意地把手搭在端方肩上，端方却将女人的手挪开。小说描写这个动作的分量和吴书记吐痰在混世魔王脸上的分量几乎是一样的。端方为什么拒绝吴蔓玲呢？小说没有直写，也许就是农民的自尊。女的是知青又是干部，又像农民，所有她的好处都让男主角自卑，而自卑又使他更加自尊。所以象征意义上，几乎完全取代了"族权""神权"的"政权"，渗透到了整个乡里，消灭了祠堂和土地庙，却仍然无法完全统治乡土。

小说就这样要结束了吗？我看到这里有些疑惑，眼看只剩下十几页了，不知道作家做什么打算，不知男女主角的关系会怎么发展，不知1976年以后的王家庄会是什么光景……

小说在这里结束："吴蔓玲披头散发，她在地上剧烈地挣扎，狂野得很，泼辣得很。"她尖声呼唤端方，端方叫人赶快送医院。
可是吴书记——

> ……搂住了端方的脖子，箍紧了，一口咬住了端方的脖子，
> 不松口。她的牙齿全部塞到端方的肉里去了。"我逮住你了！"
> 由于嘴唇被端方的皮肤阻隔住了，吴蔓玲含糊不清地说："端方，
> 我终于逮住你了！"

整部长篇到此结束，令人回味，引人深思。可惜啊！难得有
这么一个知青、农民、干部三合一的完美形象，最后竟然疯了。
仅仅因为性压抑吗？还是因为名誉的压力？因为责任、使命和前
途无量？（"前途无量"是上级领导送给她的赠言）还是因为她是
优秀的农民、知青干部，而且她是一个女人？

一部长篇小说，要到最后一节最后一句，才完成其复杂的意
义结构。毕飞宇写得十分用力，也极其用心。

参考文献

吴俊编：《毕飞宇研究资料》，北京：人民文学出版社，2016 年

艾春明：《毕飞宇小说创作研究》，北京：中央编译出版社，2016 年

葛红兵：《文化乌托邦与拟历史：毕飞宇小说论》，《当代文坛》1995 年第 2 期

黄毓璜：《春意阑珊半山腰：略谈毕飞宇小说》，《钟山》1993 年第 6 期

毕飞宇、张莉：《小说生活：毕飞宇、张莉对话录》，北京：人民文学出版社，
2019 年

洪子诚：《中国当代文学史》，北京：北京大学出版社，2010 年

张均、毕飞宇：《通向"中国"的写作道路：毕飞宇访谈录》，《小说评论》

2006 年第 2 期

王彬彬：《毕飞宇小说修辞艺术片论》，《文学评论》2006 年第 6 期

何晶、毕飞宇：《想象无论多远，都有它的出发点：毕飞宇访谈》，《文学报》，
2014 年 4 月 22 日

沈杏培、毕飞宇：《"介入的愿望会伴随我的一生"：与作家毕飞宇的文学访谈》，
《文艺争鸣》2014 年第 2 期

毕飞宇：《沿途的秘密》，北京：昆仑出版社，2002 年

段崇轩：《论毕飞宇短篇小说》，《文艺争鸣》2008 年第 8 期

丁帆：《〈平原〉：一幅旧时代文化萎遗的地图——兼论长篇小说的"保鲜度"》，
《当代文坛》2021 年第 3 期

史铁生《我的丁一之旅》

男人"性史"四阶段

　　史铁生从 20 世纪 80 年代起已经被公认为知青一代作家当中的佼佼者。他的中篇《插队的故事》，不仅写知青心态特别真诚，而且写农民生态特别真实，是最杰出的知青小说，没有之一。史铁生最有名的作品是《我与地坛》，以残疾人的视角，探索人生哲理和北京之美，影响非常大。后来他的一部半自传体小说《务虚笔记》，也曾经被评论家评选为 20 世纪 90 年代中国十佳小说之一。

　　《我的丁一之旅》是他病逝前的最后一部长篇，2006 年由人民文学出版社出版，2019 年入选"新中国 70 年 70 部长篇小说典藏"。有评论说这部小说是"古典、诗意、灵动，在看似散漫实则缜密的结构里，精心构筑了一个睿智空慧的哲思世界"。评论也不是没道理，可诗意、灵动、睿智、空慧可以形容很多作品，可以概括很多境界。实际上史铁生这本书确实是一本奇书，标志着作家的人生艺术步入了一个无所顾忌的世界，也标志了中国小说在 21 世纪初期的多元化发展的某一个极端。

　　说得再实际一点，《我的丁一之旅》描写的是一个当代低配版的贾宝玉，或者说它是一部高雅精致的《废都》。

一 "我"和丁一：游戏规则

这部长篇主角有两个，一个是"我"，一个是丁一，但他们是同一个人。

简单说，"我"是心魂，丁一是肉身；"我"是理性，丁一是感官；"我"是超我，丁一是本我（也不一定，两个人有时候都是自我）；"我"是天理，丁一是人欲；"我"是思维，丁一是行动；"我"是永生的，丁一是暂时的；"我"永远是对的，丁一常常犯错；"我"不一定能控制丁一，丁一有时候还能影响"我"。

这样的总结并不全面。小说情节远比这些灵肉冲突、协调对话更复杂。我们读原文：

> 我进入丁一时他尚幼小，但非刚刚落生。此丁落生之初我还未到，那时求生的本能令他有何作为，须待我到来之后才有所闻——不过是哭嚷吃睡等等吧，无需赘述。
>
> 我来了，他才睁开眼睛……我想的是唱，可他却哭……[1]

"我"想谢谢母亲，可丁一只会吵。"我"的回应必须要通过丁一，也就是说"我"的意志、理性、心魂再高明，必须通过肉身表现。小说中的"我"以前也曾经历过猿体（猴子），也曾经到过鱼身（穿过鱼的生命）。就像莫言的《生死疲劳》里的地主亡灵一样，不断地寄生在不同的动物身上。比较而言，"我"觉得这次投身丁一好歹是一个人形，还不坏。想想人器各部分功能齐全，于是"我"和丁一数十年形影不离。

小说开始部分的叙事角度都是"我"，丁一的活动都是"我"

---

1 史铁生：《我的丁一之旅》，北京：人民文学出版社，2006年。以下小说引文同。

在看。第一和第三人称都在一个人物身上，也是小说叙事方式的某种新实验。

> 我们同命运共呼吸……比如说做梦吧，就多半是我的事，那时节我上天入地为所欲为，丁一呢？……那厮猪也似的睡在床上动也不动……他要是被一盘盘黄色录像激动得彻夜不安，我也就难得自由之梦，我甚至会被他的欲望左右，梦得春风荡漾，梦得色彩斑斓。

这说明"梦"不仅属于灵，也受肉欲的影响。小说为了说明"我"和丁一的复杂关系，局部放弃了时间概念，略写他的青少年成长过程，也不是全略，重点的时候一会儿再补。直接讲：

> 他面见领导，我就不便胡思乱想（除非不怕撤职）；比如他立于讲台，我又不可以心猿意马（除非不怕下岗）；再比如他走在街上我得维护他的尊严（莫使人把咱轻看）……特别是他要开上车，我就更没了自己……

服从社会常规是丁一的责任，但要"我"帮忙。丁一也不只是肉身，他是一个现实社会的存在，当然相比之下"我"就是自由意志、"诗和远方"了。总之"我"也想明白了，既来之则安之，"否则我不痛快，他也抱怨"。

你也不能说丁一只是一个完全没有灵的肉身。"某年儿童节，孩子们演出童话剧《白雪公主》，丁一扮王子，一美貌女孩演公主……一见那女孩双目紧闭，玉体横陈，恍若香魂已去，这丁竟以为真，当下两眼发直，脚下趔趄不稳。我赶忙提醒他：假的呀，哥们儿！演戏，这是演戏！"可是丁一号陶大哭，结果假戏成真，效果奇佳。就是说丁一也会动情，他不像"我"一直那么理性。把"我"跟丁一的关系简单地理解成灵肉冲突，只是作家的一个叙事圈套。

二　丁一的性生活史：开启性之旅

两个角色一个人，第一或第三人称反复对话，怎么能写成一部 30 万字的长篇呢？丁一怎么读书、工作，关于他的政治思想、经济观念这些问题都不仔细交代。小说其实可以改名叫《丁一的性生活史》，或者《性经验史》《性心理史》《性梦幻史》。

> 其实，芸芸人形之器，我所以选中丁一，重要的一条是看他天生情种。……还有一点：我喜欢此丁的诚实。断非傻瓜的，不等于就狡诈。

这种时候，"我"好像是直接面对听众、读者说话，要他们一起来观察丁一：

> 你看这丁，鲁莽，憨直，甚至有些愚蛮，这样的人多半诚实……我与丁一互不欺瞒。你说是吗，哥们儿？／当然当然。
> 落生为性命的丁一，压根儿是欲望的点燃。就说抽烟吧，这事我向来反对，可他不听……再说馋。走到街上，一见了好吃的他就走不动……
> 吃，在我是不得已而为之，在丁——带却常常演成目的，甚或荣耀……整天吃，乃至彻夜地嚼，哪儿还有工夫干别的？……写作，概非人器可为……

丁一性史第一阶段是遮蔽。什么叫遮蔽？就是"真正的危险显露于我与丁一第一次走出家门，走进外部世界的一刻"，小孩光屁股引起众人围观：

> 我见丁一也是一脸茫然，然而他那朵小小的萌芽却兀自翘立，并在其蛮荒的领地上荡开一股莫名的快意……年幼的丁一尚不能想象它于未来的妙用。你看它，仿佛迎风沐雨，仿佛标思立欲，天地遥遥勾勒其形，时光漫漫蕴含其中。忽然，我见那男孩羞愧难当，两手将那萌芽悄然遮住。

这就是丁一"性之旅"的第一步起点。这个起点就是遮蔽。"我只好对那年幼的丁一说，这是一切起程前必要的仪式。"

丁一性史的第二阶段才是色欲天成。他婴儿的时候就喜欢女人亲他，洗澡要跟姐姐一起，但不跟邻家的男孩同浴。读书的时候放学回家就跟上漂亮阿姨，翻杂志也会注意泳装女子照片。"我"感慨了："本能啊，本能这东西总被低估……此丁以其大不谨慎之行径，为我们赢得了一个可怕的称号：流氓。"史铁生在这里借用了王小波的符号。为了这个称号，"我"和丁一就互相责怪。

一般讨论"性"的历史，总以为首先根植于"欲"，首先是自然本能、生理因素，但史铁生书写丁一的"性史"，首先是"遮蔽"，是"禁忌"。这个起点很重要。理论上，当然自然条件、生理因素是基础，但人的具体生活实践，却常常首先是禁忌。"不能""不可""不许"，比"我要""我想"出现得更早。"性"，首先是文化现象、社会规则，然后人才渐渐明白禁忌违规的原因和"初心"。

转眼到了红卫兵的年代，丁一在接到一个袖标的时候，初次见到一个叫秦娥的女生：

平生头一回碰到她的手哇，那厮不免周身一抖，涌动起一股暖流。秦娥其时一身洗白的旧军装，束腰耸胸，短发齐耳……

"暖流"意味"性史"第二阶段，性的觉醒。但性觉醒的形式也已经包含社会甚至政治因素。秦娥虽好，袖标却小，丁一感到被歧视。丁一的父亲是一个送饭的，使丁一非常自卑。"文革"时出身很重要，但工人的"血统基因"还不够红。

三 裸体之衣："衣和墙"遮住了人，却构建了文明

一是遮蔽，二是本能，三是身魂矛盾。丁一性史第三阶段，按作家的原话叫"身魂牴牾"，就是身魂矛盾：

> 比如说吧，我爱上了 A，可丁一偏偏看上了 B。比如说我终于找到了夏娃，可丁一却不喜欢夏娃的此一居身。又比如丁一看上了某一美轮美奂之身，而我却发现，其实那里面并无夏娃。

总之"我"跟丁一在看异性的时候，喜好不一。这就是说人生不仅要冲动，还要想清楚，这就麻烦了。"我"发现："做爱，既须去衣而为，故务当蔽之以墙——丁一一带便明确称之为'房事''行房''同房'甚至'房中术'。"

从"房"的角度来讲，衣服和墙都是为了遮蔽。《大浴女》中的"山上的小屋"，也是为了遮蔽。小说这时引入了罗兰·巴特的"裸体之衣"概念：

> 裸体有时也可为衣。比如裸舞，舞者一丝不挂但其实她穿

了一件"裸体之衣"！此衣何名？其名舞蹈，或曰艺术。

看一个裸体雕塑，不能简单地说它没穿衣服，因为它是艺术，所以它的衣服就叫艺术，就是雕塑。

因有舞台、灯光、布景、道具所强调的规则，故令观众……不得不承认了她舞者旳身份，承认其"裸体之衣"。倘有谁偏看她是赤身露体，光着屁股，那么先生们女士们：是您违背了规则。

看着他长大，"我"教丁一：第一，裸体为什么可耻？丁一不懂。第二，裸体艺术到底在遮蔽什么？第三，怎样化裸为衣，是否可以化衣为裸？丁一渐渐地明白了：

问题不在你穿或没穿，而在你是否像别人一样穿或没穿，在于你能否服从规则，遵守公约，能否从众，以及能否藏进别人。（躲藏到别人的群体里去，是很多文化、政治乃至性爱活动的潜在目的。）

"我"在丁一身上思考这些关于"性"的哲理时，发现原来性观念的核心就是——和别人一样，是规则与合约，你违反了这个规则不行。

一直就有个问题：为什么，性，这自然之花，这天赋的吸引与交合，在人类竟会是羞耻？而在其他动物却从来都是正当，绝无羞愧可言？

事实上，自从丁一不慎而成"流氓"之日起，这个问题就开始困扰我了。证据很多。色鬼、淫棍、破鞋、骚货、流氓、婊子……人类为性羞辱所创造的恶名举不胜举……干脆说他们不是人，"简直是畜牲"！

"我"和丁一苦思冥想，终于发现：

性，之于人，是一种语言甚至是性命攸关的语言……

快乐与幸福是两码事，快乐仅仅是一种生理反应，猿鱼犬马也有，而幸福，全在于心魂的牵系。

……因而我和丁一有了一种难耐的渴望——穿透所有的衣和墙，看看那儿到底住的谁？她／他们，是否也有着同我们一样的渴望……

所以我和丁一不断地张望，朝向陌生的人群，朝着一切墙的背后，朝着所有可能被遮蔽的地方……

如果我们独上高楼，都可望尽天下墙。在大城市，看看对面大楼很多窗户，这些窗户常常闪着同样的灯光（因为他们都在看同一个连续剧）。可是每个窗户里边又都上演不同的戏剧，他们互相看不见隔壁的墙的内容，其实也是想象自己的故事太丰富了——那些"墙和衣"遮蔽了人跟人，却构建了文明的本身。

四　身魂矛盾：魂已挡不住身

谁料我的梦景却推波助澜令那丁色胆陡涨，我的想象竟助纣为虐，唤醒了他蛰伏已久的窥视欲。

先是在街上，公共场合，人群中的无论哪儿，我发现此丁不时地两眼发直，循其视线望去，极目处必一窈窕淑女，或妖冶女郎。而后在海滨，沙滩上泳装缤纷，浴场中妙体闪烁，丁先生更是周身血涌，目不暇接。再次于家中，独坐桌前……忽而痴然捉笔，狂抹癫涂——真是让人不好意思，笔下尽是些艳身浪体，纤毫毕露。

我笑他：喂喂，现而今的黄色画报、录像唾手可得，何劳先生用此拙力？

那丁不以为然：那都是死的呀兄弟，你看不出？画报上的全像遗体，录像里的都是幽灵！

此说倒让我悄存快意，或引以为志同道合。

可谁料，有一回，甚至几回，我发现那厮居然偷窥异性沐浴。这还了得！我喊他：嘿嘿，干吗呢你！他甚至顾不上理我，只挥挥手：嘘——别嚷……

此后丁一还就"流氓"一词与"我"争论：

他说，比如一个沐浴中的女人，那绝不一样！她是那么自由，舒展，毫不做作，既柔弱又强大，既优美又真确；……旁若无人，无比的安静中埋藏着难以想象的热烈……

这儿没有别人，这儿无衣无墙。

违法。违法了呀，不懂吗？

唔，那丁味味窃笑，咱俩，不说这个。

看到这里发现丁一不仅是流氓，还是一个有文化的流氓，不仅是自然的肉身，还有自己的理论。

第三阶段身魂牴牾，渐渐魂就挡不住身了，"我"拦不住丁一了。丁对衣、墙的穿透终于导致了一个关键字，叫"脱"。突然某日——

我看见：赤裸的丁一与一个赤裸的女子，同处四壁之间……竟仿佛忘记是为了什么。……丁一之花已然昂扬……那人形身器原就是一头野兽！

……我又好像飞出了丁一……那头狂暴的野兽已是瘫瘫软软……再看身旁女子，如隔万里之遥。

"我"开始给他分析了：

在我看"裸"的魅力全在于"脱"……只会性交？咳咳，那叫什么！咱前头说过了：那是畜类！

……尤其是在我到达丁一的第二十几个年头，春夏之交，裸，忽于那一带如火如荼。……裸衣重重，心魂埋没……

一次次肌肤相亲，一次次耳鬓厮磨，自下而上的激励和自上而下的疲惫……若无标新立异的情怀，若无柳暗花明的感受，"脱"也会耗尽魅力，或早已蜕变成"裸"了。

……先时，靠其"花拳绣腿"尚可以逞一时之勇，但慢慢地腻从心来，一向的刚猛随之递减，渐呈强弩之末。

妈的，咋回事？

废话，事情总能是你这么干的吗？

怎么干？

那儿有镜子，自己瞧瞧吧！

镜子里照出一堆仰卧起坐的体操动作。"快活一阵子，而后赤身裸体地想想，还是一次次俯卧撑。"

于是丁一和"我"的性史就要进入第四个阶段了。至此，女主角们还没登场。

五 "性史"进入"理想国"阶段:《空墙之夜》

丁一"性史"的前三个阶段,首先是幼儿觉醒知"耻",然后才知少年的色欲天成,再到青年困境身魂牴牾,悟到"裸体之衣"的理论。丁一从偷窥女人沐浴,到"征战"很多不同女人,然后感到了重复俯卧仰撑的乏味疲倦。就在这时他或者说他们("我"和丁一),重逢了小说女主角秦娥。

在"我"和丁一碰到秦娥之前,还发生了两件事。一是其姑父不知如何可证明女佣馥是烈士;二是这个历史旧案促使丁一一直内疚,少年的时候他曾经出卖招供了自己的初恋依。史铁生笔下,性与政治,天然混合。在小说里,性生活史是戏,"文革"背景是戏台,无形之中互相衬托。叛徒出卖,流氓标签,被这些政治符号包围后,丁一某日醒来,发现自己已经在派出所,因嫖娼而被拘。好在警察手下留情:"行了,走吧!……再碰上可没这么便宜了!"这大概是丁一"性史"中黎明前的黑暗。

重逢秦娥,是因为某日在一小饭店里见到她的哥哥秦汉。秦汉看上去是一个极有文化的人。这部长篇里的角色除了丁一以外,其他都是貌似深奥、有哲学头脑、"不明觉厉"的人,个个都像史铁生。在秦汉家他们看了一部美国的电影《性·谎言·录像带》。这是很罕见的情况,当代中国一流的文人小说,用专章来重述一部美国电影的情节,并反复引用剧中的对话。什么目的呢?

电影中,格伦和约翰是分手多年的老朋友;约翰和安是夫妻,性生活平淡;约翰与安的妹妹辛蒂亚偷情。这是电影的开局,已经够乱。通过一系列谈话、录影、性爱的情节,最后格伦和辛蒂亚裸衣录影并和安相爱。简而言之,原来是男 A 占了女 A、女 B,结尾是男 B 占了女 A、女 B。"男人学着爱上吸引他的女人,而女人是越来越被所爱的人吸引。"电影里的这段台词在史铁生小说里反复出现。关键大概是"吸引"和"爱"的定义，如果"吸引"更多代表形体、相貌、肉身，"爱"必须包含心魂、理解、忠诚。那么也许男女在先后次序上，一般来说也许真有一点区别？

秦娥那时是个不太成功的演员，和"我"及丁一见面，话题主要是关于秦汉的性取向和那部美国电影，诸如："你知道什么是正常，什么是不正常吗？""心魂本没有性，心魂只有别。""性，怎么会只是一种习惯呢？""'不对吧？'于是乎那丁学着我的话说，'不不，那应该是语言，是表达，是独特的话语，或者说是一种必要的仪式，怎么会只是习惯呢？'"

围绕着"性"的很多灵的对话，说着说着，"娥愣了一下，或者愣了很久，然后几乎跳起来：'哇，这话说得太棒了！'"话（儿）是丁一的，话还是要靠"我"。小说里，这段对话以后，"我已经明白，此丁与此娥的爱恋已是在所难免"。

第三次进入娥家，丁一才看见娥女儿问问的照片，原来娥已经离婚，丁一也没多问过去的事情。小说篇幅过半，丁一"性史"进入第四个阶段，所谓"理想国"阶段，这也是史铁生这部长篇最关键、最让人无可回避、最可能引起争议的核心部分。

前面三个阶段丁一和"我"关于"性"的困惑，其实凡人尤其男人都可能有。第一，为什么性让人羞耻，动物却不羞耻？第二，说是"耻"却那么美好——色欲天成。第三，身心、灵肉、魂气、性欲如何或者为什么要冲突，怎么协调，什么才是最重要？以上问题，在20世纪以来的各种中文小说里，已经有了无数的疑问和解答方案。但接下来丁一和"我"的问题则更为棘手、复杂。

"爱情，既然是人间最美好的一种情感，却又为什么要限制在最最狭小的范围内？"这其实最早是秦汉的问题："这哪儿像是对待美好事物？简直倒像是对待罪行了。"

"我"提醒丁一爱需要绝对真诚，所以丁一就把自己少年时对邻家的素衣少女泠泠的恋爱也向娥坦白。娥说丁一可以搞戏剧，戏剧不现实，但是实现。

有一天——"娥一下子抱住了丁一。我没想到她竟会是如此热烈——娥贴在丁一耳边说：'你不能走了，从今天起你不能再离开我……'我没想到她竟会是如此疯狂。"在晚间的一个模拟戏剧当中，"赤裸的丁一和赤裸的娥相互眺望，天涯咫尺"，重演电影中的情节和对白，"只有有肉体关系的人，才可能给你有益的忠告"。就在这些斯文高雅的台词当中，"那丁疾喘吁吁地忽然冒出一句千古绝唱：'娥，你的屁股好大呀！——'"

小说写他们演戏，他们疯狂，他们哭泣，他们立约——关于自由和自愿的立约。这个阶段丁一和娥讨论了很多抽象话题，关于ED（性无能），关于"那话（儿）"这个"名可名，非常名"。娥还在戏剧中扮演泠泠，就是丁一的早期对象，以满足他儿时的性幻想。读者不妨设想，一个情人扮演你以前的初恋对象是什么感觉？

然后丁一跟秦汉讨论性虐和戏剧，还认识了秦汉的女友吕萨。丁一甚至还写了个剧本，这个剧本叫《空墙之夜》，当然基本是在"我"的帮助下完成的，这个时候"我"和丁一配合默契。

　　舞台还是那样的舞台，即约定的时间,和约定的那一种愿望。演员和导演也还是他们俩，丁一和秦娥；包括编剧。

　　剧本都在心里。情节、对话都不确定，但都在心里。

　　……

　　不需要道具。灯光、布景、化妆一概都不需要，只要把屋子腾空。只在地上画两条直线，一横一竖如同一个"丁"字把地面分成三块。

　　……

　　她把横线两端各踩开一个缺口："这是门。"

　　具体怎么演？两个人衣冠楚楚走进来，假定这条线外是街道，人很多，都是别人。这两个人还素昧平生刚见面，然后注视、跟踪，互为观众。男的想女的，女的就想男的，按照男的想象脱衣，然后隔着虚拟的墙。记住，他们隔着"墙"，但这是个虚拟的墙。

　　女人回家，脱衣、想心事、模仿沐浴、唱歌。男的就在隔壁（虚拟的隔壁）偷听。他不算偷看，他是偷听。苏菲·玛索早期有部电影，里边就是隔壁一直有人偷听她的一举一动。

　　然后是娥跟丁一的戏，中间还会打断，布莱希特效果。两个人还可以停下来，交换剧本讨论，再入戏，再被邮递员打断，再回到现实，这是从"裸体之衣"发展到"空墙之壁"，墙可以虚拟，也可以被穿越。

　　丁一把《空墙之夜》剧本拿给吕萨看——"丁一乘机跟我说：论身材，娥还真是不如萨。／我说：哥们儿你又想什么呢？……丁一有点恼羞成怒：我就那么一说，陈述句，陈述一个事实而已！"萨问："这剧本啥意思？到底想说什么？""我由此丁而发现，男人之恰如其分地神不守舍，词不达意，或笨嘴拙舌，不啻是赢得良善女子之好感的一具法宝！或者直说了吧：我料此丁与萨难免又要来一回爱河双坠了，虽说迄今还都是在有意无意之间。"

　　不着边际地谈戏剧，如何破墙，有心无心地讲秦汉是否同性恋。两人都对秦汉所说的"爱情既然美好，为何限制在最狭小范围"这句话感到了困惑的乐趣。萨诉说她对秦汉的感情，理论上她是秦汉的女朋友，秦汉却心系另一个叫鸥的女子。

　　丁一不肯向"我"承认这是趁人之危，但又努力探索戏剧的可能性，先向娥取得共识。

娥说:"就是说,人人都不是只想过一个人。"

娥说:"人人都想过很多人,甚至是同时。"

······

娥说:"在现实里,才可能有'不现实'。"

······

娥说:"所以是不现实的实现······是非凡的同时也是,危险的······"

然后某天晚上,《空墙之夜》的演出就多了一个人——吕萨。这场演出还是在那间空房间,但不靠横线和竖线,而是把地面漆成红、蓝、白三块区域,假定不同颜色相接处是"墙"。

吕萨"在剧情之外,但未必在戏剧之外"。就是说萨不是角色,但是墙壁是没有墙壁的、观众本身也参与了这出戏。"剧本不加改动。一切还都是曾经设想的那样:娥表演一个丁一所向往的女子,丁一则扮作娥所期盼的某一男人。"

名义上隔着墙,实际上只是红、蓝、白区之分。

戏剧(实况)进展到夜深,两人难以入梦。萨也紧张了:"喂,你们等会儿行吗?我······戋去趟卫生间。"回来后,萨继续看到丁、娥在梦中相拥而吻,如醉如痴,说很多情话,很多痴话。

史铁生在此处特别说明:"不过,从那一夜忘情的戏剧中,萨听出:丁一情思驰骋,几乎看遍了所有——从童年一直到现在的——令他心仪的女子。而在娥的对白里,却好像只隐藏着一个名字——自始至终都是他。"

他是谁呢?没说明。作家的意思:男人想的是女人,女人想的是一个男人。(这个规律,颇可以引起争议)只是丁发现,裸既可以为衣,衣为什么不可以是裸呢?就是说这晚的戏没有脱。想象衣服也是一种裸体。但萨觉得没有脱是因为她这个观众的在场。

接下来丁和萨讲了很多关于爱与性的哲理，萨听明白了："你不就是想问我能不能参加你们的戏剧吗？"萨表示说："也许我行……要是我行……我想我就能够理解秦汉了。"因为她喜欢秦汉，但秦汉喜欢她同时又喜欢另外一个女人。

这时"我"在怪丁一，趁人之危不够光明正大。史铁生又在笑"我"，"我"问："那丁之心，敢说阁下就不曾有过？"作家在这里究竟想剖析什么？难道三人行不仅是身器的无意识欲望，还是心魂的某种梦幻？

无壁之墙戏剧还在发展。

三个人的戏剧，毫无疑问，令人紧张。

……

中间是那块红、蓝、白的三色地。丁一、秦娥、吕萨，各居一隅。另一个角落里是窗，月色迷蒙，树影零乱。

……

只要再往前走一步你就把自己交出去了，交给了两个而不是一个……此后你就不能再否认你的性欲或爱欲的多向……

艰难地拖延之后——

"脱"字终于传来。那颤抖的声音抑或是如期的命令，最先传到了娥，然后是萨，然后是丁一。

但赤裸的身躯却仍然固守着自己的角落，不敢进前一步。

默默地站着，甚至不敢互相观望。

默默地祈祷……

居然是第三个参加的萨，率先走进"脱"。娥呼喊："萨，你的屁股好美呀！"于是小说写："这是一声温柔的号令，一切期盼着的心魂都要为之昂扬！"

写到这里作家停了，说："我想把此后的情节都留给读者去想象……在那红、蓝、白三色的房间里，丁一、秦娥和吕萨胆大包天。"

"我"（不知道是丁一身上的"我"，还是作家）说：

> 第一，性爱之事看起来大同小异；又因为第二，性爱之事想起来却大不相同。
>
> 丁一、秦娥和吕萨的夜晚，奇思叠涌，曾令我大为赞叹。
>
> 丁一、秦娥和吕萨的夜晚，异想纷呈，至今让我感动至深。

作家或者说丁一身上的"我"对读者说："如果你不愿想象，不能想象，或轻看想象，那就干脆放弃这本书吧。"

这是史铁生最后一部重要的长篇，当然读者有权利追问，你们这位高雅、纯洁的坐在轮椅上的作家史铁生究竟在描写什么呢？作家不认为这里有淫荡：

> 当丁一、秦娥和吕萨赤裸着坐在月光里，坐在红、蓝、白三色的交界处，脚尖对着脚尖呈一个大写的"Y"字而任由夜风吹拂之际，我丝毫看不出淫荡。

有意思的是在这"Y"字上，作家没有写秦娥、吕萨的心理，专门描绘的是丁一和"我"的男人的感动：

> 尤其是当我看见，娥与萨的交谈竟是那样无拘无束，娥与萨的相处竟是那样亲密无间，那时丁一心中的感动正可谓是无以复加。尤其是当我看见，两个女人的相互凝望就像丁一对她

们的凝望一样充满着由衷与坦荡，流露着倾心甚至是渴望，那时，丁一更是感到了前所未有的欣慰与满足……我问他：怎么样，兄弟？／太好了，太好了，谢谢，谢谢……天宽地阔朗朗煌煌，我们平生的梦愿——

注意这里的"我们"只是说"我"跟丁一吗？还是隐含着猜度着"我们"男人？《我的丁一之旅》是高雅精致的《废都》，因为《废都》里也有一些精彩的段落——庄之蝶家中午宴，出场人物有太太牛月清，情人唐宛儿，唐的男友，暗恋他的汪希眠的夫人，还有新到的女佣，同时面对几个和男主角可能有关系的女人，和睦相处，哪怕是建立在欺骗的基础上，也会令男主角，包括很多读者，去想象很刺激的、潜意识的男人梦。

为什么中国文学的第一男主角是贾宝玉？贾宝玉的理想不仅是寻找所爱的女人，不仅是寻找多过一个女人，而且是他所喜欢的女人们都能像姐妹般友好快乐。史铁生的小说有意无意地延续了假宝玉之梦，或者说真《废都》的幻想。

小说中的"三人行"，关键不是双性恋，不是丁一花心，而是别人形容的"古典、诗意、灵动"，精心构筑的男人的集体无意识。

六　男人乌托邦的破灭

小说第126节以"丁一的理想生活"概括这一阶段他们的生活：三人在红、白、蓝房间里改编《奥赛罗》《红岩》。有时候赤裸的娥和赤裸的萨会一起站起来，呼喊《牛虻》中的台词。

"那一段理想的生活就像一季漫漫长夏，而当秋风起于毫末，他们却都还一无觉察。"

某日秦娥提问：那戏剧中的做爱者，到底是谁？（是角色还是演员？）说是角色其实还是演员。终于丁一向"我"坦白："要是都能那样的话……还用得着戏剧吗？"当然再戏剧、再文艺、再哲理、再追求一个真实"三人行"，也难以持续下去。

这时有几个插曲来打扰丁一的乌托邦了。

第一，丁一少年时的初恋依回来了，知道《空墙之夜》之后，用历史教训提醒："自愿的，就都靠得住吗？"

第二，出现了丹青岛的传说，据说某人和他所爱的两个女人在一个荒岛上生活。这显然是影射顾城了。

第三，秦问问的父亲商周（秦娥原来的丈夫）从国外回来了。秦娥告诉丁一，说萨其实已经爱上丁一了，所以娥准备带问问出国，"也许我们都该过一种正常的生活了"。

当然丁（还有"我"）不愿意，很失望："没劲！无聊！庸俗！俗不可耐！"他拼命挽留秦娥："你、我，还有萨，我们不能放弃，不能随波逐流也去过那种平庸的生活！"而秦娥道出了问题的要害："戏剧的要领。——有限的时间，有限的空间，有限的人物和有限的权——力！"

丁一竟不愿意相信那不过是戏剧，没意识到爱已经转变成了权力。但是对丁一之梦最大的打击，还是来自更忠心耿耿爱上他的萨。

某日萨问："你不一直都在问，人间最美好的那种情感为什么不能尽量地扩大吗？那我问你：比如说商周，他能不能也参加到你们的戏剧中来？""我听见那丁脑袋里'嗡'的一响，我感觉他心里忽悠悠地像是有个深渊，人不由地就往里坠落，坠落……睁大的眼前竟是一片昏黑，闭上眼睛呢，是无边无际的血红……"

换言之，男人可以做梦有两个女人痴心爱他，最好彼此也相爱，在红、白、蓝的赤裸的空间。但是再加进一个男人，却是无法想象的了。史铁生一手戳破了自己精心制造的理想国，也使读者可以从现实和哲理上继续思索这个无解的难题。

《我的丁一之旅》到此也接近终点了。之后丁一就得了重病。获得了理想的爱，其实是获得了权力，再失去就十分痛苦了。在丁一病故之际，小说也交代了丹青岛上的悲剧：诗人杀妻，另一情人失踪。小说第 156 节还有一段补遗，说那个失踪的诗人的情人正是秦汉苦苦相思的鸥。

当代小说的确很少有这种先例，一部长篇始终写一个人物的内在的灵肉对话，文体上近乎于诗体小说，夹杂很多哲理、小品，而且这部长篇又雄心勃勃地力图解读一个男人的性经验史、性成长史、性心理演变、性幻想破灭，而这种性幻想的高潮竟然是一个假的宝玉传统——和宝玉传统有关的精致的《废都》梦。

新世纪以来，最直接讨论"性课题"的长篇小说，一是铁凝的《大浴女》，一是史铁生的《我的丁一之旅》。前者解析了十几段"不正当"男女关系，后者探究主人公"性"史的四个阶段。前者从社会学（女性主义？）角度分析这些"不正当"男女关系如何为了利益，为了快乐，或者为了探索，为了爱，无意之中可能也是假定女性性爱的四个层次：在性爱中为利益是常见的功利和肤浅；为性欲是不可言说、不好意思的；为探索既是满足好奇的天性，也是察看异性是否可靠忠实；为爱当然是超过以上三个层次（或者是不能以以上三个层次解释的性爱关系）。史铁生考察男性发展的四阶段，则先是服从社会规范道德要求"遮蔽"（知耻），然后意识到色欲本是天成，然后探索怎么"看"、怎么"脱"、怎么"做"、怎么"爱"（无衣之裸，无墙之夜），然后还不满足，再试图挑战男女两人道德底线（最美好的事情为什么要最私密），进而追求"三人行"如何通过戏剧艺术名义由不现实走向哪怕是短暂的梦幻的实现。两部小说各有奇思：《大浴女》最后在两性战争终极场景中将男性因素包括在外；《我的丁一之旅》则在理想国梦幻中将女性感觉排除在内。异曲同工之中，均有对人性（人和性）的严肃思考和追问。

参考文献

顾林：《救赎的可能：走近史铁生》北京：商务印书馆，2019 年

胡山林：《寻找灵魂的归宿：史铁生创作的终极关怀精神》，北京：人民文学出版社，2005 年

"写作之夜"丛书编委会编：《史铁生说》，北京：中国对外翻译出版有限公司，2013 年

张建波：《逆游的行魂：史铁生论》，济南：山东人民出版社，2012 年

赵泽华：《史铁生传：从炼狱到天堂》，西安：陕西师范大学出版总社，2018 年

许纪霖等：《另一种理想主义》，南京：凤凰出版社，2011 年

陈希米：《让"死"活下去》，长沙：湖南文艺出版社，2013 年

李彦姝：《乡愁的辩证法》，北京：中国社会科学出版社，2018 年

黑明：《走过青春》，西安：陕西师范大学出版社，2006 年

邓鹏主编：《无声的群落》，重庆：重庆出版社，2006 年

莫言《生死疲劳》
五十年中国农村发展史

　　莫言在 20 世纪八九十年代的小说，最著名的是中篇《红高粱》，最有分量的是长篇《丰乳肥臀》。进入 21 世纪以后，他的小说论技术《檀香刑》最好，但是成就还是《生死疲劳》最高。虽然《檀香刑》花了作家五年时间，而《生死疲劳》43 万字只用了 43 天写成。

　　《檀香刑》的技巧，概括起来有四点：一是荒诞细节，如乡民反德暴动用唱戏的形式；二是模糊英雄、丑角之间的界限，分不清楚造反的孙丙、刽子手赵甲和钱县令，谁才是正面角色；三是在《红高粱》已初试锋芒的暴力美学——凌迟过程五百刀，一刀一刀写下去，切割读者的忍耐力；四是频繁的人称转换，以不同的第一人称（我、俺、余）讲述同一个故事。

　　在《檀香刑》里这些技术特点完美结合，但是乡民反德是政治正确，其实不需要魔幻笔法，对义和拳精神的反省批判又过于隐晦。相比之下，之前写土匪抗日，后来又写"土改""文革"，显然是人们更熟悉也更难重写的历史。所以《檀香刑》试过的技巧一旦进入了《生死疲劳》，才是好兵器进入实战状态。荒诞构思在严肃现实背景下，才特别有意思。

　　什么是人们更熟悉，又更难重写的历史呢？ 20 世纪 90 年代几部最有影响的长篇——《古船》《活着》《白鹿原》，共同点都是在写"财主的儿女们"。这可不是偶然现象。

到了 21 世纪初，在当代小说里，"十年"早被批判，"大跃进""三年困难时期"主要是负面和夸张的书写，"反右"也总是扩大化和教训，所以真正有争议的历史难题就是"合作化"和"土改"。阶级斗争扩大化，就是将公民中的一部分划出人民的范围：或是经济原因（"地"、"富"、资本家）；或是刑事犯罪（从反革命、坏分子到乱搞男女关系）；也有思想、言论罪（"右派"）；还有党内政治斗争（"走资派"）。70 年代末拨乱反正以后，在文学里边，"走资派"和"右派"渐渐都成了正面角色。刑事犯还是反派。最难处理的是第一类的子女，即"财主和他们的儿女们"。

政治上这些重大变化，当代史书记录不多也不够及时。史失而求诸小说。文学不经意承担了记录、评判、监督当代中国社会变化的功能。所以小说史研究，不仅可以研究小说文体形式变化的历史过程，也可以通过阅读小说而观察当代政治社会历史。最杰出的、最多读者接受的当代小说，几乎都是现当代国人政治生态的一种见证。《活着》的主角福贵，很苦很善良，大家都同情他，几乎忘了他是地主的儿子（甚至可能是漏网地主）；《古船》的男主角抱朴也是乡绅儿子，后来一直读《共产党宣言》；《白鹿原》要是从 1949 年再写下去，可能也是两个财主的儿子继续抗衡，一个是白嘉轩儿子白县长，一个是鹿子霖儿子鹿兆鹏，都是党内干部，无可避免有路线斗争。

莫言的《生死疲劳》男主角也是地主，叫西门闹，一开局就被枪毙了。开篇就踩中了当代文学的一个热点和难点。不过莫言这个开局非常巧妙。第一章这个地主已经死了，转世投胎成为一头驴，还在自家院里，看着自己的二太太迎春嫁给了长工蓝脸，三太太嫁给了枪毙他的民兵队长黄瞳。知道翻身农民要占地主房子和女人，这是阿 Q 的土谷祠梦以来常常在小说里出现的桥段，莫言换了一个角度写。莫言的"装神弄鬼"，在《檀香刑》的孙丙、眉娘那里有点炫技，可是到了西门闹这里，却是很成功的叙事策略。

一　成功的叙事策略："装神弄鬼"

《生死疲劳》共五个部分，前四部分分别是"驴折腾""牛犟劲""猪撒欢""狗精神"，以四个动物的角色眼光，见证了 1950 年到 2000 年中国乡村及县城的各种变化，包括"土改""大跃进""文革""改开"，其中当然是"土改"这一段最难写。怎么既肯定"土改"的历史必然性以及对中国革命的贡献，又反省"土改"中可能存在的一些问题呢？很多作家为此煞费苦心，谨慎下笔，选择魔幻的叙事策略。

《古船》是强调财主——抱朴的父亲，是爱国的开明绅士，主动向国家上交田产、物产，也就是说按照当时的政策，他不应该被处死。而穷人出生的民兵赵多多，先是用碗扣在乡绅老婆胸部，实行性骚扰式的侮辱，后来批斗会又用手指假装手枪，从精神上就枪毙了地主。《活着》里地主的儿子，输钱逃过了"土改"一劫，另一个被枪毙的新地主的确态度恶劣，该死。相比之下，莫言的小说好像更直接地为枪毙的地主鸣不平了：

> 想我西门闹，在入世间三十年，热爱劳动，勤俭持家，修桥补路，乐善好施。高密东北乡的每座庙里，都有我捐钱重塑的神像；高密东北乡的每个穷人，都吃过我施舍的善粮。我家粮囤里的每粒粮食上，都沾着我的汗水；我家钱柜里的每个铜板上，都浸透了我的心血。我是靠劳动致富，用智慧发家。我自信平生没有干过亏心事。可是——我尖厉地嘶叫着——像我

这样一个善良的人，一个正直的人，一个大好人，竟被他们五花大绑着，推到桥头上，枪毙了！[1]

大概不仅是当代小说，在所有官方出版物里，这样公开为死于"土改"的地主喊冤叫屈的文字，应该都是极其罕见的。张炜《古船》中关于"土改"的描写，当初还在山东引起评论家的争议。[2]而莫言的《生死疲劳》，在严肃的文学评论界，并没有受到公开批评。原因很简单，这是"鬼话"，这是地主死了以后在阴间的自辩，不能把它看作是作家的政治倾向或者作家本人的态度（此乃重要的常识）。这是"装神弄鬼"的技巧，魔幻手法写现实。西门闹喊冤有理吗？从他的角度也不是全无道理，但是死鬼的声音大家听不见了。一方面，小说暗示西门闹一直活着，过去修路办学、调解纠纷等乡绅祠堂功能，私有制精耕细作的乡村伦理传统，"耕者有其田"的农业文化基本道德，在五花八门的革命风暴中仍然"阴魂不散"；但另一方面，在现实层面中，小说很快就超越了西门闹，甚至到了改革开放的时代，当年的凶手黄瞳、乡村的无赖杨七、村干部洪泰岳等人之间的阶级矛盾，几十年后都一步步走向缓解。

第一步，农民分到土地以后怎么耕种，如何生活？西门闹的妻妾儿女们怎么开展他们的创业史，迎接艳阳天？这时大家谁来听西门闹的鬼话？人们都要走上金光大道！

长工蓝脸和二太太迎春，带着西门闹的儿女金龙、宝凤一起生活，还生了一个儿子蓝解放（后来是主角）。民兵黄瞳和三太太秋香也生了一对女儿，叫互助和合作。西门闹的原配白氏，没有子女，也不改嫁，一直被批斗，最后结局十分戏剧性。

---

1 莫言：《生死疲劳》，北京：作家出版社，2006 年。以下小说引文同。
2 张炜：《在〈古船〉研讨会上的发言》（济南，1986 年 10 月），引自《古船》，武汉：长江文艺出版社，2017 年，第 336—337 页。

　　也许，人都希望能看到自己死后的情况，看到自己所爱、所恨、所喜欢、所讨厌的人以后怎么生活，看着自己投入一生心血的这个世界明天会怎样（很有可能，看到自己一生为之奋斗的东西一点点被毁……）。西门闹没有忧国忧民的胸怀，他只关心自己家人的不同境遇、不同表现，或者忠贞，或者苟且，或者顽强，或者背叛。但这个驴牛形猪狗身的财主，在目睹自己子女们的几十年生活变迁的同时，也目睹了他所不理解的乡村里阶级斗争的复杂局面——地痞无赖（比如杨七）也积极革命了；老实的农民蓝脸却坚持单干；村支书洪泰岳原来是个叫花子，实际上是地下党；而好干部陈区长过去是驴贩子……

　　20世纪50年代上半期出现了合作化互助社，这当然是西门闹看到的最重大的乡村变局。如果说他的死曾有什么积极的历史意义，那就是地主被枪毙，农民分到地。合作化互助社，在死魂灵看来，不是一家一户的农民又失去了土地？财主当然不懂集体所有制的伟大意义，可是活着的人，出身很硬的蓝脸也坚决不入社，坚持单干。儿子金龙及乡亲邻里都想尽方法，软硬兼施拉蓝脸入社，竟都没有成功（以我自己70年代在江西农村的生活经验，觉得这个情节不大可能，当时看太可怕太愚蠢，后来看则太浪漫太英雄主义）。在小说里，蓝脸之所以能够一直单干，还是因为有个好干部——陈区长很开明，说你单干，我们合作化，谁收成好就听谁的。这个叫以生产达到革命目的，很像《创业史》的桥段。用今天的说法，就是用GDP来证明现代化的优越性。这种政策当时还没有发展为"宁要社会主义的草，不要资本主义的苗"。

　　莫言的小说，不会只写政治，更要装神弄鬼，魔幻"恶搞"。在他笔下或者说是在驴的第一人称叙事中，此驴英勇矫健，能战恶狼，对异性多情，一度还成为县长坐骑。"这是我驴生涯中最风光的一段时间……我之所以那样得意，大概与我潜意识里的'官本位’有关，驴，也敬畏当官的。"

只可惜好景不长，驴蹄陷入石缝，县长也摔伤，虽然有蓝脸救护，此驴也成了废物，最后在"大跃进"后的饥荒年代被饥民分食。

二 魔幻写实：地主从驴转世为牛

小说第一部是驴（西门闹）的第一人称，第二部转为蓝解放的叙事角度。他和一个叫蓝千岁的人的对话，中间还常常穿插着小屁孩莫言，像是游戏之笔。蓝解放说的是人话，但显然不如第一部的鬼话那么奇趣灵动了。

《驴折腾》从"土改"写到"大跃进"；《牛犟劲》主要是写60年代，主要人物还是蓝脸，坚持单干，承受压力，性格倔强，在集市上看中了一头小牛，说它的眼睛跟死去的黑驴一样。

从早期的《透明的红萝卜》开始，莫言就喜欢在大部分写实的环境当中突然插入一二笔魔幻细节，《生死疲劳》颠倒和发展了《透明的红萝卜》的技巧，魔幻成了结构框架，大部分细节却是史诗般的写实。

大哥金龙逼蓝解放（蓝脸的儿子）入社时，小牛（金龙的亡父，蓝脸的前主人）在蓝解放旁边旁观沉默。金龙甚至鞭打小牛，"儿子打老子"，这是"五四"文学"弑父"主题的最新变奏。这个时候只有蓝脸（被剥削阶级）在保护小牛。

失去了第一人称的叙事权，小牛在小说第二部里比较沉默。劳动出色，坚持单干，也反击一些令人讨厌的角色，总体上是目睹60年代疯狂发展的局势，不响。

西门闹长子金龙，聪明、英俊、能干，也颇有女人缘，但出身不好（爸爸是一个被枪毙的地主）。继父蓝脸又是一个顽固的单干户，所以金龙后来必须靠自己的努力来表现。先是逼蓝脸入社，后来组织乡村红卫兵，成为司令，一度将洪泰岳、黄瞳等村干部和"地、富、反、坏、右"押在一起批斗，客观上好像在替地主父亲报仇。小说写"文革"初的场面，虽是乡村背景，但很有狂欢气氛。蓝解放说："我哥聪明，能够抓住问题的根本。'大叫驴'（县里的造反派头目，姓常）只告诉他一句话：像当年斗争恶霸地主一样斗争共产党的干部！"这句话一语道出了"土改"与"文革"在形式上的（注意只是形式上的）某种相通之处。

不过"西门牛"看到他儿子在革命浪潮中批斗当年杀他的民兵连长和村支书，等于在替他报仇，他却没有兴奋。要他操心的家人的事情太多——女儿宝凤对造反派头头常天红单相思，秋香的女儿互助又爱上了表哥金龙，这不乱伦了吗？少年蓝解放居然对秋香阿姨有生理反应了，更糟糕。

不过这些伦理感情的牧事都没有详细展开，比较重要的还是红卫兵司令金龙，胸前挂的像章，不小心跌入厕所，使他一度也成了"现行"（像章怎么能进入厕所）。而"西门牛"因为不听合作社众人命令，最后悲壮地倒在蓝脸那一亩六分的单干田里。作家又给了财主西门闹再次重新投胎做人的机会。

三　中国版"变形记"：猪的时代

《生死疲劳》第三部又回到了动物的第一人称，笔调气氛马上欢快戏谑。之前驴是折腾，牛是倔强，这次变成猪，基调是求生存。投胎动物的性格特征的演变，隐喻西门闹从枪毙时的愤怒，到后来倔强抵抗，再到好死不如赖活。社会上"千万不要忘记阶级斗争"，可被打倒阶级虽然"人还在，心不死"，但实际上已经缺了反抗的锐气。猪圈很肮脏，很多粪尿等丑陋细节，莫言的审丑美学中，猪还是承接了八戒的乐观主义精神作风。

此猪能够上树休息，能够夜行探秘。此猪活在 70 年代"史无前例"中期，所以一度好像人一样癫狂，并无反差。猪在树上观看 1972 年的一个"大养其猪"现场会，许多猪被涂上了标语油彩，被称为"射向帝修反的炮弹"。重做领导的金龙和互助，曾经在树上"浪漫"，蓝解放吃醋发疯，金龙也受伤并发疯。还有另一只公猪叫刁小三，一直与西门猪作对。小说又插进了乡村小孩莫言（后来做作家）常常捣乱——布莱希特效果。剧情一路发展到猪十六（西门闹投胎的猪名）与刁小三为了争做公猪之王而决斗。人世间和畜生间，到处荒诞。

场面太热闹太荒诞，戏剧效果反而不那么强烈了。必须有一方面发生了真正严肃的事情，莫言的叙事角度才真正显得魔幻。比如 1976 年 9 月 9 日。魔幻现实主义的规律是，整体背景越现实，个别细节才会越魔幻。"我们是地，毛主席是天啊——毛主席一死，可就塌了天啦——"对莫言、毕飞宇这一代中国作家而言，1976 年 9 月 9 日是划时代的一天。只有蓝脸，一直坚持单干的蓝脸（西门闹家里的老长工）却不哭，说："他死了，我还要活下去。地里的谷子该割了。"但是再说几句——蓝脸的眼睛里慢慢地涌出泪水，他双腿一弯，跪在地上，悲愤地说："最爱毛主席的，其实是我，不是你们这些孙子！"

《平凡的世界》第一部详细描述的两个时代的转折点，被莫言概括成了这一句话。

长工雇农蓝脸能够几十年坚持单干，看似抵制"合作化"，其实却反证"十七年"的政策底线：入社自愿，退社自由。据小说里说，这是毛主席指示，不知有没有史料根据。最初村干部动员蓝脸入社时，有段对话很有意思——

洪泰岳冷笑着说:"蓝脸,你这是向人民公社示威吗?"

"不敢,"我的主人说,"我跟人民公社是井水不犯河水。"

"可你走在人民公社的大街上。"洪泰岳低手指指地,抬手指指天,冷冷地说,"可你还呼吸着人民公社的空气,还照着人民公社的阳光。"

"没有人民公社之前,这条大街就有,没有人民公社之前,就有空气和阳光。"

然后蓝脸拍拍黑驴,说:"老黑,你大口喘气,死劲踏地,让阳光照着。"这是农民的底气,也是莫言的底气。

有人要阉西门猪,猪反抗时杀了人,畏罪潜逃,和另一只叫小花的小猪,一起进入了六运河,一路波涛汹涌、乘风破浪,后来在一个沙洲上和野猪战斗,并且当上了猪王。但五年桃花源日子一笔带过,猪十六重回西门屯。

五年后,小说里1976年以后的农村变了——有了电灯、电视、土地承包制,又可以单干了,昔日的阶级敌人都平反了,金龙从姓"蓝"改为姓"西门"了,地主的姓也复活了。小说有一段写一群昔日的敌人(那些被排除在人民之外的公民),在西门家大院喝酒聚会,意味深长。

"地主、富农、伪保长、叛徒、反革命……"吴秋香指点着桌子周围那些人,半玩笑半认真地说,"西门屯的坏蛋,差不多全齐了……"

这其中还有个叫任元的叛徒说:"今天是我们摘帽、恢复公民身份一周年……"他可能缺乏法律常识,应该是恢复"人民"身份。之前即使被批斗,其实应该还是公民,这个区别十分关键。因为在人数上人民略少于公民，少多少、怎么少，就是不同阶段阶级斗争的关键了。但是人民又在数量上多于群众，多出来的就是干部。这是另外一个重要问题，猪十六也不大清楚。

在西门家大院秋香酒馆，前治保主任杨七，因为贩竹子首批致富，这个时候下跪求那些当年被他打骂的敌人原谅。老支书洪泰岳看不下去，醉酒发怒："你这个叛徒，你这个软骨头，你这个向阶级敌人屈膝投降的败类……"同时老支书也在骂酒馆里的其他人。这是阶级斗争到了一个新时期的景象。

　　"反了你们！你们这些地主、富农、叛徒、特务、历史反革命，你们这些无产阶级的敌人，竟然也敢像人一样，坐在这里喝酒……"
　　……
　　"我告诉你们，我们共产党，我们毛泽东的党员，我们经历了党内无数次路线斗争的考验，我们经过了阶级斗争暴风骤雨锻炼的共产党人，布尔什维克，是不会屈服的，是永远也不会屈服的！分田到户，什么分田到户，就是要让广大的贫下中农重吃二遍苦重遭二遍罪！……这是暂时的黑暗，这是暂时的寒冷……"

洪泰岳从"土改"以来一直是乡村的干部，现在想不通了。现任领导金龙赶到时，洪泰岳还在发火："西门金龙，我瞎了眼。我以为你生在红旗下，长在红旗下，是我们自己的人，但没想到，你血管里流淌的还是恶霸地主西门闹的毒血……""我不服！毛主席托梦给我了，说中央出了修正主义……"
洪书记的愤怒，如果用一种更正经、更严肃的态度表达，当时甚至今天还会赢得一些网上的流量。但是莫言的特点就是"严肃的荒诞"加"荒诞的严肃"。他笔锋一转,让洪泰岳去和白氏(西门原配妻子)睡觉,然后洪书记仍然骂对方是地主的老婆。这个情节有点太夸张,西门闹死了近三十年,原配现在多大年纪?连西门猪都看不下去了,就咬了老支书的睾丸——公猪吃醋加阶级报复。之后,西门猪就顺河流逃亡,这就是猪十六为什么杀人并逃亡沙洲做猪王的情节。后来人猪大战,野猪们失败了,西门猪还杀了几个猎人报仇,最后又在河里救了几个小孩儿而被淹死。被救的主要是西门家第三代的几个孩子。

情节尽管荒诞,用意却很严肃。莫言用驴、牛、猪、狗这四种动物来观照、象征 1950 年到 2000 年的中国乡村故事。"驴"对应"土改""大跃进"等 50 年代农村现实。驴的命运也折腾,又斗战狼,又做官骑。沉默的"牛",简直就是单干户蓝脸的象征,牛活在"三年困难时期"。神奇"猪"最富荒诞色彩,最配合"文革"中的"捣糨糊"(搞混乱),也哭领袖悲伤,最后竟然还让奸淫它原配的老支书断根。到了第四部,投胎为"狗",当然是为了让狗最贴近人们的家庭生活,因为新时期的社会矛盾已经从阶级斗争转向了重回家庭伦理与协调官民关系。

小说第四部是《生死疲劳》最精彩的一部,原因有四点:

第一,叙事角度变化。第一部、第三部都是驴和猪的第一人称,荒诞、灵动。第二部是蓝解放叙事,平实客观。第四部是两种第一人称(狗与蓝解放)轮流出现,有时还形成对话。

第二,狗终究比驴、牛、猪更接近人们的生活,拟人的口气也更自然一点。神奇"狗"居然能分辨成千上万不同气味,在县城里面成为狗会会长,通情达理地和蓝脸互诉衷情。但不管怎么样,相对驴、猪、牛而言,它还是比较像一只真实的狗。

第三,前三部的主要矛盾线索,有时在动物与人之间,有时在人群之间,善恶是非比较分明。比如众人逼蓝脸入社,事后人们看到，蓝脸坚持单干才是勇敢的。当然还有"文革"中阶级斗争剧烈，历史现在证明那是"扩大化"。但是在第四部的主要矛盾线索当中，蓝解放不顾一切爱上了庞春苗。一方面蓝解放实际是新时代的蓝脸，他所坚持的不管对错，应该是他的权利（就像他爸爸当年坚持单干）；但另一方面，谁都可以看到蓝解放妻子的不幸、无辜，谁都能理解女人的愤怒反抗。蓝解放爱上了"小三"。整个西门家族几乎所有人都反对这段婚外情。所以这也是新时代、新形势下的阶级斗争（或者说是阶级斗争转化为性别斗争）。

蓝解放跟他父亲一样顽固，他不懂得趋利避害。坚持自己的选择，还是顾及公序良俗，在两种几乎同样强大的道德逻辑冲突之中，第四部采取了两个不同的第一人称。

看上去这是新时代最常见的"小三"上位闹剧，其实后面也有新的权贵势力，比如金龙和庞书记的奸情联盟。"传统的家庭伦理"与"官场的道德标准"关系密切，官场规律是"休了前妻废后程"。当然，更重要的因素还有老百姓的围观力量。

第四，小说最后，将蓝脸坚持单干的一亩六分地，变成了西门家的专属坟场，驴、牛、猪都包括在内。特别有意思的是黄瞳，这个枪毙西门闹的民兵连长与地主三太太秋香死后，秋香可以葬在西门闹坟边，黄瞳却要葬到村里的公墓。这个细节叫人玩味：驴折腾、牛抗争、猪混乱、狗学人这几十年，最后回到了西门闹的坟地？

四 《西游记》的技巧，《水浒传》的故事

当代是否也有四大名著？《白鹿原》写政治力量逐鹿中原，历史演义；《平凡的世界》或者《活着》写乡土道德、苦难侠义；《废

都》《长恨歌》还有《繁花》写男女世情；《西游记》式的神魔奇幻最少传承，所以只好靠后来的《三体》等科幻、网络穿越小说了。

《生死疲劳》看上去也是鬼怪奇幻的长篇，但读完以后，人们印象最深的似乎不是出生入死的主人公（称主人公不大合适），而是它所见证的几十年的农民生活史。主角的魔幻动物身份，只是贯穿这种阶级斗争历史的一条线索。《生死疲劳》其实在当代文学中用《西游记》的魔幻技巧，写出了《水浒传》般的乡土故事，后面也有几十年的历史演义。

在神魔奇幻的四种动物眼里，从"土改"到 2000 年，地上、乡间、城里的人们至少也出现了四个类型：一是洪泰岳等"土改"干部，几十年搞"合作社"，抓阶级斗争，后来失去了斗争对象，有些茫然和痴迷；二是以金龙为代表的"财主的儿女们"，出身不好，聪明能干，紧跟形势，逼父入社，造反头头，"改开"后又要建设红色景区赚钱，同时又为地主血脉专修坟区，与时俱进；三是大部分的村民基本随大流，比较灵活，斗争时是积极分子，"改开"后争取发财；四就是蓝脸、蓝解放，父亲坚持单干，儿子搞婚外情，共同点就是不顾利害，固执己见，坚持自己的"耕者有其田"或个性解放的信念。

读者可以跟随作家回去中国农村几十年，设想一下自己会是哪一种人呢？或者也变成驴、牛、猪、狗，好像很被动，不断承受厄运、灾难。但也有调和缓解几十年阶级斗争的变化轨迹：从愤怒挣扎，到默默抵抗，再到浑水摸鱼，再到适者生存……《生死疲劳》的魔幻神奇故事，有意延续《西游记》以及《聊斋志异》的笔法，但核心情节还是正视农村生态与政治运动之间的复杂关系，正视农民与干部的"血肉"关系，并在《水浒传》式官民矛盾格局下贯穿历史演义的时间表。这种几十年中国农村史，既是对阶级斗争扩大化历史的夸张批判，也是想描述阶级斗争如何从严峻激烈走入荒诞混乱再转向缓和变形的历史变化过程。是一种小说历史，更是一种作家期望。

参考文献

陈晓明主编：《莫言研究》，北京：华夏出版社，2013 年

张清华主编：《莫言研究年编》，北京：生活·读书·新知三联书店，2016 年

杨守森、贺立华主编：《莫言研究三十年》，济南：山东大学出版社，2013 年

宁明编译：《海外莫言研究》，济南：山东大学出版社，2013 年

张旭东、莫言：《我们时代的写作：对话〈酒国〉〈生死疲劳〉》，上海：上海文艺出版社，2013 年

王德威、张旭东、张闳等：《说莫言》，上海：上海书店出版社，2013 年

莫言、王尧：《莫言王尧对话录》，苏州：苏州大学出版社，2003 年

莫言：《莫言对话新录》，北京：文化艺术出版社，2010 年

莫言：《小说在写我：莫言演讲集》，台北：麦田出版公司，2004 年

麦家《风声》

新世纪 "革命历史小说"

　　"三红一创"等革命历史小说是 20 世纪 50 年代文学的主流，也代表了"十七年文学"的主要成绩。80 年代以后，怎样继续继承、发扬革命历史小说的文学传统，成为新时代乃至新世纪文学的一个任务和考验。

　　80 年代中期，有强化土匪革命作用、歌颂乡土侠义精神的《红高粱》，其对"千古文人侠客梦"的"向下超越"，一度救活了革命历史题材。到了新世纪，强调侦探推理的麦家的小说，比如《风声》，也是革命历史小说的"与时俱进"。不仅比 50 年代的革命历史小说有了从形式入手的内容发展，而且比之后来某些"先锋派"主旋律，也更忠于艺术纪律。

　　《风声》有三个叙事和意义层次，同一个故事写了三遍。先是侦探推理游戏，歌颂共产党地下工作者的牺牲；又是历史人物采访，国府间谍叙说不同版本；最后还有貌似客观的文化背景考证，甚至包括日方当事人行为的合理（或更不合理）性。有人说"历史是胜利者的清单"[1]，《风声》这些互相矛盾的多声调，既是在强调

1　戴锦华：《犹在镜中：戴锦华访谈录》，北京：知识出版社，1999 年，第 6 页。

历史叙述之不可靠，也是怀疑历史中谁是真正的胜利者。

侦探推理小说从来都不是中国现代小说的强项，陈平原在他的《二十世纪中国小说史·第一卷》当中就注意到：

> 晚清小说界不断有人强调应该重点输入政治小说、侦探小说和科学小说，不单因这三者为中国所缺乏，更因这三者乃"小说全体之关键"（《小说丛话》中定一语，《新小说》15 号，1905年），故迪斯累里、凡尔纳和柯南道尔等通俗小说家便自然成了最伟大的西方小说家。[1]

外国小说的翻译，在晚清时期和民国初期，较多侦探小说、政治小说。"五四"以后则转向以托尔斯泰、屠格涅夫、契诃夫、莫泊桑、泰戈尔为主，影响了几代人的文学价值观。晚清《老残游记》里还有文人"侠客"路见不平，协助／挑战官员破案，这类情节在 20 世纪 20 年代以后的现代文学中基本消失。公案侠义传统几十年后被金庸等武侠小说继承，但重点在侠义忠勇不在破案过程。在《红岩》等作品当中，"特务"是反派专有名词，其实本来 Special Agent（特工）是中性词，历史上较早的特工组织之一是 1927 年成立的由周恩来主持的中央军事部特务工作科（简称中共特科）。到了 50 年代的革命历史小说里，为了中小学教育方便，"特务"只剩贬义。"红色小说"里其实也有谍战、地下工作、叛变、囚禁等情节，但重点在区别忠奸、强调信仰，而不是悬念推理的过程。

悬念推理恰恰是麦家的贡献。王安忆对《风声》有个评论："在尽可能小的范围内，将条件尽可能简化，压缩成抽象的逻辑，但

1　陈平原：《二十世纪中国小说史·第一卷》，北京：北京大学出版社，1989 年，第 56 页。

并不因此而损失事物的生动性，因此逻辑自有其形象感，就看你如何认识和呈现。麦家正向着目标一步一步走近——这是一条狭路，也是被他自己限制的，但正因为狭，于是直向纵深处，就像刀锋。"[1]

麦家承认《风声》的壳儿——故事，是一个密室逃生游戏。任何时代的读者都喜欢游戏、娱乐，小说天生有娱乐性。画地为牢，铐上手链脚铐，然后施出诡计，金蝉脱壳。麦家又说：我是理工男，设计、推理、逻辑这一套我擅长，不担心，只是不满足于游戏。我要装进去思想，对人道发问，对历史发声。

一　反派视角的"密室游戏"

对照王安忆的评论，"尽可能小的范围"就是四个汪伪中级官员——吴、金、李、顾，四人中有一个是地下党"老鬼"；"条件尽可能简化"，就是四个人被关进了一栋庄园小楼并被严密监视，他们要背靠背互相指证揭发，时间只有四天。已经知道四天以后，周恩来的代表"老K"会来杭州开会，日本人想看四个人当中谁会和外界联络。审查官是精通中国文化的日本人龙川肥原。另外还有特务处长王田香、伪军司令张司令以及他的秘书，但这几人一度也都在嫌疑人的范围里。

《风声》第一部貌似是全知角度，其实主要是日本人肥原的视角，从审问者角度来思考整个案件的来龙去脉。在这里，"多年以后"的那种提前告知结局的方法是不能用了，泄露结局要打乱叙事节奏。小说中有几段"老鬼"视角的心理分析，文字写的是"他／她"，用标点符号保持情节上的悬念。

1　引自麦家：《麦加自选集》封四，海口：海南出版社，2008年。

小说第一部的反派角色没有脸谱化。与20世纪五六十年代或更晚近的"主旋律"作品以政治色彩划分人物形象相比,《风声》是"红色小说"的新发展。

开始阶段的密室游戏,背靠背议论另外三个人,就是要每个人选一个怀疑对象。关押这四个人,原因是已泄露的南京密电,曾经经过这四个人的手。而译电科科长李宁玉说她向吴大队长汇报过,吴否认。于是案情第一个关键,是吴、李两人谁在撒谎?之前"老鬼"送了一次情报,中途被发现,送信人是送垃圾的"老鳖",被跟踪。接信人是庄园原来的主人前司令的二太太,也被发现。到此为止,看上去日方掌握主动。肥原还布置了一些假象,让外面人以为这四个人都在忙紧急公务。同时他要白秘书同每个人单独谈,谈话的内容是:"'自首也好,检举也好,每个人都要给我说出一个老鬼。'……关键不是说什么,而是要说,要有态度,要人人开口,人人过关。"[1]

吴志国骂李宁玉陷害他,说李是"老鬼"。金生火长得一脸猪相,无知、无助、无措,一定要选,他就说顾小梦有后台,常常骂人,因此可疑。李宁玉不回答,也不肯定指认是吴,但她以前救过张司令,这里有点像胡传魁、阿庆嫂的情节。顾小梦的父亲是富商,汪精卫身边的红人,所以她大骂关押她的人,也不指认"老鬼"是谁。小说读者,到这里为止,真的不知道谁是"老鬼"。

看电影跟读小说不同,电影里有形象暗示,大明星通常不会是坏人,而小说可以不显露倾向,延续悬念。接着还是一堆混乱的情节,顾小梦要打电话给简先生,简先生又是一个书生背景;宴会上李宁玉和吴志国几乎打起来;既然截获了"老鬼"外送的

---

1 麦家:《风声》,首次发表于《人民文学》2007年第10期;海口:南海出版公司,2007年。以下小说引文同。

字条，那就可以验笔迹，让吴、金、李、顾每人写封家信，结果发现笔迹是吴志国的，但无论怎么审讯，甚至严刑逼供，血流满面，吴大队长还是不承认。

肥原、王田香等日伪高层设下各种圈套。可读者也许会想：狼心狗肺的敌人为什么不把四个人都当共党处理呢？何必费这么多心思来侦探推理？不是说宁可错杀一千，也不放过一个？现在最多也就错杀三个。肥原还让通信的"老鳖"在四人面前露面，以观反应，最后是没什么反应。肥原最初解除的就是对顾小梦的怀疑，因为他怀疑顾对李宁玉有点"单性恋"。这也是一个新名词，单向的同性恋？吴志国坚决不认罪，反指责李宁玉练过他的字，使得肥原多了一个心眼。肥原让吴写血书诈死，来测验李宁玉。李又是辩驳，又是生病，仍然还是谜团。

伪军张司令、特务处王田香都倾向于认为吴是"老鬼"，部分原因是他们怕有伪军兵权的吴志国脱了罪，日后会报复。日本人肥原则对李宁玉有更多怀疑。按照一般电影工业的规律，这个阶段最少露面出镜的人物，通常最有可能是主犯。同时写"主旋律"也有潜规则，有些事情地下党是不可以做的，比如说让吴志国枪毙二太太，二太太是年轻女地下党，而吴志国毫不犹豫连开三枪。读者这时知道，此人应该不是"老鬼"。肥原没有让每个人都这么做测验，否则早破案了。

当然这些只是电影工业和主旋律文学的一般规则，真实历史上的特工案可能更复杂血腥，麦家之后会讨论。

肥原让王田香将吴志国血书给众人看时，他做了各种可能性的排列组合，最后把自己给转晕了，甚至还怀疑张司令跟白秘书。一旦有怀疑，就越看越像。那边厢李宁玉却还在悠然画画。最后一天，张司令、肥原把所有相关人士一起叫来开会，假装死了的吴志国也"复活"了。吴和李宁玉忍不住打起来。晚上又安排士兵假装劫狱救"老鬼",演技太差,鞋没换。不过逼迫之下,李宁玉当着张司令的面,竟和肥原起了肢体冲突,撞墙未死,但第二天吃毒药死了。如果作家想把剧情编排得尽可能复杂,那他有些成功了。

李宁玉留下了三份遗言,一是给尊敬的张司令含冤哭诉,二是给肥原的控告——"我被你逼死",三是给自己的丈夫,说她是因公殉职,还作画一幅留给孩子。

从前一天李宁玉卡住肥原的喉咙时起,肥原对她的疑虑已经所剩无几。那种疯狂,那种愤怒,那种绝望,就是她受冤屈的证据。等看到她"嘭"的一声撞在墙上时,他觉得自己都开始有点怜悯她了。换言之,李宁玉一头撞墙赴死的壮举,让肥原终于相信她是无辜的。所以检查遗体、遗物后,就叫张司令派的人来处理尸体。死一个人,好像死了一只狗,肥原也觉得没什么好惋惜的,可是"老鬼"还是没找到。吴志国也是打死都不认。没办法,所以就等晚上抓人。可是当晚没抓到人,"老K""老虎""老鬼"都没有,开会的地方没有人。换言之,情报是送出去了,地下党逃离了危险。

二 故事的背后"真实"

小说写到这里就是上部"东风"。全书349页,到这里才175页,刚刚过半。紧接着是上部的后记,"作家"直接登场,告诉读者,这个故事是一个潘教授告诉他的,潘教授的父亲叫"老天",就是李宁玉的丈夫,其实他们还是假扮夫妻,本是兄妹。

看上去"作家"登场是后设小说(元小说)设定,交代写作过程,其实仍是情节延伸,是叙述圈套,"作家"当然也是一个人物。

原来当时李宁玉等人被软禁在庄园里,外面的人不知情况,二太太被抓,上级"老虎"也没重视,"老鳖"暴露了也没觉察,进去和李宁玉等见面，李宁玉在口袋上别了白色笔帽钢笔，"老鳖"将这个暗号"不要接近我"误读成"无事"，直到李的尸体运出才知道出事了，最后在遗言所提的那幅画中找到了莫尔斯密码，才知道李以生命代价发出了警告——"速报，务必取消群英会！"这样周恩来的代表等地下党组织才躲过一劫。

写到这里，新世纪的《红岩》诞生了。一个女烈士舍命传情报，在匪穴里孤身奋战。自作聪明要和共产党斗智的肥原君，最后被上司批评说他"错杀小错，遗患大错"。早知如此，何必四选一呢，全封闭不就完了吗？张司令、白秘书、金生火等涉案侦判人员后来全部失踪，很可能是作为遗患被日方处理了。甚至肥原后来也在西湖里被人暗杀，恶有恶报。

可是到此为止，精彩、紧张、吊诡、充满悬念的《风声》，读者还只读了一半，后一半还是要讲这同一个故事。

《风声》的上部"东风"，是以侦探推理方式写成的革命历史小说。下部"西风"，采用历史考证的形式，解构的是同一个革命历史故事。更准确地说，下部是"作家"采访故事中的当事人，来质疑、修改和补充上部的推理过程和侦探结论。

也是小说人物的"作家"，煞有介事到台湾去访问老太太顾小梦——小说的四个主要人物之一。下部小说，貌似是真实的记录，还有录音文字稿。如果说上部是共产党角度的故事，下部则展示国民党视角的历史。

一部侦探推理小说能否成功，不仅要情节紧张、充满悬念、谜团重重，令人摸不到头脑，还要让读者看完整个故事，回想全部曲折情节时，觉得合乎情理，能够自圆其说，没有明显的大漏洞。

但是，由潘教授提供谜底的上部故事，在情节上有几个特别值得推敲和疑问的地方——李宁玉一直十分冷静地应对各种测试盘问，为什么后来突然发疯，挑起跟肥原的肢体冲突以至于撞墙，最后还要服毒自杀？假如李宁玉觉得非得她死，她的尸体以及包含莫尔斯密码的画作才能传出去，那么密室审讯的最后阶段，敌人马上就要去围捕"老K"等地下党的群英会了，怎么能确定他们还有时间来处理遗体和遗物？怎么能确定情报会因为你李宁玉的牺牲而及时传出呢？如果这一切都不能确定，那你"老鬼"一死，不就等于在最后关键时刻，放弃了任何其他传递情报的可能性了吗？

麦家知道读者会有这样的疑惑，所以小说中在下部交代（虚构）"作家"的书稿已写好，却过不了审，因为其中一个当事人顾小梦说不能出，谁出就跟谁上法庭。顾小梦有个儿子是全国政协委员（也是小说情节），是大港商，说话有分量（谁是历史的胜利者？），顾小梦现住台湾，小说里的"作家"便赶去了台湾。莫言的《红高粱》也用过后设小说技巧，让余占鳌的孙子去文化馆查县志寻根祭祖。麦家却把"伪后设"编进故事情节。同一个故事有了红蓝两个版本，互相补充。真相好像更加清楚——说不定更加模糊。

三　一个故事的两个版本

顾小梦当然老了，相貌、态度等都是闲笔，问题倒是尖锐，几乎和读者读完上部的疑问一样：

"你想过没有，当时那种情况下，肥原可能把李宁玉的尸体送出去吗？他为了抓老鬼可以把我们几个大活人都关起来，凭什么对一具尸体大发慈悲？就算李宁玉通过以死作证，让肥原相信她不是老鬼，那种情况下也不可能把尸体送出去。为什么？没时间！晚上就要去抓人，谁有心思来管这事？"

是啊！李宁玉以死向日本人证明自己的清白，意义到底何在？肥原他们这天这么忙，还有时间来检查尸体？后来证实涉及此案的人大多失踪、消失，怎么可能对一个自杀者特别关照呢？

顾小梦代表读者对《风声》上部情节悬念的关键性质疑，当然也是麦家设计的一个新的悬念。有评论说："《风声》是一部有是非观、价值观和历史观的小说。它在险象环生、命悬一线的情节中，表达了一个革命者的庄重情操，维护或捍卫了文学的最高正义。"[1] 这个评论可以适用于从《红岩》到《千里江山图》等绝大部分主旋律谍战小说，但在麦家笔下，现在小说里的另一个蓝色的革命者却对红色女烈士的庄重情操提出了疑问，事关重大，非同小可。

据顾小梦说，她是国民党军统的人，1939年青浦警校毕业。她的父亲用戴笠的钱，买了架飞机送给汪精卫，名义上成了汪政府红人，其实是为军统工作。年轻的小梦也自告奋勇做女间谍，先到美国受训，再到上海警局，后到杭州的华东剿匪总部。然后故事就发生了。顾家父女的汉奸恶名，直到50年代，才经曾是中国驻美国大使馆的武官证明而平反——这还是小说情节，如与穆时英、刘呐鸥、潘汉年等人的情况有些相似，"纯属偶然"。

日、汪、蒋、共四方矛盾，是20世纪中国侦探小说的黄金题材区，任何一方都和另外三方有或明或暗的角力。细看李安电影《色，戒》中易先生最后处决王佳芝这些未遂的刺客，不仅是因为"心硬"，也是因为身边张秘书等势力的某种监视。日、汪之间的矛盾，在《风声》上部已有很多显露，国、共之间的分歧，则在下部逐渐展开。就连红彤彤的样板戏年代，最微妙的斗智桥段，也发生

1　孟繁华：《疲惫的书写　坚韧的叙事：2008年长篇小说现场》，《小说评论》2009年第1期，第23页。

在春来茶馆，在日、蒋、汪、共四角关系之中。"来的都是客，全凭嘴一张。相逢开口笑，过后不思量。人一走，茶就凉……"（《沙家浜·智斗》选段）

顾小梦和李宁玉原是剿匪总队译电科同事，顾回忆说李宁玉严肃、冷淡，两人关系不坏，除性格外，各有自己的组织任务——顾小梦是军统，李宁玉是共产党。顾小梦为工作和文艺青年简先生假恋爱，也把李当作闺蜜护身。顾的父亲从常理推断，怀疑李是共产党，两人进了庄园被"双规"以后，顾小梦证实了父亲的猜测。证据是她发现李宁玉存心设计陷害吴志国,转移斗争大方向。顾小梦当时有些同情李，毕竟国、共都抗日，而且都是女生，但她也不敢指控吴和金，于是就装糊涂。私下她想帮李宁玉，不料李愤怒否认，继续演戏，因为李还是想靠验笔迹脱身，另外也注意到周围都是窃听器。

这个阶段整个花园的焦点都在吴大队长受刑，他是土匪出身的伪军,杀过很多国民党，所以大家都恨吴。土匪出身，又是日、蒋、汪、共之外的第五个因素。

一个转折点是药壳。李宁玉借口胃病，路上丢了两个药壳，是丢给"老鳖"的信号。但丢第三个药壳的时候被顾小梦看见了。顾捡了这些药壳，打开发现了"老鬼"写的情报——通知取消群英会。更让顾小梦震惊的是，这次情报模仿的是她顾小梦的笔迹，也就是说李在继续传情报，万一不成就嫁祸给无辜姐妹顾小梦。

于是这个故事反转了，第二部比第一部升级了。说小处，这是两个女人之间的互相利用，主要是李利用顾，是闺蜜之间的感情背叛；说大处，这是国共在对日作战时的互相利用，按照顾小梦的回忆，她要帮李，李却陷害她。

李当时有些怀疑顾家的假汉奸背景，后来才确认是军统的人，所以用假笔迹陷害顾小梦，从政治上讲不是完全没有可能，而且为了自保，伤害的是汉奸或者军统的人有何不可。但是从感情上讲，她当时清楚顾小梦是无辜的，还和顾姐妹相称。一段台词是："看在咱们姐妹一场的分上，原谅我一次吧……你不原谅我我只有死路一条，你忍心让我死吗？……我死了两个孩子都成孤儿了，他们都很喜欢你，整天在我面前嚷着要见顾阿姨顾阿姨……小梦，李姐我对不起你，我是没办法……可怜我两个孩子，你就原谅我一次吧……"这是顾小梦揭穿了李宁玉的药壳里边是模仿她笔迹的情报后，李宁玉求顾小梦——"她哭着，说着，泪流满面，声泪俱下，恳求顾小梦原谅"——必须说明，这一切是顾小梦几十年以后的回忆，也是一面之词，仅作参考。

假如这是真的，这也说明李宁玉作为革命战士，身处绝境不择手段。她还骗小梦说简先生是共产党人，其实小梦也只是假恋爱，根本不在乎简是哪一种人。李宁玉还有一招就是威胁要去告发顾小梦父亲的身份——在汪精卫身边有军统背景的要员，这个情报比"老鬼"更有价值。

也不清楚是泪求，还是欺骗，是要挟，还是妥协，总之顾和李当时协议，既不告她，也不帮她——这倒也是抗日战争时期国共关系的某种象征。

比起谁是"老鬼"，怎样送情报，周恩来专员有没有出事等悬念，上面这一段顾李关系（国共关系）才是麦家新时期革命历史小说的真正突破。突破的关键就在于冒着风险送情报，为什么要模仿顾小梦的笔迹。从职业道德看，对特工来说，什么"姐妹""闺蜜""人情关系"都是工具；从伦理道德看，目的正当可以不择手段；从政治道德看，地下党抗日可以牺牲军统，或者反过来军统抗日，也同样会损害共产党。

顾小梦捡了药壳，等于破坏了李宁玉的第二次情报传递；吴志国诈死，肥原又重点怀疑李；这时李宁玉还要提防顾小梦万一去告发，可以说周围都是困境。两个女人在一间房，半夜李拆下窃听器，和小梦讲述自己的家事，希望晓之以理，动之以情。原来李宁玉的背景也十分复杂，出生于湖南地主家庭，父亲作为当地大土豪被红军镇压，兄长北伐时秘密加入共产党，刑场被救，大难不死（这就是后来潘教授的父亲）。李的丈夫在1937年淞沪会战阵亡。跟江姐一样，丧夫的女子革命更坚定。李宁玉用她自己的故事感动小梦，同时又威胁如小梦不帮她，就去告发顾家身份。"啊，这个李宁玉啊，是天使，也是魔鬼，她一切都是精心策划好的，治理我真是一套一套的，我根本玩不过她——"这是后来顾小梦老太太到了台湾后的回忆。

经过很多曲折情节，反复折腾，终于顾小梦最后还是放出药壳，帮了李的忙，成了她的同党。但是收垃圾的"老鳖"因为钢笔信号的误解，那天却没来。国共好不容易的一次联合行动没有成功，李宁玉心急如焚，才想到画画这个绝招。此时她已下定自杀的决心，也预想死后尸体和遗物未必能及时送出，所以安排顾小梦在她死后向肥原告发画的秘密，取得肥原的信任，同时也证实了"老鬼"就是李，最后就让顾出去，传递情报。

后来剧情竟然都按照李的遗嘱发展。李死后顾向日本人告发画里藏着密码，肥原因此相信顾小梦，王田香开车送她离开，顾及时传递情报，也就是说国共联合行动成功了，周恩来的特使安全了。

所以并不是李宁玉牺牲自己，用遗体和画传递了情报，而是顾小梦接替李宁玉传递了情报。这个国共合作情节，比上部潘先生版本更加牵强。这么严密的一次隔离审查、密室游戏，真的以儿戏方式结束？有点不像麦家的风格。

但是重点已经突出了，就是整个故事有国、共两个版本，区别是上部共产党女烈士牺牲生命传递情报成功，下部国民党军统帮助共产党烈士传递情报成功。侦探推理小说的特点是：目的并不重要，过程就是一切。过程中的关键点，就是地下党李宁玉有没有或者是不是，又陷害又说服、既提防又利用国民党顾小梦。

四　文化寻根：历史是否有真相？

有意思的是《风声》在上部"东风"，下部"西风"以外，还有外部叫"静风"。潘先生的女烈士故事和顾小梦的台湾版本，居然并没有严重冲突，原因之一是你中有我，我中有你。潘教授就是潘先生和顾小梦的儿子，国、共在抗日战争中的关系剪不断理还乱。

小说挖掘庄园历史，土匪出生的旧庄主的三儿子，后来成了杭州地下党领袖。特务处长王田香，原先就是这个庄园的妓院老板。土匪、富豪、官员、侠客的界限本来就不分明，而且《风声》中几乎所有的婚姻都是特工掩护（并不简单划分好的特工与坏的特务）。1947年潘先生——李宁玉名义上的丈夫——弃共投国，娶顾小梦是为了打进国民党高层。大管家的年轻女儿做了前司令二太太（后来被吴大队长三枪打死），也是地下党领导一手安排。顾小梦曾经和简先生恋爱也是特殊任务。《风声》中似乎只有日本人肥原，是真的喜欢他死在西湖里的夫人。而这个庄园的历史也很邪门，入住的都是有权势者，却都被暗杀。传说的财宝，始终没有找到。肥原把四个人隔离审查时，其实是日、汪、蒋、共四种力量在角力，每一种力量都在对付其他三种。这么多男人闹哄哄，最后的关键戏码却在两个女人身上。

小说最后部分，还洋洋地叙述日本人肥原的历史，讲他如何从喜欢中国文化到为右派参战，据说还是因为他的建议，日军才没有轰炸西湖。

总体来说，上部是从敌人推理角度写女烈士地下斗争，下部以当事人回忆，解构同一个革命故事，外部"静风"则是企图从文化寻根的后设叙事，怀疑国共历史是否有真相，或者真相出乎想象的复杂。于是黑白分明的《红岩》变成了错综复杂的《白鹿原》。

不过有些影视和评论，关心的只是这部小说是一个游戏推理版的《红岩》故事，并没有注意作家想装入第二、第三部分的思想和历史。

我去过深圳南山书城，看到了麦家专柜，还有余秋雨专柜，但并没有鲁迅和张爱玲专柜。

参考文献

陈平原：《二十世纪中国小说史·第一卷》，北京：北京大学出版社，1989年

麦家：《非虚构的我》，广州：花城出版社，2013年

麦家：《麦加自选集》，海口：海南出版社，2008年

王迅：《极限叙事与黑暗写作：麦家小说论》，北京：作家出版社，2015年

戴锦华：《犹在镜中：戴锦华访谈录》，北京：知识出版社，1999年

谢有顺：《〈风声〉与中国当代小说的可能性》，《文艺争鸣》2008年第2期

李秀金：《历史消费中的精神救赎：〈风声〉及麦家的意义》，《当代文坛》2008年第3期

何平：《麦家小说在当代中国文学中的意义》，《文艺报》，2012年11月9日

姜广平、麦家：《写作的清醒　叙事的智慧：麦家访谈》，《西湖》2008年第1期

阎晶明：《间谍小说的严肃历史意义：评麦家新作〈风声〉》，《文学报》，2007年12月13日

孟繁华：《疲惫的书写　坚韧的叙事：2008年长篇小说现场》，《小说评论》2009年第1期

苏童《妻妾成群》《河岸》
大红灯笼高高挂

一　最年轻的 80 年代作家

童忠贵，苏州人，笔名苏童。1963 年出生，比余华小三岁，比毕飞宇大一岁。感觉上苏童好像属于余华、莫言、王安忆等 80 年代的作家群，因为他出名早。1987 年就发表了小说《一九三四年的逃亡》，当时作家才 24 岁，正值寻根文学、先锋文学兴起之时。代表作《妻妾成群》，1989 年发表，当时作家 26 岁。小说因为后来被张艺谋改编成电影《大红灯笼高高挂》而广为人知，该电影曾获奥斯卡金像奖最佳外语片提名。小说也被列入了《亚洲周刊》"20 世纪中文小说一百强"名单。

本来应该在《重读 20 世纪中国小说》里读《妻妾成群》，因为篇幅关系，把苏童留到了 21 世纪。他在新世纪的小说代表作是《河岸》，但是读苏童，不能忽视他的《妻妾成群》。

苏童会编故事。相比之下莫言、张承志、韩少功、贾平凹、阿城等作家，必须要把自己的（通常是在乡土的）血肉磨难写进小说。余华和苏童则比较接近职业作家，可以写各种不同的有时候看上去跟自身经历好像不相关的题材，进行多方位的风格、文体探索。除了《妻妾成群》，苏童还写过《武则天》《我的帝王生涯》《碧奴》等。2006年的"第一届中国作家富豪榜"，苏童以900万版税，名列第四。

《妻妾成群》英文翻译成"Wives and Concubines"，非常吸引男人眼球而让女人愤怒的题目。后来张艺谋据此改编的《大红灯笼高高挂》的电影语言，颇满足世人的东方主义想象。在陈忠实、莫言、贾平凹甚至张贤亮笔下，女人再重要，也总是男人世界的一个部分。《妻妾成群》倒过来，构筑了一个女人世界，里边的男人只是单薄的符号。所有抒情叙事皆从四太太颂莲的角度出发，主要情节也是女人之间的争斗、性欲、出轨，或者幻想反抗。先锋文学热潮时，苏童的小说却雅俗共赏，既延续"鸳鸯蝴蝶"一男多女的传统，又有实验文笔痕迹——紧要关头会有大段无标题文字；大家庭的背景既有《雷雨》《北京人》或者《家》这种"五四"文学的格局，具体的细节却又开拓了后来"宫斗剧"的大众趣味。中文系科班创作，能融合多种传统资源。和经典世情小说比如《金瓶梅》相比，《妻妾成群》当然太多文艺抒情，太少世俗细节，但以女人争斗写性与权力的关系，却有相通之处。看似床戏、争风吃醋，实则政治权术、性别斗争。80年代这类故事还少，所以比较引人注目。

另外，《妻妾成群》有意无意地向张爱玲传统学习"致敬"，也是80年代小说和现代文学经典的一次对话。最主要的考证有两点：一是主仆矛盾，二是乱伦偷情。

二　主仆矛盾：用势利眼光"欢迎"女学生

《妻妾成群》开篇写大一女生颂莲，以陈佐千新娶四太太的身份进入富商大院。场景气氛令人联想到小说或电影《第一炉香》——上海女生到香港富裕太太的豪宅去寻求庇护帮助。身份不同，处境相似。女生一进豪宅，首先面对仆人的势利目光，由仆人的眼睛来"欢迎"女学生进入腐败的豪宅大院。

《第一炉香》里的两个丫鬟——睇睇和睨儿，认定来访的葛薇龙"是少奶娘家的人……想必是打抽丰的"，所以中间曾经有个木拖鞋"打中薇龙的膝盖，痛得薇龙弯了腰直揉腿……薇龙不由得生气，再一想：'阎王好见，小鬼难当。'"，就忍下了，"这就是求人的苦处"。[1]

《妻妾成群》一开始也是仆人们看见"一个满脸尘土疲惫不堪的女学生。那一年颂莲留着齐耳的短发……她抬起胳膊擦着脸上的汗，仆人们注意到她擦汗不是用手帕而是用衣袖，这一点给他们留下了深刻的印象"[2]。这个"留下了深刻的印象"就是当代文艺腔和旧白话"张腔"的分别了。

接下来颂莲洗脸，女佣们猜测这是哪一个穷亲戚，主仆冲突开场。年轻的颂莲，当然因为她是四太太，所以态度比葛薇龙嚣张。她对雁儿（女仆）说："你傻笑什么，还不去把水泼掉？"雁儿笑着说："你是谁呀，这么厉害？""我是谁？你们迟早要知道的。"

在《第一炉香》里，睇睇和未来的男主人乔琪乔有关系，后来就被吃醋的姑妈给炒了，临走时边哭边嚼花生米。雁儿也是常常被陈老爷捏乳房，所以自以为地位特殊，后来又在阴险的二太太卓云的指使或者协助下，用假人针刺诅咒学生四太太。所以颂莲入宅首先要对付下人，其次才是三个太太，最后面对男主人，而她一度还以为可以依靠男主人的宠幸。

《妻妾成群》中女主人和女仆的矛盾后来一直没有缓和，反而

1　张爱玲：《第一炉香》，引自《传奇》（增订本），上海：山河图书公司，1947年，第216页。
2　苏童：《妻妾成群》，首次发表于《收获》1989年第6期；广州：花城出版社，1991年。以下小说引文同。

一步步激化。颂莲觉得雁儿一直在窥伺监视她,甚至在马桶厕纸上画像诅咒她。颂莲的惩罚也很厉害,"一公一私"两个方法让她挑——"公"是告发给大太太,想来有家法处置;"私"是雁儿要将肮脏的厕纸吃下去。苏童设计的情节非常狗血,是一种极端的侮辱。仆人无奈接受"私了",不想后来就得了伤寒,送医后不治。

相比张爱玲的小说,《妻妾成群》的阶级矛盾更加激化。这是当代小说对现代文学的发展,但是核心还是刻画主人公被人欺负,也欺负别人,就像七巧一样,或者学阿Q的榜样,这是现代文学到当代文学的一种延续。

《妻妾成群》不仅开局似《第一炉香》——女学生入豪宅,女人宫斗戏夹带主仆矛盾,甚至有些细节、笔法上也在模仿。比如《第一炉香》姑妈出场,冷淡盘问前来求助的侄女,手里摆弄一把芭蕉扇。好一会儿薇龙才发现她是透过芭蕉扇的细缝观察自己,看看这个女生有没有可发展的价值和潜力。同样场景也在《妻妾成群》里出现。颂莲觉得三太太梅珊有点神秘。"颂莲站在窗前停留了一会儿,忽然忍不住心里偷窥的欲望,她屏住气轻轻掀开窗帘,这一掀差点把颂莲吓得灵魂出窍,窗帘后面的梅珊也在看她,目光相撞,只是刹那间的事情,颂莲便仓惶地逃走了。"都是女人之间眼对眼。

三　大家庭中的乱伦偷情

除了主仆矛盾,《妻妾成群》写大家庭乱伦,也颇有"张腔"遗风。

大太太念佛,主持家政。二太太笑脸,其实阴险。三太太唱戏,浪漫大胆。四太太怎么融入这种"民国金瓶梅"的格局呢?和薇龙、七巧一样,颂莲也是清醒地步入腐朽的豪门。虽然家境所迫,她也有过选择。"让她在做工和嫁人两条路上选择时,她淡然地回答说，当然嫁人。继母又问，你想嫁个一般人家还是有钱人家？颂莲说，当然有钱人家，这还用问？"至于名分，她说："名分是什么？名分是我这样人考虑的吗？"和王安忆的《长恨歌》一样，王琦瑶弃程先生而随李主任，一点也不犹豫。当代小说想象女人情色的功利动机，甚至比现代文学更加坚定。

嫁入豪门，颂莲却很快浪费了她的后来者优势，毕竟学生腔、年轻人撒娇，并不见容于传统的大家庭。颂莲在陈老爷生日宴会上当众亲吻男主人，苏童设计这个场面的确尴尬。也因为二太太卓云用功夫，颂莲处罚雁儿也有些过分，一度一、三、四三房都讨厌二太太卓云。但这场迷你宫斗剧最后还是以梅珊被卓云捉奸而翻盘。

颂莲早知梅珊出轨，打牌时曾见过她与男医生四腿在桌下纠缠，颂莲没有告发，就此三太太、四太太结成联盟。当然也因为老爷身体不好，也为两个较年轻的女人提供偷情的道德理由。

陈府潇洒又懦弱的大公子飞浦，就是为了这种性资源错配的形式而设置的。大公子年长于颂莲，他们因赏菊成知音。紧要关头苏童又用了七巧和姜季泽的试探乱伦手法——不是用眼神，不是用语言，而是用肢体，用两人的腿。

我们记得《金锁记》里边七巧向小叔抱怨自己丈夫无能。

　　她试着在季泽身边坐下，只搭着他的椅子的一角，她将手贴在他腿上，道："你碰过他的肉没有？是软的、重的，就像人的脚有时发了麻，摸上去那感觉……"季泽脸上也变了色，然而他仍旧轻佻地笑了一声，俯下腰，伸手去捏她的脚道："倒要瞧瞧你的脚现在麻不麻！"[1]

1　张爱玲:《金锁记》，引自《传奇》（增订本），上海:山河图书公司，1947 年，第 119 页。

季泽可以学习西门庆，苏童当然也可以学习张爱玲。小说写两人喝酒：

> 他低着头，年轻的头发茂密乌黑，脖子刚劲傲慢地挺直，而一些暗蓝的血管在她的目光里微妙地颤动着。颂莲的心里很潮湿，一种陌生的欲望像风一样灌进身体，她觉得喘不过气来。意识中又出现了梅珊和医生的腿在麻将桌下交缠的画面。颂莲看见了自己修长姣好的双腿，它们像一道漫坡而下的细沙向下塌陷，它们温情而热烈地靠近目标。这是飞浦的脚，膝盖，还有腿……她把双腿完全靠紧了飞浦，等待着什么发生……飞浦缩回了膝盖……

这里最精彩的一句就是"颂莲看见了自己修长姣好的双腿，它们像一道漫坡而下的细沙向下塌陷"。《小团圆》里也出现过类似"双腿完全靠紧"的场面："有一天又是这样的坐在他身上，忽然有什么东西在座下鞭打他。她无法相信——狮子老虎弹苍蝇的尾巴，包着绒布的警棍。……"[1] 26 岁的苏童当时也许还没有细读过张爱玲（张爱玲在 80 年代青年作家那里还是个比较陌生的名字，据说阿城在《收获》上读到重新发表的《倾城之恋》，说上海真是藏龙卧虎，不知哪个纺织厂里出来这样的奇人），文本致敬也可能纯属偶合，但当代小说和现代文学的这种有意无意的联系，需要注意。

《妻妾成群》的结局是很匆忙的。梅珊和医生被捉奸，她被丢进了花园深井。家里这口井是铺垫已久的老套的符号，总归要派上用处。颂莲最后受刺激发疯了。陈府后来又迎来了更年轻的五

1　张爱玲：《小团圆》，香港：皇冠出版社，2009 年，第 174 页。

太太，这是"萧萧式"的结尾。但是反"封建"和同情女性命运的底线必须遵守。

四　血统基因带来的特权与罪名

到了新世纪,苏童的《河岸》[1]看上去跟《妻妾成群》很不一样,但是轻灵南方风和擅长讲故事,还是评论家对他的关注点。王德威说:"苏童的世界令人感到'不能承受之轻':那样工整精妙,却是从骨子里就淘空了的……苏童再度证明他是当代小说家中最有魅力的说故事者之一……"[2]我读《河岸》最初也被轻盈灵动的叙事吸引,觉得十分好读,不过读完以后,回想整个故事却觉得十分烧脑,有些头痛。

《河岸》这个书名值得思考。"河"与"岸"互为他者,岸上是一个接地气的油坊镇,河里是一支游离的运货船队。主人公和他的父亲在船队十三年,好像隔离坐牢,但是只有离岸他们才比较自由。小说究竟是写一段特殊的历史生态,还是想说这种特殊生态其实有坚实基础甚至长久未来?"河"与"岸"这种象征关系,耐人寻味。

《河岸》的具体写作背景是 2007 年苏童到德国莱比锡做驻市作家。换言之,作者是住在欧洲,回头写"十年"期间的中国故事。小说获得了"第三届英仕曼亚洲文学奖"和"第八届华语文学传媒大奖"。从 1989 年的《妻妾成群》到 2009 年的《河岸》,二十年间显示出苏童是一个充满变化、与时俱进的作家。

《河岸》第一句:"一切都与我父亲有关。"这一句真的可以概

1　苏童:《河岸》,首次发表于《收获》2009 年第 2 期;北京:人民文学出版社,2009 年。
2　王德威:《南方的堕落与诱惑:苏童论》,引自《当代小说二十家》,北京:生活·读书·新知三联书店,2006 年,第 106—127 页。

括全书，乃至书中的时代，乃至今天的中国。

苏童出生不久就碰到了"文革"。少年时据说曾经患严重的肾炎和并发性败血症，他的作品里常常出现少年创伤。《河岸》中第一人称"我"也是一个小镇青年，叫库东亮，外号"空屁"。空屁的父亲库文轩原来是油坊镇的书记，但是对库文轩来说，比"书记"更重要的荣誉和地位是"邓少香烈士的遗孤"。

《河岸》第一部分很像"十七年文学"《红岩》的续篇，绘声绘色地讲述了一个叫邓少香的女人，怎么靠坟地、棺材、死者的掩护，长期担任地下党运送弹药、枪支的重要工作，她的外号叫"棺材小姐"。这类革命传奇，苏童与他的读者耳熟能详，细节不同，框架相似。变化是烈士死后，据说有一个箩筐装了孤儿在水中漂流，被一个叫封老四的河匪捡到了。多年以后封老四就凭这个小孩屁股上的胎记最像鱼，断定库文轩是烈士的儿子。于是库文轩，就是"我"的父亲，命运发生了重大变化。

小说没有详细叙述孤儿变成镇书记的过程，却花了很大的篇幅渲染镇上一度流行的"胎记热"。人人都想窥视别人的胎记，看怎样的胎记才像鱼。正戏的开始是上面派下了一个烈士遗孤鉴定小组，从时间上看，这应该是"文革"之前。经过一番公开、秘密、严肃、认真的鉴定工作，判定这个河匪封老四是阶级异己分子。于是空屁的父亲库文轩，被取消了书记职务和烈士家属的光荣身份。接着是空屁的父母吵架离异，库文轩丢了官，又因为生活问题被批判，离开了油坊镇，进了河上的船队（变相的"劳改"）。没有成年的空屁，跟随父亲上了船。这些都是伤痕文学的常见桥段。

到此为止，长篇开始还不到六分之一，但后面故事的基础已经决定了。

小说里有一个非常有意思的概念叫"阶级异己分子"，先是封老四，后来是库文轩，都被定性为"阶级异己分子"。当代文学里边有各种"帽子"，这是一个比较新的"帽子"，值得专门分析。

据刘建明、王泰玄等人编的《宣传舆论学大词典》[1]，"阶级斗争扩大化"的定义，就是一种把社会主义社会中不属于阶级斗争性质的社会矛盾和社会现象，当作阶级斗争。这是一种"左"倾的言论和行动。

20 世纪五六十年代阶级斗争扩大化有一些基本类型。第一类是经济类的地主、富农，后来扩大化包括资本家、"新富农"。第二类是刑事犯，坏分子和反革命罪，扩大化到乱搞男女关系、卖淫嫖娼、生活问题。第三类是思想罪，如 1957 年"反右"。第四类是党内斗争，走资本主义的当权派。原来是针对干部，但也可扩大到群众，如《平凡的世界》《插队的故事》都记载过，农民买卖老鼠药，出外打零工，或者自己养猪养鸡，等等，这些都可能属于"走资本主义道路"。

《河岸》里出现的"阶级异己分子"倒是之前没有的。空屁的母亲就问宣传科科长赵春堂（后来当了油坊镇的当权派），什么叫阶级异己分子？赵春堂语焉不详，说："工作组以后会解释的，反正阶级异己分子是社会的毒瘤，人死了，阴魂不散，流毒还在……"

从字面上看，"异己"就不是自己人，背后大概是《左传》的逻辑，"非我族类，其心必异"。但有两个问题：其一，族类之异，是种族之异，不是阶级差异；其二，要做异己，你先得混进我们这个队伍，就凭屁股上的小鱼胎记就成了革命烈士（家属），凭红色基因当了书记，现在查出来胎记有诈，那就是"异己"。究竟是阶级异己分子，还是种族基因异己分子？河匪封老四从来就不是革命阶级的一分子，所以他算什么异己呢？就像"十年"中有些人被叫作"叛徒"，可他从来没有入党，怎么成为叛徒呢？

1　刘建明、王泰玄等编：《宣传舆论学大词典》，北京：经济日报出版社，1993 年。

库文轩成为阶级异己分子，也不能怪他，因为不是他主动要伪装成邓少香烈士遗孤的，而是当年组织上辨认胎记出了差错。为什么烈士的儿子就会变成当权派？从小说《伤痕》到张承志的回忆录 [1]，当代文学曾反复质疑血统理论。小说的戏剧性，正是血统论逻辑的合理推演。小鱼胎记如能证明库文轩是邓烈士的血统基因，库文轩便应是革命干部；反过来，一旦空屁他爸的胎记基因出了问题，男主角也就自然失却烈士孙子的身份。而且，一旦成为异己分子（胎记异己、基因异己、阶级异己），男主角就会被认为可能是河匪的孙子。走到街上还会被人抢面包，遭到其他小朋友的"无产阶级专政"。

库文轩成为"阶级异己分子"，被组织隔离审查，回家还要向强悍的妻子下跪交代问题。交代出来的竟然大多是生活问题，最后空屁的母亲就把这些交代详细地记录在一个工作手册上。离婚的时候阴差阳错，这本工作手册居然到了儿子手里，所以空屁在里边看到他父亲"敲"过的很多女人的名字，其中有空屁同学的母亲，有赵春堂的妹妹，"还有废品收购站的孙阿姨，还有综合大楼的小葛阿姨、小傅阿姨，她们平时多么端庄、多么正派啊"。十几岁的空屁刚会勃起，看不懂这种"红"尘世界的游戏规则。

如果库文轩一表人才，很有魅力，的确风情万种，那就是作风问题。可是小说写他比妻子矮半个头，从后来的表现看也不像一个有吸引力的男人，何来这许多婚外情呢？可能也像毕飞宇的《玉米》和《平原》所写的那样，大队书记王连方找了村里很多女人，都是有夫之妇，口口声声说"帮帮忙，帮帮忙"，就都睡了。其实就是因为他是书记。如果库文轩的艳遇记录，正建立在烈士后代

1　张承志：《草原上的独骑与圣战者》，引自梁丽芳：《从红卫兵到作家》，台北：万象图书股份有限公司，1993 年，第 190—192 页。

的光环下，建立在屁股的鱼形胎记上，那么《河岸》所记录的阶级斗争，虽然扩大化，却也不无社会根源。

血缘、家庭、基因对一个人后来的社会境遇产生决定性影响，不仅是历史，也可能是现实。如果红色基因、革命胎记可以是选拔人才的标准之一，那么遇上"黑色""灰色"的基因（色彩变化又可能因时因地而定），是否仍然有"异己"的嫌疑呢？

小说写烈士荣誉及其副产品十分奇妙，可是这个荣誉失去以后受到的惩罚，就更加荒诞。库文轩上了船队，只有在那里船工们还客气地叫他"书记"。他一面虔诚纪念邓少香烈士，一面严厉地管教青春期刚发育的儿子。这时，却有一个被库文轩戴了绿帽的小唐自杀了。这位前书记为了忏悔过去的罪行，自己用剪刀去剪生殖器，鲜血淋漓，然后说："这下，我可以彻底改正错误了。"

以自宫来切断革命遗产的红利，作家也是下手凶猛。

五 "如果血缘容许更改，该多有趣啊！"

当代中国小说里也有不少男人被去势的案例。古华《芙蓉镇》里边的粮站站长谷燕山，在战争当中负伤，造成隐疾。《男人的一半是女人》里的章永璘，因为是"右派"，接受"劳改"长期压抑，导致一度性无能，但后来这个男主角参加抗洪抢险，受到革命群众的认可赞扬，突然就在自己的女人面前又行了。《河岸》中的库文轩，顶着烈士子女光环，当干部生活作风出了问题，伤害了别人的家庭，结果自己动手，想以去势来彻底改正错误。似乎这些男人的去势，都以不同的方式与革命运动有象征隐喻的关系。

但库文轩被救了回来，生命没有危险，阳具也部分接回，当然留下了耻辱的标志。尤其是岸上和船队的人们都知道了这个壮举之后，空屁他爸在船上从不赤裸身体，前有耻辱，后有鱼胎，都不想见人。

小说《河岸》的男主角，开始貌似是前书记，之后好像是他儿子空屁。其实小说更重要的主题是父子关系。和"五四"弑父情结的一批年轻人（觉慧、周冲、蒋纯祖等）反抗家庭、背叛礼教并审判父亲不同，近二十年的当代小说中出现了很多同情、怜悯或替父辈鸣冤叫屈的故事，诸如从《繁花》《望春风》到《平原上的摩西》等。重新尊敬"父亲"的具体历史理由或者不同，但作家们对"父亲"态度的不同却很明显。"五四"的父亲是蛮横的（周朴园）、保守的（路翎笔下的"财主"），也是强势的（高老太爷）；"世纪末"的父亲，是弱势的（下岗工人）、被欺负的（"右派"分子）、值得同情的（《兄弟》和《望春风》中的地主、富农）。这种父子关系演变是贯穿近百年中国小说的一个重要主题。苏童的《河岸》是这种时代潮流与集体无意识转变中的一个转折点。同样是"审父"，王蒙的《活动变人形》是严厉审视父亲的历史价值，苏童《河岸》却以极其羞辱的方式为父鸣不平。

但苏童的特长是写女人，所以在父子冲突中，又写了船队里的一个女人，一个叫慧仙的小女孩。慧仙的母亲在船上失踪，大概是跳河自尽，有她的苦衷，留下了这么一个7岁的小女孩。小女孩漂亮、活泼、机灵，但不听话。"小女孩慧仙像一个神秘的礼物从天而降，落在河上，落在向阳船队，落在我家的七号船上。"小女孩给库文亮父子以及整个船队，都带来了很大的挑战。先是船民们试图把慧仙送到岸上，千方百计找到地方官员赵春堂，官员说无处去，还是先"挂"在船队。然后船民们要抓阄来决定谁家照顾小女孩，居然被空屁抽到了。但是他父亲坚决不同意，怕出事情，众人也反对，所以小女孩还是投靠了一个健康完整的船上家庭。但慧仙在船上，无论如何都吸引了男主角空屁的无数空想。

空屁也买了一本工作手册记日记，日记里主要不是记自己，而是记录慧仙小朋友每天的身形变化，从身高、体重变化，到识字、唱歌，喜欢吃什么，穿什么鞋等都一一记下，甚至记录别人关于慧仙的闲话，还表达感想。空屁称慧仙为向阳花，称自己为水葫芦，称他父亲为木板，岸上的人基本上以匪兵甲、匪兵乙之类称呼，而其他船民多以鸡鸭牛羊替代。当然，日记的内容绝对保密，父亲知道儿子在写写画画、神神秘秘，却不知道他在写什么画什么。

这么一个时代，船上的生活非常单调苦闷，只有小女孩一天天在长大变化。主人公也知道，"我的头脑仍然把慧仙当作一个楚楚可怜的小女孩，我的身体却背叛了我的头脑——从上至下，对一个少女充满了难言的爱意，麻烦事主要来自下身……我的勃起比梦还频繁"。

几年后，男主角看到了小慧仙身体的变化，看到她洗内裤时水是红的，男主角沉迷在偷窥中，不过他父亲又无时无刻不在监视他，"东亮，你给我小心一点"。在船队上长大的小女孩，并没有留意更谈不上回报另一个船上的小伙子的单相思。岸上油坊镇要组织国庆花车游行，慧仙因为相貌、气质、身材被地区文宣队的宋老师看中了，于是被远去担任第一辆花车上的"李铁梅"。

和邓少香儿子的谜团形成对照，慧仙才是真正的遗孤。母亲投河自尽，肯定是背负着那个时代难言的冤屈和绝境。库文轩曾经活在烈士遗孤的光环下。慧仙却从来没人和她谈起失踪的母亲。这个在特殊年代由众船民关怀长大的漂亮女孩，既没有成为像萧萧、翠翠那样逆来顺受的温柔的水上女子，也没有成为很有心计或者很有主见的与命运扩争的个性女人。苏童有意让多情的空屁和读者一起失望。女孩子扮演李铁梅大出风头，一度成了油坊镇的"网红"，无人不识她手举的红灯和她长长的辫子。她很快得到了地区姓柳的首长的注意，油坊镇的赵书记也对她格外关照，她暂时不回船队，住进了属于机关干部的综合大楼。

　　眼看着慧仙在这个革命年代要走好运（或者要堕落）了，可是她太好出风头，情商又差，到哪里都跟别人搞不好关系，更重要的是她很不情愿做干部们的花瓶，装装样子也装不像。柳部长的孙子来看望她，眼睛盯着她胸口，她便生气，更不能容忍这干部子弟在背后给她的身材打分。于是慧仙的好运很快过去。革命年代和平常年代的共同点是，只要失去了上面的关照，周围的羡慕嫉妒马上会转化为敌意甚至仇恨。所以不久后慧仙就剪了甜美的辫子，来到人民理发店，成了一个被人瞧不起的女剃头的。当然，这个时候仍然有一个人在由衷地关注她，在单恋她。

　　小说下篇中有一章"理发"写得非常精彩，描述"我"如何犹豫很久以后进入理发店。慧仙却几乎忘了这个青年，最后终于进行了一些交谈。这一章文笔极生动。对男孩（虽然他20多岁了，其实还是个少男）心理的刻画，还有慧仙没心没肺的善良，以及理发店其他人物的烘托，可以单独成一个短篇。

　　然而微妙的抒情还不够，苏童还是需要戏剧性浓厚的故事。接下来空屁就和他爸的昔日情人赵春美在理发店里吵架，情绪冲动，互揭情事伤疤。这一章名为"一天"。后来，慧仙替空屁剪发时，空屁出现了生理反应。空屁还差点被敌对的岸上人伤及身体，关键时刻慧仙叫人营救，救出空屁，但是空屁被禁止进入人民理发店，因为他的行动看似不轨。

　　男主角愚蠢的罗曼蒂克旅程到此为止，但他和父亲的冲突还没完，父亲拿出绳子要捆绑儿子。这个绳子捆绑术，后来在苏童的《黄雀记》里有重大发展，成为苏童创作中的一个重要成就，一个核心意象。

　　绑人，一开始是控制人，后来变成了一种艺术，而且他也反复渲染这个手铐——纸手铐，纸手铐也是最残酷的手铐。这都是获茅盾文学奖的《黄雀记》里的精彩片段。

六　"红色血统"的魔幻结局

儿子一度逃走，听说父亲自杀，又回到船上。之后神秘地发现父亲屁股的胎记已经消失了一半。这是一个魔幻的细节，象征着（红色）基因也会退化。最后一段的情节更加不可思议，空屁居然把邓少香烈士的纪念碑慢慢地拖到了船上，这几乎没有任何现实的合理性。而这时发现石碑上原有的筝筐中的婴儿也似乎不见了。次日保安队追来，库文轩竟背着石碑投河。这个象征意义有点太明显了——他以生命来完成或者说劫持了这个革命烈士的传奇。

小说最后补充交代，慧仙要嫁人了，她把那个曾经大出风头的铁梅的红灯，送给了男主角。铁梅的故事正好是强调三代人，他们不是亲的血肉关系，却传承了革命的血统（基因）。而《河岸》这部小说挑战的正是"红色血统"的被误用。同时男主角那本记录慧仙成长岁月的日记，却被人拿走了，一部分成了岸上闲人的笑料，大部分转给了慧仙留念，也不知道她会作何感想。

《河岸》和《红灯记》之间的文本对应关系，也可视为当代小说在1980年以后，尤其是到新世纪，与60年代"红色经典"的一种呼应。当初不是血肉连系的三代人，就凭着革命的信念，延续着这种革命的火种。可是到了《河岸》里边，这一个烈士的胎记不真不假，导致了库文轩、库文亮父子吊诡的、奇特的、悲惨的命运。

故事完了。情节像河水流动，主题有点烧脑、头痛。

《河岸》触及了"十年"中阶级斗争扩大化的第五个途径。第一个是经济"地、富"，第二个是刑事"反、坏"，第三个是思想"反右"，第四个是政见"走资"。在这四种扩大化以外，血缘成了发现和消灭阶级异己的第五项标准。这是《河岸》的一个非常突出的主题。

小说最后有点夸张的"抢石碑""驮着跳水"等，颇能体现苏童小说风格与沉重主题的关系：父子体弱，石碑太重。小说里有句话："如果所有人的血缘都容许更改，那该多么有趣啊！"

说到底，要继承、延续、发扬的是革命传统，还是血缘基因？

参考文献

汪政、何平编：《苏童研究资料》，天津：天津人民出版社，2007 年

孔范今、施战军主编：《苏童研究资料》，济南：山东文艺出版社，2006 年

张学昕编：《苏童研究资料》，北京：人民文学出版社，2016 年

毛丹青、苏童等：《苏童·花繁千寻》，上海：上海锦绣文章出版社，2008 年

苏童、王宏图：《南方的诗学：苏童王宏图对谈录》，桂林：漓江出版社，2014 年

项静：《无家可归者与一种文学装置：苏童论》，《当代作家评论》2018 年第 4 期

张丛皞：《暗黑世界的描摹：苏童小说的"空间诗学"》，《文艺争鸣》2011 年第 14 期

金铎：《论苏童小说的女性书写》，《小说评论》2013 年第 3 期

王德威：《南方的堕落与诱惑：苏童论》，引自《当代小说二十家》，北京：生活·读书·新知三联书店，2006 年

刘震云《一句顶一万句》
"说话"的重要性

刘震云的长篇《一句顶一万句》比较接近旧白话世情小说。不仅在最近二十年范围内或者是 20 世纪 80 年代以来，甚至从"五四"以后的现代文学看，《一句顶一万句》的写法也有其独特的地方。

乍一看这部小说是乡土文学传统，语言上有意挑战"五四"文艺腔，刻意地追寻《水浒传》的细节、桥段和氛围；但是在用世情话本体展示底层民众生态的时候，《一句顶一万句》实际上又继续着鲁迅式的研究国民忄的兴趣。小说中的无数乡村故事，并不是在阶级矛盾、造反革命、战争乱世这些常见的格局当中展开，而是贯穿着三条线索、三个关键词，即"生计""说话"和"家庭"。

局部看，这部小说细碎、烦琐、重复、枯燥；整体看，却是一部升级版的《生死场》。全书密度很大，虽然只有三十几万字。

作家刘震云 1958 年出生，河南延津人。延津乡镇是《一句顶一万句》的主要背景，不过从作品里也可以看到，作家并无意突出一个地方的乡俗，和莫言、沈从文不一样。刘震云笔下延津的事情，是中国所有农村的事情，甚至也是中国以外的很多地方人情世故生态的事情。

1978 年刘震云作为河南高考文科状元，进入北大中文系。他自己跳出了河南，但是把小说里边的所有人物都困在河南，让这些人物一直在底层，杀猪、卖鱼、开车、弹棉花，等等。作家成名以后也常回家乡，并且在家乡悟出了在北京都找不到的人生哲理。刘震云的不少作品被改编成电影、电视剧，比如《一地鸡毛》《手机》《一九四二》，与冯小刚导演合作。一方面刘震云是一个非常适应传媒潮流的作家，但另一方面《一句顶一万句》却非常严肃，"土得掉渣"。在《一地鸡毛》等作品里，刘震云早就显示出他对平凡人日常生活的文学兴趣，契合了 90 年代以来日常生活挑战宏大叙事的意识形态背景。但只有在《一句顶一万句》里，刘震云的写法才特别琐碎，尤其乡土，而且充满自信，汇集这么多乡间底层的琐事，合成一幅百姓生态的"清明上河图"。

一 "生计"是他们的姓名符号

小说分上、下两部，结构布局有些象征意义。上部"出延津记"，核心情节是民国早年，卖豆腐的老杨，他的次子杨百顺（后改名吴摩西）假装去找与人私奔的老婆吴香香，后来走出延津，真心要去寻找他的养女吴巧玲。下部"回延津记"是七十年以后，八九十年代，吴摩西的养女的儿子牛爱国，也在假装寻找与人私奔的老婆庞丽娜。牛爱国回到延津，试图寻找他的老家和故人，同时也寻找他自己曾经不敢与之私奔的一个女人，这个女人是别人的老婆。

这部小说不怕剧透，因为《一句顶一万句》重点不在情节，而在细节。这部长篇的第一关键词是"生计"。小说里有上百个人物，除了杨百顺等少数几个主人公，其他大部分有姓没名，尤其是上半部，统统被称为老杨、老高、老李、老马等。比如"出延津记"，仅仅第一节，就出现了杨家庄卖豆腐的老杨、马家庄赶大车的老马、铁匠铺的老李，还有铁匠铺里的老段、孔家庄卖驴肉的老孔、窦家庄卖烟丝的老窦、劁牲口又给人补锅的老董、魏家庄卖生姜的老魏、看相的瞎老贾等十几个人。讲的却只有一件事情——老杨将老马当好友，老马其实看不起老杨，别人都看在眼里，只有老杨不知道。就在这种老杨、老马、老李、老段的人名疲劳轰炸下，作家悄悄展开了乡村人际关系网的一个角落，以后还有几十上百个老汪、老裴、老曾、老范等陆续登场。其叙事效果是——第一，做什么事情、住什么村，比他们的真名更重要，生计是他们的符号。在阿城、史铁生等人的小说里边，是从知青的角度来强调农民的生计，民以食为天；但在刘震云笔下，生计对老百姓的重要性，直接在名字上体现。第二，写乡村世界但几乎不写农民，写的都是乡村的小商小贩。按照中国社会各阶级分析，他们也都难以归类为雇农，也不知道算不算"小资产阶级"或贫下中农。老曾、老范说不定还有雇工，将来可能要划成小业主、中农甚至富农。第三，在刘震云这种别开生面的重复人名轰炸叙事当中，老孔、老段、老董、老魏……一视同仁，都是惨淡人生，辛苦生计。小说后来详细描写主角杨百顺想跟老裴学剃头，羡慕一个叫罗长礼的人会喊丧，这是唯一超越生计、有点"诗和远方"成分的事。杨百顺又跟老曾学杀猪。底层社会的生计，每一行还都有自己的行规，有职业规则，有技术要求。农村大地不仅只是种庄稼，人人要活着，人人要谋生计，这是刘震云小说的第一层背景，是基本底色。

但刘震云写国人生态、农民生活，不仅写吃、睡、活着，更为了第二层意义——"说话"。不妨把"说话"两个字打上引号，可以联想到福柯的所谓"话语"。小说里反反复复强调，人与人之间，如老曾、老范、老李、老杨之类，他们之间能否"说话"，至关重要。

二 "说话":"说得着"与"说不着"

"说得着"就是可以交流,志趣相投甚至有感情。"说不着"就是误会、隔膜、性情不合,甚至是漠视或者敌视对方。所以人跟人之间能否"说得着",是上半部人伦关系的关键,到了下半部也是家庭和谐的关键。

小说第一章讲卖豆腐的老杨一心以老马为友,以为跟他"说得着",其实"老杨跟老马过心,老马跟老杨不过心"[1]。四十年后还被人嘲笑:"经心活了一辈子,活出个朋友吗?"

这里又出现两个关键词。一个是"朋友"。再穷再苦再乡下再底层的老乡们,一生也都需要朋友,这一点《一句顶一万句》比其他"五四"以来的乡土小说,都强调得更多。穷人不仅是被用来同情和唤醒的,穷人也跟一般人一样,会孤独、求自尊。当然毕飞宇是以另一种更戏剧的形式,描写过穷人的自尊。另一个关键词就是"经心",也就是"过心",就是经过心里。穷人之间的朋友不仅是靠生计合作靠阶级觉悟,而且也要靠心的交流。怎么交流?就是要"说得着",所以"说话"的第一种功能或者说终极目的是过心、经心。

第二种常见情况是误解,话题不自觉地被转移。小说第二段写剃头的老裴,有点像李伯元《官场现形记》的写法,一个人物扯到另外一个人物,然后再联系出第三个故事。不过刘震云绕得再远总会绕回来,"绕"是刘震云的文字特点,也是他的结构形式。

老裴以前靠贩驴为生,在内蒙有个相好叫斯琴格勒。有了相好,人又老实,留了真名真姓、地址。小说里写:"靠相好蒙族人不在意,整天吃牛羊肉,热性大,不在乎夜里那点儿事。"但后来相好怀孕

---

1 刘震云:《一句顶一万句》,首次发表于《人民文学》2009年第2、3期;武汉:长江文艺出版社,2009年。以下小说引文同。

了，怪在老裴头上，其实是另外一个男人所为。老裴的老婆叫老蔡，老蔡因此责怪老裴，不许老裴再跟相好来往。老裴之所以怕老婆，是因为怕老婆的哥——"老裴：'俺俩一闹，她就回娘家找她哥，她哥就找我来论理。一件事能扯出十件事，一件事十条理……我嘴不行，说不过他。'"因此老裴就一直处在他老婆老蔡的严管之下。这就是小说强调的"说话"的第二种功能：说不过就要认输。

这一件事怎么会变成十件事呢？举个例子：有一天卖豆腐的老杨责怪杨百顺哥俩不该跑出去听罗长礼喊丧，先是责怪偷了羊，然后就转到"这个家，到底谁说了算"。小说这里插了一句："卖豆腐的老杨，已经把一件事说成了另一件事。"一件事说成另一件事（另几件事），这个句式在整部长篇里多次出现，这是刘震云对延津、对河南乃至全中国人语言文化沟通的一种概括。

另一个常常出现的句式，就是发生了一件事，作家会说这不是因为A，也不是因为B，也不是因为C，而是因为你想都想不到的D、F……这种时候说话就不是谁对谁错了，而是话题转移。甲怪乙不能做某事，但又转到甲怪乙不尊重甲，又是另外一个解释。所以从是非、见解转到情绪、不尊重，从事实判断转到人际关系，这种情况常常出现，核心其实就是情理不分。小说里很多情况下，人与人说不上话，就是因为语言交谈中话题转换，"已经把一件事说成了另一件事"。

人与人"说得着"是因为经心、过心，"说不着"可能是强词夺理、话题转换。但除了这两种极端的情况，"说话"和人伦关系的演变，在作品里有更多更复杂的例子。

三　缺少忠义侠客的"水浒"

李敬泽说："读《一句顶一万句》，常想到《水浒传》。"的确小说里有些场景、细节——比如几个人到某地小店食宿，突然撞到陌生人，一言不合就动刀动棍甚至闹出人命。小说里有个人物叫姜虎，就是这样被人打死的——的确很像《水浒传》的桥段。华东师大的李丹梦有论文[1]，讨论刘震云的小说，其中也说《一句顶一万句》有《水浒传》的遗风。但是《水浒传》有两层主题：官民矛盾与忠义侠客，这个忠义侠客却正是刘震云小说里故意留的空白。

刘震云笔下的芸芸众生，什么人生态度都有，就是缺少忠义侠客。官民矛盾偶尔也有，处理的方法很平淡，写了几个县官，把县官也称为老胡、小韩。老胡不大懂官场规矩，歪打正着，平安执政几十年，自己还可以做木匠。小韩上任了以后爱讲话，没听众就将教堂变成学堂，百顺的弟弟百利因此短暂借光。后来小韩县长演讲太过频繁，他的演讲据说一年讲 62 场，平均三天一场，结果省长老费不喜欢这个县官那么喜欢说话，最后过于勤政的小韩反而丢了乌纱帽。官场里边的任命升降，在小说里只是很清淡地提了一下。

杨百利认识了朋友牛国兴，学会了另一种谈话方式叫"喷空"，这也许是刘震云创造的一个词汇。"喷空"和小韩的演讲不同，小韩的演讲都是些大而无当的空话和废话，比如"何为救国救民"？而"喷空"有具体的人和事，连在一起是一个生动的故事。比如某人看戏入了迷，跟着班子走了，之后就可以虚构了，说他爬墙进了戏班，脱下裤子就要强暴一个旦角，最后反而被武生打，等等。其实这就是文学创造了。这种"喷空"不仅让杨百利找到生活乐趣，而且还让他找到了新的工作，找到了新的"喷空"伴侣，有点像捧哏。

1 李丹梦：《乡土与市场，"关系"与"说话"：刘震云论》，《中国现代文学研究丛刊》2021 年第 10 期。

所以"喷空"——虚构的"说话",又是这部小说里"说话"的一个变形。

小说上部第八章的故事是杨家的长子杨百业结婚。富家女秦曼卿因为少了一块耳垂,被开粮栈的老李家退婚,一怒之下决心随意下嫁,不论贫富。卖豆腐的老杨听了老马的建议,替长子去求婚,没想到歪打正着,居然成事。

世事偶然,跨越阶级鸿沟也是阴差阳错。杨百业办婚礼的时候三弟杨百利在机务段谋生,照样"喷空"。只有杨百顺最惨,他之前学过杀猪挑过水,随父亲卖过豆腐,吃了无数的苦头。婚礼上看着场面这么热闹,自己却只能打扫厕所,命运如此之惨,绕来绕去就责怪欺负他父亲的赶大车的老马,于是动了杀念。

在《一句顶一万句》全书不到三分之一处,第八章是一个叙事转折。这个转折既是空间的,也是时间的。之前小说线索多头发展,卖豆腐老杨、剃头老裴、杀猪老曾、"喷空"百利、演讲小韩等,各种生计故事和"说话"烦恼,一时看不清楚小说的主角是谁。到了第八章读者才看清楚,原来主人公是杨百顺,这个转折当然也是时间意义上的。第九章第一句说:"杨百顺七十岁时想起来,他十九岁那年认识延津天主教牧师老詹,是件大事。"这显然是加西亚·马尔克斯的"多年以后"的技巧,而不是《水浒传》的写法了。提前告知读者:杨百顺会活到 70 岁,而且还会回过头来检讨自己的漫长人生。其实是虚晃一枪,杨百顺中年以后的人生,在小说里其实是个空白。

空间、人物一集中,时间上一有晚年回想,原本的"拟话本"《一句顶一万句》,瞬间变成了一部由旧白话写成的当代小说了。

第九章杨百顺的命运转折是因为先后认识了两个人,一个是 70 岁的意大利传教士老詹,还有一个是接替小韩做县长的老史。百年中国小说贯穿的三种人物形象,就是士、官、民。《老残游记》

等小说里,这三者关系比较简单清楚:"士见官欺民"。"五四"以后,尤其是鲁迅笔下,"士"可以有好些种,有抗争的"狂人"、《祝福》《故乡》里边内疚的"我"、潦倒的孔乙己,还有《阿Q正传》里做帮凶的长衫党等。在现代文学中,"官"常常并不直接出面,做坏事的只是帮凶爪牙。最复杂的是"民",仅仅一个短篇《药》里,"民"就分了三四种。

刘震云的《一句顶一万句》前八章主要都写"民",各种各样的底层民众——杀猪的、卖豆腐的、贩驴的、剃头的、染布的、赶车的……虽然这些以不同方式谋生的底层群众严格区分也有穷富之分,但小说主要写他们之间在生计方面的合作和"说话"方面的矛盾。可是,小说的转折点(刘震云可能也没有完全想到)就是"民"与"士"、与"官"发生实质性的联系。

整部《一句顶一万句》,几百条人物线索,各种社会生态,真正算作知识分子的只有一个老詹。他本名叫希门尼斯·歇尔·本斯普马基,意大利人,会中文,在延津传教四十年,一共只发展了八名教徒,平均五年仅发展一个教徒。杨百顺勉强算是第九个。因为百顺在哥哥婚礼上发怒甚至想杀人,后来去了老蒋的染坊挑水,十三个伙计分五六个派别。"这些年杨百顺经历过许多事,知道每个事中皆有原委,每个原委之中,又拐着好几道弯。"虽然他小心打工、谨慎说话,结果还是因为无意中放走了老蒋的一个宠物猴子,而被炒了。荒山野岭走投无路,碰到老詹。为了生计,勉强信主,改名杨摩西。知识分子对民众的启蒙,很多也是从生计开始"说话"。老詹介绍百顺到老鲁的竹业社去打工,晚上给摩西(百顺)讲经,弄得摩西白天犯困,破竹出差错,又被炒了。也是碰巧,摩西在社火队群众表演中扮了一个阎罗王,居然表演出色,因为这是他在虚拟世界中获得了几天的第二身份,就被县长老史招去县政府种菜。

这个细节，士、官、民三者齐全。主人公出现了人生一个较顺心的转折。当然士、官、民交集的好景不长，不久老詹病死，县长老史被撤职。当时决定官运的是提拔你的上司是否和更上级的省长或总理搞好关系，这就决定了你的官运，也决定了下面民众的命运。在县政府种菜时期，杨百顺入赘，"嫁"入了一家馒头庄，由老婆吴香香主持生意。不过婚后夫妻说不着话，百顺倒和吴的女儿巧玲关系很好。

后来百顺改名叫吴摩西，"摩西"是因为信教改，"吴"是因为老婆改。他发现自己的老婆跟邻居银匠老高私通。摩西之前也还自认为跟老高很说得着，是知心朋友，可见说得着话并非人际关系的最高境界。小说上部就结束在吴香香和老高私奔，吴摩西带着养女去找，因为乡间舆论——戴了绿帽必须有所反应。结果老婆没找到，却把养女巧玲丢失了。

平凡生活当中，最有戏剧性的就是老婆给你戴绿帽，然后你还要去追。从《水浒传》到 20 世纪都没有变化，各色人等也差别不大。

下部"回延津记"，一于始突然变了文风，几十年以后，新中国成立后、"文革"后，人民有名字了。主人公叫牛爱国，是巧玲（后来叫曹青娥）的次子。其他大部分人物终于有了正常的名和姓，第一句就是——"牛爱国三十五岁时知道，自己遇到为难的事，世上有三个人指得上。一个是冯文修，一个是杜青海，一个是陈奎一。"句子虽简单，却概括了下半部的主要内容——主角牛爱国一直困难地寻找说得着话的知心朋友。

小说上、下两部完全是两个时代，人物隔了两代。社会、政治、文化的巨大变化，小说故意不写，几乎看不见。小说强调的是这种变化之中的不变。变化是什么？小饭铺变成了"老李美食城"，又变成了"老马汽修厂"，馒头庄变成了酱菜厂，教堂变成了"金盆洗脚屋"，当年挑水的井现在成了卷烟厂，等等。吴摩西大闹的南街，现在是杂货铺旁边的剧场。总之变化处处有，不变处更多。在社会、政治巨变之中，人们仍然忙于生计，仍然说不着话，仍然要寻找出轨私奔的老婆。

我一度以为下部会改成新白话"五四"文体，以增加前后的语言对比。但没有，说着说着刘震云又绕回到原来的世情拟话本的旧白话文风。上部和下部的连接点，除了都是河南延津地区人，而且是祖孙隔代亲属关系以外，更突出的一点是两个时代两个男主角，杨百顺（吴摩西）和牛爱国（吴摩西养女巧玲的儿子）都有一个出轨的老婆，而且都不是偶然出轨，都是明目张胆要跟别的男人出走，且两个男主角都有自己喜欢的小女儿——巧玲和百慧，并且他们在寻找老婆的过程中，发现出走的男女，活得也很艰辛，甚至很动人。

在"生计""说话"之外，小说的第三个关键词是"家庭"。"家庭"又充满了中国现当代文学的一个贯穿主题——屈辱感，或者是对屈辱感的麻木，表现的是家庭崩溃的可能和对家庭挽救的努力。

牛爱国当汽车兵后复员，生计不是问题。跟三个人说得上话——冯文修退休以后卖肉，喝醉酒就乱说话，所以往来有限；和杜青海不在一个部队，偶然宿营时吸烟，就说起话来，居然越说越有话说。小说详细描写了两个人怎么说话：

> 牛爱国从小说话有些乱，说一件事，不知从何处下嘴；嘴下得不对，容易把一件事说成另一件事，或把一件事说成两件事，或把两件事说成一件事。杜青海虽然说话慢，但有条理，把一件事说完，再说另一件事；说一件事时，骨头是骨头，肉是肉，码放得整整齐齐。
>
> ……

　　两人在戈壁滩上，或开汽车，或坐在弱水河边，牛爱国一件一件说出来，杜青海一件件剥肉剔骨，帮牛爱国码放清楚。杜青海遇到烦心事，也说与牛爱国。牛爱国不会码放，只会说：

　　"你说呢？"

　　杜青海只好自己码放。码放一节，又问牛爱国。牛爱国又说：

　　"你说呢？"

　　杜青海再自己码放。几个"你说呢"下来，杜青海也将自己的事码清楚了，二人心里都轻快许多。

　　这么详细地抄录，是因为这里的"说话"其实是一个情理区分、逻辑判断的过程。《一句顶一万句》里面，"说话"既是交友——经心、过心，也是误解——把一件事说成另一件事，而且还是思维和逻辑混淆与判断的过程。

　　几年后牛爱国结婚了，有了小孩百慧。夫妻却有隔膜，两个人见面没有话说。"一开始觉得没有话说是两人不爱说话，后来发现不爱说话和没话说是两回事。"外人看风平浪静，牛爱国发现老婆庞丽娜和开照相馆的小蒋有染，而且谈笑甚欢。说话比性还重要。

　　牛爱国坐了三天汽车，找到话友杜青海，问是杀人还是离婚。杜青海回答："你既杀不了人，也离不了婚。"杜青海的建议是"忍"，"量小非君子"。叙事者这时插嘴："杜青海出的主意，打根上起就错了。"

　　还有第三个朋友叫陈奎一，脑子比牛爱国还乱。牛爱国30多岁了，受过正常的学校教育，当兵多年，也是新社会长大的，居然只有这么三个人可以说话。冯文修醉酒，陈奎一比他还不靠谱，杜青海好像脑子清楚，可是出的主意也是错的，所以他的整个人际关系网，只有一个姐姐还能说上几句话。最能沟通的倒是他女儿百慧，但她还很小。

　　小说花了不少笔墨，倒叙巧玲当年怎么被三个男人倒卖，这也是曹青娥（牛爱国的母亲）的一生。一讲旧事，小说又恢复拟话本的文体，突出悲苦与平淡。现实当中，牛妻庞丽娜与照相馆小蒋，被小蒋的老婆捉奸。书中写的捉奸过程，相当琐碎，使人想到《繁花》。《一句顶一万句》和《繁花》都是新世纪最出色的中国世情小说，在当代文学史上一北一南互相呼应，中间隔了一个王家卫（冯小刚为什么拍不了《一句顶一万句》，值得思考）。

　　牛爱国惩罚老婆的方法就是拖着不离婚，一边在梦中幻想杀老婆，一边自己也在开车中途，睡了一个美食城老板的年轻妻子章楚红。小说不动声色地写了一段床戏，说章楚红用温水帮男人洗下身，牛爱国事后才知道，是因为她自己的丈夫有性病。"章楚红蹲下身，用嘴嘬住了牛爱国……两人在床上忙了三个小时。章楚红喊得屋里的缸盆都有回声。"结果牛、张床戏不只是肉体，女人要跟他远走他乡，男主角动摇退却了，正好母亲生病，于是男主角回乡。

　　小说最后部分是一个有双重意义的寻根回乡。一是曹青娥临死前记挂多年前故乡旧人的信息，要儿子去找当年的杨百顺也就是吴摩西的踪迹、后人。二是牛爱国在回延津家乡过程中有所感悟，一边假装寻找出轨的老婆庞丽娜，一边又要寻找情人章楚红。这时章已经离婚，据说去了北京做"鸡"。

　　小说没有结尾，或者说结束在一种过程、状态之中。小说略过了时代洪流，略过了社会变迁，写的是一种七十年循环的底层常态，男女忙于生计，难于"说话"，最后寻找背叛自己的老婆或者丈夫，一种没有英雄的"水浒"传统。

　　小说里的"一万句"，体现在全篇重复在"说话"。可是其中哪一句能顶上这一万句呢？

　　上部第十三章，偷走吴摩西老婆的邻居银匠老高说了三句话。

第一句是："话是这么说，但不能这么干。"

第二句是："事儿能这么干，但不能这么说。"

第三句是："要让我说，这事儿从根上起就错了。"

三句都有意思。但这是三句，不是一句。

另一处，老曹要嫁女了，老婆不同意，说："我看你是成心，与人联起手气我。把我气死了，你好再娶个小。"小说叙事者说："已经把一件事说成了另一件事。"这句话在小说里反复出现，好像也能顶上万句，就是语言的歧义、误解，无法沟通。事理人情，而人情、人伦正是中国乡土社会（以河南为样板）的深层秩序所在。

还有一个选择就是"只说好话"。牛爱国一度照着朋友的建议，只对老婆说好话。"牛爱国发现话也不是好找的，好话也不是好说的……两人本来无话，专门找来的话，就显得勉强；两人说不来，就无所谓坏话或是好话……牛爱国一张嘴，本来不是说好话，是说一件事，庞丽娜也捂耳朵：'求求你，别说了，我一听你说话就恶心。'"这句话也真"顶'了一句。

牛爱香告诉弟弟自己要结婚了，说："姐现在结婚，不是为了结婚，就是想找一个人说话。姐都四十二了，整天一个人，憋死我了。"这也是关于"说话"的一句话。还有牛爱国最后在故乡找旧人旧事的时候，有人劝了他一句，好像漫不经心，却也是一句金句："日子是过以后，不是过从前。"这句能不能顶一万句呢？

"一万句"的烦琐、啰唆、细碎、重复的拟话本叙事效果当中，是人情、世俗、人伦、人际关系的隔膜、疏离与难以沟通，同时也是这种世俗、人性、人伦、人情秩序的延续、修补与代代相传。

三个名字、三个符号——百顺、摩西、爱国之间，变化少，延续多。阿城曾怀疑改造国民性是否可能，认为改造国民性就要改造中国社会生态的世俗性质[1]。刘震云的长篇在某种意义上继承了鲁迅的使命。维系人伦人情秩序的"说话",很多时候情理不分,充满误解,言不对题,无法沟通。但在另一层意义上,刘震云的小说也在怀疑,要改变这种世俗人情、人伦秩序是否可能,或者至少将会何等艰难。

中国的世情归根到底还是取决于老百姓怎么谋生,怎么"说话",怎么"男女"。如果不"说话"呢?那就是另一个作家的题目了:"不响"。

参考文献

禹权恒:《刘震云研究》,郑州:河南大学出版社,2015 年

李丹梦:《文学"乡土"的地方精神》,北京:北京大学出版社,2014 年

阿城:《闲话闲说:中国世俗与中国小说》,北京:作家出版社,1998 年

孟繁华:《"说话"是生活的政治:评刘震云的长篇小说〈一句顶一万句〉》,《文艺争鸣》2009 年第 8 期

贺绍俊:《怀着孤独感的自我倾诉:读刘震云的〈一句顶一万句〉》,《文艺争鸣》2009 年第 8 期

李丹梦:《乡土与市场,"关系"与"说话":刘震云论》,《中国现代文学研究丛刊》2021 年第 10 期

1　阿城:《闲话闲说:中国世俗与中国小说》,台北:时报文化出版有限公司,1984 年,第 105 页。

第二部

······2010—2021······

	1940	1950	1960	1970	1980	1990	2000	2010
韩　松				1965				
刘慈欣			1963					
王安忆		1954						
李　锐		1950						
金宇澄		1952						
贾平凹		1952						
韩少功		1953						
阎连科			1958					
格　非				1964				
周梅森			1956					
李　洱				1966				
余　华			1960					

韩松《地铁》
科幻小说与魔幻小说

　　晚清小说大致可分为四类——社会谴责、侠义公案、青楼狭邪、神魔奇幻。社会谴责类"五四"以后成为主流。青楼狭邪类或隐或显，后来也存在于郁达夫、张爱玲、张贤亮、贾平凹等人的严肃文学当中，或者也存在于张恨水、琼瑶的言情小说里。侠义公案类有不同形态，金庸等武侠小说是正宗，莫言等探索小说也是传承。反而西游式的神魔奇幻传统，在充满战争革命动乱的20世纪中国，是表现相对比较弱的一个文类，经典作品屈指可数。

　　梁启超的《新中国未来记》作为未完成的长篇，开启了关于中国政治前景的幻想模式。小说预见到十年后清朝灭亡，共和国建都南京，影响中国命运的是一个大党，建党在上海才十几个人，后来革命成功，上海又开世博会，苏俄爆发革命，中国革命的道路需要在大众民主与政治改良当中选择，等等。之后一百年，中国革命的历史现实，不断证实梁启超的这些神预言。但同样这一百年，同类的文学后继乏人。

　　从神魔奇幻文类看，基本上直到21世纪初才出现新的变种及科幻文学，可以视为怪力乱神小说的最新发展。这种科幻小说的代表，当然首推刘慈欣的《三体》。郝景芳的小说《北京折叠》在

2016年也获得了第74届雨果奖最佳中短篇小说奖。可是刘慈欣说："韩松与别人确实不同，他的感觉比我们多一维，因而他的科幻也比我们多一维。如果说中国科幻是一个金字塔，二维科幻是下面的塔基，三维科幻则是塔尖。我无法解读韩松的作品，真正有深度的文学作品，都是无法解读的，只能感觉。"[1]

为什么刘慈欣如此推崇韩松的科幻小说呢？

神魔奇幻文类中，其实有魔幻小说和科幻小说的分别。前者是"以虚写实"，"虚"是科学原理不能解释的事件、故事和场景（比如城市折叠、地铁永行、人兽一体等）；"实"是科学原理有可能解释的事件、故事和场景（比如倒计时、纳米技术、太空电梯等）。前者以魔幻场景象征社会政治历史（异化、灾难、毁灭等）；后者是"以实写虚"，从科学现实中推导、想象出人类社会的不可能的可能性（制度选择、黑暗理论、爱的极权等）。《北京折叠》《地铁》比较接近前者，《三体》是后者的典型。

一 地铁：小说的主角，所谓的天机

《地铁》2011年由上海人民出版社出版。这是一部长篇，也是五部中篇。每个中篇可以独立成篇。五部之间人物不同，主角一致，主角就是地铁。

第一部"末班"，故事相对比较简单，一个快退休的员工老王赶末班地铁。开篇写城市的夜景：

　　他举起头，见天空赤红而高大，如一片海，上面有个黑色

1　转引自张杰：《刘慈欣称赞韩松：他的科幻比我们多一维》，《封面新闻》，2017年11月24日。

的、奇圆的东西，像盏冥灯．被骷髅一般苍白色的摩天大楼支起。
漆黑的月亮下面的城市，竟考一座浩阔的陵园，建筑物堆积如丘，
垒出密密麻麻、凹凹凸凸的坟头，稀疏车流好似幽灵，打着鬼火，
在其间不倦游荡。[1]

　　比起后面地铁里的文字，灾难前的气氛算是和平景象。主角
走下站台，如走进坟地，车厢里人"均木鸡般呆坐着……这一幕
他也看久看腻了，麻木不仁了"。列车在前进，但是没出现站台，
他碰了一下邻座乘客，这个乘客手上有一本《读书》杂志。这本
中国 20 世纪 80 年代重要的知识分子杂志作为某种符号在《地铁》
各部都有出现，十分醒目。但主角发现自己像空气一样能穿越乘
客的身体。这是"一虚九实"的魔幻写法：一个不可思议的情况，
主角变甲虫、发疯等，但是周围一切正常。局部的变异，比全方
位的魔幻更深刻地显示现实的荒谬。在这个意义上，《变形记》《狂
人日记》也都是科幻小说。

　　但《地铁》不只是局部"变形"。男主角在某个站台下车了。
站台上没有人，车上也没有人下来。"空气中冲来一股膻怪味儿，
像乱葬坑中的尸体在腐烂……污浊腐朽、摇摇欲坠的围岩上，挂
满结晶的、人血似的大颗水珠……看不到人类的痕迹——没有广
告牌，也不见任何文字、符号、图示和标识……他仿佛回到了梦
游的岁月。""梦游的岁月"．梦游是虚，岁月是实。

　　男主角下了车但出不了站，这时回头看见车门里涌出很多怪
人，"矮矮的个子，草绿色的身体，穿着灰色连裤服"。这些怪人
在搬运昏睡的乘客，把乘客放进大的玻璃瓶。一小时后，怪人们
和乘客都消失了，只看到一张身份证，上边的照片就是主角先前

1　韩松：《地铁》，上海：上海人民出版社，2011 年。以下小说引文同。

触碰过的那个乘客。

第二天白天主角离开车站，又看到城市一切正常，到处是广告、早点、地铁人员、警察等。越正常越荒诞。昨夜的事消失了。回到公司，处长、同事、年轻人都不明白主角到底想说什么。等了一天报纸也没报道，主角到处询问，到处被人嘲笑。"这时他觉得：大概城市里所有人其实都已知晓秘密了，只有他一人被瞒着！"这是世上皆醉我独醒，还是世人皆醒我独醉？

> 城市从建成的那一天起，它的那些枢要部门，就马不停蹄地，在不断制造并隐匿各种秘密……他甚至想到了奥斯威辛集中营……他还年轻的时候，梦游年代的防空演习……年轻人都筹备盛大节日一样，纷纷热议即将来临的新型战争……

然后小说详细回述当年年轻人如何想象伟大战争，甚至壮烈牺牲，还有演习警报、防空洞集合。小说写："单位的头头们面目严肃，举着火把和手电。仿佛正是有了他们的带领，大家作为一个集体，才敢于行动。他昏头昏脑地走在中间……"然后是全程抓通缉犯、防空洞里梦游，等等。梦又突然中断，小说写："地铁也正是这样的吧。说不定这就是所谓的天机。"

二　令人困惑的谜团

韩松意象的政治指涉，不难辨认。《读书》，奥斯维辛，集体忘却，等等。令人困惑的是，"地铁"代表什么？城市基础？现代科技？人类历史？还是卡夫卡《城堡》般的迷宫？或者是四通八达的系统和无所不在的组织？

白天上班时填表，小说主角"他深知自己做的其实是一件地下工作——正如地铁，表格也构成了深窟中线路复杂的秘境，完整无缺地来自过去，却又是一个尚在形成中的、脉络繁复的明日世界，并对当下生活展开肆意的入侵，专横地霸占资源，武断地制造冲突，野蛮地破坏格局……他太熟练了，掌握了太多的秘密，不得不退休了"。中国的科幻，极其写实。

科幻作家韩松，生于重庆，毕业于武大，历任新华社采访室主任、《瞭望东方周刊》执行总编等，现任新华社对外新闻编辑部副主任。换句话说，他的日常工作与他笔下的小说世界看似反差极大，其实又有某种本质的同构关系。

从列车逃生的男主角，在图书馆里翻查有关地铁的历史资料，知道地铁线三十年前动工，当初曾经有过争论。到底是要放在地下 60 米深，还是地下 15 米深。北方某邻国，显然是指苏联，为了备战的需要，把地铁修到 60 米深，西方国家一般是 5—15 米深。

主角回忆当初修地铁时，"不时有梦游者组成队伍，巨浪一样，从附近席卷而过，千人一面地喊出震天动地的口号——那时还没有可口可乐广告，只有朴素而激奋的标语，遮天蔽日地上下翻飞……在环城地铁的沿线上方，刚好便是巍然屹立的古城墙，已历七百余年了。时候一到，说拆就拆，毫无商量"，从资料上主角发现，当年建地铁主要目的是战备，民用交通是第二位的。到了现在——"相当于全国人口总数三分之一的人们，在这地下作几十公里长度的封闭式旅行……他不禁对这片土地上将要发生的剧变满怀忐忑与期待。"

可是那天夜里的地铁事故究竟是怎么回事呢？男主角按青年乘客的身份证查到地址，找到一位中年妇人，说身份证上的人是她父亲，而她父亲多年前在一次梦游中自杀身亡了。谜团啊，又是梦游，难道那次事故也是梦游？那次事故象征什么？

第一部结尾时，人们发现主角被浸泡在装满了绿色液体的瓶子里面，火化以后骨灰就消失了，只剩下一个十字架。就是说曾经目睹一次地铁事故，并独自逃生的快退休的主角老王，白白做了一番关于地铁的调查，仍然被外星人或什么别的怪力乱神消灭了。

小说第一部充满叙事谜团，记录梦游时代和"那次事故"。但这只是《地铁》最浅显的第一部。小说由五部独立的中篇组成，第一部"末班"，一个坐末班地铁的快退休的员工，逃过了一场在地面上看起来毫无痕迹的事故，但最后还是被外星人装进瓶里消失了。第二部"惊变"则从另一个角度重述"地铁事故"。也许不是同一个事故，也不只是中国故事的角度，而是人类异化的视角。

"惊变"的主角周行，在白天高峰时段挤地铁，发现地铁忽然不停站了，"外面连一个站台也不再出现，飞掠过去的，都是深海般的黑暗"。乘客们开始慌了，周行确认自己不是在梦中。他"面前的女人蛇一样怪异地扭动身子"。半个小时以后列车还在疾驶，乘客们议论说可能制动失灵，可能外面停电、进入紧急状态，等等。"一个半小时就这样过去了，车外的黑暗依然无际……"大家开始饿了。接下来是荒谬情节触发的现实反应：

> 但最难受的，还是人与人这么长时间地挤靠着，完全没有私人空间，体臭的味道更加浓烈了，脸上肮脏的毛孔都看得一清二楚。乘客们彼此能感受到对方体内器官的蠕动和血液的涌行……再这样下去，人都快要被逼疯了。这一切，在以前又是怎么日复一日地承受过来的呢？真不可思议。不停车的地铁，说不定每天都在坐吧，只是一觉醒来，就忘却了。

前半段拥挤是人的生理状态，后半段日复一日是人类社会生态。开始有人喊生病、救命了，周行却和挤在前面的女人有了沟通，"他本对这女人充满嫌恶，却在与她谈话时，竟然是一片温柔关爱"。周行从女人想到自己的妻子，又想到车上可能有逃犯，以及自己想杀什么人，终于归结到对自己命运的醒悟："他仅仅是这人群的一员，而大家作为一个集体，被一件自己完全无法控制的巨物裹挟着，老鼠般瑟瑟作抖地挤成一堆，动弹不得，臭烘烘地，速度一致地永远地向前……"

"老鼠"是《地铁》里除了人以外最平凡的一种生物，或者说是一种活动的符号。面前的女人说遇上鬼了，"但这个鬼究竟是从哪里来的呢？为什么总是紧紧跟着人们呢？周行至死怕也回答不了这个纠缠了多少代人的问题"。韩松笔下有很多这种从具体的处境引发出去，可以做多重联想的金句。

四个小时以后，有人提议爬车到车头去看看究竟怎么回事，虽然警察反对，但有个叫小寂的攀岩者，还是大胆地爬出车窗。之后小说便"话分两头"，一个视角仍然是周行继续体会关在车厢牢笼里的处境，尿骚味中，被面前女人的胸部挤压。他们争夺食品，还在睡梦中去摸女人的乳房，然后射精，而且车厢里的小孩看见周围好几对男女站着性交……另一个视角是小寂爬到车窗外往前移动，看见每个车厢里边出现了不同的情景："乘客们像罐头物质一样拥挤"，有的车厢全部人都在昏睡，有的车厢少了一半人，"剩下的乘客就像动物园笼子中的狼一样，疾速地来回走动。"有的车厢甚至全是空的，然后也有车厢里是满满的人，"原来，乘客们正挤在一起埋头吃东西。他们拿着的，是人手、人腿和人肝……大家吃得满嘴鲜血淋漓"。宋明炜说韩松小说"与鲁迅文学息息相关"[1]。从人群内部、从现实看，是求生、夺食、乱伦；从人群外部、从历史看，是争斗、暴力，也是求生。王德威评论说："韩松有一

1　见韩松：《地铁》封底，上海：上海文艺出版社，2020年。

种极其特别的'幽黯意识',从中延伸出一个大历史思维的脉络。"[1]
其实还是和霍布斯关于人性的两特点——"无限追求快乐"和"害
怕突然死亡"有关,和《三体》里的黑暗森林理论也不无相通之处。

到此为止,都还可以做理性分析,再下去魔幻就加速了。周
行与少妇不断做爱,很快他满脸大胡子,眼前的女人"头发间,
生出了大把的银丝,仿佛霜打的冬树"。上车只有十几个小时,再
看周围的乘客都在急剧衰老,然后女人狠掐周行手臂,骂他让他
找东西吃。旁边还有小孩马上要生出来,又有人在计划吃别人。
车厢外,小寂发现列车也在发生变化,变得一眼望不到头。有的
车厢里好几百乘客排成同心圆,手接电线,人与列车一体;有的
车厢全是蟑螂,或者身体变成动物;也有的车厢建立了自己的朝廷;
最后小寂又回到原先的车厢,看到了很多比"裸猿"更小的生物,
似乎是人类的后代……最后列车到站时(什么站?),车上下来
是蚂蚁、虫、鱼、树形的生物,列车又装了很多生物重新出发。

《地铁》第二部细节荒诞,叙事视角却很清楚:一个是内视角,
人群、人类社会自己陷入灾难加速混乱;另一个是从外面看,能
看到人类历史残酷内卷的一些基本类型。

第三部"符号"是前两部荒诞情节的进一步细节化。比如写
城市的街景:"暗红的雨丝也扑了过来,是掺了工业色素的酸雨,
没日没夜地下,是城市中最潮的主流艺术。在腐败的雨露的浇灌
下,在布满痰迹、废纸、精液的街头,生机勃勃地长出了奇花异草,
是经过基因重组的热带植物。"这是现代技术版的《死水》。还有
一段文字,可以说是卡夫卡到了中国以后变成残雪:"他钻入一孔
导洞,洞壁形如一环一环的黏膜,脓水咕噜咕噜从上面流出来……
地上躺着一具肿胀的裸尸,充满脂肪的腹部龟裂开来……连腥臭

---

1 见韩松:《地铁》封四,上海:上海文艺出版社,2020年。

粗大的肠子里，也长满了密密麻麻、凹凸不平的绿灰色小颗粒——
这就是爱的结晶吗？一群模样奇特的老鼠，正蹲在尸体上咀嚼……
跟梦境中一模一样，死人是侦探。肥硕多油的、仿佛总是蛮有把
握的侦探，就这样孤独地死了。"

第四部叫"天堂"，16 岁的少年五妄，被大家选中担任车长
十八世，要带领他的部族向宿敌龙之族复仇。五妄选择四十四号
隧道，他的女人叫澄子，世上只有鼠语者（一种进化了的长得很
高的老鼠）能和人类交流。小说主要场景是隧道、站台、废墟。"隧
道的世界，便这样不断地延伸和扩大，最后形成了超一体化的网
络。""一体化"是学者洪子诚用来概括形容 20 世纪 50 年代中国
文学生产机制的学术概念，[1]"超一体化"更有现在"元宇宙"的话
语风格。澄子说因为一次大爆炸（这是天文学的概念），隧道逐渐
形成。"与隧道世界相对应，还存在'上一个世界'，也叫作'天
堂'……五妄想，'上一个世界'……既可以指时间上的'以前'，
也可以指空间上的'上面'。……从濡湿而黏稠的肠膜间，苔藓一
样孕育出了与众不同的形而上观念。"

于是五妄带领人民，想去上面的天堂（魔幻中仍有现实）。去
的路上碰到了黏土人发明了火，火使人们"看见"："既然黑暗已
能代表一切，为何又要有光明？五妄不解……如果每个人都能自
己看清楚世界，那还需要车长吗？……五妄抛弃了引路者的角色，
和澄子及部众一起，加入了黏土人的部落——炎之族。"

车长、引路者人们比较熟悉，但炎之族象征什么呢？小说
写炎之族虽然有火，但是不做带头的，没有大的雄心，不久就碰
到了洪水，水火冲突。这时五妄发现前人类遗留下来的隧道推进
机——有点奇怪，水火冲突似乎非常原始，主角却找到了一个人

1　洪子诚：《中国当代文学史》，北京：北京大学出版社，1999 年，第 IV 页。

158

类遗留下来的先进机器。第四部好像更加接近于寓言或者远古神话，写的却是人类大灾难以后的将来。

之后是轮之族，"为着一个绝望的理想，大家世世代代充满希望地工作着"，甚至《读书》杂志也成了机车技术手册。如果轮之族象征20世纪80年代，之前的水火冲突神话灾难就是上一个"艰辛探索"时期。最后，机车终于被发动起来了（回到工业革命启蒙时代？），机车变成列车，乘客里已经有了鱼形的人、树形的人、蚁形的人，这是与前面第二部的结尾呼应。

到了一个站台群众欢呼，出现没有面孔的女人跳下钢轨集体自杀。"五妄意识到，列车误入了狼之族的设伏"，狼之族像是过去和未来的世界大战？或者与"战狼文化"有关？于是列车失控了，照明熄灭了，人类进化到了自己的身体会发光的状态。再下一部族的人类全是女人，男人都被强奸。女人属于一个叫德里达自治体的部族。女人们修复车辆，让动物们杂交，包括男人（"米兔"走极端？）。"五妄发现，她们所遵循的一套义理和程序，也都源于《读书》的教导。"《读书》有这么大的力量。德里达自治体发展出一套新的文明。五妄手握着澄子的心脏，说那个世界不属于人类，鼠类是人类的顶替者。整个第四部像是一个简化的寓言体的人类简史，人类最后走向何方呢？五妄最后看到了银河列车。列车"正一列套着一列，在真正无际而绝冷的黑暗中赶路"。《地铁》的五个中篇也像列车一样，一列套着一列，一直在赶路。

最后一部"废墟"，却是整本《地铁》里最有光明色彩，最像典型科幻作品的一章。地球已经被异族的马面人占领了，人类后代逃到各个小行星。偶然有人类后代的老年人，组团回故乡旅游，凭吊废墟。但这次老人团里混入了两个年轻人——雾水和露珠。他们表面上参观遗址公园，其实另有使命。老人到了地球，马面人交代注意事项——不准拍照，不准离队，不准录音，不准交配。

老人们"如今在异族的照顾下活得好好的,不错啦……他们想,自己要是牛马该多好,就可以名正言顺地为异族效劳啦"(回乡团的理想心态?)。

逃亡至小行星的人类,今天重回地球参观,颇感幸运,他们的身份都"保存在托管基金会的概率计算机里面。他们的一举一动,从生到死,都受着严密的监控"。雾水和露珠假装情杀,才从计算机监控中逃了出来。

《地铁》前四部,除了第一部神秘的地铁事故,还可以勉强形容为科幻——以科学常识为基础的神奇幻想,第二、三、四部,诸如地铁不停站后人类的变态反应,种种死水般的城市景象,由炎之族、轮之族、狼之族等组成的人类简史等,已从"科幻"变成"魔幻"。在中国的政治语境中,"科"字容易吸引新生代,不仅可以给包含政治指涉的魔幻文字提供保护色,而且也可以联系到"科学话语共同体"如何在中国兴起等学术课题。[1] 到了第五部,科幻又回来了,雾水和露珠暂时抛弃肉身,公会(人类在外星的某种组织)给他们安装了全套新机器、新肉体、新思维,使他们逃离老人参观团,独立寻找人类五百年前出现灾难的真正原因。写到这里,武侠科幻技巧承载了历史寻根任务。雾水、露珠又碰到半人高的变种老鼠,然后顶风冒雪找到一个特别的已关闭的观光区,像船厂,像实验室。好像"007"最后总归要一男一女去某个神秘基地探险救世。此时在行星上,失败的人类还在争论五百年前的历史教训,是先被异族消灭了,还是他们在一个大型实验中,由于失误而自我毁灭了呢?雾水比较弱,要靠女孩子帮助(身体上、脑子上)。他们穿过很多尸骨,居然还看见血肉丰满、灿烂生动的

1　有关汪晖在这方面的研究,可参见黄宗智:《探寻中国的现代性》,引自何吉贤、张翔编:《探寻中国的现代性:汪晖学术思想评论集(一)》,北京:东方出版社,2014年,第7页。

男女老少。小说解释："似乎是在灾难之后，即刻被某种势力施用高科技手段，原封不动地连同现场一块儿，着意封存了下来……"除了鼠状动物，少男少女还遇上了一个金发碧眼中年男人，是异族，原来他也在找秘密武器。这个废墟探险者从怀里掏出一卷东西——是什么重要的文件宝物啊，大家都在寻找？原来又是《读书》杂志。

我前后在《读书》上发表过多篇文章，读到此处，虽然出戏却也入迷。普罗普分析过，神话故事里边总要出现一个宝物。少男少女的寻找有什么意义呢？是废墟还是天堂呢？我非常惊讶又毫不奇怪，他们最后居然又碰到了地铁。

还是这个问题，地铁到底是什么？中国式的高科技成就？新质生产力的象征？数码列宁主义的网络？或者，地铁就是一个系统，或一切系统？

20 世纪初国难深重，梁启超的幻想小说未来充满光明。百年后国家富强，《北京折叠》《地铁》《三体》等小说反而忧心忡忡，想象灾难乌托邦，这是为什么呢？

参考文献

贾立元：《韩松与"鬼魅中国"》,《当代作家评论》2011 年第 1 期

陈楸帆：《诡异边缘的修行者：著名科幻作家韩松专访》,《世界科幻博览》
　2007 年第 9 期

汪晓慧：《改造·重构·追问：论韩松科幻小说中的空间书写》,《中国比较文学》
　2020 年第 2 期

贾立元：《鬼蜮里的漫游者：韩松及其写作》,《南方文坛》2012 年第 1 期

宋明炜：《"于一切眼中看见无所有"：读韩松科幻小说〈地铁〉》,《读书》
　2011 年第 9 期

陈思：《"强度"的文学及其相关问题：以韩松〈地铁〉为例》,《南方文坛》
　2012 年第 1 期

李广益：《诡异与不确定性：韩松科幻小说评析》,《当代作家评论》2007 年第
　1 期

康凌：《如何批判技术异化：读韩松〈地铁〉》,《南方文坛》2012 年第 1 期

宋明炜：《科幻研究的新大陆》, 樊佳琪译,《文艺理论与批评》2019 年第 3 期

刘慈欣《三体Ⅲ》

爱的专制主义？

一 《三体》三部曲：从冷峻到温情

如果说第一、第二部《三体》，比较讲究理性逻辑，第三部就更多一些感情的线索；如果说生死存亡的战斗是前两部的主要骨干，那么第三部的文学主题就是爱与牺牲；如果前两部可以套用鲁迅的名言或者说鲁迅的精神——"直面惨淡的地球人生"，那么第三部就出现了冰心式的意象——星星、草地、小花、母爱。

从主要人物设计上看，前两部的主角是发射红色信号引来三体入侵的叶文洁，是太空军中的英雄——当前中国青年网友崇拜的偶像章北海，当然还有面壁人中的中国代表——清醒、理智的罗辑。这几个主角的共同特征就是冷峻、冷静甚至冷漠。

第一部里叶文洁眼看科学家父亲被套上铁门板批斗，含冤死去，母亲还要揭发。荒诞乱世，使她不仅憎恨那个革命时代，而且还将"文革"悲剧与当代地球上的生态困境等联系起来。追寻"文革"的起因后果，已经不是21世纪初刘慈欣以及他的无数崇拜者最关心的问题，但无意间《三体Ⅰ》还是开创了一种对"文革"的另类反思方向。不像其他80年代中国小说那样，仅仅将"文革"

理解为中国革命（或者是探索现代性道路上）的一次"出轨"或者"教训"，而是把"文革"与世界危机——主要是西方文明危机，而不是国际共运危机——相提并论，并瞬间上升为人类地球的危机。大的情节当然是叶文洁做了地球三体组织的领袖，小的细节比如她曾经冷酷谋杀了帮助过她的基地政委以及自己的丈夫。作为一个女儿、母亲和知识分子受害者，叶文洁是一个少见的冷静、冷酷的形象。

《三体II》里的章北海曾经为了支持研发无工质辐射推进飞船（"不明觉厉"），用陨石子弹暗杀了当时的航天工业负责人——为了正当目的可以不择手段。之后章北海预见将来会更缺政工干部，冬眠数百年以后，到一个太空舰队任掌握实权的执行舰长，一口否定了舰上可能产生的民主制度，显然也是一个很有决断、很冷静的干部形象（后来 Netflix 改编《三体》，好像不太理解章北海这个中国干部形象的意义）。

至于罗辑，身为面壁人当中的中国代表，开始似乎很"佛系"或者说玩世不恭，喜欢有山有湖有美女有美酒的别墅，后来却在冰水里悟出了叶文洁讲的黑暗森林理论：一要生存，二总量有限，所以万事万物见光死。罗辑基本上也是注重智慧、理性，而不大会感情用事的人物。这几个主要人物的理性、智慧、冷静，也很符合《三体》前两部的基本背景，冷酷地报复地球，冷静地面对敌人，冷漠地描写灾难。

但是第三部的基调明显由冷转暖。首先云天明是个悲剧人物，患绝症要安乐死，可是他却用自己偶然获得的一笔钱，买了一个200多光年以外的恒星 DX3906，送给他单相思的女孩程心。程心收到这个星星，觉得很浪漫，感激、激动，然后就把云天明的脑子送上太空，以执行了解三体秘密之类的使命。这个非常神奇的情节，被小说郑重其事地渲染。以后云天明到底能不能救地球另当别论，至少是在第三部的开端，已经埋下了一段童话般的温馨浪漫的伏笔，这是前两部所没有的。但真正显示出主人公程心的"冰心气质"和"圣母情怀"，还是要到她接任执剑人之后的十分钟，那是《三体》情节的一大转折，也是小说主题的第一次闪光。

二　威慑时代的恐怖平衡

《三体》第二部结束时，罗辑和三体人达成一项威慑协议——如果三体人依靠水滴等高技术手段进攻地球，罗辑就会发射信号暴露三体人的太空位置，这样在宇宙中三体和地球将同时毁灭。这种"恐怖平衡"，当然并不虚幻，我们每天生活在这样的世界里，以前主要是美苏两个核大国的"恐怖平衡"。他们各有几千枚核弹，其他国家（中国、英国、法国等）到目前为止只有几百枚，不在一个量级。在"恐怖平衡"当中，简单说就是"谁动手，大家一起完"。在这个意义上《三体》的威慑年代极其写实。

但有一个问题很具体，就是怎么样或者由谁来掌握决定两个文明系统生死的开关按钮？《三体》的精彩之处，是很多虚幻的情节，都能写得非常翔实具体，读者感到非常逼真。但是有几个关键情节，颇有可商榷推敲之处。

比如，执剑人如何执剑，怎样交接。这么重要的决定人类命运的责任，地球上的人们愿意交给一个人负责。经过种种心理测验，大家（哪个大家？）认为罗辑的心理素质可以承担此重任，毕竟给地球带来短暂和平繁荣的威慑战略，也是罗辑的成就。但是总有一天执剑人罗辑年纪大了，近百岁了，就要换一个执剑人。冬眠当中的程心就被人唤醒了，她有一颗恒星的所有权，这时地球的联合国要买她的恒星的两颗行星。"在公众眼中，最理想的执剑人是这样的：他们让三体世界害怕，同时却要让人类，也就是现在这些娘儿们和假娘儿们不害怕。"[1] 为什么说"假娘儿们"？是因为那个时候男人都在向女性化方向发展。

经过一番竞争，程心被选为新一任的执剑人。从这里开始，程心也成为《三体Ⅲ》无可争议的主人公。

三　关键性转折：更换执剑人

经过很多不同角度的铺垫，小说终于写到了更换执剑人这个关键性场面，这也是《三体》从第二部到第三部的真正转折点。程心在联合国首长陪同下，在一个守卫森严的地下室里看到了罗辑。"罗辑盘腿端坐在白色大厅正中……他穿的整洁的黑色中山装格外醒目。"在地下每天穿中山装（中国符号）也挺辛苦。"他端坐在那里，呈一个稳定的倒丁字形，仿佛是海滩上一只孤独的铁锚，任岁月之风从头顶吹过，任时间之浪在面前咆哮，巍然不动……他知道智子使得敌人能看到自己的目光，这目光带着地狱的寒气和巨石的沉重，带着牺牲一切的决绝，令敌人心悸……就这样，罗辑与三体世界对视了五十四年，他由一个玩世不恭的人，变成一位面壁五十四年的真正面壁者，一位五十四年执剑待发的地球文明的守护人。这五十四年中，罗辑一直在沉默中坚守，没有说过一句话。"

最后时刻，罗辑站起来向对面的白墙（假想后面是敌人）略略致意，然后跟程心的目光短暂交流，"罗辑用双手把开关交给了程心，程心也用双手接过了这个地球历史上最沉重的东西，于是，两个世界的支点由一位一百零一岁的老人转移到一个二十九岁的年轻女子身上"。

1　刘慈欣：《三体Ⅲ》，重庆：重庆出版社，2010年。以下小说引文同。

接下来的情况《三体》迷们都知道：罗辑马上被国际法庭以"世界灭绝罪"逮捕。埋伏在太阳系的五个水滴，立刻向地球上的信号引爆基地进攻。在十分钟的时间内，程心没有反应过来，或者说她是坚守她的爱的信念，没有让地球跟三体同时毁灭。于是威慑战略失效，三体开始侵略地球。接下来是全世界人口被迫移民澳洲，智子指挥的联合国军统治地球。

在大量精彩文字当中，读者也来不及在细节上吹毛求疵。比如，五十四年里罗辑不用去洗手间吗？他睡觉的时候开关也放在枕边吗？睡着了怎么办呢？智子可以观察他。地球生命所系，不能多一些人一起完成罗辑的使命吗？程心也没有助手吗？

正因为《三体》在很多细节上通常处理得非常写实，所以我们才会提出这样的疑问。当然也来不及了，更大更严重的危机已经来了。

四　为了活着自相残杀

因为新任执剑人程心十分钟的爱心迟疑，她不愿意也不忍心即刻毁掉三体和地球，所以三体智子派水滴迅速摧毁了地球上的几个引力波发射台。这些发射台原本可以将三体世界在宇宙间曝光，这就是所谓威慑时代的基础。然后三体又派了高智商机器美女智子，在三体太空舰队到达之前先开始管理地球。之后的描写虽然是荒诞想象，却也写得十分现实。世界上很多国家其实在历史上，都有被别国或者异族大规模占领的真实经验。在小说里，现在世界各国人口都要移民到澳洲。

智子美貌优雅，但偶尔挥刀砍杀地球民众的举动，令人们觉得反抗无望。因为与三体的军事、科学技术水平相差太大，所以各国军队和联合国武装力量便只能在这位美女智子的指挥下维持人类秩序。而反抗力量，包括年迈的罗辑，他们为数甚少。

小说从这里开始，叙事角度大部分转向程心。程心眼看着无数民众移民澳洲的悲惨状况，生活方式一下子倒退到原始时代了，为了简单活着就互相争夺，彼此攻击，当然程心看到这些惨状，充满内疚。她也被其他地球人谴责，反而是智子，在暗中保护她。其间新移民和澳洲人发生冲突，仅仅堪培拉的一次冲突就死了50多万人，还有一次十多天的大混乱中，几千万人断水、断粮。小说描写："在这块拥挤饥饿的大陆上，民主变成了比专制更可怕的东西，所有人都渴望秩序和强有力的政府，原有的社会体制迅速瓦解，人民只希望政府能给他们带来食物、水和能放一张床的生存空间，别的都不在乎了。"鲁迅引用过中国老话，"乱离人，不及太平犬"[1]。但是"太平犬"也不好做：在澳洲移民大致完成时，智子突然又宣布，三体舰队到来前三个月，澳洲又要被全封闭，封城、封州、封国。在断电断网的情况下，42亿人类将在澳洲大陆上自相残杀，大部分人会被淘汰。等到舰队到达时，这个大陆上将剩下3000万到5000万人。最后的胜利者，可以开始文明自由的生活。

当然这就是三体所许诺的地球的前景。听到这个声明，程心在人群中顿时失明、昏厥。这就是爱的报应吗？太残酷了。

有一艘"万有引力"号太空舰，奉命花五十年的时间追击叛逃的"蓝色空间"号。眼看快追上了，反而在一个水滴的盲区，被"蓝色空间"号船员给占领了。"蓝色空间"号上有1200多人，这些人六十年前都宣誓接受政工干部章北海的领导，现在由褚岩上校指挥。又一次见证中国军人神武。

两艘太空舰一共1415人，他们在一起庄严地举行了一次以

---

1 鲁迅:《灯下漫笔》,引自《鲁迅全集》第1卷,北京:人民文学出版社,2005年,第223页。

三分之二人即 944 人为界线的投票。结果大部分人经过民主程序，同意启动宇宙引力波发射，去完成地球上来不及完成的暴露三体的战争行为。当然，地球、三体都被暴露，三体将被毁，地球也难逃灾难。在澳洲发生的事情证明，"亡球奴"等于灭亡，不如挣扎一下，或许还有一些时间可逃脱噩运。

　　章北海的这些下属到底是救了地球呢，还是害了地球？舰上人员少数愿回地球，大部分继续向太空航行。这个阶段，小说描写太空船偶然进入了一个空间，见识了四维现象。据作家说："四维感觉是人类迄今为止所遇到的唯一一种绝对不可能用语言描述的事物。"既然不可能用语言描述，书中又反复解释四维现象，所以读者最后还是一头雾水，亦属正常。好在小说很快又回到三维世界发展：三体星系果然被毁，三个太阳，有一个被太空中的光粒击中毁掉，三体文明至此就被消灭了，只留下两个太阳。太空中还存有零星的三体舰队。

　　按照黑暗森林理论，接下来因为地球也被曝光，也将遭到灭顶之灾。怎么自保怎么自救呢？这时智子（三体人的代表）突然来找程心和罗辑喝茶，告诉他们地球可以发布一种自我安全的声明。怎样令宇宙相信地球是安全的？一时间全球各界都在想办法，没有头绪。我们一贯热爱和平，我们不是战狼，我们从来没有侵略的 DNA……可是问题是怎么让人家知道？怎么让人家相信呢？

　　小说这时峰回路转，智子告诉程心，云天明还活着，而且可以安排见面。科幻灾难中突然童话重现，感觉神奇。小说详细描写程心坐太空电梯到所谓的拉格朗日点（地球跟太阳中间的一个引力点），行进过程、具体观感和程心的视觉联想，都非常逼真。这时程心眼睛已经复明，也打消了要自杀谢罪的念头。云天明的大脑应该在当年送出太空的半路上被三体舰队截获了，然后通过大脑里的DNA复制出了整个人。他站在某一个地方的麦田里，和程心（隔了数百年）视频对话，十分亲切。名义上，这是程心、云天明的私人会面，但事先说好，全程受监控——程心可看到视频旁边有绿色、黄色、红色三色灯，绿色代表没问题，黄色代表警告，红色就代表谈话结束了，程心也会被毁灭。程心和云天明为了地球和自己的利益，严格遵守三体人给他们规定的谈话规则。他们的谈话过程成了《三体Ⅲ》的一个重点情节，篇幅很长。谈话前半段是两人的试探，很难有实质性的情报交流，后半段的主要部分，是云天明讲的三个童话故事——

第一个故事讲冰沙王子。一个针眼画师在纸上把国王、皇后和一众大臣都画死了，换句话说就是画师在纸上把对方画出来，对方就死了。他也画了公主，但还没有成功，因为公主用一把伞遮挡着，所以虽然公主被画但没有死。第二个故事，公主在卫队长等人的保护下逃到海边，海里有一种鱼会咬人，所以他们去不了另外一个岛。第三个故事，把一块赫尔辛根默斯肯出产的香皂放在小船后面，小船就可以在有吃人鱼的海上漂走，因此公主从岛上请回了深水王子，他回来杀掉了篡位的冰沙王子。最后公主放弃了王位跟卫队长（当然应该是帅哥）一起离开了这个岛，过自由幸福的生活去了。

三个故事就像平常的神话，在小说里就让当时地球上的高官、科学家，当然也包括很多《三体Ⅲ》的读者，费尽心机去解读，看其中有没有什么重要的情报或者救世妙方。结果看了半天也还是要靠刘慈欣来指点（至少我自己是永远猜不出来的）。原来香皂驱动小船代表了一种空间曲率驱动方式。赫尔辛根默斯肯代表了挪威的那个地方有个大旋涡，令人可以想到黑洞理论。把人画死，作为一种死亡方式，就是小说后面大量描写的"二维化"。

地球上的专家分成几十上百的专案组，组成史上最大规模的文学批评解读运动，得出结论，云天明冒着生命危险告诉程心和地球：第一，三体的船是靠空间曲率驱动的；第二，将光速降到很低时，可以形成黑洞，可以保护地球；第三，二维化是致命的——不过这一条程心和地球人当时都不明白。

这一大段叙事是吸引人的，这些谜语情报经过作家诠释也是有意思的。在整本硬核科幻长篇里加入这些童话的因素，也颇有陌生化效果。问题是从常理来看，三体当时星系已毁，零星的舰队在逃亡求生过程中，有什么必要花费这么多的心思——设置红、黄、绿灯，审查童话等——来安排程心、云天明浪漫的太空重会呢？明明是地球人导致了三体被毁，三体舰队不是应该利用目前的技术优势，马上毁灭地球，实现报复吗？换句话说，太空浪漫重会和童话故事，虽然给我们读者带来了一些阅读趣味上的调整，或者情节设置上的陷阱，但是从三体人的角度看，好像没有必要。

三体舰队和智子及水滴，一贯冷峻、冷酷、冷静，而且刘慈欣的小说是科幻现实主义，如果是在郝景芳、韩松笔下，这类神奇细节就是常态，倒不必纠究了，可是出现在《三体》里，占了这么大的篇幅，我始终有点疑问，三体人安排这个浪漫太空重会，for what？

五　"爱的极权"：《三体》对专制政体的理解与警惕

程、云太空重会以后，地球高层对于如何躲避将来的灭顶之灾，大致有了三个方案。第一个叫掩体计划，把大部分人类搬到木星、海王星、冥王星背对太阳的那一面。这样太阳假如被袭击，人类还能生存。第二个就是制造低光速的黑洞，把太阳系变得与宇宙隔绝，不是与世隔绝，因此取得独立的安全。第三个就是太空飞船，用曲率驱动以光速带人类离开太阳系。

　　无论哪个方案都是脑洞大开。技术上第一个比较切实可行，后来果然实行。期间又出现警报，说太阳被袭击了。程心这时是一个巨大的星环科技公司的老板，她其实才只有30多岁。在太空船即将驱动时，下面有一帮小孩也想登机，她觉得很可怜，就让助手艾AA，临时考试救了其中的三个。当然，这样做的时候也不能再去看其他小孩的目光了——考验人道主义的边界到底在哪里。紧急情况下，其他飞船都已经点火启动了，但程心坚决不准，因为下面还有人群。此时点火起飞，会烧伤下面无辜的人群，但是不点火的话，完全可能飞不了。生死关头，程心让我们看到了后来美军撤出阿富汗首都机场的情景——爱心的残酷后果。更能体会程心母爱潜意识的另一个情节，是她坚决制止了维德的太空飞船计划。维德是最彻底的理性主义专家，一度他也想做执剑人，甚至企图枪杀程心，他觉得这个年轻中国女人执掌地球命运靠不住。后来他要求程心把巨大的星环集团——使读者想起现在的扎克伯格、比尔·盖茨、马斯克的那些大集团——交给他来领导。维德想以此来研究光速飞船，就是带领人类逃离太阳系灾难的第三个方案。程心同意交出公司给他试验，而她进入冬眠，但有一个条件，就是"当这个事业可能危害人类的生命时，必须唤醒我，我将拥有最终的决定权"。但仔细想想，她在冬眠中，叫不叫她的权力还在维德手里。这个协定就说明程心其实非常信任维德。结果还真发生了危机。掩体计划大致成功以后，联邦政府不许维德公司继续太空飞船的实验，据说是因为牵涉一种叫反物质的危险材料。面临的选择是要么继续实验，眼前会有战争，但将来长远可能救人类；要么停止实验，全部依靠掩体计划，眼前是和平。当然，醒来的程心毫不犹豫地就叫停了实验，至少眼前避免了战争。

　　多年以后，程心才知道自己耽误了人类的宝贵的三十五年，使人类失去了逃脱被二维化的唯一机会。

《三体》三部总体讲，都是借助虚构的太空灾难，来解读地球上的种种危机。远比地球科技水平高的三体文明，想要移民来地球，也是占领地球。他们将在四百年以后到达，而早些时候智子已经在控制地球上的科学和其他人类活动了。这场遥远的灾难使地球人产生了末日意识，一时间国家间争斗少了，联合国更强大了，地球人更团结了，相对而言，中国人在地球上也更重要了。

小说里灾难的来源来自中国，全球三体组织的领袖是中国人，面壁者只有中国人成功，太空军司令常伟思、舰长章北海，还有首先触摸水滴的北大丁仪教授等都是中国人。虽然《三体》的黑暗森林理论比较靠近社会达尔文主义，并不契合马克思的学说，但在整个星球灾难当中，中国人在地球上的地位明显上升。这也是小说在中国青年读者中颇受欢迎的原因之一。

地球上的危机，最简单、最基本的有四种：阶级矛盾、种族歧视、性别斗争、人与自然。《三体Ⅲ》在情节上是处理地球与外星关系，在主题上其实主要关心地球上的社会政治制度，并探讨"究竟什么是人性本能"。

同样是科幻故事，《北京折叠》主要写阶层鸿沟。同一世界、同一社会、同一城市，人们生活在不同的空间。科技魔幻是技术，小说主题是阶级矛盾。《地铁》的变形、异化，主要也指涉人群的争斗，包括人类本身的异化。《三体Ⅰ》也涉及阶级的问题，比如北京几个老人、退休的知识分子议论，谁该走、谁该先走，为什么谁可以走，有钱人是否拥有更大的生存权利。《三体Ⅲ》也在描写光速飞船实验时讨论超级富豪坐小船逃走：从法律角度讲，至少在目前，没有国际法或国家法律禁止团体或个人建造恒星际飞船，在巨行星背阳面避难也不被看作是逃亡主义，但这里出现了一个人类历史上最大的不平等：在死亡面前的不平等。在历史上，社会不平等主要出现在经济和社会地位领域，所有人在死亡面前基本上是平等的。

当然，死亡上的不平等也一直存在，比如医疗条件的不均、因贫富差距造成的在自然灾害中不同的生存率、战争中军队与平民的生存差异等，但还从来没有出现过这样的局面：占人类总数不到万分之一的少数人能够躲到安全之处生存下来，而剩下的几十亿人在地球上等死。

即使在古代，这种巨大的不平等都无法被容忍，更不用说在现代社会了。这种现象直接导致了国际社会对光速飞船计划的质疑。

吊诡的是，这种从阶级平等出发的对光速飞船计划的合理质疑（"白左"观念），在小说里竟阻碍了光速计划最终解救人类和太阳系的可能性。按刘慈欣的描写，原来只需要1000多艘太空光速飞船的尾迹，就能造出给地球和太阳带来安全的黑洞。不知是作家有心，还是现实无意，我们在这里看到了阶级斗争理论反而不促进人类进步。

今天读者也可怀疑马斯克的星链计划，或扎克伯格的"元宇宙"，是否有益于天下大多数受苦人？

无论《三体》中这些有关阶级矛盾的描写，是否只是逻辑推理或者含有预言玄机，明显可见阶级斗争并不是整部长篇解析地球危机的主线。同样的情况也出现在民族矛盾中。第一部写罗辑当面壁人，他的建议被美、英、日、俄等国驻联合国代表公开嘲笑，似乎有点描写国际外交的意思，但整部《三体》尤其第三部，涉及种族问题成分很少。回想"移民澳洲"，也没有写欧美移民和亚非移民有什么大的不同遭遇。按说这里有很多可以发挥的余地。在种种逃生方案当中，也没有看到各个民族有国家利益和集体无意识之间的不同选择，也没有见过种族之间的冲突因地球危机而产生更大规模的爆发。《三体》第三部，人类命运共同体面对智子，种族、肤色、人种之间的矛盾、几乎可以忽略。

所以，现实世界的两大基本矛盾——阶级矛盾和民族矛盾，在《三体》里都没有成为主要矛盾。至于第三个矛盾——男女之间的关系，倒在第三部有重要发展。前两部也有罗辑的七情六欲，但和故事主线关系不大。第三部程心做主角，后来还有她的助手艾AA，女性主导世界，和罗辑、维德等有强烈对比。以程心的圣母情怀和美貌，来反衬严酷的维德、冷峻的罗辑。但是，维德再凶狠，甚至枪伤过程心，程心依然将公司交给维德，并相信他能够在紧急关头叫醒她。维德这么冷酷，为了事业不顾他人生命，但最后还是为了小女子程心宁死而屈。小说到最后阶段，虽然没有像童话惯例那样，让程心、天明在太空再会，但是也给了程心前景，安排了一个健康的中年男性科学家关一帆。同时又让女助手在孤寂的逃亡中，能够拥有云天明这么一个好男人的陪伴。好像男女搭配，太空不累。《三体Ⅲ》的性别战争，童话般和谐，也给地球人将来的远景留下一丝希望。

六　对极权专制的理解与警惕

既不突出阶级对立，也不着重民族矛盾，性别战争也能调和，那么《三体》通过太空灾难，主要讨论地球上的什么危机呢？

我以为，第一是科技和危机面前的人类社会制度。在写澳洲移民时，刘慈欣就发出过这样的社会政治预言："聚集在这块大陆上的人类社会像寒流中的湖面一样，一块接一块地冻结在极权专制的坚冰之下。智子砍完人后说的那句话成为主流口号……""人类自由堕落的时代结束了，要想在这里活下去，就要重新学会集体主义，重新拾起人的尊严！""包括法西斯主义在内的形形色色的垃圾，从被埋葬的深坟中浮上表面成为主流。宗教的力量也在迅速恢复，大批的民众聚集在不同的信仰和教会之下，于是，一个比极权政治更老的僵尸——政教合一的国家政权开始出现。"

从叙述语言看，《三体》对专制极权的态度有些矛盾，既有理解又有警惕，既有预言又有虚构。小说不止一次描写到，在地球、在国家甚至只是在一艘太空舰上，当人们有可能重新改组和选择政治制度的时候，选择极权专制的机会远高于选择投票民主。比如"青铜时代"号攻击"量子"号，后来军事法庭对其进行战争罪行审判时，发现船上的1670人（占了全舰的94%）都投票赞成攻击。所以投票的民主并不一定带来明智、正确的结果。小说里有这样的议论："一方面，人类社会达到空前的文明程度，民主和人权得到前所未有的尊重；另一方面，整个社会却笼罩在一个独裁者的阴影下。""随着时间的流逝，罗辑的形象由救世主一天一天地变成了一个不可理喻的怪物和毁灭世界的暴君。""有学者认为，科学技术一度是消灭极权的力量之一，但当威胁文明生存的危机出现时，科技却可能成为催生新极权的土壤。在传统的极权中，独裁者只能通过其他人来实现统治，这就面临着低效率和无数的不确定因素，所以，在人类历史上，百分之百的独裁体制从来没有出现过。但技术却为这种超级独裁的实现提供了可能，面壁者和持剑者都是令人忧虑的例子。超级技术和超级危机结合，有可能使人类社会退回黑暗时代。"

对比小说三部中的三个主人公，非常耐人寻味。

第一部是用同情的笔调写叶文洁"甩锅"复仇。欺负你的是"文革"，为什么把仇恨迁怒于整个地球，发射信号？她当然不知道后果，但自觉地承担起ETO的领袖，等于号召、组织、领导世界革命。作家试图理解这种有毁灭效果的革命心态和来龙去脉。在年轻一代读者看来，这种"甩锅复仇"比只会一味控诉、哭哭啼啼的革命悲剧，或者一味抱怨自己受难的"祥林嫂文学"，貌似有更大的雄心视野。但是小说的发展就打开了"盒子",引来了"客人",再发展下去,听天由命。

第二部用欣赏的笔调,写罗辑理性求生、冷静处理危机。第二部其实包括第三部的一部分。表面上是满足中国年轻读者的"中国梦"(地球危机中,中国地位上升了,常司令,章北海,世界语一半中文一半英文,丁仪、关一帆等一代代中国科学家执掌人类命运),然而实际上小说又更欣赏罗辑、章北海等人的冷峻、冷酷、冷漠、不择手段。也许作家认为,这才是"中国梦"最缺乏的心理素质和人格精神。

到了第三部,作家又歌颂又怀疑程心的爱心救世。一方面,中国精神救世,紧要关头爱心高于理性,执剑人没有尽到责任,一度致使人类陷入灾难。后来程心还叫停了可以拯救地球的光速飞船计划,耽误了人类出逃大计。但另一方面,小说最后还是借了关一帆之口,说:"我知道你作为执剑人的经历,只是想说,你没有错。人类世界选择了你,就是选择了用爱来对待生命和一切,尽管要付出巨大的代价。你实现了那个世界的愿望,实现了那里的价值观,你实现了他们的选择,你真的没有错。"就是说,人类至少一度相信或者有人相信,爱应该超越功利,甚至生存需要。"义"终究高于"利",虽然在小说里,人类为了程心所信奉的爱而被毁灭,那也无可后悔。

当然,要表达这样爱的宣言,也是要有少数太空光速飞船,使个别人能够逃离太阳系,再自愿牺牲返回,为了宇宙再生。

总而言之,《三体》的重点既不是写阶级矛盾,也不是讲民族歧视和性别战争,而是反复强调高科技和重大危机不一定导致民主,反而可能产生极权专制。不过《三体》中的极权和专制也不必然是负面概念,有时候可能是"爱的极权"或者"美德的专制"。第三部的主人公程心,代表着一种母爱般的"极权",和大公无私、毫不利己、充满牺牲精神的"专制"。至于这种"爱的极权"和"美德的专制"对人类社会的复杂影响和悲壮后果，也正是《三体Ⅲ》的主要想象。

有了"科幻小说"这件洋外衣（里面还有"科学主义"的中西合璧的背心），《三体》无论是反思"文革"历史、渲染"中国梦"，还是信仰达尔文、斯宾塞世界观，或者想象数码极权专制的未来，都比同时期其他当代小说要更具锋芒，且更受上下左右中外受众欢迎。

参考文献

吴飞：《生命的深度：〈三体〉的哲学解读》，北京：生活·读书·新知三联书店，
　　2019 年

李淼：《〈三体〉中的物理学》，长沙：湖南科技出版社，2019 年

李广益、陈颀编：《〈三体〉的 X 种读法》，北京：生活·读书·新知三联书店，
　　2017 年

杜学文、杨占平编：《我是刘慈欣》，太原：北岳文艺出版社，2016 年

杜学文、杨占平编：《为什么是刘慈欣》，太原：北岳文艺出版社，2016 年

石晓岩主编：《刘慈欣科幻小说与当代中国的文化状况》，北京：社会科学文
　　献出版社，2018 年

宋明炜：《中国科幻新浪潮：历史·诗学·文本》，上海：上海文艺出版社，
　　2020 年

王安忆《天香》
致敬红楼的"明代女权"故事

　　王安忆和贾平凹、莫言、余华等作家一样，自 20 世纪 80 年代进入文坛后，几乎一直处在当代文学的主潮之中。在中国最有实力的作家群里，王安忆的独特之处，一是女性叙事角度，二是都市细节感官，三是比其他人更多有意无意的风格变化。从最初的《雨，沙沙沙》清新的少女气息，到后来《小城之恋》等冲破性文学禁忌，再到 1985 年《小鲍庄》被认为是寻根文学的代表作之一，曾经一度和韩少功《爸爸爸》、阿城《棋王》、莫言《红高粱》齐名。其实 80 年代王安忆还有一些作品，不那么有名，却也立意独特。比如短篇《窗前搭起脚手架》，写知识分子迷信工人形象，后来失望。中篇《流逝》《墙基》写"文革"也没能真正消灭阶级鸿沟。这个主题后来在金宇澄《繁花》里有更大面积的开发。中篇《命运交响曲》，有可能是以她丈夫为原型，写一个音乐家的奋斗、失望，当年获王蒙称赞。1989 年以后，王安忆沉默了一段时间，写出了著名的中篇《叔叔的故事》，检讨知识分子如何背负和利用苦难来做政治资本。当然人们更熟悉的是 90 年代的《长恨歌》，一部又写女人又写城市的小说，是中国当代文学里"城市文学"的一个高峰，也是 1949 年以后"女性文学"的一个代表作。

简而言之，80、90年代王安忆就像文艺队伍中的一个好学生，长辈、领导和青年人都很满意，看上去"五分加绵羊"，实际上暗藏锋芒。然而到了21世纪，王安忆又在写什么呢？她出版了长篇《匿名》《考工记》《一把刀，千个字》，这些作品都得到了评论界和大学教授们的称赞。但是最能体现她风格变化的还是《天香》。

开始读《天香》，人们不禁疑惑，王安忆为什么要花几十万字描写一个她似乎不熟悉的明朝妇女刺绣的故事？书中虽然也提到归有光、唐伯虎、徐光启，但很少有人会把它当作历史小说或者故事新编来读。《天香》到底在写什么？读完以后人们会发现，这是近几十年来中国作家最有野心的向《红楼梦》传统的一次致敬和学习。对比同一时期刘震云的《一句顶一万句》，可见南北不同风格作家不约而同在语言、文体上向古典小说寻根。刘震云模拟的是《水浒传》话本，淡化了忠勇侠义，延续了乡民世俗；王安忆学习的是《红楼梦》腔调，淡化了王朝背景，延续了闺怨世情。

一　阴盛阳衰的大家族

《天香》学步《红楼梦》的格局十分明显。

第一，写一个私家花园的兴衰，其中有四五代人的悲欢。天香园是嘉靖三十八年（1559年）由申儒世、申明世两兄弟所建，就像宁国府、荣国府。故事主要发生在明世一府。当时儒世（兄长）从道州太守卸任，明世将赴江西道做官。大家族的官府背景小说里写得很淡，主要笔墨都在花园草木、奢侈生活、酒宴细节、闺房风景等。

第二，大花园大家庭中，女人比男人更多、更显眼、更重要。《红楼梦》里贾政为官，宝玉是男主角，但更多的篇幅写贾母、王熙凤、林黛玉、薛宝钗，乃至袭人、晴雯、平儿等。《天香》里的申家宅子，最早是儒世、明世各占一半，老太太居中。后来添建的时候，儒世一半都是平房，明世一半十分奢华。明世有两个儿子——柯海、镇海。小说里柯海的妻子小绸，他的妾闵女儿，还有镇海的儿媳妇希昭，以及孙女蕙兰等，这些跟"天香园绣"有关的女人，才是《天香》真正的主角。男主角中，比较引人注目的是阿潜，侈靡、薄弱、多情，和妻子希昭、伯母小绸的关系，不难令人想到宝玉与熙凤、黛玉的三角。

虽是阴盛阳衰，羽又依托阳而兴衰。写衣服首饰之类，本非王安忆的强项，但风景，尤其是庭园景色，确实浓墨重彩。《天香》不仅延续红楼腔，作家也希望有所突破。毕竟是 21 世纪的作品，女性除了多情柔弱、心悸痴迷以外，还有庄敬自强，逐渐成为专业人士，呼应了有关挽明就有资本主义萌芽的中国历史论述。

阴盛阳衰格局里，《天香》里的男人们，也都有一些性格对比规律。比如儒世、明世就有避世、入世之别。儒世在建园之初就对官场失望，后来一味退避。明世起初在仕途有野心，几年后也是心灰意懒。所以后来天香园的格调就是"一夜莲花"，生性华丽，追求精致。园子在黄金时刻，小说写："眼前景象如何娇媚，流光溢彩，多少偏离读书人之道。"同样的反差在明世的两个儿子身上更加明显，柯海比较像明世，有才、有钱、好玩，一度也企图制墨，也算自己的产业；镇海是贵富人家，却早早信了佛，婚后出家，留下儿子阿潜——有一个宝玉般的性格。另边厢阿奎，是明世与姜小桃的儿子，流于浊世，参与拍卖被骗，有点像低配版薛蟠，在天香园里，也是一个特例。

儒、释、道互补，在《天香》里主要通过男性角色设计的对比而体现。但女人们的性格就不那么容易归类了。

二 预言夫妻关系的"床戏"

小说前半部分有两段"床戏"——当代女作家想象的明代的床戏,十分精美,也对全部小说的情节发展有重大影响。

一是柯海新婚,妻子小绸来自七宝徐家,嫁妆中有不少诗文。柯海还查到一副对联——

> 上句为:点点杨花入砚池,近朱者赤,近墨者黑;下句是:双双燕子飞帘幕,同声相应,同气相求。很合洞房花烛的情景。然而事实上,全和预期不同。一晚上,新人们都拘谨得可怕,大气不敢出。灯影里,只看见帐幔被褥一团一团金红银绿,直到灯熄火灭,才摸索着解衣上床。黑暗中不提防碰着手脚,立时闪开,再碰着,再闪开。待到行夫妻之事,也是万般为难,不是别手别脚,就是无从左右,互相都不知怎么办才好。不过,身体的厮缠终让人亲近起来,虽还矜持着,心里却不再那么紧张。后半夜时,下弦月起来了,小院子里就像汪了一潭水。新人的屋子里满是锦缎绫罗,壅塞热闹,此时也清泠下来。薄光中,柯海看见新嫁娘脸庞的侧影,柔和娇好……[1]

从这里开始,全知角度转到男性的视角:

> ……心里这才生出一股兴奋。他往近处凑凑,问:怎么叫你?新嫁娘被他说话声吓了似的一动,没回答。柯海就又问:怎么叫你?还是没回答。柯海就换一种问法:你娘怎么叫你?柯海

---

[1] 王安忆:《天香》,首次发表于《收获》2011年第1、2期;北京:人民文学出版社,2011年。以下小说引文同。

以为还是不答，不料那边的人脸一埋，被窝里发出瓮瓮的声音：你娘怎么叫你！那声腔有些耿。柯海不由一乐，将脸追过去说：是我问你！那边人又不说话了，柯海就晓得脾气也是耿的。两人这么问来问去，其实问的是对方的乳名，谁都不肯先说，必要对方的拿来换。这一闹就闹乏了，都睡过去。

整个一大段所谓"床戏"，写的是新婚之夜的男女说话，没想到就预示了以后几十年的夫妻关系。

下一夜，他们彼此都说出了各自兄弟的乳名，自己的却没有一点透露。柯海领教了新媳妇的倔，也领教了女人的有趣。他思忖，女人原来是这么不同的一种人，真是以前不知道的。

"小绸"是柯海乱猜不成，随意给新娘起的名字，新娘真实的乳名叫蚕娘。男主人虽然拥有了新娘子的命名权，也开始感受到女人的心意和情重，但并没有足够看重身边的女人，更没有想到这个女人后来在整个天香园家族史上发挥的重要作用。

这个时候的天香园前途似锦、家族兴旺。"申家的大门富丽堂皇，楠木楼更是闻所未闻，勿论男女，都是花团锦簇，满眼丝光流溢"，"老爷回家，祭拜，出殡，又接风洗尘，然后又是造新房子，添人口……总之是一波未平，一波又起。这一家就没什么平常的光景，日日都在办事情，轰轰烈烈"。

三 充满想象力的"明朝女权"

柯海与小绸婚后三年，有了女儿名叫丫头。忽然出门在外的柯海说要纳妾，小绸不动声色，只把房中"柯海的大枕头，换上丫头的小枕头"。等男人回来时，"小绸着人将饭菜用攒盒送到屋里来，正喂丫头吃饭。柯海张了几下口没说出话，眼泪却下来了。自此，小绸再不与他说话"。淡淡的一句，却道出了后来大半部小说的一个主要情节骨干——小绸再不与柯海说话。

柯海一直是天香园的男主人，小绸也一直是天香园的大奶奶，家族地位就像王熙凤。其实柯海纳妾是朋友促成，他在旅途当中见到一个姓闵的织绣师傅，"忽见檐廊底下，坐一个小人儿，伏身专注，不知在做什么。定睛一看，是个十四五的丫头，穿得很好，绫子的衣裙，白底上一朵朵粉花。一双细白的手拈着针，凭着花绷一送一递，绣的也是小朵小朵粉色的花。因是伏着头，看不见脸，只看见黑亮亮的鬓发后粉红色的耳轮"。写得很细致。脸都没看清楚，只见一个耳朵边框，"柯海不由驻步，微微一笑"。当时柯海是富贵大人家，他这么停下一看一笑，闵师傅就把女儿送给他了。小说写："柯海其实没什么不愿意，只是怕得罪小绸。小绸又无权阻止他纳妾，她自己也有理亏的地方，头胎生了丫头，脾性那么不饶人，可他就是怵她呢！"当代作家想象明代礼教——纳妾合理，生女是错。

接下来是另一段"床戏"，还是男人视角：

> 柯海让钱先生一伙灌了个稀醉……
> ……喊着喊着进了溶溶一洞红光中，就没了知觉。等到睁开眼睛，四下已是一团黑，酒意过去大半，周身无力，却有一股宁静，想：这是什么地方呢？什么都看不见，只觉有肉桂般的气息渐渐沁来。左右转动头，寻着气味的来源，身边忽然窸窣动起，一个小东西从身上爬过，几乎没有一点重量。接着，漆黑里穿出一豆光亮，洇染开来。光晕中，一袭绸衫速速拂过，就有一盏茶到了嘴边。柯海欠起身子，就着茶盏喝一口，方才

觉出口中的苦和干。余光里一双小手，牢牢扶着茶盅，那肉桂的气息就近在了身边……

……灯熄了，细细的足从被上过去，进到床里侧，卧下不动了。肉桂的气味蛰伏下来，一时间声息全无。

抄引的这两段"床戏"，放在当代文学全部的床上文字背景看，也不逊色。之后小说写："柯海每日与这小东西同床共枕，却并不曾好好打量过，满心里都是小绸。"可怜这个闵女儿，不仅没有相貌特写，甚至也没有真正的名字，小说里一直就称她为闵女儿。

小绸性情高傲刚烈，后来一直不跟丈夫来往，更不要说同床了。柯海竟也是心重情深之人，一直又尊敬又思念小绸。王安忆笔下的"明朝女权"有点女性主义想象力：阻止不了纳妾，却可以对丈夫"冷暴力"，不理不睬，还不失少奶奶的身份地位。而且，这一段旧式婚姻的悲剧，后来却造就了"天香园绣"的艺术成果。

四 针线细密姐妹情

中国传统刺绣有"四大名绣"的说法——湘绣、蜀绣、粤绣、苏绣，其中苏绣、湘绣有两千多年的历史，粤绣也有一千多年。"四大名绣"之称是 19 世纪中叶形成，除了艺术传统，出口、商业化也是一个重要原因。而嘉靖年间松江地区的"顾绣"，始于露香园主顾名世之妾——缪氏，擅绣人物和佛像。她的儿媳妇韩氏，会仿宋元画入绣，劈丝精细，气韵生动，精工夺巧。"顾绣"史上记载就是家庭女红，也叫"韩媛绣"，基本上用于家藏和送礼。

这个露香园"顾绣"应该就是王安忆《天香》故事的来源和灵感。绣刺临摹名画名帖，已是独立的艺术品；长篇小说写传统工艺奇葩，显然又是别有意蕴发挥。或者是续写"大观园"繁华，或者是探究女性乌托邦的多种可能。

柯海娶小绸后不久，他的弟弟镇海也娶了媳妇。镇海媳妇小说里没名字，就一直叫"镇海媳妇"，她的家境比较好，嫁妆比较多，所以小绸感到自卑，表现出来就是自傲。开始阶段，妯娌之间关系有点僵，但是镇海媳妇性情良善，常常有意让着小绸，渐渐两人和好。更进一步，镇海媳妇还有意设法缓和小绸跟闵女儿，也就是柯海妻妾之间的关系。

小说里有不少段落，写三个女人研习女红，小绸跟闵女儿并不说话，所有沟通都通过镇海媳妇传递，气氛既尴尬又感人。王安忆向来喜欢写姐妹情谊（sisterhood），《长恨歌》里，王琦瑶和女同学的亲密情谊常常被冷静解剖。小绸、闵女儿和镇海媳妇的三人关系，看上去较劲，内心还是暖的。这也是整部《天香》的一个特点，不仅写出了《家》《妻妾成群》所批判的大家庭女性悲剧，也不仅是给这些女人一个避世或新生的特殊途径——靠刺绣自我解脱，甚至得到社会承认，而且更重要的，是对女人之间关系的一种总体的正面想象，即女人之间斗气、较劲、争夺，其实还是良善之下的可怜天下女人心。

镇海媳妇美丽善良，但阻止不了丈夫出家，自己也因病早逝。镇海媳妇之死使小绸万分悲痛。之后小绸便与闵女儿合作，"天香园绣"渐渐出名。这期间她还是不和男主人柯海说话，简单的信息就靠人传话。好多年都不理丈夫还能做"凤姐"，厉害。妻妾比较，闵女儿是技术技艺好，绣花功夫了得；小绸则是书香气质，她嫁妆里就有一盒祖传墨宝。

除了这一对妻妾合作以外，"天香园绣"能够成为一门艺术，还依靠一个重要人物，就是下一代——镇海儿子阿潜的媳妇希昭。

《天香》写男人和女人的关系，总体比较粗线条。之前抄引的两场"床戏"——婚后不肯说名字，小东西从身上爬过去等——

都是假借男人目光观察女人的行止、体态。小说以较大篇幅浓墨重彩描写的内容是女人和女人的心理交往。镇海媳妇和小绸是一例，小绸和希昭更是一例。希昭极有才，绣艺方面有天赋，人也高傲，她和小绸同样气质，针尖对麦芒，心理斗争很久。希昭的丈夫阿潜在天香园里是个"小宝玉"，生性柔弱谦敏，到处讨女人喜欢。阿潜丧母以后尤其得大伯母小绸的宠爱，婚后他又极爱希昭，所以他一直处在这两个天才女性的温情关爱之中。

当然，和宝玉一样，他最后也得放弃荣华富贵，离家出走，看破红尘，精神出家。无论如何，有一段时间阿潜在希昭、小绸两个女人之间，间接地也促成了"天香园绣"的艺术成就。所以这部长篇里，一是妻妾困境，二是女红艺术，三是女人命运，王安忆写了三重主题的递进。小说最后四分之一，情节却离开了这个曾经繁华荣耀但一步一步凋敝衰落的天香园。

五　从大家闺秀到市井妇人

随着镇海另一个儿子阿昉的女儿蕙兰的故事开展，小说转入了比较清贫世俗的百姓家庭。"天香园绣"的历史，松江"顾秀""韩媛绣"，也是从富贵大院走向俗世。现代读者也有机会离开深宅大院，观看想象明朝市井社会当中的女人命运。

小说里有个官员叫杨知县，主要有三场戏。一是柯海同父异母的弟弟阿奎（书中唯一一个负面人物），混入珠市炒文物被骗，还想打官司。官司被杨知县压下，挽救了申家的面子。为了感谢知县，天香园砍了很多树送他，据说因此就伤了园子的命脉。二是某次宴会，杨知县坐首席，还带了一个年轻人徐光启，小说里徐光启坐在首席说话还被人笑。三是杨知县好心帮镇海孙女蕙兰说亲，嫁入小康市民张家，但是婚期一拖再拖。因为申家后来入不敷出，没钱办嫁妆，要把小绸、希昭的绣品卖掉或者送人，来贴补天香园的开销。对这两个女人来说，这事既光荣又羞耻。所以蕙兰出嫁前，因为家里嫁妆不够，她就开口要了一份空头礼物，不是金银财宝，也不是庭园花木，而是"天香园绣"的名号。用今天的说法，就是要商标所有权，也就是知识产权。

但是真的嫁到了张家，到底是寻常百姓，即便以前天香园日渐破败，比较起来也是两个世界。蕙兰的丈夫张陛病死，公公也病死了，丈夫的哥哥又入赘女家，所以昔日小姐蕙兰，就陪着婆婆还有她的小儿子灯奴（从天香园的谱系来讲，这已经是第六代了）艰辛度日。这时她的绣品通过柯海和第二个妾落苏所生的儿子阿昉（柯海一系唯一的儿子）做经纪，阿昉把蕙兰的绣品卖给龙华庙。这个情况又不同于小绸、希昭的明绣换钱，因为阿昉传来的订货单指名要绣罗汉。当年这种订货单有些屈辱，今天看来（尤其在"京都学派"的中国研究看来）是现代性的突破：订单就是近现代意义上的生产了。这时人们才知道蕙兰的空头嫁妆十分重要——王安忆为几百年前的女性同胞及晚明资本主义寻找到一条出路。

"天香园绣"，是深宅大院富贵妇人消遣时光的产物，既为反抗命运也为怡情养性，而她们创作的刺绣书画，在经济衰落的大背景下，蜕变或者发展成了市井女人的谋生方式。

六　针线穿引的女性命运

女佣人戥子，十几岁，还没成年，在蕙兰家里做一些粗活，却对蕙兰手上的刺绣很感兴趣。类似细节后来（或者说更早）也出现在凌叔华的短篇《绣枕》里，也是大家小姐在刺绣，佣人女儿在旁边观看羡慕。可是戥子不仅看，还帮忙分线，把一条线分成 16 股,后来把头发也能分成许多股。看着、学着,然后就想拜师。此事被申家人知道,小绸就把隔壁房的孙女蕙兰,叫去训了一顿。大意是"天香园绣"原是诗弓琴棋一类养性之物,流落至市井为生已属无奈,再传给下等仆人,也不知是何等人物,这是作践糟蹋,万万不可。

蕙兰也明白,自己再穷也还是贵族出身,用了"知识产权",也不能乱传技艺。可是女佣戥子怎么也不放弃,还带来另外一个很不幸被毁容但手却很巧的少女。蕙兰终于被感动。女人(包括下人)很苦,再苦也应该有活路吧。蕙兰私下给她们传艺,还有拜师仪式。但不想某日希昭来访,希昭了解全部真相以后,她很自信又开明,相信真的艺术是模仿不了的。也可以说这是天才、自信而又开明的王安忆,就让希昭,也代表天香园,默认了蕙兰非正式的绣艺学校兼工厂。于是女红艺术品,成了女人的经济来源,再变成家庭工厂产品。同样的道理,贵族女性刺绣,成了市井妇人的谋生方式,再变成一门手工艺出口行业。

简而言之,《长恨歌》里王安忆不仅写城市、写时代,也写一个女人的一生;《天香》里王安忆不仅写花园、写刺绣,更写几代女人的命运。这部长篇文字很美,有点像语言上的刺绣,有工艺,有功夫,更有人情。比如最后希昭找蕙兰:"论一时绣活,希昭便告辞回去,蕙兰送到门口。戥子还在剔窗棂,背着身子,看都不看。但等希昭下楼,忽对希昭背影剜一眼,让蕙兰看见,心中一惊。木呆如戥子,眼里竟也会有这般锋芒。"这个"剜一眼",真是绝了。不仅是女佣戥子的罕见眼神,也是仆人一代女性的集体无意识。

读完全篇,感觉王安忆的女性主义理想,就是让"王熙凤"和"尤二姐"一起开创"顾绣",然后由"黛玉"发扬光大,最后让"袭人"或者"晴雯"传出"大观园",由更底层的女仆们带到民间。

一般来说，王安忆在新世纪的作品，保持在水平线上，更加温柔敦厚，较少"反骨"，比 90 年代的作品更多一些暖色。针线细密姐妹情，可怜天下女人心。

参考文献

王安忆、张新颖：《谈话录》，桂林：广西师范大学出版社，2008 年

王安忆：《故事和讲故事》，上海：复旦大学出版社，2011 年

张新颖、金理编：《王安忆研究资料》，天津：天津人民出版社，2009 年

吴义勤主编：《王安忆研究资料》，济南：山东文艺出版社，2006 年

吴芸茜：《论王安忆》，上海：华东师范大学出版社，2010 年

李淑霞：《王安忆小说创作研究》，青岛：中国海洋大学出版社，2008 年

王安忆、钟红明：《访问〈天香〉》，《上海文学》2011 年第 3 期

张新颖：《一物之通，生机处处：王安忆〈天香〉的几个层次》，《当代作家评论》2011 年第 4 期

周保欣：《"名物学"与中国当代小说诗学建构：从王安忆〈天香〉〈考工记〉谈起》，《文学评论》2021 年第 1 期

王德威：《虚构与纪实：王安忆的〈天香〉》，《扬子江评论》2011 年第 2 期

徐炯：《〈天香〉：从"实证"到"构虚"的小说文章》，《中国现代文学研究丛刊》2018 年第 6 期

李锐《张马丁的第八天》
历史上的一场床戏

    李锐 1966 年中学毕业，1969 年到山西吕梁山区下乡插队，1974 年开始发表小说，1977 年到《汾水》（即后来的《山西文学》）编辑部，1988 年成为山西省作协专业作家，后当选为山西省作协副主席。2004 年，有三位中国作家获得"法兰西艺术与文学骑士勋章"，分别是莫言、余华和李锐。不过在 2003 年李锐辞去了山西省作协副主席职务，而且退出了中国作家协会，这个事情一度国内外瞩目，当然李锐还保留着山西省作协会员的身份。李锐应该是赵树理以后山西最有名的作家。早期代表作是 1988 年出版的短篇小说集《厚土：吕梁山印象》，由 16 个短篇组成。作为知青插队，李锐更多关注农民的命运。小说里出现的队长滥用权力，外乡女人来讨吃，队长要"先过了一水"，但公社书记抢了队长的情人，队长也无可奈何。这些情节令人想起毕飞宇的《玉米》。《厚土》曾经获得第八届全国优秀短篇小说奖和第十二届台湾《中国时报》文学奖。李锐的小说有很多欧洲语言的译本，瑞典汉学家马悦然生前一直在翻译李锐的作品，所以多年来也一直有李锐可能获得诺贝尔奖的传闻。

    《张马丁的第八天》是李锐 2011 年的作品，先发表在《收获》

上。王德威撰文推荐，说小说里有一段"写出了当代小说中最为惊心动魄的一幕"[1]。李锐的《张马丁的第八天》与近二十年的"细密写实主义"的形式潮流有些不同。刘震云、王安忆、金宇澄的长篇小说都是全方位聚焦，并不以戏剧性的情节做长篇的结构中心，而是很多角色和纷繁线索并行，缓缓地挪动时代，写几代人或者几十年的"清明上河图"。而《张马丁的第八天》却是将几乎全部人物的情节线，都聚集在一个关键场景中，凝聚在一个关键时间点上。这个关键点匪夷所思，竟然是一对裸体男女的床戏。

一　强烈的戏剧性：凝聚在一场床戏

男主角是意大利人，教堂执事，中文名叫张马丁。他在中国北方村民冲击教堂的时候，因为保卫主教而受伤，当天就被认为死亡了。三天后居然"复活"（其实是昏迷了三天）。这期间主教已经以张马丁之死为由，要求清朝官府杀了造反首领张天赐。

床戏的女主角就是张天赐的妻子张王氏。张王氏在丈夫临死前希望给丈夫留种，但失败，后来想找小叔子留种也没成功。现在她幻想眼前这个意大利男人是她丈夫的投胎转世，所以一定要和这个男人发生关系，完成为丈夫留种日后可以报仇的使命。

一般来说，短篇小说常写偶然性和奇迹，长篇小说更多写必然性和日常。长篇《张马丁的第八天》却正是写不可思议的偶然性和奇迹。一个多世纪以前的中西宗教、文化、政治、道德冲突，全部凝聚在这一对男女奇幻交合的片刻，所有故事都以这个交合为焦点。在这个瞬间,被乡民当作"娘娘"崇拜的张王氏赤身裸体,

---

1　王德威：《序：一个人的"创世纪"》，引自李锐：《张马丁的第八天》，南京：江苏文艺出版社，2012 年。

非要与一个"死而复生"的外国男人性交，以为这个男人是她丈夫的转世（其实正是这个男人的假死，害死了她的丈夫）。虽然小说写的是具体的历史事件，作家在小说后面还附录了《旧约》《淮南子》的语录、德国皇帝的命令，还有不少西方学者对义和团运动的研究，但李锐写的与其说是历史小说，倒不如说更接近于神话寓言。

《一句顶一万句》《天香》乃至《繁花》的散点全景、世俗人情，也许和新世纪以来国学振兴的文化背景有关。相比之下，2011 年的《张马丁的第八天》，更坚持 20 世纪 30 年代传统，也就是来自欧洲 19 世纪文学的方法——以高度戏剧性的故事，经营长篇结构，情节强于细节，寓言强于写实。

作为历史小说，《张马丁的第八天》人物不够多，不够复杂。陈平原在《二十世纪中国小说史·第一卷》里边曾经引了《冷眼观》中的一句话，说："如今洋人怕百姓，百姓怕官，官又怕皇上，已成牢不可破的循环公理了。"陈平原补充："其实还应当加上'皇上怕洋人'，那么这个循环公理才真正成立。"[1] 李锐的小说虽然人物不复杂，但完整地再现了这个晚清"循环公理"的各个环节。"百姓怕官，官又怕皇上"比较简单，主要由孙知县的处境来体现。孙知县不如莫言《檀香刑》里的县令那么复杂。李锐在"洋人怕百姓"这个环节上，写得比较浓墨重彩。洋人不是真的怕百姓，而是要笼络中国百姓，要传教。

作为洋教士，刘震云《一句顶一万句》里的詹牧师终身劳苦，也被官府欺负，他还在乡间扮演知识分子的角色。换句话说，刘震云笔下的传教士是一个正面形象，而李锐笔下的传教士，尤其是高主教，显然承担了更多复杂的理念。

1　陈平原：《二十世纪中国小说史　第一卷》，北京：北京大学出版社，1989 年，第 200 页。

作为写实主义,《张马丁的第八天》细节也不够多,重要情节关头主要是以人物对话表现剧情,几个主要人物好像是以性格为情节服务。所以这部长篇最精彩也最不可思议的是几个违反常理的情节,作家花了大工夫要让读者接受、相信这些情节。为了推进奇幻的床戏高潮,也为了借助符号化的人物试图回答重大的历史(甚至是现实)难题。

二　洋教 VS 土神:代表西方列强的传教士

第一个偶然性情节是意大利教士乔万尼·马丁,在暴民冲击教堂时保护高主教"死"了。因为玛丽亚修女坚持要给他完成一件刺绣长服,推迟了两三天下葬,居然就给了乔万尼从棺木里醒来的机会,原来他只是深度昏迷。小说用了倒叙手法,一开篇乔万尼已经"复活",而且被教会以及华人社会同时抛弃,所以这个"复活"是小说故事的起点。

主教莱高维诺是带了棺木来中国的意大利神父,一生献身传教,已经在中国北方某地形成了很强的宗教势力,背后还有经济势力和政治势力。比如在天灾时救济中国农民,农民反洋教时又可以要求清廷镇压,等等。在前述"循环公理"中,高主教是一个重要的角色。而这个主教视乔万尼为义子,感情很深。为了强调主教跟教士之间的关系,用了中国的父子感情来解释,很有意思。

当乔万尼被张天赐等农民袭击"死亡",莱高维诺神父便以意大利神职人员之死为由,要挟清廷惩办农民。原先目标是要拆除当地洋教的一个象征性对手——纪念女娲的娘娘庙(这也是农民对消除水灾的信仰寄托)。

这里的象征意义非常明显,以耶稣对抗中国民间神话,以"公理"对抗"天理"。造反的农民张天赐,宁可牺牲自己生命,也要保护娘娘庙。在这一回合的洋教、土神冲突当中，假死的张马丁成了重要的关键证据。作家一方面用了相当正面的笔调，描写莱高维诺的宗教热忱，好像他身后就是基督教的伟大教义、高尚道德；但同时另一方面，又描写神父处理乔万尼假死的政治手腕与欺骗手法。作为人物刻画，主教的性格分裂，比较符号化，缺乏心理描写和理性反思。但作为寓言符号，西方传教士代表列强，企图殖民中国，又要传播"先进"文明，又包含着剥削压迫手段，主教形象颇符合百年来国人对西方文明的总体印象。

莱高维诺神父明知乔万尼还活着，还要郑重其事将他下葬，这个情节简化了他的性格，却深化了小说的主题。假死的乔万尼被下葬了，造反的张天赐被杀头了，可是"复活"的张马丁该怎么办呢？他是西方文明侵略的一个证据，一个大活人。

几个关键的离奇情节：一是意大利教士乔万尼，受重伤，被误认为死了；二是意大利主教决定隐瞒乔万尼的"复活"；三是乔万尼（张马丁）不愿为了天主而隐瞒真相，他站在自己的墓地前惊讶、困惑，最后决定公开自己的"复活"。先是误会，然后是计谋，最后是反叛。

莱高维诺主教已经对张马丁说明了教义和利害："慈悲的天主让你复活，是为了让你回到信仰者中间，把这个奇迹带给我们，让我们亲眼看到天主的万能，让我们满怀感恩之心，永远追随他。天主让你复活，不是为了让你回到异教徒当中给他们反对天主的把柄……乔万尼，回答我，你愿意背叛神圣的天父吗？"[1]

这是非常典型的用宗教包装政治，但是出于最简单也是最高的对天主、对真理的信仰，张马丁不接受。张马丁退出了教会，

---

[1] 李锐：《张马丁的第八天》，首次发表于《收获》2011年第4期；南京：江苏文艺出版社，2012年。以下小说引文同。

承认自己假死。当然，之后他的命运可以想象，他一方面被西方教会抛弃，另一方面被中国乡民仇视，一个人在冰雪之中几乎冻死（李锐几乎有点夫子自道）。

主教代表西方政治，张马丁体现宗教信仰。作家对"西方势力"一分为二，既有武装士兵，也有修女善心。在"西方势力"对面，孙知县代表官府清廷。张天赐这个概念化的民间英雄之外，小说里还有张天赐的兄弟，还有乡民乡亲们，还有聂提督、陈五六等爱国官兵，但是最有代表性的中国人物，还是张天赐的妻子张王氏了。如果说小说里的娘娘庙象征中国文化，张王氏则是娘娘庙里的偶像兼群众基础，虽然她的行为匪夷所思。

张王氏做的几件事，一件比一件"荒唐"。

第一件事是在丈夫临死前到牢中去"留种"。吴趼人《二十年目睹之怪现状》里也有类似的描写，一个死刑犯花钱推延行刑日期，为了让女人进牢房可以给他"留种"。官员受了贿后，把死刑的文书错发到不同的地方，给死刑犯留下了"留种"的时间。可是张王氏在牢中为天赐"留种"失败，这个细节男作家写得较为粗糙一点。

第二件事是按照丈夫的遗愿，张王氏又去找她的小叔子天佑"留种"。等于武大郎没了转找武松，好坏也是张家的种。可是叔嫂床戏未成，毕竟太毁三观，天佑不敢。

第三件事是全书高潮，张王氏把奄奄一息的张马丁从冰雪中救回，然后一口认定这个意大利男人就是她丈夫投胎转世，丈夫转世当然就是为了"留种"，为了将来复仇。其实眼前这个裸男正是她丈夫被杀的原因。所以意大利处男和中国寡妇的床戏，作为故事的核心情节非常魔幻。小说是否在象征寓言层面，幻想西方基督教义与中国民间信仰之间具有某种奇幻相通的可能？

三　最惑人的历史题材：义和团运动

除了 20 世纪 50 年代初的"土改"以外，"义和团运动"是中国作家最感兴趣或者说最为困惑的历史题材之一。30 年代李劼人《死水微澜》，描写教民和四川农民帮会之间的争斗。莫言《檀香刑》同时写了三个主角，同样重要——造反的孙丙、刽子手赵甲和姓钱的县令。莫言小说对侵略者德国人简单批判，但是描写晚清社会矛盾——刽子手的职业道德、县官的政治权术和造反的孙丙的正义的义和团精神，解剖这三者矛盾时，写得比较复杂。刘震云《一句顶一万句》，把西方传教士写成几乎完美的受欺压的正面形象。相比之下，李锐的《张马丁的第八天》，以中、西宗教信仰矛盾为主线，对"西方势力"做了二元化的处理：既有主教的虚伪，也有张马丁的天真。更重要的是，对于反抗洋教的中国民众，也做了戏剧化的分类。有张天赐、聂提督这样的民族英雄，也有义和团的残酷暴行，更有痴迷、魔幻的张王氏。张王氏以及其他四五位乡间女人，一定相信英雄张天赐借了意大利男人躯体来转世（传统中国文化精神借西方小说及语言形式在"五四"忧国救民？），作为历史小说当然近乎荒诞，作为写实主义也是魔幻，但作为李锐精心设计的中西冲突的寓言，希望百多年前西方现代性进入中国时，能留下一些优秀的混血品种，也不失为一种残酷的、美丽的、今天在网上要被人批判的历史愿景。

小说中教堂文化的两重性——主教虚伪、教徒虔诚——也代表了中国知识分子对西方文化的矛盾观感。对贯穿百年的由义和团、娘娘庙混合成的中国农民反洋教运动的警惕，也是李锐小说比较受海外汉学家注意的原因之一。

小说第五章，关于义和团残酷性的描写十分引人注目。陈五六原是聂提督属下一个下级军官，小说写他收留了一个亲戚葫芦。葫芦本是犯人，救他就要找个替身顶罪。然后陈五六把葫芦带到自己家里来，让他跟自己残疾的女儿莲儿结婚。看来和小说主题无关的细节，原来竟是伏笔。到了第五章第一节，莲儿、葫芦等普通乡民，莫名其妙就受到了义和团之徒袭击。义和团的人这样说：

> "我告诉你我是谁，我是钦命义和团东河城里的二师兄，转世英雄秦琼，秦叔宝，我们扶清灭洋专杀洋鬼子、二毛子！现在连朝廷都依仗我们义和团……谁家里儿有他妈洋货就砸谁！谁他妈是二毛子就他妈宰了谁！"
>
> 话音未落，二师兄抬脚把葫芦踹在一边，伸手拉过莲儿，一把撕开莲儿的前襟，又一把扯断了莲儿贴身的兜兜，莲儿雪白的胸脯和奶子暴露在光天化日之下。莲儿一声惨叫昏死过去。

这段义和团行动有几个要点：一是获得朝廷支持，这是政权背景；二是自我认同是继承了古代英雄，这是广义的族权；三是通过转世获得授命，这是神权、信仰系统；四是不仅打击洋鬼子，更要打击二毛子，就是将中国的教民等同于汉奸，而且采用的手段残暴，没有人道底线。这种政权、族权、神权三结合的革命行动，其口号、信念、方法，当代国人不会感到陌生。作为历史研究，太过戏剧化。作为国族寓言或者说是预言，想象力丰富。

四　复杂的中西文化宗教冲突

小说第五章第三节继续描写钦命义和团攻击教民。义和团旗帜上书"天齐仁圣大帝　总管人间凶吉福祸"，"替天行道　转世英雄黄飞虎"。这个"替天行道"跟外来的天主一样，他都要总管人间。"骄阳之下，狂热的人流像洪水一样在天石镇的街巷里席卷而过，凡是信教的人家都被拥进去抢砸一空，除了圣像、《圣经》、十字架而外，洋布、洋纸、洋线、洋火、洋蜡、洋钉、洋灯、洋镜子、洋玻璃、洋铁桶……任何和'洋'字沾边的东西也都被搜出来捣毁、砸烂，扔进火堆，人流所到之处摧枯拉朽，遍地狼藉。"

既然义和团首领自己都觉得自己是转世而来，所以人们也不怀疑张王氏相信她丈夫的转世。张马丁被强迫"留种"以后就病死了，张王氏一度被奉为娘娘庙主。五个混血儿，当然都是洋鬼子余孽。这个情节在小说里是重举轻放，最后由修女玛丽亚提出方案，五个孩子先归教堂养育，免得被乡民们打死，以后由他们或者他们的母亲们决定，到底是留在教堂还是回到民间。

小说的结尾，有点匆忙。这么尖锐的中西矛盾，很快就得到了和谐、现实的解决方案。也许历史本来就充满各种现实妥协，小说只是特别强调矛盾冲突的偶然性和奇迹。总体看，这部小说细节闲笔太少，情节比人物更加重要，核心是寓言象征，西方势力一分为二，中国文化有英雄、官府和民间三个代表。民间信仰是核心，一直努力"留种"为了复仇的张王氏，她的牺牲精神、使命感、神奇幻想感官，是整个故事的关键。在中西政治文化宗教冲突中，小说尽量想不偏不倚或者说客观、超越。放在新世纪中国民众情绪的阅读语境下，小说还是突出对义和团传统的批判，对"西方势力"尽量有点复杂的辩解。仅就形式看，李锐虽以山西乡土作家出名，《张马丁的第八天》却是同时期最富西方戏剧性情节结构的中国长篇。

倘若"长篇最好写必然性和常态"这个理论成立，《张马丁的第八天》如果压缩成一个中篇，在艺术上是否会更加纯熟？

参考文献

王本朝:《当文化成为信仰以后:〈张马丁的第八天〉的基督教叙事》,《南方文坛》2016 年第 5 期

王晓瑜:《人的生存困境与思想者的精神困境:〈张马丁的第八天〉简析》,《现代中国文化与文学》2015 年第 1 期

傅书华:《旷世的绝望 个体的悲凉:读李锐〈张马丁的第八天〉》,《文艺争鸣》2013 年第 1 期

李锐、傅小平:《历史从来都是万劫不复的此岸:关于李锐〈张马丁的第八天〉的对话》,《黄河文学》2011 年第 10 期

李锐、续小强:《"煎熬"的历史观:〈张马丁的第八天〉及其他——作家李锐笔谈》,《名作欣赏》2011 年第 10 期

李锐、邵燕君:《用方块字深刻地表达自己:李锐访谈》,《上海文学》2011 年第 10 期

王德威:《一个人的"创世纪"》,《读书》2012 年第 2 期

王春林:《纠结:文化冲突中的人性困境透视——论李锐长篇小说〈张马丁的第八天〉》,《文艺争鸣》2012 年第 10 期

靳悦:《李锐〈厚土〉的"身体意象"分析》,《文学界(理论版)》2011 年第 7 期

金宇澄《繁花》
当代世情小说代表作

一　方言、文言、政治术语与对话文体

2012 年我初读《繁花》，居然可以用上海话来读，以为是文坛奇葩，《海上花列传》一系的失散孤儿。没想到《繁花》引起了各方好评，不仅上海评论家程德培撰长文作序[1]，台北《印刻》的主编初安民，也热情关怀小说中写的 1949 年以后的上海[2]，就连北方学者，比如北大中文系的陈晓明教授等，也认为《繁花》用普通话阅读照样有魅力[3]。之后更有王家卫，买了电影、电视剧的版权。十年之后，电视剧《繁花》在中央电视台播出，又引起各方反响，在电视工业圈内外，在大众审美趣味层面，甚至在"中国式的民间资本主义"等意识形态话题方面，《繁花》都成为某种现象级的作品。当然，电视剧在剧情方面属于再创作，与小说原著貌离神合。

1　程德培：《我讲你讲他讲　闲聊对聊聊神聊：〈繁花〉的上海叙事》，引自金宇澄：《繁花》，台北：INK 印刻出版公司，2013 年，第 9—26 页。

2　金宇澄：《繁花》，台北：INK 印刻出版公司，2013 年。

3　陈晓明：《当代史的"不啊"与转换：〈繁花〉里的两个时代及其美学》，《文艺争鸣》2018 年第 9 期。

小说《繁花》也改成比较忠实原作的话剧，连场满座。

在近二十年中国小说的语境里，《繁花》也并不完全是孤军独创。联系刘震云的《一句顶一万句》、王安忆的《天香》等同时期的长篇，21世纪初，中国小说界其实出现了"寻根文学"的第二次发展——从文体、语言及世情内容方面，都有超越"五四"回到晚清的迹象。《繁花》和《一句顶一万句》南北呼应，"清明上河图"式的写法，细碎烦琐，百姓日常生活的细节展览，至少是1949年以来最丰富、最琐碎的世情小说。

借用鲁迅对晚清"青楼小说"的经典评语[1]，同是近年长篇小说的细密写实主义，王安忆《天香》是对古代女性生态的乌托邦式"溢美"，刘震云的《一句顶一万句》则是对北方乡民生态的某种"溢恶"——直面麻木灰暗的人生，几十年都找不到说话的人。而金宇澄的《繁花》则是对海上男女世情的"近真"写实。《一句顶一万句》写了两个时代——民国初年与改革开放以后，居然一直延续琐碎、麻木、灰暗基调。《繁花》也写了两个时代——"文革"初年与改革开放后，也始终贯穿各种男女之间的苦中作乐或者乐中见苦的生活形态。

金宇澄是《上海文学》杂志的主编，由于工作职责，多年看了各种各样的小说文本，眼高手也不低。《繁花》最初是在网络专栏实验沪语入文，受到一些同样有兴趣尝试沪语读写的文学爱好

1　"直到光绪年中，《红楼梦》才谈厌了。但要去常人之家，则佳人又少，事故不多，于是便用了《红楼梦》的笔调，去写优伶和妓女之事情，场面又为之一变。这有《品花宝鉴》《青楼梦》可作代表……到光绪中年，又有《海上花列传》出现，虽然也写妓女，但不像《青楼梦》那样的理想，却以为妓女有好，有坏，较近于写实了。一到光绪末年，《九尾龟》之类出，则所写妓女都是坏人，狎客也像了无赖，与《海上花列传》又不同。这样，作者对于妓家的写法凡三变，先是溢美，中是近真，临末又溢恶，……"鲁迅：《中国小说的历史的变迁》，引自《鲁迅全集》第9卷，北京：人民文学出版社，1981年，第338—339页。

者的支持。这也是韩邦庆《海上花列传》传统的延续。胡适、张爱玲都曾非常推崇《海上花列传》，张爱玲晚年更是努力要把《海上花列传》从吴语（苏州话）译成普通话。金宇澄对沪语和普通话的关系，有自己的考虑。但说《繁花》"采用了上海话本方式，也避免外地读者难懂的上海话拟音字，显现江南语态的叙事气质和味道，脚踏实地的语气氛围。小说从头到尾，以上海话思考"，"以上海话思考、写作、最大程度体现了上海人讲话的语言方式与角度，整部小说可以用上海话从头读到尾，不必夹带普通话发音的书面语，但是文本的方言色彩，却是轻度，非上海语言读者群完全可以接受，可用普通话阅读任何一个章节，不会有理解上的障碍"[1]。

这是一个很特别的要求——从头到尾都以上海话思考、写作，又能以普通话阅读。真的能够做到吗？我们不妨试验一下，随意找一段，就以小说第一章第一节为例。

"沪生经过静安寺菜场，听见有人招呼，沪生一看，是陶陶，前女朋友梅瑞的邻居。沪生说……"[2]我专门请教金宇澄，这个地方的"说"，是否是沪语。上海方言一般不说某某"说"，应该是"沪生讲"。金宇澄解释，这个"说"是借用了苏州话。同样意思，在旧白话小说里是"道"，"五四"之后是"说"，在这里也可以用"讲"，可是他坚持用"说"。"沪生说"，有点像苏州弹词开篇，也有吴侬软语的味道。

"沪生说，陶陶卖大闸蟹了。陶陶说，长远不见，进来吃杯茶。""吃杯茶"，上海人把"喝"也叫"吃"，比如吃咖啡、吃酒。"沪生说，我有事体。"我有事。"陶陶说，进来嘛，进来看风景。"陶陶请沪生到他的一个卖大闸蟹的摊位里来看风景。"沪生勉强走进

1　金宇澄：《〈繁花〉创作谈》，《小说评论》2017 年第 3 期。

2　金宇澄：《繁花》，首次发表于《收获》（长篇专号）2012 年秋冬卷；上海：上海文艺出版社，2013 年。以下小说引文同。

摊位。陶陶的老婆芳妹，低鬟一笑说，沪生坐，我出去一趟。"这里"低鬟"是比较文言的书面语，这是描述句。这部小说的原则是，描述可以用普通话甚至文言，对白则用上海口语。"低鬟一笑说，沪生坐，我出去一趟。两个人坐进躺椅，看芳妹的背影，婷婷离开。"亭亭玉立的"婷婷"。"沪生说，身材越来越好了。"男人之间夸对方老婆身材，要有一定程度的朋友关系，以及一定的谈话氛围。"陶陶不响。"这里第一次出现了小说中的名句。别的男人夸你老婆的身材好，这时男人怎么回应？有点尴尬，也有点得意。说谢谢，太西式了，不像陶陶一个小市民的口气；承认老婆身材好，又太粗鲁了。所以"陶陶不响"。"不响"是《繁花》里出现次数最多的一个代表性词语，之后详论。"沪生说，老婆是人家的好"，这是旧上海的一句典故。张爱玲有篇文章《自己的文章》，是被迅雨（傅雷）批评后的自辩，因为老话说"文章是自己的好，老婆是人家的好"。"沪生说，老婆是人家的好，一点不错。陶陶说，我是烦。沪生说，风凉话少讲。"太太已经这么漂亮了，还要说"烦"，意思是你矫情，"凡尔赛"。"陶陶说，一到夜里，芳妹就烦。沪生说，啥。"这个"啥"后边的标点实际应是问号，但是这部小说几十万字里边坚持通篇不用问号，凡是需要问号的时候，也用句号，用"吧""啥"来代替，作家笔下故事细节虽然杂乱，文体语法却特别统一，讲究。"陶陶说，天天要学习，一天不学问题多，两天不学走下坡，我的身体，一直是走下坡，真吃不消。"这是故意套用当代政治术语，"天天要学习"之类，讲的是老婆性欲旺盛，床事太频繁，陶陶吃不消。另一位首都大院背景的京腔作家王朔，也擅长用这种文体影射性事——"不破不立，破字当头，立也就在其中了"，南北呼应，都在写两种"方言"（地域方言与官方语言）的吊诡贯通关系。

"沪生说，我手里有一桩案子"，沪生是律师，"是老公每夜学习社论，老婆吃不消"。情况是倒过来，男人需求太强。"陶陶说，女人真不一样，有种女人，冷清到可以看夜报，结绒线，过两分钟就讲，好了吧，快点呀。沪生说，这也太吓人了，少有少见。"他们一边讲生活中的三级内容，一边讲书本里的风花雪月。"陶陶说，湖心亭主人的书，看过吧。"这个"湖心亭主人"不是张岱的《湖心亭看雪》，是"上下本《春兰秋蕊》，清朝人写的。沪生说，不晓得。陶陶说，雨夜夜，云朝朝，小桃红每夜上上下下，我根本不相信，讨了老婆，相信了"。在小说里，陶陶是个非常世俗的角色。"沪生看看手表说，我走了。陶陶说，比如昨天夜里，好容易太平了，半夜弄醒，又来了。沪生不响。"老和我讲晚上这些事，沪生只好不响。"陶陶说，这种夫妻关系，我哪能办。""哪能办"是上海话，就是"怎么办"。"沪生不响。陶陶说，我一直想离婚，帮我想办法。"原来小说一开篇，说了半天床事，实际是陶陶要律师沪生帮他想办法离婚。和刘震云《一句顶一万句》一样，世俗民情，离不开男女婚姻生态。"沪生说，做老公，就要让老婆。陶陶冷笑说，要我像沪生一样，白萍出国几年了，也不离婚。"意思是你知识分子虚伪，夫妻国内外分居好几年，也不离婚，这算"让老婆"？也让读者思考，在床上尽责吃不消，或夫妻长期分居和谐"冷暴力"，哪一种才是"让老婆"？"沪生讪讪看一眼手表，准备告辞。""讪讪"，上海话就读不出来了。"陶陶说，此地风景多好，外面亮，棚里暗，躺椅比较低，以逸待劳，我有依靠，笃定。"这段话文字平淡，其实有"颜色"。说他在街上卖大闸蟹，居然也有不少桃色风景。"我跟老阿姨，小阿姐，谈谈斤头，讲讲笑笑，等于轧朋友。陶陶翻开一本簿子，让沪生看，上面誊有不少女人名字，地址电话。陶陶掸一掸裤子说，香港朋友送的，做生意，行头要挺，要经常送蟹上门，懂我意思吧，送进房间，吃一杯茶，讲讲人生。沪生不响。"最有意思的就是，小贩卖蟹泡女人，还要"讲讲人生"，好像有的领导摸着女秘书的手讲"人文精神"。省略号、问号等标点在小说里是基本不用的。当然对于陶陶的这种吹嘘，沪生只好继续不响。

以上所引只是这部长篇小说的引子，可能正是作家写作初期的网络小说形态，语言技术上有几个特点：第一，可用上海话读，但用普通话也基本看得懂。文字里有很多上海的口语："吃杯茶""哪能办""笃定""轧朋友"等，包括这句著名的"不响"，有沉默、无语、无奈等很多意思。结合上下文语境，不会构成特别大的阅读障碍。第二，上海方言中又夹有一些书面文言，"婷婷离开""低鬟一笑"，还引用了古人书卷，一些冷门的掉书袋在小说里到处出现。少量的书卷气与大部分的世俗场景在小说中并置。第三，描述床事，使用当代政治话语，如说老婆床上太厉害，是"天天要学习，一天不学问题多，两天不学走下坡"。用时代术语或动作，来讲床笫隐晦之事，"大雅"的政治用语与"大俗"的男女生态细节互相贯通。第四，小说中主要笔墨，不写人物外表或内心，不写情节场景与动作，也少写风景、事件及历史背景，最大多数文字，都在写对话。绝大部分的戏剧性就是两个人的对话。陶陶说……沪生说……陶陶说……沪生不响……陶陶说……沪生不响……对话占全部文字的比例极高。而且，尽量不用问号、省略号和感叹号。故事杂乱，文体统一。

后来陶陶虽然对自己的老婆芳妹不满意，但还是勉强地、辛苦地克制了一个出轨的机会。陶陶后来的桃花运才是小说的一个高潮，在小说的第一段只是一个伏笔。

二 小说结构：男人"树枝"与女人"繁花"

金宇澄原来打算以"上海阿宝"为书名，显然阿宝最接近于作家的叙事观点。但因为小说采用话本文体，以大量对白支撑版面，人物的心理描写和抒情机会并不多，阿宝的性格也并不突出（后来电视剧《繁花》以阿宝为男一号，貌似时代弄潮儿，遍地风流，其实宝总的复杂性格也很难深究下去）。小说中阿宝和沪生的个性差异不大，都是比较正经的上海人，谈恋爱比较文艺腔，不大开隐形或明显的黄色玩笑。碰到桌上周围众人的黄腔谈笑，他们的基本态度就是"不响"——"不响"是他们的标准姿态。

小说名改成《繁花》，自然接上了《海上花列传》的"花"的传统，也突出了小说中的女性群像。这些女人的形象尽管不如阿宝、沪生那么正经，但各有独特的生命姿态。

乍一看《繁花》锦绣繁茂的"女人花"，在小说里好像是以男人的"树枝"为线索展开。长篇的引子，看上去只是陶陶对沪生讲低俗故事，但如果坚持把这"黄色故事"读完，读者才能理解作家为什么要把这段"低俗故事"放在小说开端，以及这"低俗故事"在人生意义和伟大时代中的重要性。

"陶陶拉紧沪生说，最近有了重大新闻，群众新闻，要听吧。沪生说，我现在忙，再会。陶陶说，相当轰动。沪生说，陶陶讲的轰动，就是某某人搞腐化，女老师欢喜男家长，4号里的十三点，偷邻居胸罩。陶陶说，绝对有意思，我讲了。沪生说，我现在忙，有空再讲。陶陶拉紧沪生说，我简单讲，也就是马路小菜场，一男一女两个摊位。沪生说，放手好吧。"不断地重复两个人的说话，有点像好莱坞电影镜头的正反打，不断重复，不厌其烦。读者可以想象两个人的神情态度。

"沪生说，放手好吧。陶陶松手说，当中是小马路，男的摆蛋摊，马路对面的女人，年长几岁，摆鱼摊。沪生说，简单点。陶陶说，马路上人多，两个人互相看不见，接近收摊阶段，人少了，两个人就互相看。沪生说，啥意思。陶陶说，鸡蛋卖剩了半箱，鱼摊完全出货，自来水一冲，离下班还有三刻钟，男女两人，日长事久，眉来眼去，隔了马路，四只眼睛碰火星，结果呢。沪生说，互相送鸡蛋，送小黄鱼。陶陶说，错，鸡蛋黄鱼，有啥意思，到这种阶段，人根本吃不进，因为心里难过，要出事体了。沪生说，吃不进，生了黄疸肝炎。陶陶说，瞎讲有啥意思。沪生看手表。陶陶说，街面房子36号，有一个矮老太，一米四十三，天气热，矮老太发觉，太阳越毒，越热，卖鱼女人的台板下面，越是暗，卖鱼女人，岔开两条脚膀，像白蝴蝶，白翅膀一开一合。矮老太仔细一看，要死了，女人裙子里，一光到底。"这样自然主义地细写卖鱼、卖蛋底层群众在工作中"搞腐化"，目的何在？接下来的故事，才更重要。

矮老太觉悟很高，"朝阳群众"跟踪卖鱼女人和卖蛋男人奸情的全过程，最后由鱼摊女人的老公出面，带了徒弟当场捉奸。捉奸细节太精彩，本来要走的沪生，也不走了。陶陶说"我讲一遍，就紧张一遍"。此句需重点关注，为什么讲一遍就紧张一遍？讲述本身的紧张、兴奋、刺激、恐惧，值得研究。最后"前后弄堂，居民哗啦啦啦啦，通通跑出来看白戏，米不淘，菜不烧，碗筷不摆，坐马桶的，也跳起来就朝外面奔，这种事体，千年难得。沪生说，好意思讲马桶，再编。陶陶说，是百分之一百的事实呀，居委会干部，也奔过来看情况，四底下，吵吵闹闹，嚯隆隆隆隆，隔壁一个老先生，以为又要搞运动了，气一时接不上，裤子湿透"。

这一大段细节夸张，格调不高，但想象一下，"细思恐极"。"文革"时期上海弄堂群体捉奸的狂欢气氛，当然不同于作家在小说里所引述的玛丽亚被众人责骂的《圣经》故事，也有异于今人更熟悉的贪官在电视上交代嫖娼细节或者钢琴家电影明星在网上被群众围观他们的"性"经历。时代背景不同，传播途径也不同，但围观与狂欢的形式以及背后的人性基础（或者说劣根性）确有相通之处。利用这种群体狂欢的政治统治技术和权谋可能也有相似之处？金宇澄故事的特异之处，是群体狂欢之中，最主要执行脱衣惩罚的是通奸妇人的男人。那么多弄堂里狂欢的革命群众，之所以像陶陶一样，"讲一遍就紧张一遍"，是因为潜意识里他们也知道，他们只是侥幸逃过同样的命运。所以小说一开局沪生陶陶这一系列低俗故事，顿时有了连贯的意义：所以，不管多累，还是要"学习"；所以，分居两国，也尽量不离婚。克己复礼。《繁花》里的世俗八卦，分分钟联系道德人心。

"沪生说，这个老公，自以为勇敢，其实最龌龊"，捉奸把老婆和情人全身赤裸拉出来，在全弄堂里出洋相。同时期刘震云小说的情节核心——两个时代，两个男主角，也都是被环境逼迫要去追寻（尽可能惩罚）出轨的女人。陶陶是一个充满喜剧色彩的悲剧人物。陶陶抱怨妻子芳妹晚上"学习社论"太频繁，吃不消；同时陶陶卖大闸蟹，又在外面"花插插"。很可能因果关系是颠倒的，老婆没办法，只能叫他晚上多交功课。芳妹家务、生意都很能干，甚至在老公身上也宽容，开只眼闭只眼，并没有穷追猛打。芳妹显然不符合现代女性主义的标杆，却是上海世俗观念中所谓"拎得清"的女性，某种贤妻良母的上海弄堂畸形版。

陶陶后来在社交中认识了一个北方女子潘静，又有工作又有文化（这个女人形象在同名电视剧中被丑化了）。两个人一度去长宁影院楼上的咖啡厅，黑蒙蒙跳慢舞，不料舞厅突发火灾。陶陶平常像个典型的上海滑头小男人，紧要关头居然拉着潘静和另外一个陌生女人，惊险逃出火场。事后陌生女人含情脉脉表示谢意，潘静更把自己公寓的钥匙交给陶陶，意思是，你随时可来。陶陶明明对潘静是有好感的，但是犹豫不前，直到潘静主动找他，他支支吾吾，小说写："潘静媚软说，我要你陪我。陶陶不响，捏紧裤袋的房门钥匙，钥匙有四只牙齿，三高一低，指头于齿间活动，磨到了发痛。"这个钥匙细节很精彩。最后陶陶还是把钥匙还给了潘静。

这些男女细节都不是单线发展，而是混杂在一大堆各种人物的纷繁线索当中，断断续续。如果不是连续阅读小说，恐怕每次都要回顾一下，梳理一遍人物表。

小说以阿宝、沪生、小毛三个男人的青少年成长以及后来中年生态为主线，结构上分成两个时段——20 世纪 60、70 年代和 90 年代。两条线索一三五、二四六交叉展开。严歌苓的《陆犯焉识》也是这样，高行健的《一个人的圣经》也用这种双线交叉的写法，当然目的都是想显示时代的对比。

《繁花》里的六七十年代上海往事，近乎于几个主角的成长小说，细节非常生动，写集邮，电影院买票，旁观"扫四旧"等，是当代中国小说中从百姓角度(而非受难者或造反派角度)记录"文革"历史碎片的最佳作品之一。但到了 90 年代，小说主要写各种饭局，形式上延续的是"青楼文学"的文化传统，内容主要是"文革"后经济野蛮繁荣，吃吃喝喝当中的男女人欲横流，写生意，其实也写政治。人物众多，你方唱罢他登场；线索纷乱，情色生意"捣江湖"。仔细读完《繁花》，就等于在上海生活了几十年，看到了上海的各个阶层，而且还是 20 世纪革命前后的几十年。

陶陶只是《繁花》风景中的一个典型上海小男人，但他的故事却令人难以忘却。婉拒潘静以后，陶陶又认识了华亭路摆摊的一个叫小琴的女孩。小琴的特点就是软、柔、顺，她每次都给陶陶送一些实用的衣服，多听、多笑、不说，身体靠近，小说写她"人像糯米团子"，非常传神。"小琴说，走开呀。口里一面讲，身体一面靠紧，滚烫。"到了家里，"小琴进来，人已经不稳，贴紧陶陶，眼泪就落下来"。后来陶陶跟沪生讲，"女人，我见得多了，但是碰到这种一声不响，只落眼泪的女人，第一趟。沪生不响"，因为沪生有看法。"陶陶说，这个社会，毫无怨言的女人，哪里来……进了房间，钻到我身上，就落眼泪，这叫闷嗲，讲来讲去，要我注意身体，对待姐姐，就是芳妹，多多体贴，两女一男，三个人，太太平平过生活，一面讲，眼泪落下来了。沪生不响。"碰到这么一个女人。沪生为什么不响呢？可以说他不相信陶陶的艳遇，或者不相信陶陶的叙述，也可以说沪生羡慕，或者奇怪，或者佩服、感动。讲不出来，只好不响。

这样的婚外恋状态持续了很久，倒是陶陶觉得内疚了，于是跟老婆芳妹说要离婚，被老婆从家里赶了出来，就到小琴那里同居。终于有一天在沪生律师的协调下，芳妹同意离婚。获得消息以后，陶陶、小琴高兴，高兴得过头，乐极生悲，小琴从阳台上坏的栏杆上掉下来摔死了。然后就是一大堆警察的审查程序，陶陶伤心到麻木，直到看到小琴在账簿里记了一些日记："姓陶的，根本不懂温柔，但我想结婚，想办法先同居，我闲着也闲着。""冷静，保持好心情，等他提结婚，不露声色，要坚持，我已经坚持不下去了。"日记里还提到另外一个男人大江："一肚子花花肠子，死冤家，喜欢他这样子，最近不方便见了，不能联系，再说吧。"有一页写："保持笑容，要坚持，陶陶离婚应该快了，快了。"看到这里，陶陶怎么想？读者怎么想？大概也只能不响。

阿宝、沪生、小毛三个男主角中，小毛是比较成功的一个形象。评论家西扬在给台北出版的《繁花》作序时说"小毛的出现对这部小说太重要了"[1]，一则因为小毛的阶级成分，二则也和小毛生命中的几个底层妇女人物有关。小毛住在长寿路大自鸣钟一带，相对阿宝原先住的淮海路、南昌路等，大自鸣钟靠近上海的工厂区"下只角"。小毛住三层阁顶楼，房子底楼是个理发店，二楼住着一个海员和他的妻子银凤。海员常年在外，银凤忍不住就引诱了少年小毛。在银凤这是正常的欲火，在小毛却是性的启蒙。不料他们

---

[1] 西扬：《坐看时间的两岸：读〈繁花〉记》，引自金宇澄：《繁花》，台北：INK 印刻出版公司，2013 年，第 29 页。

的奸情被二楼邻居——一个曾经引诱银凤未遂的老男人——全程监督记录，之后告知银凤丈夫。引子里面就说过，捉奸是一个全书很重要的线索。事发之后，在小毛娘安排下，小毛奉命与寡妇春香成婚，银凤一家搬走，事情就这样了。小毛原来学练石担武功，他跟阿宝、沪生是跨阶级的哥们，但结婚以后不告而别。好在春香是个好女人，真心照顾小毛，可惜难产早逝。

小毛不知道为什么颇有女人缘，后来还要跟一个非常做作折腾的汪小姐假结婚。汪小姐当然代表了 90 年代商界的蝴蝶（和电视剧中努力奋斗的外贸大楼年轻科员完全不同）。汪小姐在某个郊游饭局中和一位徐总白日"隐身"种下"果子"，后来给朋友圈带来诸多震荡混乱。汪小姐和小毛的假结婚，在小说里是两个社会阶层的一个极不自然的交叉点。

通过小贩陶陶的"桃花运"，读者认识了刀子嘴豆腐心的上海女人芳妹，看到了偶然动情的女强人潘静，还有见面就落泪，貌似温柔如水的奇女子小琴。在工人小毛身边，有大胆热情的革命的海员妻银凤，还有苦命贤妻做不成良母的春香，以及商界蝴蝶浑身事迹的汪小姐。这还只是《繁花》女性群像之一角。

《繁花》中的女人也并不一定与情色有关。阿宝少年时喜欢邻居蓓蒂，她是一个虚幻、纯真的洋娃娃般的形象，后来和阿婆一起消失了。沪生少年的恋人叫姝华，是个比少男成熟的知识女性，后来当知青下乡以后生了几个小孩，神志不太正常了，浪漫变成凄美。小说里沪生后来和白萍结婚，妻子出国以后就没了音信。沪生身边还有菱红、兰兰等，有很多说不清楚的暧昧关系。阿宝又跟在电车卖票的雪芝拍拖，没有成功。

小说里的女人众多，说不清楚谁是真正主角。另一女主角李李对阿宝有意思，她的身世更是传奇。在 90 年代开了饭店，招呼各路客人、商贾、富豪，是"当代阿庆嫂"，颇能交际。某天李李带阿宝到她南昌路的家，做完事情阿宝开了灯，发现卧室里摆满陈旧残破的洋娃娃，各种各样受伤的玩具木偶。阿宝一看脑子就乱了，因为这些"架子上的玩具，材料，面目，形状，陈旧暗黄，男男女女，大大小小，塑料，棉布洋囡囡，眼睛可以上下翻动，卷头发，光头，穿热裤，或者比基尼外国小美女，芭比，赤膊妓女，傀儡，夜叉，人鱼，牛仔，天使，所谓圣婴，连体婴，小把戏，包裹陈旧发黄的衣裳，裙衩，部分完全赤裸，断手断脚，独眼，头已经压扁，只余上身，种种残缺，恐怖歌剧主角，人头兽身，怪胎，摆得密密层层"。

物件堆砌是《繁花》的一个重要写作特点。新时期是汪曾祺开始的，到刘震云以后，这种堆砌就比较有颜色了。难怪阿宝睡在床上脑子乱了，这个美女睡房放了这么多残缺、恐怖的怪胎洋娃娃做什么呢？这女主人公到底是什么人呢？就在这样的诡异气氛之下，浴后穿睡衣的李李走出来，对阿宝讲了她的身世。原来李李的父亲是工程师，又信佛，李李曾经在某省做模特走 T 台，不肯"内空"，因为"内空"了以后下面是镜子。后来又被好朋友骗到澳门，要跳脱衣舞，不肯服从就被人打针，最后小腹被刺了图案，造成了一辈子的伤害。后来李李虽然也遇到好心人相救，经济自立重新做人，但身上敏感部位的伤痕，一直刺痛她。李李和阿宝的关系，也是无疾而终。李李在小说结尾出家做了尼姑。

《繁花》从引子开始就写世情男女。如果说《白鹿原》是当代历史演义的名篇，《红高粱》是当代侠义小说的佳作，《三体》是最著名的当代神魔奇幻小说，那么《繁花》（还有《废都》《长恨歌》）就是当代世情男女小说的代表作。世俗里的男女关系有少年浪漫，有善良贤惠，但更多是各种出轨或者"绿茶"心机，种种交易冒险，各色庸俗伤痕。在处理男女关系的模式上，后来王家卫改编电视剧，以阿宝为中心，沿用了香港小说的"一男多女"模式（这种模式在内地小说中比较罕见）。香港文艺小说中的代表作，如刘以鬯《酒徒》、昆南《地的门》，大众小说如徐速《太阳、月亮、星星》等，都以一男三女为基本情节结构。这种小说情节模式其实来自于20世纪30年代鸳鸯蝴蝶派作家张恨水的《啼笑因缘》。在《繁花》前，王家卫已在《花样年华》《2046》等片中多次操练了这种模式，关键是男主角要"帅"得正气（梁朝伟、胡歌），然后才有众女星环绕（张曼玉、章子怡、王菲、巩俐、刘嘉玲、马伊琍、唐嫣、辛芷蕾……）。电视剧的成功只是"一男多女"，其实在小说中，每个男主角都有自己的"一男多女"模式：小毛有海员妻子、寡妇春香，后来还和汪小姐假结婚；陶陶有令他吃不消的妻子，有送钥匙的潘女士，还有"人已经不稳……眼泪就落下来"的小琴；沪生在少年时痴恋上山下乡的姝华，后有两地分居的妻子，还有女朋友梅瑞等；最少女友的倒是阿宝，但也有纯情少女蓓蒂和性感女友李李。每个男人身边几个女人，和这些女人的穿插包围，是小说繁复混乱的总体结构中隐约可见的支架线索。

但是这些形形色色的男女故事，都还只是世情的一个侧面。从另一个角度看世情，人们还会看到上海的不同地段、不同区域、不同阶级，还有不同的斗争历史。

三 地名符号与历史命运

《繁花》以方言叙事、细密写实、世情男女著称。在梳理男女线索、"树枝"与"繁花"种种之后，我们还要讨论世情生态之基础，也就是上海的阶级地图。

《繁花》反反复复不厌其烦地罗列很多上海具体的路名、街道，一方面可能因为是作者实在的青少年记忆，记忆常常是具体的、细碎的，而不是抽象的、宏观的；另一方面却也隐含着作者对上海市民生态的阶级分析框架。

程德培说："阿宝、沪生和小毛是同龄人，恰好同学少年，他们之间的友谊、情感和交往牵引《繁花》那长长的叙事。但他们的家庭背景又各自不同，资本家、军人干部和工人延伸出各自不同的历史和生存环境。当然也暗藏着作者的意图。洋房、新老弄堂、周边棚户、郊区工人新村都是他们各自生存的场所，我们只要留意一下作者手绘的四幅地图，就可想而知小说所涉足的区域。经历了十多年不停顿的取消阶级差别的革命和运动，但差异残余依然存在，或者另一种新的差昪正在产生。"[1]

金宇澄的小说不仅好像客观地呈现前后两种社会和阶级差异，更重要的是无形当中令人思索这两种阶级差异之间的逻辑关系。

小说第一章第一节，阿宝登场，小说写他的少年生活环境："阿宝十岁，邻居蓓蒂六岁。两个人从假三层爬上屋顶，瓦片温热，眼里是半个卢湾区，前面香山路，东面复兴公园，东面偏北，看见祖父独幢洋房一角，西面后方，皋兰路尼古拉斯东正教堂……"这里的香山路、皋兰路、复兴公园，以及阿宝祖父的洋房所在的思南路，都在法租界内，是传统的低调高档住宅区。小说里对思南路的历史后来还有考证。阿宝的祖父是资本家，阿宝的父亲曾经参与中共地下工作，但解放后仍然受冲击坐牢。整体上，阿宝一家在小说里代表资产阶级生活背景。后来全家被抄，被迫迁到近郊的工人聚居区曹杨新村，生活、物质条件反差巨大。

阿宝的世界里，除了南昌路国泰影院、思南路洋房等，还有小女孩蓓蒂和保姆阿婆。蓓蒂和阿婆是一对符号，分别代表纯真和忠诚。在小说中间部分，她们失踪了。西扬庆幸蓓蒂最后再没

1 程德培：《我讲你讲他讲 闲聊对聊神聊：〈繁花〉的上海叙事》，引自金宇澄：《繁花》，台北：INK 印刻出版公司，2013 年，第 29 页。

216

有出现，说这个冰雪聪明的小姑娘没有老，没有胖，没有变俗气，更没有嫁人，作者将她留在了过去，永远穿着她的裙子和那些失去主人的钢琴相伴。蓓蒂在《繁花》里，就像红衣小女孩在斯皮尔伯格的《辛德勒的名单》里一样。

李欧梵等学者讨论香港、上海"双城记"，互为镜像[1]。在《繁花》里香港也是一个符号，代表了外部世界，在各个历史时期都影响上海。小说写："当时上海首开日本商品展览会，照片里的香港，让上海人心思更为复杂，男女客人看得发呆。"小说里阿宝收到他哥哥从香港寄来的明信片，蓓蒂选了一张维多利亚港风景，阿宝祝蓓蒂圣诞快乐。这是"文革"前的事情。阿宝的朋友沪生却选了一张启德机场，寄给上海大自鸣钟西康路某弄5号三楼，小毛收。这里的大自鸣钟、西康路，和前面讲的思南路、香山路构成重要的反差。大自鸣钟是工人区，通常叫"下只角"。阿毛向窗外看："附近一带，烟囱冒烟，厂家密布，棉纺厂，香烟厂，药水厂，制刷厂，手帕几厂，第几毛纺厂，绢纺厂，机器厂钢铁厂，日夜开工。西面牙膏厂，如果西风，'留兰香'味道，西北风，三官堂桥造纸厂烂稻草气味刮来，腐臭里带了碱气，辣喉咙的酸气，家家关窗。"

现在思南路还是高档文化区，思南会馆是名人演讲、文青打卡处。大自鸣钟一带已经没有工厂了，建了一些山寨的巴黎、罗马雕塑和豪宅。卢湾区已经被黄埔区合并了，静安区也包括了闸北区。但这并不说明穷富鸿沟问题已经消除。

沪生住在茂名路洋房，与阿宝在同一区，却是不同原因。阿宝的祖父是资本家，沪生的父母是空军干部。资本家和高干，是上只角的基本居民。因为读民办小学，沪生曾经在不同居民弄堂

1　李欧梵：《上海摩登：一种新都市文化在中国（1930—1945）》（修订版），上海：上海三联书店，2008年。

房子里上课，所以他对上海中下层民情生态有更多了解。沪生和阿宝及小毛的相识，是因为他们都在国泰电影院排队买票。"排队"是打破阶级隔膜的最普通方式。

上海作家常常特别关注不同地段、不同房子之间微妙的阶级差异。王安忆写过《墙基》《流逝》，程乃珊写过《穷街》。《繁花》引子写，沪生到他女友梅瑞的"钢窗蜡地"新式弄堂去，两个人"办事"的时候，梅瑞毫无顾忌，小说写这个"是房子结构的原因"。一笔呼应了后来小毛在阁楼上与银凤偷情，全过程都被窃听。在上海，房子在哪里，房子什么结构，影响、关系重大（电视剧观众可留意王家卫请不少名人客串玲子的邻居，强调世俗生态与心态之关系）。本来1966年发生的事情，正是要改变上只角、下只角的这种穷富差异局面，或者说上、下只角应该颠倒过来。

四 动乱时代的阶级斗争

第九章，沪生和他同学去看外区同学来淮海路"破四旧"：

　　一个女人抱头坐地。上面有人剪头发，下面有人剪裤管，普通铁剪刀，嚓，长波浪鬈发，随便剪下来。女人不响，捂紧头发，头发还是露出来，嚓。下面剪开裤管，准备扯。下面一剪，两手捂下面，头上就嚓嚓嚓剪头发，连忙抱头，下面一刀剪开，嘶啦一响扯开。女人哭道，姆妈，救命呀。一个学生说，叫啥，大包头，包屁股裤子，尖头皮鞋，统统剪，裤脚管，男人规定六寸半，女人六寸，超过就剪。只听外围有人说，小瘪三，真是瞎卵搞，下作。高中生站起来说，啥人放臭屁，啊，骨头发痒了。几个学生立起来，警惕寻视。大家不响。一个中年男人谦恭拍手说，太好了，真是太好了，坚决支持，女人的屁

218

股，已经包出两团肉来，包到这种程度了，再不剪，像啥样子呢。学生看了看，蹲下去。中年男人说，扯呀，扯开来，扯大一点。人头攒动，只听嘶啦啦，裤脚管一直扯到大腿以上。周围人，包括沪生与两个同学，齐声叫好。女人嘤嘤嘤哭，地上几只手，用力扯开另一只裤脚，嘶啦啦啦，女人哭叫，姆妈呀，阿爸呀。此刻，高中生立起来，拍拍中年男人说，喂，啥单位的。中年人迟疑。高中生说，叫啥名字，啥成分，讲响一点。中年人低下头笑笑。另一学生，也起身说，不肯讲对吧，要吃皮带吧。中年人说，讲成分嘛，我算小业主，我。高中生说，瘪三，瞎卵搞，下作，是啥意思。中年人慌忙摇手说，哪里是我讲的，我一直是拍手呀，一直讲支持……

这一大段都可以试着用上海话来读。总之旁观者也被打了，女人逃走了，学生继续追赶，大家跟随，只剩下那个中年人贴墙站立，不敢动。以上情景，剪头发、剪裤管我是亲眼见过。旁边有没有人抗议或附和或被打，那是小说情节。那个中年人的形象，特别耐人寻味。

看完这段运动街景，"沪生说，实在太刺激了"。同学又告知还有一个更风骚的香港小姐，现在大家都去抄她的家了，于是又拉了沪生一起去。"香港小姐"其实是中年妇女，反抗、骂人："小赤佬，穷瘪三，弄堂里的穷鬼，欺负到老娘头上来了。"这一骂中学生们更来劲了，"大家快来采取革命行动呀，活捉'大世界'女流氓呀"。最后场面残暴，身体暴露，连沪生同学也丢凳子砸窗。事后他说出他的造反动机："其实，我已经闷了好几年了，最受不了有人骂我穷瘪三，'我不禁要问'了……""我不禁要问"加引号，因为这是当时社论里的一个常用句式。"……人人是平等的，这只死女人，过去骂我，也就算了，到现在还敢骂，我不掼这只凳子，算男人吧。"

这段话试图解释中学生红卫兵当时暴力行动的心理根源，一句话贯通了运动前的社会差异秩序与运动中的革命造反秩序。《繁花》对政治社会事件表面上只是罗列现象，其实也暗示着这些现象的根源。一方面是通常秩序下面的阶级压抑，日积月累，导致特殊时代的激烈反抗；另一方面则是有些民间的私人矛盾，在特殊时代就会被引导扩大为阶级斗争。

第十一章第二节，沪生与小毛一边担心阿宝家被抄，一边议论有个烟纸店的小业主自首坦白的悲惨后果。小业主有个邻居，常常独霸水龙头，脾气一直刁。小业主斗不过她，就跑到曹家渡找一个道士来做法，搞一些迷信来整这个邻居嫂嫂。不料运动来了，道士被抓，小业主害怕，就自己跑到居委会去坦白交代。这个故事没人知道。但邻居嫂嫂的男人是三代拉黄包车的，听到小业主找道士做法的事，他先打自己老婆两记耳光，然后再砸那个小业主的铺头。弄堂里的人像看戏一样"潮潮翻翻"（很多很多）。"潮翻"的发音正好是"造反"。百姓间的"人民内部矛盾"，在运动当中就会偶然（也必然）升级到敌我斗争，这是当代国人"世态人情"的革命特色。

在《繁花》里，阶级斗争有很多偶然性。阿宝父亲资本家出身，解放前参与地下工作，1949年以后还是入监狱，历史问题很晚才平反。沪生父母是空军干部，却因1971年林彪一案而下台，当然也影响沪生的命运。小毛是真正的工人家庭，父亲是上钢八厂工人（和本人同厂）。我家住的地方倒是南京西路这一带，又和沪生阿宝他们那一区比较靠近。所以我对这两个地段的差异对比，有很多亲身了解、真切体会。

纯粹工人阶级的小毛，后来和海员的妻子银凤，还有贤良的夫人春香这些中、下层妇女的故事，远比阿宝、沪生的恋爱情调更加生动而复杂。什么出身，住在哪里，碰到什么事，命运如何，在小说里处处有阶级线索可循，不是革命道理可以概括的。（上海后来的文学评论家，其个人观点、观念趣味也和住在哪个地段有关。也是题外话。）

有一幕十分惊心动魄：阿宝父亲终于平反了，阿宝在复兴路一个老公寓房里找到了父亲老上级欧阳先生过去的同事，也是革命同志黎老师。这个公寓房子已经被人抢去一半了："阿宝慢慢推门，慢慢进去，先一吓，一股霉气，房间居中，摆一只方台子，旁边坐一个白发老太。阿宝说，黎老师。台面上，一双旧棉鞋，鞋垫，半碗剩菜，痰盂盖，草纸，半瓶红乳腐，蚊香，调羹，破袜子，搪瓷茶杯，饼干桶，肥皂，钢钟镙子，药瓶，咬了几口的定胜糕，干瘪苹果，发绿霉的橘子，到处是灰。"

《繁花》常常使用这种物件堆砌法，这个房间里景象的细密写实效果，令人感慨。女主人已盲，她以为自己的丈夫和欧阳先生都被镇压了，其实他们都为革命做过特殊贡献，但是从桌上的"展览"，人们看得出，过去若干年，黎老师也活得像地下工作一样。

相比之下，《繁花》的90年代叙事大多在展览阿宝、沪生、汪小姐、李李等人参与的各种各样的饭局，展览像《海上花列传》那样的当代"叫局"风光。人物都简称为徐总、康总、丁总、吴总，呼应刘震云《一句顶一万句》里边的老杨、老高、老李、老马等，作家故意淡化名字和个性，以突出他们身份的共性。有些饭局场面小说家调动自如，颇有技巧，但是如果在饭桌上也能涉及这些商家与官场与市民间的复杂关系（这种关系严肃的读者都可以想象，后来王家卫就让汪小姐挑战体制内外，让李李出入金融江湖，也让阿宝来代表一个时代），如果能够把小说第一叙事线索里的阶级差异、社会差异和阶级斗争，在90年代的饭桌上延续下去，继续变形……当然小说里也有这方面的草蛇灰线，比如第十六章，陆总对"三陪"女一会儿甜蜜哄骗,一会儿残暴训斥,细节令人发指。这正是阶级矛盾在新时代的与时俱进。小说里还有汪小姐的假结婚,还有李李的被纹身和最后出家……

为什么《繁花》的 90 年代场景主要是粗鄙繁荣,而 60 年代的革命却在暴力中有青春气息和视角?一是为了尽量去挖掘突显 60 年代革命可能具有的打破阶级差异和社会秩序的某种合理性,二是证明 90 年代繁华并没有消除阶级差异和打碎社会秩序。所以在这两个时代中间,归根结底,这是一场什么样的革命呢?人民不响,上海作证。

五 技巧总结:对话、不响、堆砌……

要深入讨论《繁花》中的世俗男女、阶级斗争,我们必须再讨论小说的写法、技巧。《繁花》文字技巧的特色:第一,对话在全部篇幅中所占的比重;第二,"不响"在小说里的多种功能;第三,名词物件的堆砌与叙事写实的细密;第四,对话以外,描写文字的四字句式;第五,上海方言入文的语境效果。

金宇澄在《繁花》的"跋"里面,表达他的写作原则,他说要"放弃'心理层面的幽冥'",这个"心理层面的幽冥"就是要舍弃叙事者对人物的大段心理描写,这种欧化格式曾经是"五四"文学的一大突破;"口语铺陈,意气渐平"[1],"意气渐平"就是说叙事者不在行文中显示自己的情感倾向,只让读者在人物与人物的对话中自己体会。

举个例子,引子里陶陶向沪生抱怨自己老婆在床上"功课"多,这时叙事者和沪生都不响,并不显示出对陶陶这种低级趣味的鄙

---

1 金宇澄:《繁花》,台北:INK 印刻出版公司,2013 年,第 549—551 页。

视，但是这个对话的效果已经显示了陶陶的性格以及他们话题的世俗性质。金宇澄在"跋"里边继续说："如何说，如何做，由一件事，带出另一件事，讲完张三，讲李四，以各自语气，行为，穿戴……"在张爱玲以后，《繁花》是最详细展览人物穿戴的小说。"划分各自环境，过各自生活。对话不分行，标点简单"，"标点简单"的结果，是废除了问号和感叹号。在这些细碎行文标准后面，金宇澄暴露了他的文化野心，什么野心呢？就是他说的："《繁花》感兴趣的是，当下的小说形态，与旧文本之间的夹层，会是什么。"

　　一眼看去或者逐段读来，人们不难发现，对话占全部篇幅的比重，《繁花》可能超过当代任何一部长篇。前面引用的街道老太帮着戴绿帽的老公和徒弟弄堂捉奸这场戏，全部是陶陶在讲话，沪生在听，偶尔"不响"。（在我修改此文时，全国的短视频都在追究上海某中学女教师与男生通话记录被她丈夫在网上公开，群众捉奸的狂欢气氛几十年不变。）小说中无数的故事，绝大部分都出自某一个人物的口述，但听者却也不会缺席。比如第七章第三节，写1966年阿宝和邻居女孩蓓蒂以及保姆阿婆离开上海到绍兴。这个阿婆一直相信家乡老坟里埋有黄金，到了乡下就问乡亲："农妇说，好呀，只是周围的坟墓，完全推平了……听到坟墓议论，一个老农说，老坟，真真一只不见了，挖光了。阿婆说，啥，还有皇法吧，黄家老坟，里面全部是黄金，啥人挖的。周围一片讥笑声。一个男人说，平整土地运动，搞掉了……1958年做丰收田，缺肥料，掘开一只一只老坟，挖出死人骨头，烧灰做肥料，黄家老坟，挖了两日天，挖平了。"之后又说了半天阿婆才明白——"阿婆说，我晓得，出了大事情，原来，我黄家老坟掘平了。旁边农妇说，黄家老坟，收了四年稻了。农妇男人说，挖出一副好棺材板，大队就开会，分配，做台子，做小船。农妇说，掘出一只棺材，里面有两条被头，有人立刻拖走了，摊到太阳下面晒几天，铺到床上过冬。大家议论纷纷。"

60 年代农村的情况，不用作家直接叙述，而是当地农民七嘴八舌，这样比较能增加叙述的真实性。比如棺材里边挖出被子晒了还能用，阿婆还能说"今年，马上就要出事体了"（1966 年），等等，这种情节如果是叙事者来写就太离奇了。而且我们看到，对话都不加引号，不用冒号、问号，整体上就模拟仿照对话的实况。虽然常常是一方叙述一件事情、一些情况，但听者即便不响（或者像阿婆这样不相信），他也不缺席，他总在交流、质疑、争论，所以构成一种对话关系。

第十九章第二节，兰兰和大妹妹，她们是小毛生活圈里的两个中下层美女，讲述她们在大光明被盯梢的经历。大妹妹说她们在南京路被盯梢，还被拉进派出所。"沪生说，平白无故捉人，不可能的。兰兰说，之前，我跟大妹妹一路走，背后一直有两只'摸壳子'盯梢"，这个"摸壳子"我也不大明白，大概就是"二流子"的意思吧。"这两只骚男人，从余姚路，一直盯了八九站路"，盯到南京路，那中间路蛮长的，半个多小时。"紧盯我跟大妹妹，狗皮膏药一样，根本摈不脱，其实，我跟大妹妹一点不显眼，后面这两个死人，打扮比较飞，想不到，让两个'暗条'发觉了，也开始紧盯不放，这就等于，路上一共六个人，前面，是我跟大妹妹，后面，两只骚货，再后面，两只'暗条'。六个人一路走，一路盯，一路跟，我如果早点发觉就好了，等走到南京路'大光明'，黄河路口，两个男人上来搭讪了，怪就怪大妹妹，肯定是发情了，发昏了头，我真是不懂，后面这两只骚货，啥地方好呢。大妹妹说，不许乱讲，我根本无所谓的。兰兰说，我得不到大妹妹信号……"什么叫"信号"？就是说一般这种被盯梢的女的，要是她们感兴趣的话，她们会做出一些表情，另外一个就明白什么意思。"不晓得心相"，不知道她心里想什么，"闷头走到黄河路口，后面上来

224

搭讪，刚开口叫一声阿妹"，上海话其实叫女生"阿妹"比较少，"大妹妹听到，身体就不动了。大妹妹笑说，不许瞎讲，不许讲。兰兰说，我停下来，大妹妹一回头，就痴笑"，"痴"是当时女生互相骂人的一句话。"我想不通了，吃瘪了"，就是兰兰说，这样的男人你也去对他笑，我实在想不明白了。"大妹妹说，乱讲，我会回头，会这样子笑吧。兰兰说，大妹妹，笑得像朵喇叭花。大妹妹说，瞎三话四"，"瞎三话四"就是胡说八道。"要我对陌生男人笑，我有空"，这是上海话的说法，"我有空"的意思是，这是不可能的事情，我吃饱没事情做啊？"兰兰说，笑得像朵栀子花，白兰花，我看得清清爽爽。大妹妹说，再瞎讲。大妹妹伸手就捂兰兰嘴巴，兰兰掰开大妹妹手说，真的呀，当时大妹妹看看背后的男人，笑眯眯讲，叫我做啥，有啥事体呀。大妹妹急了，伸手要打。小毛说，疯啥，让兰兰讲。大妹妹松开手。兰兰说，一女一男，一前一后，只搭讪了这一句，也就是证据了，两个'暗条'，马上冲上来，一人两只手，当场捉牢四个人，走，进去谈谈……"

这是非常生动的、具有时代特征的警察抓流氓的一场戏。兰兰事后的叙述，不断被大妹妹打断，都不加引号的，以证实这两个人物在这场戏中所扮演的不同的角色。最后四个人被两个警察带到附近派出所，"老派讲……全中国流氓阿飞坏分子，全部加起来，也没有南京路多，男流氓女流氓……"，"潮潮翻翻"，就是很多很多。他们在派出所里讲《霓虹灯下的哨兵》，又问男女之间是不是认识，最后总算宽大处理。四个人的话题又被沪生所说的另一个外地枪毙女流氓"吸精犯"的故事转移了。当时是女大男小，老阿姨吃"童子鸡"的故事，又暗暗戳中了听者小毛和银凤的苦衷（又令我想到近日中学女教师……）。

重读这一段四人的谈话，既见证了"文革"中警察在南京路盯梢，又注意到大妹妹事后不断打断兰兰叙事，自我辩解，也显示女生在男生面前的表演本能。整个"盯梢"故事都是由对话构成，叙事当中又充满了不同说话者的不同态度以及性格。而兰兰、大妹妹都被小毛视为"拉三"（女流氓、风骚女）。其实兰兰后来嫁了香港人，大妹妹到内地工厂，南京路回头一笑的资本主义气息全部被清洗掉了。

以上随便举两个例子，便可见对话在全部叙事中的主导地位，有意挑战"五四"欧化文艺腔。大部分情况每段都有一个主讲者，听者有各种反应，当然最突出的一个《繁花》的标志就是"不响"。

"不响"的第一个功能是不同意。比如引子里边梅瑞想抛开沪生追阿宝，理由是"我姆妈觉得，沪生缺房子，父母有'文革'严重问题。沪生说，我懂了。梅瑞说，不好意思。沪生不响"。你说你是因为房子、父母问题丢开我，这算什么正当的理由呢？鄙视！所以不响。

"不响"的第二个功能是不想妄议，也是引子中陶陶向沪生抱怨老婆晚上"功课"多，吃不消，沪生不响。意思是你们夫妻床事跟我讲，叫我怎么说？

"不响"的第三个功能是无可奈何，表示忍让。上面第一个例子，沪生也可以说是对梅瑞的寡情无可奈何，就你这德行，还让我说什么好呢？对吧？

"不响"的第四个功能就是装聋作哑。中学生在淮海路"破四旧"剪人头发，有人议论，中学生武力威胁四下寻人，这时候出现一句"大家不响"。这个"大家不响"当中，其实就有以上多种可能，既不同意，又不敢妄议，然后无可奈何，只好装聋作哑。

今天人们会把装聋作哑说成是"装睡"，这在某种程度上又发展出"不响"的第五个功能——麻木不仁。不仅是看客，有时候还是帮凶。当然有时候"不响"也可以是一种抗议。

眼看这几十年来中国的各种政治、社会变化，上海可以说始终是一句话——不响。

《繁花》另一个叙事特点就是堆砌，堆砌物件，堆砌名词。在李李睡房里堆砌各种各样奇形怪状的洋娃娃——展示一个新时期风尘女子的生态及心态。在黎老师的桌上堆砌了各种各样混乱的生活杂物——展览一个被运动无辜埋没几十年的老教师的悲惨经历。这种堆砌在汪曾祺小说《大淖记事》里边是山清水秀，在王安忆《天香》里也堆砌得五彩缤纷。刘震云也堆砌，《一句顶一万句》里都是农具、生计、劳动状态。《繁花》将这类堆砌法推到极致，有时也过于卖弄、烦琐。比如第五章写阿宝集邮。邮票当然能引起同代人的亲切回忆，但是跟蓓蒂讲外国邮票时，尝试水果分类："蓓蒂说，枇杷，杨梅，李子，黄桃，黄金瓜，青皮绿玉瓜，夜开花，蓬蒿菜，可以当作一套吧。阿宝说，这不对了，就算开水果店，也不像的。蓓蒂说，外国票，是可以的……苹果，生梨，花旗蜜橘，葡萄，卷心菜，洋葱头，黄瓜，洋山芋，西红柿，芹菜，生菜，大蒜头，大葱，香菇，蘑菇，胡萝卜，香瓜，西瓜……"就算为了表现小女孩聪明、可爱，逻辑、堆砌也有点太"繁花"了。

《繁花》以对话为主，描写部分很少长句，但有些文言四字句。引子里写梅瑞"浅笑轻颦，吐属婉顺"。第二章第二节，一帮商人去郊游，"江南晓寒，迷蒙细雨，湿云四集"。到了太湖，"山色如娥，水光如颊，无尽桑田"。这段风景后面的情况是两男两女出去玩，与谁同房要摸牌决定，非常刺激。"两个女人，各怀心思，灯短夜长，老床老帐子，层层叠叠的褶皱，逐渐变浓。"写颓废也很含蓄。事实上，小说但凡写到文句典雅、风景如诗的段落，通常不是好戏将至，而是隐蔽"战场"。90 年代徐总跟汪小姐有一次在下午茶的时间"炒饭"，后来引出了很多风波，但是事发当时，小说却描写众人在天井听苏白弹词："春风春鸟，秋风秋蝉，夏云暑雨，冬月祁寒……女角娇咽一声，吴音婉转，呖呖如莺簧……天井毕静，西阳暖目，传过粉墙外面，秋风秋叶之声，雀噪声，远方依稀的鸡啼，狗吠，全部是因为，此地，实在是静。"当然大家要想象"静"的后面是什么。

《繁花》中还有众多上海方言的使用：么侧乌黑（一片漆黑）、死腔（装腔作势）、交关（有很大关系）、侠气（很）、无天谢地（胡天野地）、打棚（开玩笑）、刚西屋（讲死话）、领市面（知道行情）、老鬼伐脱手（老鬼不脱手）、笃定泰山（极有把握）、最近发了条头（最近下了命令）等。沪语方言部分，是电视剧《繁花》与小说原著最明显的相同之处。不仅在方言入文学方面是极重要的一次探索（正如胡适、张爱玲很久以前的盼望），对中国大众媒体的语言政策也不失为一次调整。

同样是有意用烦琐的文字复制世俗生态，刘震云和金宇澄是南北唱和。刘震云的《一句顶一万句》怎么也讲不清楚人跟人之间如何能说上话；金宇澄的《繁花》则将人跟人之间能说的话，由一万句变成一句——"不响"。

参考文献

金宇澄：《〈繁花〉创作谈》，《小说评论》2017 年第 3 期

李清宇：《入于赋心：论〈繁花〉的"铺张"叙事》，《南方文坛》2015 年第 2 期

陈宇：《〈繁花〉的叙事策略》，《北方文学》(中旬刊) 2020 年第 1 期

钱文亮、金宇澄：《"向伟大的城市致敬"：金宇澄访谈录》，《当代文坛》2017 年第 3、4 期

王春林：《〈繁花〉：中国现代城市诗学建构的新突破》，《现代中文学刊》2014 年第 1 期

张定浩：《拥抱在用言语所能照明的世界：读金宇澄〈繁花〉》，《上海文化》2013 年第 1 期

陈晓明：《当代史的"不响"与转换：〈繁花〉里的两个时代及其美学》，《文艺争鸣》2018 年第 9 期

张屏瑾：《日常生活的生理研究：〈繁花〉中的上海经验》，《上海文化》2012 年第 6 期

王书婷：《"博物诗学"视野下的〈繁花〉文体解析》，《中国现代文学研究丛刊》2019 年第 5 期

程光炜：《为什么要写〈繁花〉？：从金宇澄的两篇访谈和两本书说起》，《文艺研究》2017 年第 12 期

朱军：《〈繁花〉的都市本体论》，《当代作家评论》2015 年第 5 期

项静：《方言、生命与韵致：读金宇澄〈繁花〉》，《中国现代文学研究丛刊》2014 年第 8 期

贾平凹《古炉》

乡村生态，革命与械斗

当代小说如何讲述完整的中国故事，其中一个关键环节便是如何讲述"十年"（1966—1976）的故事。回避"十年"故事的探索初衷、社会根源、政治后果和历史意义，当代历史和当代文学史的书写都很困难。和《芙蓉镇》《霸王别姬》《动物凶猛》《平凡的世界》等小说相比，《古炉》的特点是：第一，从支书支撑的农村底层社会结构，分析"十年"故事的必然性（基础和起因）；第二，从霸槽这个特殊人物讲述"十年"事变的偶然性；第三，从男童叙事主角讲述"阶级敌人"在"十年"故事中的功能与意义；第四，从古炉武斗讲述农村"文革"与传统乡土械斗的历史关系。

贾平凹是 20 世纪 80 年代以来最重要的中国作家之一，他的作品不仅数量多（连评论者也来不及看），而且倾向复杂。他同时或者是隔一段时间，就会做一些不同方向的主题、文体的探索。贾平凹和路遥、陈忠实都是陕西作家（某种程度上也是中国作家）的代表，他们的作品大致写出了近百年来相当部分中国人的生态、梦想和命运。但也有一些微妙的分工，路遥写的是农民梦想，陈忠实写的是时代命运，贾平凹写的是乡土生态。写的是最朴素的生态（有时候是人为制造的博物馆式的生态），用的也是叫城里人读来十分费脑的乡土语言。贾平凹不像赵树理那样写农民喜欢的故事，贾平凹的农民故事说到底是写给文学圈的人看的。读起来很辛苦，但是他近年的长篇总有十几万到几十万的基本销量，这说明贾平凹的文学世界拥有他的固定城市人口。

拙著《重读 20 世纪中国小说》曾选读贾平凹的《废都》，但并不意味着《废都》一定是贾平凹最重要的代表作。贾平凹的《商州初录》1984 年就开启了寻根文学的潮流。21 世纪引人注目的细密派写实小说，其实正是 1985 年寻根文学的一次从价值观到文体语言的深化。贾平凹不仅是当年寻根文学的始作俑者（杭州会议上贾平凹虽然缺席，但是他的作品《商州初录》受到阿城、李陀、黄子平等人的盛赞），现在他的《秦腔》《古炉》和《带灯》等长篇，也是新世纪细密派的代表作品，而《废都》在整个当代文学中当然是个奇葩，是晚清青楼文学甚至《金瓶梅》传统的有意无意的传承。贾平凹的《秦腔》获得香港浸会大学"红楼梦奖"。这次我选读《古炉》，读到一半也有点后悔，太长了，60 多万字，碎碎念、"土"得掉渣，一时间还找不到戏剧性的线索，有些段落要重看或者看完以后回看，才发现里面精彩的地方。与此同时我也庆幸读了《古炉》，进入了贾平凹的乡土世界，看到了一个与众不同的中国故事，一个农村版的"十年"故事，写乡村日常生活如何与"文革"发生关系。

《芙蓉镇》或者《繁花》在"文革"开始时，乡镇或者淮海路上，已经有了"革命"的舞台，只等唱戏。但在古炉村，在 1966 年前，这个乡土世界好像和后来的革命潮流毫无关系，这个乡土世界只是循环着"吃喝拉撒屎尿屁，生老病弱生死场"，只是重复着种地、收麦……小说和《芙蓉镇》一样，有冬—春—夏—秋—冬—春这样一个循环。在前一个冬部和春部，也就是小说的前半段，古炉村的政治经济生态，很值得做一个简单的分析。

一　农村社会结构的四个要素

小说里出现的人物众多，和刘震云《一句顶一万句》、金宇澄《繁花》在叙事策略上有相通之处。人物自然出场，不做专门介绍，一不注意根本不知道这是一个人物。"树下圪蹴着一堆人，有田芽，有长宽，有秃子金，还有灶火和跟后"，"护院的老婆和行运在山门前吵架"[1]，等等。刘震云只写姓，老杨、老吴、老王、老张等，存心让读者在阅读疲劳当中看不清个性，突出他们的共性，即老百姓的生存。《繁花》，在20世纪90年代的那条叙事线索中，作家也好像故意要让读者记不住搞不清。饭桌上不是什么总，就是某小姐。贾平凹写的村民也是要出现很多次，读者才知道他们的身份、性情、特点，或者说作家也故意淡化他们的个性特点，而是呈现一群面目不清、都有点阿Q相的农人肖像。有故事没性格，整体生态比个人性格更重要，这是"清明上河图"式写法的共同特点。

但是《古炉》又跟《一句顶一万句》或《繁花》不同，那些看似只是背景的群众形象，在几十万字长篇规模中，渐渐地、悄悄地就会成为我们的熟人。开始我们只注意狗尿苔、支书、霸槽等主角人物，但后来天布、水皮、磨子、灶火、迷糊、秃子金、杏开、半香、戴花等，都是活灵活现的人物，活在主角身边，活在我们眼前。所以，读贾平凹的小说要有耐心。

贾平凹说："长篇小说就是写生活，写生活的经验。如果写出让读者读时不觉得它是小说了，而相信真有那么一个村子，有一群人在那个村子里过着封习的庸俗的柴米油盐和悲欢离合的日子，

1　贾平凹：《古炉》，首次发表于《文景》2011年3月号；北京：人民文学出版社，2011年。以下小说引文同。

发生着就是那个村子发生的故事。等他们有这种认同了，甚至还觉得这样的村子和村子里的人太朴素和简单，太平常了，这样也称之为小说，那他们自己也可以写了。这，就是我最满意的成功。"[1]

相当程度上，贾平凹获得了这种成功。看完《古炉》，这个村子在我脑海里久久不忘。贾平凹在后记里声明，小说里描写的是"故乡的小山村的'文革'，它或许无法反映全部的'文革'，但我可以自信，我观察到了'文革'怎样在一个乡间的小村子里发生的"。小说的第一部分第一节到第二十五节，写的就是"十年"前古炉村的政治经济秩序和百姓日常生态。这种秩序和生态的差别就是——开会就是秩序，不开会就是生态。

《古炉》乡村秩序里由四种力量合成，一是支书和村干部，二是"四类分子"，三是大部分贫下中农，四是个别不满古炉生活秩序的农民或者说少数不安分的人。但这四种力量的组合只有在开会的时候才出现。开会是由支书主持、掌控的，他一咳嗽，会就开始了。然后旁边一定要站两三个"四类分子"，没有他们站着，这个会就不成格式。这点非常重要，没有"敌人"，怎么来界定"人民"呢？有"敌人"才说明其他的人属于"人民"。但是只要不开会，这些村民"吃喝拉撒屎尿屁，柴米油盐生死场"，几类人的界线在日常生活中是不太分明的。谁的鼻子、耳朵受伤了，给他擦点鼻涕，来止住痛。这边肚子不舒服了，又帮他想一个什么方法，等等，这是生活常态。生态跟开会是两个不同的世界或者说不同的秩序。

支书全名叫朱大柜，在小说的前半部是极重要的角色，基本就是古炉村的"党"。他在"土改"时候入党，之后在村里掌权十七年。这个支书的形象有几个特点：第一是态度和善，没有官员架子。小说第二章支书出场，在巷口被疯跑的一个十一二岁的

1 贾平凹：《古炉·后记》，北京：人民文学出版社，2011年，第603—604页。

小孩，也就是本书的叙述主角狗尿苔撞倒在地上。"袖筒里的旱烟袋都摔了出来"。小说写道：

狗尿苔也说：爷，支书爷，我不是故意的。

支书却笑了，说：知道你也不敢故意的，把你的鼻子撞疼了？

狗尿苔的鼻子撞在了支书裤带上的那串钥匙上，红得像抹了辣子水。

牛铃说：哎呀，这下狗尿苔闻不出气味了！

支书说：啥气味不气味的，不准胡说。

小说里写这个男孩有些特异功能，凡是闻到怪味道，村里边就要出事情。"支书一下子严肃起来，他说：狗尿苔，你出身不好，你别散布谣言啊，乖乖的，别给我惹事！"读者看到，一出场，就是一个既和蔼又不失威严的支书形象。

支书的第二个特点，就是村里什么事情他都管——生老病死。比如老顺，一个40多岁的光棍，有一次河里发大水，他无意当中捞了一个女人上来。支书就鼓动老顺把来回（女人的名字）伴了。"支书说：我同意了，她就算是你的女人！"一句话，像民政局文件一样有效。

第十六回写开石媳妇难产，支书也特地去探望。最后虽然娃死了，但是乡亲们对支书的关心还是十分感动。有些村民的纠纷很难处理，支书很有技巧。比如第三十九回写秃子金投诉，说天布和他老婆半香通奸，支书就叫天布脱裤子，天布是民兵连长，小说写："那东西昂着，支书用柴棍儿在那口口上一粘，拉出了一条丝来，支书变了脸，拿脚蹬了天布的屁股……"因为天布是民兵，所以要处罚，但也还是要保护，怎么办呢？支书叫来了这个被戴了绿帽的秃子金："支书却拿过钢笔，把笔身子给了秃子金，自己拿了笔帽，让秃子金把笔身子往笔帽里塞。秃子金不明白，这是干啥，去塞，笔帽一晃，再塞，笔帽又一晃，就是塞不进去。支书说：塞不进去吧？男女关系就那么容易呀？！"意思就是告诉秃子金，通奸的事情你老婆也是有责任的吧。支书的手法虽然粗俗，但这个手段却是细密。

支书不仅关心"生"，也关心"死"。队长满盆死后没有棺木，砍了八成家的桐树，但赶不及做棺材。支书这时就把自己做好的棺材先借给满盆——由此可见基层"父母官"的诚意和代价。

除了态度和谐，关心乡民生老病死以外，支书的第三个特点是，其实很懂领导艺术。村里一度有很多人都丢了钥匙，其实是狗尿苔藏了一个人的钥匙，所以大家就轮流偷隔壁的。支书表面要查，说世风日下，但其实就把这事搁下了，心想："做领导的，有些事能说不能做，有些事能做不能说。"村里有点小文化的水皮向支书汇报工作，先讲开石开拖拉机腿被砸了，然后为了表扬他，说他"是特殊材料制成的人"，支书说这句要删，因为开石不是党员。之后，水皮又说"得称让蜂蜇了"，"来回又犯了病"，"田芽和她婆婆置气"。"支书说：啥鸡毛蒜皮事！还有没有第三？水皮说：有第三，霸槽和秃子金吵架了……""支书说：吵，吵，吵，就知道个吵！"私底下其实支书对乡民很不耐烦，但他威信很高。马勺就说"支书就是咱古炉村的党"，村口写的标语也是"有困难找党员，有问题找支部"。

支书的第四个特点（不是重要性的排序），就是他也能利用"游戏规则"悄悄为自己谋利益。一般人不知道，有些细节是后来运动当中才被揭发的。比如古炉村的瓷器被他拿去送县上领导，以换取上级的支持。支书也精心策划，要把生产队的公房卖掉，说是为了筹钱买拖拉机，其实是他自己要买，结果这件事情后来也被史无前例的大"风暴"给阻止了。

研究"皇权不下县"的历史学家们，也许认为维护祠堂权威、调解乡民纠纷乃至捉奸、修路、抗灾等都曾是乡村士绅阶级的工作，支书显然一个人承担了这多种功能，而且态度和蔼可亲。

村里开会一定需要反派，"阶级敌人"在古炉村也很重要。小说里主要敌人有三个。第一个是地主儿子守灯。此人性格阴险，充满阶级仇恨，私下剪断民兵连长天布家里的一些植物的根苗。小说有补充，当年"土改"时朱大柜睡了守灯他妈，仍然批斗守灯他爸，可能这就是守灯后来一直怀有刻骨仇恨的原因。运动中守灯也成了一种另类的造反派。第二个是男主角狗尿苔的外婆。阿婆的丈夫去了台湾，是当兵的，所以平安（狗尿苔）这个男孩就成了"四类分子"的孙子。好在古炉村未成年的"四类分子"还是被区别对待，所以开会也不用站着。第三个是神神叨叨的文化人善人。村里大家都靠善人说病——"说病"就是有人生病了，善人跑去不诊脉，也不给药，就跟人家讲人生哲理，分析病因病情，偶尔再加一点中医的接骨，等等，其实有点相当于现在所谓的心理治疗。形势紧张的时候，善人也要站着开会。这个善人料事如神，有点像《白鹿原》里边的朱先生。贾平凹特别说明这个人物有原型，"他说着与村人不一样的话，这些话或许不像个乡下人说的，但我还是让他说"。在某种意义上，善人也是小说里知识分子的代表。另外一个人物叫水皮，他有点文化，但完全不是知识分子。

小说交代"古炉村原本是没有四类分子的，可一社教，公社的张书记来检查工作，给村支书朱大柜说：古炉村这么多人，怎么能没有阶级敌人呢？于是，守灯家就成了'漏划地主'"。旁观者看到，没有这几个"敌人"，村里的政治秩序就无法建立。后来的"文革"，一方面要推翻、摧毁以支书为核心的古炉的秩序（当然这个秩序也不是以"土地私有"为保障的，早就是支书支配一切），但另一方面"十年"期间对待"阶级敌人"的方法，却和支书年轻的时候相同。支书和"敌人"以外大部分是群众，比较受支书重用的有队长满盆、民兵连长天布（他比较好色，也比较勇猛）、水皮（一直倒来倒去）。和大部分群众都很不一样的一个人物是霸槽。少年狗尿苔认为"霸槽是古炉村最俊朗的男人，高个子，宽肩膀，干净的脸上眼明齿白"。这是唯一一个既不买账支书（他说"朱大柜算个屁"），也不愿意老实、安稳种地务农的古炉村人。支书、群众和"敌人"也许存在于伟大祖国的每一个边远农村，但如果同时还有一个这样不安分的"乡土王子"，便形成了点燃时代烈火的某种"干柴"基础。

狗尿苔曾经很喜欢霸槽。霸槽不干田里的活，却在公路旁小木屋凭借帮人补补鞋、补轮胎谋生。他把酒瓶砸碎在路上，说这样来找他补胎的人就多一点。他欠队里的收入提成也不还，而且还非常大胆地和队长的女儿杏开睡觉。总之，这是一个不务正业、特立独行的乡村人物。如果在90年代以后说不定还能发家致富，可是时代偏偏安排他在60年代中期，给霸槽提供了属于他的时间。

某天他在公路上遇到了步行串联的城里的红卫兵，霸槽的生活从此改变，古炉村其他人的生活也随之改变。一个"伟大"的时代，在贾平凹笔下无比详细、极其琐碎、高度写实、非常残酷地开始了。

二　正邪难分的两派斗争

要是在古炉村正好没有一个像霸槽这样不安分的农家子弟，要是霸槽当时也在生产队种地，并不在公路旁边补胎修鞋卖太岁水，要是没有一个叫黄生生的红卫兵，匪夷所思一定要到古炉村来煽风点火闹革命，要是没有这一连串的偶然性，古炉村的历史就会不同吗？

支书掌权十多年，无论如何也会得罪一些社员，因为分配不公，和不同的姓氏有亲疏关系，等等。"卖公房"的确可能在公权力运作当中获得私利，支书还将古炉村的瓷器免费送给公社和县里的领导（当然其他村庄几乎也都在这样运作）。官民关系的确吊诡，氏族矛盾也没法在这个以支书为核心的安稳秩序中完全消解。因此还是这个问题：接下来要发生的事态，是不是完全不可避免？

在 1966 年，那是一个非常穷困的山村，没有电，自行车、手电筒都十分稀罕。农民们闲时吃稀，忙时吃稠（也不是吃干，就没有干饭这回事）。任何一次吃肉在村里都像是重大节日，饥饿和生病像屎、尿、屁一样，都是刮风下雪、家常便饭。可是作家强调这些自然生态，和后来发生的事情又有什么关系呢？既然是史无前例，就是说以前人们再苦、再原始，也没有接下来的事情。真的没有过？真的就是史无前例？结论还是不要下得太早。

有一段时间霸槽离开了古炉村，狗尿苔（狗娃）特别惦记他。"他觉得村里谁还对自己好呢，除了牛铃就是霸槽。"把《古炉》和之前的"文革"经典——比如《芙蓉镇》——相比，至少有两个不同。《芙蓉镇》里胡玉音被批新富农，那是 1964 年的"四清"，《古炉》的动乱却始于 1966 年。第二个更大的区别是，《芙蓉镇》有明显的正面人物和反派角色，整个悲剧几乎可以概括为——少数坏人破坏多数好人。[1] 但在古炉村里，我们却很难区分正派和反派，甚至到了后来武斗激烈、生死搏斗的时候，读者也还难以简单地找到必须同情的一方。在霸槽等"造反派"与支持支书的"秩序维护派"之间，理性上读者可能较多同情后者。可偏偏小说的叙事者，12 岁的男孩狗娃，却一直和另类人物霸槽是好朋友，或者他自以为是好朋友。整个长篇所有人物、事件都是貌似客观叙述，

---

1 拙著《为了忘却的集体记忆：解读 50 篇"文革"小说》（北京：生活·读书·新知三联书店，2000 年）有过较详细的评论。

只有狗娃可以有心理活动或者抒情的权力。所以一个类似于《透明的红萝卜》的男孩心理角度，平衡了整个长篇的叙事倾向，使得古炉后来发生的很多悲惨的事情，就不再只是好人、坏人之争。这或许也是贾平凹对 China 的理解（*China* 是《古炉》的英文书名，china 的原意就是炉中烧出来的瓷器）。

三 自上而下的"火种"

小说第二十四回，狗娃跟着霸槽开着手扶拖拉机到了洛镇，大开眼界。在街上看到一群人"都是学生模样，举着红旗，打着标语，高呼着口号。狗尿苔从来没见过这阵势，说：谁家结婚哩？不像是结婚。是耍社火？霸槽看了看，说：镇中学的，开体育运动会吧"。后来霸槽看到横幅上的字写的是"文化大革命万岁"，他说："这文化我知道，革命我也知道，但文化和革命加在一起是怎么回事？"霸槽也不明白。这是小说的第一个转折点。

狗娃被游行队伍裹挟了三个小时才找回霸槽，霸槽告诉他是县中学派了五个代表到北京被毛主席接见。1966 年全国停课时，大学生是 53.4 万，中学生 1300 万，小学生 1.03 亿。[1] 毛主席在北京八次检阅红卫兵，总共大约是 800 万人，也就是全国中学生的一半以上。霸槽最初还以为是中学生开运动会，说明这个"火"是自上而下来的。但也可以这样理解，广大农村有多少像霸槽这样不得志的青年？他们无法在支书的"秩序"里发挥才能、实现理想，于是自上而下的"火种"带来希望。开始只是一个概念，概念背后当然就有权力架构。

---

1 Roderick Macfarquhar and Michael Schoenhals, *Mao's Last Revolution* (Cambridge, MA: Harvard University Press, 2008).

"公路上，开始有了步行的学生，这些学生三个一伙，五个一队，都背着背包，背包上插个小旗子，说是串联，要去延安呀，去井冈山呀，去湖南毛主席的故乡韶山呀。""这些朝圣的学生在小木屋门口都要坐下来歇歇，霸槽就供应他们凉茶，也为他们修补着鞋，不收钱"，而他们这些学生讲的道理，霸槽、狗娃都听呆了。他们戴的军帽、像章，让这几个农民羡慕得要死，就是这些军帽、像章，后来也令古炉村天翻地覆。

这个时候支书也没有闲着，他去公社见了张书记，说"书记的指示，要密切关注时局发展，每个村严密监视四类分子"。支书觉得霸槽也是个不安分的人。老队长满盆死了以后，本来谁接队长还决定不了，麻子黑为了夺权想毒死他的竞争者磨子，不料毒错了，毒死了磨子的爸爸欢喜。麻子黑犯了罪人家抓不到他，他喝酒以后自己跟一个他以为要好的公安干部招供了。支书想到霸槽是一个潜在的竞争者，所以他马上任命磨子接这个队长。这个队长当然难当。就在霸槽从学生那里抢到军帽，因此非常神气的时候，支书也跟民兵连长天布分析形势，天布说："这天是共产党的天，地是共产党的地，文化要大革命还是小革命，共产党还能收拾不住？！支书说……凡是运动，就是让牛鬼蛇神先跳出来，他们暴露了，共产党再收拾他们。"

这段对话，道出了"十七年"和"十年"的异同关系，"同"都是运动，"异"就是用"十七年"方法应对"十年"形势已经不够。加在一起可见这个"前三十年"有多复杂。

学生一般只路过，却有一个黄生生，号称是县里派到洛镇的联络员，在霸槽小木屋住下不走了。支书觉察苗头不对，破天荒亲自来到小木屋。黄生生说："你要知道我来干什么？我就是煽风点火的……'文化大革命'在别的地方已经如火如荼，古炉村却还是一个死角，我就是来消灭这个死角的！"

听上去像是文学虚构的，其实不然。同样的话，我亲耳听过。1966 年秋天，我有个亲戚从北京到上海，就皱着眉头对家里人说："上海怎么这么落后？到现在还没有批判陈丕显、曹荻秋（当时上海的两个书记）。"他当时在北京某大学参加了一个造反组织，觉得来上海他有责任"点火"，像摩西一样传达神谕，唤醒上海人民。不过临走时他也小声地提醒家人："穿西装的旧照片赶快烧掉。"

言归正传，回到《古炉》。黄生生、霸槽带领了一些村民，开始在古炉村"破四旧"，参加的有迷糊、秃子金、开石、跟后、行运、铁栓等村民。这些人中，迷糊生性野蛮，像一个怯懦的流氓，秃子金基本上是"被欺者欺人"。也有一些人形象不太清晰，只是盲从。"破四旧"包括先去破坏村口的石头狮子，搜"四类分子"的家，要守灯烧书，烧旧家具。然后对各家各户都说，凡是旧东西都拿出来，旧的烛台、瓜皮帽、木格灯笼、樟木箱、银项链等，最后就要上房拆那些旧房子屋脊上的装饰。

这么落后贫穷的古炉村，手电、自行车都稀罕，可是随便一挖竟有这么多"物质文化传统"在。"破四旧"时支书也不反对，称病不出，但还是坚持生产秩序，对霸槽说："小伙子，看着你这冲劲，我倒想起一个人了。""霸槽说：谁？支书说：我！我年轻时闹土改，就是你现在的样子！"这话很有意思，在支书一边是自夸也是忏悔。狗娃很有意思，喜欢看热闹，他跟支书跟霸槽都好。碰到困难他的办法跟孙悟空一样，就是去撒尿，这部小说里"尿"这个字出现的频率恐怕是当代文学之最。作家可能觉得这样的写法接地气，自然主义、乡土氛围，但屎尿屁次数花样实在太多。也许是写实，农村实景，吃得粗，出处也不讲究，而且也是肥料，不必轻视。但是不是也有某种象征隐喻：进口被管制，不大好说话，那只能靠出口放肆宣泄。

霸槽、黄生生等人拆村民屋脊时，引起了夜姓、朱姓两派村民的冲突。接近支书这一派，就有民兵队长天布、升新队长的磨子，还有一个叫灶火的，等等，他们策划反击。这时老队长满盆的女儿杏开就给她的情人报信，霸槽跟黄生生连夜逃走，有一段时间村里似乎恢复了平静。

老队长满盆死了，村民正在等响器班来吹吹打打办丧事，没想到突然锣鼓喧天，居然来了五辆卡车。霸槽回来了，带来了县无产阶级造反派联合总部的很多同志。接着就有斗争大会，这是小说的第二个转折点。第一个转折点是军帽、像章"点火"，第二个转折点就是"开会"。

这个会跟以前不一样，不由支书负责，而是霸槽主持，斗争对象是公社张德章书记，即支书的顶头上司。张书记被体罚、戴高帽，昔日大家敬畏的领导，现在被斗得很惨，众人看着都很害怕。于是《古炉》的"文革"进入了第三阶段，就是在宣传和"破四旧"以后的夺权阶段。

在城里也是这个次序，先是宣传——报纸、广播、接见等，然后到处"破四旧"、抄家，最后就是开会夺权。古炉村虽小，但是历史悠久，麻雀俱全。霸槽成为古炉村"联指"发起人，水皮是参加的第一人，之后就有迷糊、秃子金、开石、行运等。这时人们突然发现，参加的都是对支书、队长有意见的人，也就是说口号、旗帜不同，关键还是有利益冲突。中间派有一个叫马勺的就说："他霸槽没给过我吃的喝的，我又没恶过支书、队长，我参加啥呀？"这就是中立派的理据。

"联指"派夺权之初，有两个攻势。一个是搭架子贴大字报。乡村秀才水皮写了"十问"："一问古炉村是共产党领导下的古炉村还是个别人把持的独立王国？二问古炉村执行的是社会主义政策还是个别人为所欲为？三问村干部为什么都是一族的人，别的姓的人难道都死了……？四问生产队的公房为什么要卖，是为

242

集体谋利益呢还是变法了占为己有……？五问瓷货一共收了多少钱，从来没公布过账目，钱都干啥去了？六问谁安排地主分子去的窑场，是让他去劳动改造还是以烧瓷货的名义逍遥法外？……"一二问都是"大帽子"，四五问是干货，实质问题。今天回头看，支书的"秩序"里边，确有贪腐嫌疑。问题是贪腐应该怎么解决？是通过制度性的财产监督限制权力，还是通过运动方式的政治斗争？小说提出了大问题。

"联指"派的第二个攻势，就是借五辆卡车大声势进村之威，不仅斗了张书记，煞了支书威风，霸槽还参与主持了杏开他爸（满盆）的丧礼。就是说霸槽抢夺了支书的位置，要在村民婚丧红白大事当中，也体现造反派的领导。

小说写霸槽这个人，性格不太统一，前半部分任性、狂妄，有点不按牌理出牌，等到成造反头头以后，却变得很有心机，甚至有时候讲策略，比如后来他也反对砍掉山上的大树，反对用炸药处死灶火，等等。这也可能是人们的某种幻想吧，以为造反派、极"左"派如果真正掌权，也不会完全无法无天。当然了，这个"如果"迄今为止并没有机会验证。

就在革命造反顺利进展之际，霸槽将古炉村"联指"改名为红色榔头战斗队，这时候村里的人才想起旧事——"那一年天布他大和牛铃他大为盖房的风水闹得拿镢动锨的，要出人命呀，别人都去劝，霸槽在拾粪，他不去劝，突然把粪筐往地上一丢，说了句：我非当个特别人不可！"

说得好听一点，霸槽不想重复千百年来农民的宿命，可是他这个"特别人"又做什么事情呢？烧窑的师傅摆子说了一句话，说："事情怪得很，谁要当村干部，都砸窑神庙，当年支书砸，现在霸槽又砸。"

这个瓷窑实际上是村里唯一能赚钱的来路，当然它后来也被霸槽等人给封了。下一步当然就是审查、批斗支书，然后查瓷窑的旧账，要交代怎么买公房等，支书被关进了柴草棚。另边厢，天布、磨子等朱姓为主的村民，也成立了红大刀队。于是古炉村"文革"便进入了第四个也是最惨烈的阶段，在宣传、"破四旧"、夺权以后，就是派仗。

我们的男主角，自以为跟霸槽有些友谊，可是他的婆婆比较同情支书和红大刀一派。这个小孩，谁也看不起他，也看不见他，他却看到了很多人看不见的东西，看到了史无前例的"大革命"在古老的乡村，渐渐进入高潮。

四 以革命名义的村民械斗

借着狗娃的感官视角，读者进入了 1966 年的古炉村，目睹了霸槽等造反派如何实践'文革'初期三阶段：一是口号宣传，二是破坏"四旧"，三是努力夺权。接下来就到了第四个阶段——打派仗的武斗阶段。其实严格说来派仗武斗也是夺权阶段的一部分，小说里霸槽、黄生兰等人都清醒意识到，武斗成果会影响下一步革命委员会里边的权力分配。他们自己也都期望能够进入那个还没有成立的革命委员会。在全国范围内，这个是 1967 年的大事情。

但除了几个造反派头头，更多的派仗参与者，其实只是被动应战，被复仇情绪驱使，或者也为了眼前的经济利益，甚至是无意识当中宣泄平日积累的旧怨私仇，比如秃子金在"红榔头"队奋力作战，相当程度上是因为睡他老婆的天布是另外一派的头目（我们还记得支书插勾笔调停，这对他更加是侮辱）。两派对立争夺一开始并不是武斗，一度是以家族为界站队，"红榔头"大多姓夜，"红大刀"主要姓朱。两派都以这种姓氏的关系、家族的关系，让误入敌营者反戈一击。这种以姓氏、家族来发展造反帮派的情况，使得"文革"武斗居然恢复到历史悠久的农村械斗传统。

　　"红大刀"队长是民兵连长，后台是支书，所以比较顾及"促生产"。"红榔头"更擅长"抓革命"。小说里第五十四回有个细节，写磨子在支书、天布等人劝说下，重新承担队长职责，到村口打钟。生产队的钟声在中国当代小说里，大概从来没有像这一次这样响亮、振动人心，而且出人意料。因为在 50 年代以后，生产队响钟常常是敲响私人土地耕种权利的丧钟，代表了集体化、公社化的革命潮流。而磨子的钟声却神奇地使派仗中的村民，至少是他们的家人，一起来到了生产队的田里，尽管分开距离，但总归是一起在忙生产、挣工分。"再和人有仇和地没仇呀！"这是乡亲们说的话，也是贾平凹写乡村"文革"的重要特点。在这之前支书已经将瓷窑的账本、钥匙等交给了霸槽，两派也抢夺、瓜分了瓷器的收藏、稻谷的储备等集体的家产。支书被关押，支书老婆只好老着面皮去求霸槽的情人杏开。一度支书被放回家，但不久霸槽就带了两个持枪的人员，把支书带到了镇上的学习班（其实是一种变相的监狱）。支书被抓对"红大刀"派当然是打击，而"红榔头"派的秀才水皮，这时教大家念毛主席的诗，"暮色苍茫看劲松……劲松是什么，在中国就是毛主席，在古炉村就是霸槽，过去古炉村树立了朱大柜，今后我们要树立的就是霸槽"。听来好笑，笑了以后"细思恐极"。但不久水皮真有机会"大出风头"，因为上面来了干部，召集两派联合开会搞大团结，狗娃也去了，小说这么写："也就在这一刻，他看到了一幕令他一生都难忘的事。"这么抒情的句式，很像作家的自白了："如果他晚来一会儿，他就错过一部分机会，如果他晚来更多一会儿，他就错过了全部的机会，来的正是时候。事后，狗尿苔也觉得奇怪：这是天故意安排了要让他看到吗？"这么郑重其事铺垫，看到了什么事情？"狗尿苔来到会场，会场的气氛十分热烈……两派就开始了呼喊口号。榔头队领呼的是水皮，红大刀领呼的是明堂，两派各呼各的，形成了竞赛，比谁的口号喊得新，声大又齐整。"霸槽最初以为运动就是运动会，仔细想想说得真不错，运动的会。两边越喊越激烈，狗尿苔等群众站在中间隔开双方，但反复左右看，"喊呀，喊呀，喊了就文化大革命呀，不喊就不文化大革命呀"，越喊越响。中间的人脖子都伸长，脑袋晃动："毛主席万岁……革命无罪！"

灶火和水皮对喊："拥护毛主席！打倒刘少奇！拥护毛主席！打倒刘少奇！"越喊越快，只听到"席——！奇——！"，混乱当中水皮喊："拥护刘少奇打倒毛主席！""狗尿苔觉得不对呀，举起的胳膊停在空中，榔头队的人也跟着喊了，拥护……也突然停了。一时鸦雀无声。"很快"红大刀"天布说，"武干，武干"，就是武装干部，"水皮在喊打倒主席，他反革命了，现行反革命"。这样的事情可能吗？喊错口号是可能的，但天布也不敢重复这句反动口号，否则他也会有罪。但无论如何土秀才水皮被抓了"现行"，这对霸槽一派是一个打击。

这种方法也能打倒对方。天布一派受到启发和鼓舞了。不久秃子金在庆幸家里的猪没病死的时候，随口抱着猪说了一句，你要"万寿无疆"，有人就打报告了，天布就跑来叫狗娃作人证，因为这句话侮辱了主席，也是"现行"。狗娃正为难要不要做这个人证，霸槽也来找他了，说"红大刀"队的磨子、牛铃撒尿的时候，握着那东西说主席万岁，狗娃你也出来作证，这件事情也是"现行"。其实这个事情都是霸槽的计策，他故意让对方知道狗娃可以两面作证，那这样抓"现行"，互相抓来抓去有完没完呢？后来还是调停，双方都放弃了控告对方的罪行。

小说里毛像的图腾作用是到处都在的。后来打仗武斗的时候，也都是拿一块牌子上面披着毛像，就是一个挡箭牌了——你不能打我。这类的细节很多。但双方的互峙暂停辱上罪的指控，只是武斗连环升级当中的一个暂停。

贾平凹写乡土"文革",一是强调运动前秩序也有问题(革命也有理由),二是过程很详细,特别多细节。有一段时间双方的人都得了一种奇痒无比的怪病叫疥疮。据说瓷窑里的灰可以医病,所以"红榔头"就上山去抢瓷窑的灰,"红大刀"众人攻山。所以在山坡上,一个在上面,一个在下面,眼看是要真刀血肉相拼了,这时整天讲古典道理的善人,他和狗娃(两个"反派")故意把养蜜蜂的箱子打碎,暂时阻止了两派的直接血战。

之后"红榔头"抢灰毁了山上的瓷窑,"红大刀"火烧对方大本营窑神庙。这些地点名称的象征意义,都和瓷器"china"有关。终于双方暴力一步一步升级。试读一段双方打到村里巷战,短兵相接的场面:

> 天布提了刀冲出院门,也正是红大刀的人赶了过来,金箍棒的人顿时也乱了,有往村道别的巷打过去的,而大多数扭头往回跑,退到了石狮子那儿,又从石狮子那儿退到墚畔。黄生生就大声叫喊,公路上又有一伙人向村口跑来,手里都拿着一个酒瓶子。灶火说:这狗日的势扎得大,还带酒哩。天布便说:往下赶,谁抢下酒谁喝!话未落,一个酒瓶子日地就飞过来,落在他们面前十米左右,轰,瓶子竟然爆炸了,四个人当即哎哟倒下,每个人裤子还穿着,血从裤管里却流了出来,倒下的就有灶火,别人的脸还干净着,他的脸被烟雾熏黑,嘴张着,牙显得又长又白。锁子和田芽以为他被炸死了,喊:灶火!灶火!灶火没有死,他是被炸蒙了,听到叫喊,双手摸了一下头,头还在,又摸了摸交裆,交裆的东西还在,有头有毱就没事,他一骨碌爬起来,发现手背上出了血,就把手在脸上抹,黑脸上抹上了血,有黑有红,黑红黑红,他那只没了两根指头的手指着黄生生骂道:

狗日的，你敢用炸弹？！又扔过来一个酒瓶子，酒瓶子又爆炸了，腾起一团烟雾，雪花，泥点和玻璃渣子溅得到处都是。

这些战斗场面血肉纷飞，通常只会出现在解放战争或者抗日文学当中。再往前的现代文学中，20 世纪 20 年代文学研究会作家许杰有个名篇叫《惨雾》[1]，写的就是浙江天台农民的械斗，但场面没有这么血腥，作家有意避开了血战细节，写的是家里女人的感受。当代小说写这种血肉战斗，逆着历史时间而倒行，从国内战争逆行上溯到民国初年的原始械斗。

一度两派山上山下割据，霸槽想象自己不是被包围，而是在延安，附近也有座塔。人有时候会被环境催眠。后来获得了邻乡"联指"支援，霸槽派冲下山进入巷战，旗号是"解放古炉村"。本来，他们都是乡亲、社员、邻居，鸡跟猫串来串去的农民，现在巷战生死搏斗。一方面你对面拿着刀、炸弹，你攻我怎么办？我必须狠心。另一方面是很多说不清楚的仇恨、冤屈，在这个时候发泄。什么时候少算了工分，哪年伤了牲口，有一次谁调戏了谁的老婆，等等，"人民内部矛盾"全部上升到你死我活。运动唤醒了普通人很多潜在的兽性。还有一些更严重的情况，比如下毒犯麻子黑越狱，特别跑来用刀来捅当年跟他争夺队长位置的磨子，结果麻子黑自己也受伤了，倒是地主儿子守灯出手相救，真是阶级报复。另外，秃子金之前忍受老婆跟天布通奸的绿帽之耻，现在趁着"战乱"，他找到了天布媳妇，不是强奸，而是撕开女人的衣裤，放进一只挣扎中的猫。红了眼的学生黄生生也差点杀了善人，这善人和狗娃反而还要救黄生生。其中守灯跟麻子黑，特地趁乱要去杀支书，

1 许杰：《惨雾》，引自茅盾主编：《中国新文学大系·小说三卷》，上海：上海良友图书公司，1936 年。

作家在这里安排被老顺捞回来的疯女人来回，却拼死救了支书。当代中国小说里，《古炉》写运动中的武斗，最为详细，最为残酷。

最后战果是"红大刀"派失利，天布、灶火逃走。水皮的"文革历史统计"说"红大刀"派伤13人，"红榔头"伤15人，邻乡援军死1人、伤16人，其他群众伤7人，朱大柜也受伤。至于房子、家具、麦草、树木，死伤的牛、猪、狗、猫等不计其数。

贾平凹的小说告诉我们，数字其实一点都不说明问题，兽性本是人性的一部分。悲剧有其必然性，不过是否也是多种偶然性的重合呢？有没有办法避免呢？避免的时候人们不知道，不记得，也不感恩。就像一个人上街走路、开车，然后平安回家，正好没碰到车祸，没有感染新冠，人还在照样为生活烦恼，还在照样为了"现代性"焦虑。像这样的巷战，古炉村的历史怎能忘却？

这部小说里另外一种不忘却的方法，就是第二天"联指"派举行胜利游行，把自己的伤者黄生生、迷糊抬着，显示解放古炉村付出的代价、牺牲。之后又来了一个马部长，背手枪的女干部，带领"县指"几十个人驻守古炉村，因为在全省、全县的武斗大局当中，古炉村是"联指"的一个重要据点。这些在派仗中暂时获胜的造反派，可以在供销社、银行（都是国家机器）借钱、借粮。长得并不好看的马部长，还和霸槽发生关系被传染了疥疮。小狗娃却在旁边十分同情怀孕的杏开。全身心投入古炉革命大业的学生黄生生，最后死了，连一向宽容的善人也说老天有眼。

小说没有写到运动后期（我觉得有些遗憾）。霸槽、马部长占领古炉村，甚至砍了中山顶上象征性的白皮松。好在小说始终没有将任何一方简单地妖魔化，特别是山上山下乃至血肉巷战的时候。读者很难完全支持任何一方，这是作家厉害的地方，你必须为双方感到可悲。

当然倾向性还是有的。最后有三个情节上的意外突转。

一是地主儿子守灯和下毒犯麻子黑也自己成立了战斗队，说明"十年"中的造反派真的是非常复杂。他们也是造反有理？海外研究"文革"的史料，对于造反派到底有多少种，跟红卫兵有什么差别，各家各说。有些就是当年的红卫兵、造反派的过来人，现在变成了研究专家。但反过来从内地看，也正是因为"文革"资料收集太难，历史研究太少，所以像《古炉》这样的小说就十分珍贵了。史失而求诸小说。

二是逃亡的天布、灶火居然大胆回村，先救出了磨子，还第二次入村，要救政训班（相当于学习班）里边被冤枉关押的好人。灶火的这个行动很像抗日神剧里边的战士，令人感到既神奇又可疑。

当然第三个最大的逆转是最后解放军突然出现了，抓了霸槽、马部长，消灭或者说是收服了"联指"这种派性当中的武装力量。最后这个意外突转，一方面释放了古炉村武斗以来读者的压抑感，因为虽然两派都有问题，怹毕竟支书和天布这一派是更注重生产，更倾向于"文革"前的秩序，所以也更令一般读者认同。另一方面，霸槽和马部长的关系很容易令人想到《芙蓉镇》李国香、王秋赦的这种反派模式，所以有点道德上的贬低倾向。因此让霸槽、马部长他们暂时失利，对在小说阅读过程当中压抑很久的读者来说，多少是一个安慰。

当然了，细心的读者也可以再联想下去。1967 年出现的军队，在史上属于哪一派呢？军队直接参与地方派仗，又会产生怎样的政治后果和历史影响呢？贾平凹恐怕我们不明白，所以人民文学版的《古炉》在封底印了这么一段话：

> 在我的意思里，古炉就是中国的内涵在里头。中国这个英语词，以前在外国人眼里叫作瓷，与其说写这个古炉的村子，实际上想的是中国的事情，写中国的事情，因为瓷暗示的就是

中国。而且把那个山叫作中山，也就是从中国这个角度整体出发进行思考的。写的是古炉，其实眼光想的都是整个中国的情况。

这是贾平凹自己的说明。一般来说作家对作品的说明可以不看，我们最主要的还是读作品。

参考文献

贾平凹：《平凹自述》，北京：中国社会出版社，2013 年

贾平凹：《关于小说》，北京：生活·读书·新知三联书店，2015 年

郜元宝、张冉冉编：《贾平凹研究资料》，天津：天津人民出版社，2005 年

李星、孙见喜：《贾平凹评传》，郑州：郑州大学出版社，2004 年

孙见喜：《危崖上的贾平凹》，广州：花城出版社，2008 年

费秉勋：《贾平凹论》，西安：西北大学出版社，1990 年

辛敏：《贾平凹纪事》，西安：陕西师范大学出版总社，2012 年

刘斌、王玲主编：《失足的贾平凹》，北京：华夏出版社，1994 年

李碧芳：《劳伦斯与贾平凹比较研究》，厦门：厦门大学出版社，2014 年

李伯钧主编：《贾平凹研究》，西安：陕西师范大学出版总社，2014 年

杨辉：《"大文学史"视域下的贾平凹研究》，北京：人民出版社，2017 年

王新民：《策划贾平凹》，西安：陕西师范大学出版总社，2018 年

韩少功《日夜书》

对苦难的嬉笑与炫耀

　　韩少功在中国一线作家群中，向来以理论兴趣和文化视野著称。他的早期创作和张承志、梁晓声接近，有一种理想主义的红卫兵—知青情结（Complex）。他自己翻译过米兰·昆德拉的《生命中不能承受之轻》，又在小说《日夜书》里谈论基因课题或者是维特根斯坦。除寻根文学代表作《爸爸爸》《女女女》之外，韩少功后来的小说都有意识地进行形式探索，比如《马桥词典》。他一边兼任南方某地的文联主席（那就是相当级别的干部），一边每年至少有半年住在湖南乡下的一个村子里。韩少功的整个生态，很像他的同乡前辈沈从文在《边城》题记里所期盼的那种状态："本身已离开了学校，或始终就无从接近学校，还认识些中国文字，置身于文学理论、文学批评以及说谎造谣消息所达不到的那种职务上，在那个社会里生活，而且极关心全个民族在空间与时间下所有的好处与坏处。"[1]

　　在《古炉》之后读《日夜书》，既是出版时间巧合，又形成风格对比。两个作家都是1985年寻根文学的先驱，贾平凹的《商周

1　沈从文：《边城·题记》，引自《边城》，上海：开明书店，1948年，第3页。

初录》是文体材料的寻根，韩少功的《爸爸爸》是观念策略的寻根。二十多年过去了，他们现在怎么寻根呢？

一 "乡下人进城"和"城里人下乡"

程德培说过，当代文学有"乡下人进城"和"城里人下乡"之别。"五四"以来，两类最重要的形象就是农民和知识分子，他们一旦在文学当中同框，总会产生极有历史意义和艺术价值的作品。比如阿Q临死前，被一个穿长衫的人批为"奴隶性"；比如《白鹿原》里边"族权""政权""神权"的复杂交集；比如史铁生笔下，知青和老农民讨论大队分红好还是单干好；又比如福贵讲述他活着的故事，一定要有个文青在旁边沉默地倾听，"士见官欺民"。

贾平凹和韩少功似乎是"寻根"的两个极端。《古炉》中比较有生命力的形象是磨子、天布、秃子金、狗尿苔等，相比之下红卫兵黄生生、造反派马部长，甚至是代表作家观念的善人，这些相对比较单薄的形象，都是知识分子。《日夜书》正好相反，红卫兵、知青角色各个形象鲜明，农民、农场的代表，比如吴场长、秀鸭婆等，多少有点概念化，既粗鲁又善良，对知青又管教又同情。差别不仅仅是一个侧重于写农民，一个侧重于写知青，更在于贾平凹关心农民的生态，韩少功更关心知青的心态。因此他们的描写方法、叙事角度有很大的不同。

《古炉》的叙述角度是低于一般人的，站在一个无辜的"四类分子"的娃子的角度，他什么都不懂，只能记录他所看到的和他不懂的东西，尊敬支书，崇拜霸槽，好奇性，羡慕人家有自行车等。只有在最关键的时候，比如要不要作证决定人家命运的时候，狗娃才能坚持人性本能。而《日夜书》的叙事角度高于作品中几乎所有人。所以《日夜书》始终运用一种讽刺、嘲笑也包含宽容、理解、抒情的笔调。

主人公叫陶小布,这个名字很晚才出现,大部分时间就是"我","我"回忆知青经历既轻松又沉重。作家写马涛这个革命家,从钦佩到嘲讽;写马楠、小安子这些女生,是宽容、善意的丑态夸张;写陆副厅长等贪官就像《华威先生》那样愤怒地讽刺;写知青奇才贺疤子,看上去是嘲笑,却也有钦佩。可见韩少功的叙述主体高于一般人,以讽刺、幽默为基调,内含感慨、抒情,所以乍看像钱锺书,其实更接近于王蒙的风格。总之,知识分子看农民、看中国、看自己,都是这种基本的叙事姿态。

这两种叙事倾向在很多作家的作品里都有呈现,贾平凹和韩少功只是比较极端——《古炉》是碎碎念细密写实手法的典型,《日夜书》在 21 世纪仍然顽固坚持抒情,始终不忘红卫兵—知青的初心,这也是很有意思的文学现象,大概也说明这种初心其实从下至上,一直都有社会心理土壤和集体无意识基因。

我们都记得保尔·柯察金的名言:"当他回首往事时,不因虚度年华而悔恨,也不因碌碌无为而羞耻;这样在他临死的时候,他就能够说:我已经把我的整个生命和全部精力,都献给了这个世界上最壮丽的事业——为了人类的解放而斗争。"[1] 20 世纪五六十年代的青年人都会背这段话,会抄在日记本里。今天多少人真正地想为人类的解放而斗争,难说。但是这段格言打动人的核心还是"因为虚度年华而悔恨","因为碌碌无为而羞愧"。

人们常常可以逼问自己,眼下你做的事情将来会不会后悔啊?悖论是为了将来不后悔,我就得牺牲当下吗?现在有个说法是"活在当下"。再追问,究竟怎样才算虚度年华,怎样才是碌碌无为?

1 [苏]奥斯特洛夫斯基:《钢铁是怎样炼成的》,梅益译,北京:生活·读书·新知三联书店,2018 年,第 239 页。

是否一定要到临死的时候才能回首下这个判断呢?

　　这些就是韩少功的长篇小说《日夜书》所要提出的问题。好像一个知青或者一代知青临死之时（小说里多次写到对死亡的心理准备）回首往事，仍然不会因为虚度年华而悔恨，即使苦难无意义，但经历有价值；也仍然不会因为碌碌无为而羞愧，虽然几个不同类型的知青大部分都是失败，或者即使成功也很无聊。

　　《日夜书》的核心不只是回忆或者怀念知青岁月（知青岁月也是"十年"岁月的一部分），而是在后来的人生和国家发展轨迹上，重新看见那段岁月。说得更具体一点，小说是写知青经历和后知青生活的对话。知青经历，在小说里是一种浪漫的苦难。首先承认这是苦难。小说写下乡前"全国大乱结束了，中学生几乎都被赶下乡去"，当时有这个觉悟已经够"反动"的了，很多中学生当年真的是想改天换地而热情下乡。在学校里——

　　　　白墙上到处是红卫兵的标语残痕。窗户玻璃在武斗的石块和枪弹下所剩无几。楼梯上的一个大窟窿标记出这里曾为战场……我们不久前的红卫兵司令部，但这里已没有大旗横挑在窗外，没有我熟悉的钢板、蜡纸、油印机、糨糊桶，只剩下几张蒙尘的桌椅，完全是匪军溃逃后的一片狼藉。[1]

　　这段描写，好像是失败，其实有留恋。写出了红卫兵和知青的精神联系。其文化道具，是"十七年"的战争文学，"匪军溃退"。叙事者"我"是跟比自己高五届的红卫兵头头郭又军一起下乡的，小说写"跟随军哥一同乘火车，再转汽车，再转马车，在路上昏

1　韩少功:《日夜书》，首次发表于《收获》2013年第2期；上海：上海文艺出版社，2013年。引用版本为北京：人民文学出版社，2019年。以下小说引文同。

昏沉沉颠了两天多"，最后就到了一个叫白马湖的地方。饭里有沙，油灯如豆，雪大压倒帐篷，"还不到第二天挑湖泥，我就已经后悔不迭了"，辛苦的农活跟远大理想完全不相干。活干不完，天黑还在工地，军哥回来接的时候，"一线鼻涕晃悠悠落在我手上。我已经没有力气说一声谢谢"。小说写："多少年后，我差不多忘了白马湖。多少年后，我却从手机里突然接到军哥上吊自杀的消息。"

20世纪80年代以来，"多少年后"的句式一直影响着中国当代小说，尤其是寻根派和重写历史的小说。但像《日夜书》那样，多次采用，多次重复"多少年后"，还是很少见的。也许是有意地向加西亚·马尔克斯致敬，也许确实是支撑全书的骨架——知青岁月、革命时代要到多少年后才知道它的意义和价值。韩少功这部长篇的重点，其实不是当年往事，也不是多少年之后，关键是在中间的"多少年"之中。

白马湖是个茶场，知青之苦首先是饿，常常"肚皮紧贴背脊，喉管里早已伸出手来。男人们吃饭简直不是吃，差不多是搬掉脑袋，把饭菜往里面哗啦一倒，再把脑袋装上，互相看一下，什么也没发生"。这在知青是受苦，但是在狗尿苔或者章永璘来看，其实已是享受。粮食不够吃红薯，然后"屁声四起"，于是工地上"吃的对象、方法、场景、过程、体会一次次进入众人七嘴八舌的记忆总复习……到了腹中渐空之时，'看在党国的分上'一类不好笑了，'让列宁同志先走'一类也不好玩了，肠胃开始主宰思维"。

知青的生活状态，证实思维从来就是被肠胃主宰的，李泽厚的概括是"吃饭哲学"，马克思的观念是"生存决定思想"。所以《日夜书》里抱怨知青之苦——饥饿、为饭票赌博等，好像很特别，其实那是农民"活着"的常态。韩少功从"多少年后"的角度写苦难，他是诉苦，其实也是炫耀。

到公社赶集，"来自四乡八里的知青在这里混出了几分熟"，"天下知青是一家。两拨落难人隔河相望"，聚在一起知青怎么交流？小说里，只有对话，没有说话人的主体。

　　　　"你们读过《斯巴达克思》？"

　　　　"哎呀呀，通俗文学在这里就不必谈了吧？"

　　　　"那你们读过吉拉斯的《新阶级》？"

　　　　"也就看两三遍吧，不是太熟。"

　　　　"说说《资本论》吧。"

　　　　"不好意思。请问是哪个版本？是人民版，还是三联版？还是中译局的内部译本？我们最好先约定一下范围，不要说乱了。"

　　　　"你们知道谁是索尔仁尼琴？"

　　　　"你是说《伊凡·杰尼索维奇的一天》还是《玛特辽娜的家》？你要是想听，我都可以给你讲一讲。"

　　　　"那……请问你们如何评价奥威尔的《1984》？"

　　讲文化好像打牌一样较劲。当然这个话题也会转："你犁过田？你做过瓦？你烧过砖？你炸过石头？你下过禾种？你阉过猪？你车过水？你会打连枷？你会打土车？你一天能插多少秧？你遭遇过雷击？你一次能挑多重的谷？你打死过银环蛇和猫头蛇？……"

　　分析一下，这里知青之间的炫耀分两部分。第一部分是知青对同学或农民，炫耀我们知道吉拉斯、索尔仁尼琴等，一种文化优越感。（回忆起来我当时也是两腿都是泥，但回家照样看哈代的《黛丝姑娘》，或者同学之间写信也会说"仰天大笑出门去，我辈岂是蓬蒿人"，这是一种心理的疗救。）第二种炫耀在农村其实没有意义，任何人都犁田、插秧、打蛇……但是知青说出来，向当时或之后的城里人炫耀我们经历的苦难，我们插过秧，我们打过蛇。后来假如有机会进大学，还会向之前五六十年代背景的"中年教师"们证明，你们在书本上崇拜的工农生活，我们才是亲身经历，所以我们能写小说或评小说。又可以像《日夜书》那样，向之后的"80后""90后""00后"青年来证明，你们完全忘却了、无视了苦难和革命，而那个苦难和革命恰恰是国人身上最重要的体验和烙印。

其实知青一代，晒文化一知半解，干农活血汗无归。但是隔了多少年以后，韩少功就给了我们机会，让我们的嬉笑、讽刺、幽默、诉苦，其实都可以变成一种炫耀，炫耀我们在无文化的时代追求文化，炫耀我们在革命运动中吃苦不耐劳。这不是很特别的一群、一伙、一堆、一代人（或是一个人）吗？

《日夜书》以仿纪传体式，写老红卫兵头头郭又军，写革命家马涛，写平庸的知青后来变成走红的画家，写女知青的小资情调在农村的遭遇，也写一些知青后来进了官场会怎么样，甚至也有人成为发明家，等等。《日夜书》主要不是写"文革"当中具体的知青运动，而是讨论"文革"后几十年来的知青精神，或者说是60年代的革命精神的生与死。

二　要理解当代中国，必须理解知青一代？

今日的读者可能好奇、疑问，说你们知青吵死了，你们到底有多少人？几百万、一千万，放在全国总人口看，那也不过几十分之一、几百分之一。而且你们一开始就输在起跑线上，中学造反抄家，之后下乡吃苦，回城后在社会竞争中，大部分也是弱者，现在不是下岗就是退休，男做保安女跳广场舞。

但另一方面，作家堆边，很多都是知青，老总们、官员们，不管什么级别，"成功"的比例恐怕都高过之前之后的人们。苦难还能炫耀，喝醉茅台以后照样高唱当年的革命歌曲。知青一代的价值观曾经是反叛，现在可能在制定政策（也反叛世界秩序，准备"百年未遇的变局")。也许要理解当代中国，必须理解知青这一代？

《日夜书》里边的叙事主角陶小布，当年是白马湖知青群众的一分子。整部小说都由他对所有人和事的嘲讽、幽默、感慨、抒情所构成——讽刺、幽默显示他的智商、道德以及时间上的优越感；感叹、抒情又显示他因为时间流逝而生的自怜自艾。

韩少功在与刘复生的《几个"50后"的中国故事：关于〈日夜书〉的对话》里说，自己近年"几部长篇其实都是小说的'散文化'，一直想把某些非小说因素加到小说中去，让小说的形式更开放——其实是让欧式小说形式更开放"，"如果说《马桥词典》更像笔记体，那么这本《日夜书》可能有点接近纪传体，人物相对独立，但互有交叉。虽然这样不一定好，但也算是我对本土文化先贤致敬的一种方式吧"[1]。韩少功的小说文字其实还是比较欧化，在文体结构上有点想"复古"。《日夜书》"在多少年后回首知青，是否虚度年华，是否碌碌无为"这个大框架下面，写了几种不同的类型，也是今天知青精神延续的几种形态。

第一个最突出的形象就是马涛。马涛是白马湖女生马楠的哥哥，和郭又军在红卫兵是同一派，是城市这一派的王牌辩手。小说写他"要格言有格言，要论据有论据，要讽刺有讽刺，要诗情有诗情……战友们一高兴，齐声欢呼'马克涛'，就是小号马克思的意思"，"他当时走到哪里都不缺乏我这样的仰慕者，不满现实又野心勃勃……一张嘴，一放言，就是面对中国和世界，就是今后三十年乃至百年"。身在白马湖茶场，他说什么？"说一说东南亚应该怎么办，欧洲与非洲应该怎样变，伟大领袖'重上井冈山'

1　韩少功、刘复生：《几个"50后"的中国故事：关于〈日夜书〉的对话》，《南方文坛》2013年第6期。

一语到底是何意思，能不让人眼睛发亮？讨论一下第三国际的教训在哪里，北约和华约的各自隐患在何处……"

虽然叙事者"我"，当时是仰慕，后来是讽刺，但实际上马涛的这些兴趣、豪情，也是这个主人公"我"，甚至也可能是韩少功的读者们的兴趣与豪情。小说写："各种革命在这里串味。革命既然是流行色，地下革命便是愤怒青年的美酒——不管这种愤怒是来自贫困，还是来自失恋，还是来自家仇国恨，还是来自读书后的想入非非……革命的某种形式感，诸如紧紧握手，吟诗赠别……"其实"吟诗赠别"是大部分中国古诗的来源，历史上和革命不一定有关。"……严肃论争，还有在惊涛拍岸前久久的沉思，已足以让人醉心于辉煌。何况这还是青年社交的一种有效媒介，就像马克思说过的，在广阔的大地上，任何人凭借一首《国际歌》，都可以在任何一个角落找到同志——对于我们来说，当然还意味着找到一顿充饥的饱饭，几支劣质香烟，他人慷慨相赠的旧胶鞋。"

韩少功对这一代人的革命情绪，既有张承志式的深情回味，又有王朔般的调侃解构。"坦白地说，如果没有这种豪情憧憬，我的青春会苦闷得多。人是很奇怪的动物，一旦有了候任铜像或石像的劲头，再苦的日子都会变得无足轻重，甚至还能放射出熠熠光辉。""候任铜像"，就是想象自己多么伟大，以后可以变成铜像。作家将这种"候任铜像"的幻觉比作以前的宗教和以后的明星梦，其实是不一样的。在别的作家如贾平凹那边，"候任铜像"的幻觉可能就演变成了占领山头的霸槽了，造反派想象自己在延安。在《日夜书》里，"我开始重新看待脚上的镰刀伤痕。作为格瓦拉的崇拜者，我当然不再自怜，倒有一种把伤痕当作勋章的骄傲。"这一句不仅形容马涛，也是《日夜书》全书的主题。不知道在韩少功之前和之后的几代国人，会不会也有这种"候任铜像"的欲望？"我开始重新打量前面的崎岖山道。作为甘地的崇拜者，我当然不再叹息，倒有一种把艰辛当作资历和业绩的兴奋。""候任铜像"有点像"艰辛探索"一词的空白主语。韩少功的小说比较好评论，因为作家有时候把复杂的理念说得很清楚。但同时韩少功的小说也比较难评论，因为作家已经把复杂的理念说得太清楚了。

"我开始重新审度繁华街市。一个乡下人，心里装着马克思和巴黎公社，装着'重上井冈山'那种坊间流传的密旨，哪还有工夫嫉妒？哪还有工夫自卑？"小说写当时的知青，脑中想象着巷战起义，心里默念"人民万岁"的口号，他们可能很看不起为物质"内卷""躺平"的后面几代人。叙事者为什么要这么强调、肯定当年的虚幻理想、悲惨命运？难道也是因为作家对后来社会几十年的世俗化的变化感到失望？"我躺在拖拉机货厢上，怀揣一封来自马涛的信。信中关于国内革命形势的分析让我无法入眠。照信中的说法，湖北的情况很好，四川的情况也不错，广东方面已有朋友打入革委会，上海那边则有朋友进入了新闻界和哲学界，更重要的是，47军看来很有希望……"正当读信人在严肃思考"农民运动确实重要，但该从何处着手"，"我还没把中南海的纵横捭阖理出一个思路"的时候，一声巨响，我从拖拉机上摔了下来。可见今天"喝地沟油的命，操中南海的心"是有传统的，这种传统就来自文学作品当中的觉醒年代，也来自实实在在的知青体验。

当时也的确有知青偷渡去参加"抗美援越"，马涛成了令人"无比崇拜却无缘得见的思想大侠，知青江湖中名声日盛的影子人物，曾任某红卫兵小报的主笔"。马涛的言论被人传抄，成了格言，马涛自己却在生活当中低能、健忘，出很多洋相。有一次因为逃票在广场被示众三天，重见同伴们的第一句话是："告诉你们，我知道维特根斯坦错在哪里了。"

到此为止，马涛是个正面形象。"多年后，他已远在太平洋的那一边，音信渺茫，相见时难，但还是不时潜入我的恍惚，触动我内心中柔软的一角……他是第一个划火柴的人，点燃了茫茫暗夜里我窗口的油灯，照亮了我的整个少年时代。"

可是突然，"我"所崇拜的马涛被捕了，"一封不知出自何人的告密信，举报马涛的危险言行"，马涛被抓去了省城。从小说看，原因之一是"他曾提议建党，草拟过一份党纲"。在这之前马涛其实已经精神过敏，怀疑自己被人秘密邮检，被人窃听。后来作为"现行反革命犯"坐牢以后，他妹妹马楠去探监。马涛说他身体受伤，要"恢复体力和思考力，他需要西洋参、蜂王浆、鱼肝油丸——据说一种产地澳洲的鲨鱼肝油特别好"。马楠和他母亲倾囊而出，卖了玉镯、金首饰，马楠还卖血，终于带了些奶粉之类再去探监。马涛瞪大眼，发现没有鱼肝油丸，他抱怨："你得明白，从某种意义上说，我是一个属于全社会的人。"马楠说："哥，很对不起……"马涛说："我不需要你们怜悯……我可以吃糠，可以吃烂菜叶，饿死也算不了什么。我只是可惜有些事，比如偌大一个思想界的倒退，也许是十年，也许是二十年。"

从这时起，马涛的形象完全变了。开始好像是监狱压力改变人，六年后出狱，"文革"已经结束了，马涛还是长发不剪，囚衣不换，为了一本笔记本丢失大骂家人："我真的不在乎监狱，不在乎死。唤醒这个国家是我活下去的唯一意义。"之后有记者采访，他不满意。有人介绍他免试入大学读研究生，他很快又跟导师闹翻。对家里的人，比如对妹夫"我"大发脾气："陶小布，你也算是跟了我很多年。可悲呵可悲，今天我总算看清了，你完全不了解我，你们没一个了解我。"

后来马涛和肖婷结婚并出国了，出国以后又抱怨外国的有关机构对他不够珍视，住房太小，地位不够高，说有次会议主持人"列举中国杰出的民间思想家，只把他排在第十一位，仅在'等等'之前"。

又过了若干年，马涛远离了政治，回国后"定位是哲学的王者归来，与哪一派都不沾边的民间思想达人"，也不知道韩少功在这里影射什么人。这时马涛提倡"新人文主义"，当时内地流行叫"人文精神"，不知道这之间又有没有关系。"新人文主义"——"作为一种根本性的全球解决方案，一种避免地球生命第六次大灭绝的治本之策"，这好像是预见到现在的事情。实际上这时的马涛已经得肺癌，脾气还是继续不好，为小事发火，所以很难说马涛的故事是喜剧还是悲剧。韩少功后来在小说之外的解释说："相对于他的立场和观点，他的人格心态更让我有痛感。这种痛感也许恰好来自我对他的珍惜。"[1]

作家对马涛的态度有些矛盾。一方面珍惜他当年指点江山、激扬文字的革命传统。不知道这种传统是每一代都有，还是在知青一代身上，生态和心态的关系最反差、最反讽？另一方面，作家也警惕"这种自闭症和自大症的病态"，说"在某种程度上也是新专制主义的一个幽灵"。[2]"专制主义"加上"新"字，除了数码手段外，和各种老专制主义有什么实质区别呢？

三　不同知青典型的不同命运

另外一个知青形象是郭又军，和理想远大、心胸狭窄的马涛相比，郭又军是趋利避害、现实求生的知青典型。同是红卫兵头头，郭又军下乡仅一年就招工进了县城，因为根正苗红，"常被外贸公司派遣去香港，随火车押运活猪"。小说《繁花》里边的香港和韩少功笔下的香港，是两种不同的文化符号。"文革"后，郭又军又

1　韩少功、刘复生：《几个"50后"的中国故事：关于〈日夜书〉的对话》，《南方文坛》2013年第6期。

2　同上。

迂回省城，虽是老三届却没考上大学。本以为可以在工厂混上去，不料时代大变，工人下岗，党员不吃香，所以后来乱打工，放不下身段。丢自行车想偷回，又当场被抓。总之作为红卫兵、知青，郭又军是一个平庸的典型。后来"我"在他家见到的都是麻将桌，他还不断地向我申诉，称举报马涛的告密信不是他写的。

郭又军后来在知青团体中的贡献，就是几十年不间断地召集每年年初四的白马湖知青聚会。"不知为什么一直担任知青事务总管的角色，在县城那几年，他的住所就是知青接待站……"大家聚在郭又军处，总说"我们那时候"。主人公总结说："比较而言，启蒙前辈也好，卫国老兵也好，怀旧态度大多是单色调，只有自豪，绝少悔恨，几乎是雄赳赳的一心一意。"其实这个说法也太简单化。简单化看待历史，正是知青一代的先天缺陷。"但从白马湖走出来的这一群要暧昧得多，三心二意得多。他们一口咬定自己只有悔恨，一不留神却又偷偷自豪；或情不自禁地抖一抖自豪，稍加思索却又痛加悔恨。他们聚集在郭又军这只老母鸡的翼下，高唱一首首老歌，津津乐道往事。"不知道是因为这一代人特别天真，还是对当代革命持这种回首往事态度的，也不只是这一代人？

在马涛、郭又军之外，小说里还有几位女性。小安子本名安燕，喜欢看世界地图，喜欢游泳，裸露身体吓坏农民。郭又军本来是可以留城照顾父亲的，就是为了小安子才下乡。可是小安子喜欢的是雨中散步，受不了各种小虫，见了茅坑就哭，总之是个小布尔乔亚女生。她后来和郭又军在一起，办事的时候，床边要挂巨幅领袖像，还要放流行革命歌曲，甚至有受虐倾向。小安子出国前就把自己的日记本留给了"我"（叙事主角），还留下了女儿丹丹陪着生癌的父亲郭又军直到他病逝，证实了普通知青的平凡命运。

安燕在茶场的室友就是马涛的妹妹马楠，马楠怕血，不敢骑自行车，也看不懂种猪爬背，说它"怎么多出了一条腿"？这么

264

一个城市女生，农民叫她"懂懂"，意思是傻瓜。可是小说写"女人大多是地下矿藏，是需要慢慢发掘"，慢慢地、渐渐地，高人一等、讽刺众生的男主角爱上了马楠。小说里马楠后来成为一个贤惠型的女子，但是绝对容易吃醋。这个女性形象其实并没有什么特别的地方，只是可以显示主角无处不在的讽刺，在这个女人身上更多的是宽容。

韩少功绝对不会单独、孤立、封闭地写知青岁月，这是他和王小波的最大不同。王小波的《黄金时代》里，知青岁月就是全部人生，既是写实又是象征，看不到头。韩少功写的知青命运，一定延伸着他们后来的变化。比如姚大甲，在农场里赌饭票，买竹时半夜在木匠家避雨，睡在棺材旁边。跟"我"同居一室，生活习惯非常肮脏。因为打架捣乱，农场场长罚他单独劳动，可是姚大甲照样糊涂乱画，创作《伟大的姚大甲畅想曲》。多少年后大甲回城进了剧团，办了画展，打过群架，开过小工厂，投资煤矿，可是最后移居国外以后画画出了名了。用农场场长当年骂人的话（"夹卵""搓卵"等），画了一些现代派的画作，主角说看上去像冻肉库，可是这些画展的总标题叫"亚利玛：人民的修辞"。成功了，成了知名画家。

主人公陶小布用讽刺眼光写周围所有人，那他自己是怎样的一个知青呢？我们看到他崇拜革命者马涛，嘲笑未来画家姚大甲，暗恋女生安燕，最后爱上并忍耐贤惠的马楠，他说"补衣的女人更像女人"。为了表现陶小布从知青进入官场的成功与失败，小说特别设置了一个不属于知青圈的人物陆学文。这个陆副厅长很擅长套近乎、传播绯闻。他对陶厅长说"俺大嫂哥什么时候回来"，什么叫大嫂哥？他就是假定说，你是我的大哥，那么你老婆的哥哥就变大嫂哥了。"他从奥斯陆回来了吧？"奥斯陆是诺贝尔和平奖颁奖地，特别点出敏感的地名。"我"觉得这个副厅长吹嘘拍马、搞关系、传八卦一流，办正事就是一条虫，有时候废得没底线。而且这个人特别有意思，他常在"室内高声打电话：'中央军委吗？''国务院吗？'"，这和《围城》里有个教授把一个官员来信总是放在桌上展览是同一个传统。作为知青出身的厅长，"我"决心有所行动，可是上级的副省长却保陆学文。小说详细分析了上级要保护陆副厅长的多种可能性。对官场选举规则和民主程序如何被人利用和操纵的情况，作家都很有兴趣研究。继续审核陆副厅长的过程当中，"我"收到了几十个说情电话，"有老同学，有前同事，有首长的秘书，有司机，有处长，有报社的记者"。最后陶小布——"我"这个从知青升上去的厅长——也只好退休，陆学文也停职调到其他单位。杀敌八百，自损一千。不管怎么样，表明知青为官还可以不忘良心，牢记使命（虽然代价很大）。

这些官场境遇与当年知青理想有什么必然联系？这正是《日夜书》想提出、想回答的问题。

在马涛、姚大甲、小安子、马楠以及陶小布之外，小说还有一个比较奇葩的人物贺亦民，是郭又军的弟弟，也是"我"的小学同学。因为在城里被警察追捕，这个小偷王就逃来了白马湖，来了就劝"我"病退，要"我"断指自残以达到回城的目的。多年后，这个贺疤子在城里开公司，谈吐、做派依然流氓，"一个小矮子，当年的一个垃圾生，眼下把钞票当砖头甩，在写字台那边人模狗样"。其实这个疤子的缺陷有家庭原因——从小被父亲打，后来他又没考上中学，漂泊社会，赌博作弊，混入帮派，一度假装读书骗女生。手上据说不怕电流，他做电工，出了奇了，居然可以发明一些技术。这部分韩少功越写越玄，不是作家控制人物，而是人物指挥作家。贺疤子到深圳办工厂破产，可是有一次见到他的大哥被警察欺负，还冲动地以砖相助。最重要的是这个"打工爷""电器王""发明帝"折腾数十年，居然后来为国家的石油公司发明了一个技术项目，超国际水平。而且还爱国，不卖给海外公司，但只求这个石油公司的女总裁以色相陪伴。最后当然还是被警察抓走了，因为他过去曾为兄袭警。

小说意在显示知青后来发展的多种可能性，但贺疤子的奇葩成功也实在有点夸张，看上去有点像余华笔下的李光头。当然，在这片神奇的土地上，在 20 世纪 90 年代到新世纪这段神奇年代，你也不能说没有可能。和《日夜书》全书的基调相配合来看，那就是讽刺变成了夸张，而夸张当中又包含着钦佩。也许这也是《日夜书》的意思——种种当代奇葩都可以在知青文化土壤上各自生长。

还有什么不能想象的吗？可以有政治上巨大的成与败，或者艺术上的真假虚荣，为什么就不能期待科技上的神迹呢？否则怎么称之为"新时代"？从最坏的局势，演变成最强的力量。但就在这种贯穿全书的讽刺、嘲笑笔调下，有一种抒情的声音。这种抒情的声音不只是对昨天的留恋，对今天的歌颂，还有对明天的一种悲凉。小说有一节题为"更高的东西"：

> 眼下这一刻，我已站在未来了，已把自己这部电影看了个够，也许正面临片尾音乐和演职员表的呼之欲出。我不知在演职员表里能看到哪些名字，能否看到自己的名字。更重要的，剧情已明朗，未来已成过去，我凭什么说这一堆烂胶片就是"更高"的什么？

坏消息是，当我们回首往事的时候，既因虚度年华而悔恨，又因碌碌无为而羞耻。而好消息是，我们还知道悔恨，还懂得羞耻……

参考文献

韩少功：《文学的根》，济南：山东文艺出版社，2001年

何言宏、杨霞：《坚持与抵抗：韩少功》，上海：上海人民出版社，2005年

韩少功：《为语言招魂》，郑州：河南文艺出版社，2015年

韩少功：《大题小作》，上海：上海文艺出版社，2017年

韩少功：《进步的回退》，上海：上海文艺出版社，2017年

孔见：《韩少功评传》，郑州：河南文艺出版社，2008年

廖述务编：《韩少功研究资料》，天津：天津人民出版社，2008年

廖述务：《仍有人仰望星空》，北京：新星出版社，2008年

刘复生、张硕果、石晓岩：《另类视野与文学实践：韩少功文学创作研究》，
　北京：北京大学出版社，2012年

孔见等：《对一个人的阅读：韩少功与他的时代》，南京：江苏文艺出版社，
　2013年

廖述务：《韩少功文学年谱》，上海：华东师范大学出版社，2018年

阎连科《日熄》
另类丧葬经济链

　　《日熄》中的叙事主角，一个十来岁的小镇青年，对小说中出现的作家说："阎伯，你能不能把你的故事讲得暖和一些儿，我看你的书我总是身上冷。你的书里阴气太重。"[1] 阎连科的小说，既不是之前我们分析过的露骨现实主义（他的小说里并没有很暴露、很残酷的细节），也不是近二十年出现的细密派写实主义（阎连科的小说既不具体也不细密），而且阎连科的小说也很难归入"浪漫""梦想"一类，既不像铁凝、王安忆这样能够追求女性主义的梦，也不像《狼图腾》《我的丁一之旅》或者《风声》那样，追求"战狼梦"，或者男人的性幻想，或者密室游戏快感等。

　　阎连科的小说在抽象、预言和魔幻方面，有点像残雪的写法，但是少了蟑螂、老鼠等审丑意象，多了政治寓言的意象。阎连科称自己的作品是"神实主义"："我不在乎对现实的形似，更讲究对现实的神似。"[2] 宽泛一些，也可以将阎连科的小说归类为魔幻现实主义。比起20世纪80年代的寻根文学，魔幻成分增加了，现

1　阎连科：《日熄》，台北：麦田出版公司，2015年。以下小说引文同。
2　阎连科：《我的现实 我的主义：阎连科文学对话录》，北京：中国人民大学出版社，2011年。

实篇幅减少了。

莫言的《透明的红萝卜》，绝大部分篇幅非常写实，写农村小孩日常生活，但就是靠那个透明的红萝卜，升华改造了整个写实结构。《白鹿原》写历史演义，却也穿插神奇的白鹿传说。田小娥死后在村民心目中的显灵，也是用极少数的魔幻来增强绝大部分的写实。贾平凹的《古炉》，记录"十年"农村风波非常详尽，其中也有狗娃和动物的魔幻或幻觉的对话。总之，20 世纪 80 年代以来中国的魔幻现实主义，就像卡夫卡的《变形记》——百分之一的魔幻（人变甲虫），加上百分之九十九的现实（甲虫出现以后，"虫"和人们的不同反应）。这个配方比例后来不断变化，到莫言的《生死疲劳》和阎连科的《受活》，荒诞因素变成形式框架，小说核心还是现实内容。在阎连科的《受活》中，买遗体就是"变甲壳虫"，小说的重心却是由县长的奇思妙想引申开去，描写了从"土改"到"文革"到"改革开放"几十年农民的命运，也描写残疾人和正常人的不同遭遇。《受活》成功刻画了两种干部形象——好心办坏事的典型和"白猫黑猫"的新典型。两个形象都延续和深化了 20 世纪中国小说史上的干部、官员形象系列。如果说《受活》还是魔幻包装、主体写实，《日熄》则显示了阎连科创作本身的进一步变化。在《日熄》里，魔幻荒诞成分大大超过写实背景。同是魔幻现实主义旗号，一般说来魔幻成分少，文本就接近于内容复杂的小说；魔幻成分多，作品就接近于宣讲道理的寓言。

实际上寓言也有广义、狭义之分。广义的寓言可以通过集体无意识体现，故事的层次非常丰富，比如《阿 Q 正传》；狭义的寓言，比如《农夫与蛇》《狼来了》，则直接以故事讲道理。《日熄》究竟是哪一种寓言？小说里的火葬、土葬、"人油"、告密乃至梦游、"日熄"等，是意象还是寓言？有什么样的直接或无意的象征作用？

一　丧事经济链：死得无声无息

小说叙事主角又是十来岁的乡镇小男孩。当代中国小说以乡村男孩的视角展开叙述的范例很多，比如莫言的《透明的红萝卜》、贾平凹的《古炉》、苏童的《河岸》，还有格非的《望春风》等。纯粹是巧合？还是有某种文学现象的必然性？容后讨论。

小孩叫李念念，他的父亲开了一家冥器店，专卖纸钱、花圈。镇上的民众，历来习惯土葬，不愿意采取官府提倡的火葬。虽然土葬要占土地，某种程度上会损害子孙后代的生存空间，但是农民有老传统，生老病死这些基本问题上，政府的主张不一定有效。大家为了悄悄土葬，丧事隐秘简办，死得很无声无息。这个故事背景略有夸张，但也不是不可能。接下来的情节比较奇怪：李念念的父亲李天保，向火葬场告密，从中获得经济报酬，这成为冥器店的额外收入。当然这是缺乏职业道德，泄露客户隐私。但是既然怎么下葬是国计民生大事，谁家死了人也归政府管，怎么可以算隐私？站在这个角度，李天保其实根本不必为他的告密感到羞愧，帮政府及时掌握村镇上人口变化情况，责无旁贷。但李天保也不是直接向乡政府或者派出所汇报——这是故事里的一个漏洞，照理说有派出所在，人怎么能够私自死亡土葬——而是向他的妻弟邵大成（也就是"我"的舅舅）"告密"。舅舅是火葬场老板，获得冥器店老板李天保的告密后，便开车去办丧事的人家运送尸体。如果尸体已经悄悄土葬，那就要掘开新坟，火炸尸体，然后再送去火葬。在这过程当中，当然死者的家人很悲痛愤怒。火葬场做了一笔生意，冥器店老板收到一笔告密费，这条丧事经济链虽然有点小荒诞，但比起由此而引发的后面的魔幻情节，几乎还算是非常现实主义的。

二 告密、"人油"和梦游

在《日熄》里，告密这个情节既现实又魔幻，十分重要。告密之所以存在，一是所告之"密"，的确可能违规犯法——土葬是犯规，丧事不报派出所也是违法的；二是告密之人会受到鼓舞奖励，李念念的爹获得奖金。但是"告密"另一方面又令人害怕和警惕，因为所告的"违规""犯法"，只是一时政策，长久看可能根本没错。历史上很多学生告老师，还有"计划生育"时代的告密，事后看没错。而且告密常常意味着对道德信任的背叛，尤其是要告父母、告老师、告妻子。通过网络告妻子或者丈夫，近年来又成为群众"吃瓜"的潮流。这种通过背叛亲情而获益的行为，如果加以普及和表扬（没有上级表扬，就不会有告密），长久以往有损社会道德的基础。

所以阎连科的《日熄》，特别强调父亲向火葬场的告密，成为他心头的一个犯罪包袱，也是小说情节发展的一条主要导火线。

小说中同一情节线索，火葬土葬是写实，告密有些荒诞，但只有"人油"才是真正魔幻。李天保在他妻弟的火葬场发现一桶一桶的油，原来是烧尸体以后留下的，还能卖钱，用作制造肥皂或者其他工业用途，甚至不排除做食用油。李天保对此深感不安，觉得是他告密的恶果和罪证，所以他要用告密的奖金，廉价买下这些"人油"，然后一桶一桶地运到水坝工地，藏在那里。李天保觉得，藏起来这些"人油"不让其被利用，是他减少自己犯罪感的一个方式。

"人油"在象征意义上，是村民被燃烧后的亡灵，或是民众被压榨后的证物，放在那里，以后又有什么作用——李天保当时是不知道的。只有作家阎连科知道这些"人油"将来的用处，这是小说极重要的伏笔。

在火葬、土葬、告密、"人油"这些符号后面，另一个贯穿小说始终的关键词是"梦游"。《日熄》里的梦游一度在乡镇上无所不在，小说分了很多卷、很多节，好像结构很复杂，其实通篇只写一天一夜。就和李锐的《张马丁的第八天》一样，《日熄》其实是能够写成中篇的。如果在 20 世纪 80 年代中期，它就是《收获》上的一部中篇，但是在 21 世纪的文学生态里，长篇有很多文化工业意义上的好处，比如出单行本、销量、获奖等。

一开始的梦游情节就是"我"的娘在家里，睡梦中还能剪纸，张才（一个村民）在大街上公然撒尿，还有男人在街上裸体，有个女人以为自己要生产了，还有人梦游去了麦场劳动，也有人跌在水里淹死。小说写："听说邻村有户人家梦游时，当爹的在麦场上把他儿媳强奸了。"有个叫张木头的人把和他媳妇鬼混的砖窑王给打死了。这些都是醒着耿想不敢做的事情，在梦里敢做敢为。

梦游还会传染，梦游的人还以为旁人在做梦，醒着的也不清楚谁在梦游，自己到底是醒，还是在睡中，所以这是一种集体的催眠。张爱玲在散文《谈音乐》里有一段话：

> 大规模的交响乐自然又不同，那是浩浩荡荡五四运动一般地冲了来，把每一个人的声音都变了它的声音，前后左右呼啸喊嚓的都是自己的声音，人一开口就震惊于自己的声音的深宏远大；又像在初睡醒的时候听见人向你说话，不大知道是自己说的还是人家说的，感到模糊的恐怖。[1]

当然这里的"梦"和"醒"是一个更加广泛的文学意象。鲁迅在"铁屋"中也要把人家"叫醒"。"梦"和"醒"是 20 世纪中国文学的一个连贯主题。

---

1 张爱玲：《谈音乐》，引自《流言》，北京：北京十月文艺出版社，2021 年，第 210 页。

而在《日熄》里，大幅度、大规模地写镇上各种各样人的梦游，其象征意义至少有几层：

第一，写一些人麻木、愚昧，缺乏自我意识，活着就跟睡着一般。"铁屋中沉睡的人们"，快乐甚至安静地睡死过去。

第二，梦游也可以是有意地自我催眠，或者说装睡、装梦来回避、应对人生难题。

第三，醒着不敢做的事情，梦游中就做了。比如报仇、强奸，以及后来演变成全镇范围的偷窃、抢劫和武斗。所以破坏现行秩序，是梦游的一个基本内容。比如村长梦想跟一个叫王二香的寡妇好，所以他在梦游当中就求主人公李天保，要把自己老婆毒死。梦游暴露人性之恶，或者说是解脱社会桎梏，打破社会秩序。

第四，小说第六卷第三节，凌晨 2：35—3：00，详细描写了政府的集体梦游：

> 上下左右全都梦游了。只有灯泡和日光灯管是醒的亮着的……原是民国间一个乡绅家里的三进四合院。后来就成了镇政府的所在地……一任一任镇长和他的属下都忙在闲在这青砖青瓦里。读报纸。学文件。开会议。指导镇辖的村村落落及伏牛山脉间的大大小小事。这一夜，镇政府的干部全都梦游了……
>
> 他们在梦游中做着一桩皇帝勤政早朝的事。半月前镇上来了剧团演出官戏《杨家将》和《包公案》。现在这戏服有了真用大用了。镇长穿着那套帝王袍。副镇长穿了宰相袍。帝王袍上绣着丝龙和丝凤。滚边都是金颜色。宽大的衣袖如裤管一模样。那些一品相服和大臣服，也都有金色的滚边和红腰圈……除却镇长副镇长，其余别的镇干部，相随依次都穿着武官将服和文官服。那些原来镇上的通信员和伙夫们，也都高升穿了朝廷里的宦服和傻服……打扫卫生的，现在成为官人举着肃静的牌子

……政府广播站的播音员，她们成了皇后成了格格了。成为给皇帝搧扇子的宫女了。皇帝让宰相讲巡视江南见闻，宰相说："所到之处，均见国泰民安，百姓富裕。无不对皇上感恩戴德，大呼吾皇万岁万岁万万岁。"皇帝又让李都督，就是镇武装部的李闯副主任，讲讲大西北边疆情况。李都督声如洪钟："谢陛下皇恩浩荡，派将军我到西北镇守边关。边关三年前兵荒马乱，战事不断，民不聊生……我依照皇上您的谋略圣旨，先平外而后安内，镇守边关，迎敌苦战……人人都宁可战死疆场而无后退求生者……现在……达地和平。田作丰收。国泰民安。百业大康……万岁万岁万万岁。"

李都督长篇大论，众官听得无比佩服。也有民政大臣讲了丰收后面的危机，要提防"引发江山不稳之隐，不固之险。望吾皇对臣此卑言三思三思"。这个大臣"做出要为天下人谏言上奏而不惜一死的模样"。皇上正在为难时刻，有人神色慌张跑进来，说有刁民上访。于是皇上（梦游的镇长）就派李副主任前去处理。

作为讽刺小说，这场镇政府集体梦游太过显露粗糙；作为寓言小说，梦见传统复兴，与其说是魔幻文字，不如说是非虚构写实。

第五，集体梦游中，小说主角"我"和主角的爹李天保，却也做了一件平时想做而不敢做的事情。他们烧了很多茶，喝了可以让大家解除梦游，恢复清醒，所以他们救援行人路人，且一家一家地送清醒茶。后来李天保也梦游了，拉着"我"去送过茶水的人家敲门，人家开门以后，李天保便跪下忏悔求饶，说自己以前怎样将人家的丧事告密挣钱，害得人家只好火葬，甚至被挖坟、炸尸。中国文学中少见的忏悔意识，在半醒半醉中以梦游的名义进行。听的人，比如年长的五爷，虽然十分生气，但也没有叫家人来惩罚，而是叫李天保父子快离开，别再提了。小说写："爹拉着我的手里都是汗。"之后又到柳叔家，人家也生气——

> 爹就给人家跪下来。噗通一声跪下来——打我吧——你们打我吧——朝我脸上吐痰吧——你们朝我脸上吐痰吧。就突然说了当年人家死人他去告密挣钱的事。把人家说得惊着了。哑着了。不知如何是好了。毕竟都是十几年前的事。毕竟土葬火葬那是国家定的事……人家也就恨恨一会宽谅了。恕饶了。说几句又冷又热冷热混合着的话——没想到你会做这事……起来吧，都说伸手不打赔罪的人。

就这样去了一家又一家。在一家有车有房、比较富裕的叫顾红宝的人家里，对方操起了一根棍子举在半空要打他们，但后来终于还是放下了棍子。

总之，小说中全镇人都在梦游或者半醉半醒，官员在做帝王梦，主人公在忏悔，很多人昏睡、麻木，还有人装睡，假装梦游，也有人在梦中做出醒时不敢做的事情，甚至做醒时不敢做的梦。梦游是《日熄》的一个核心情节。

但是镇上的抢劫越来越厉害了，人的很多欲望平时被法律、道德或习俗束缚，一旦有松动变故的可能，就会朝恶的方向发展——因为革命，因为动乱，因为地震，因为集体梦游。

阎连科的文字，是一种伪装的寓言童话效果，后句呼应前句，故意重复："镇子沉在半睡半醒间。有人从梦游中醒来又睡了。有人一夜都睡在死里没有梦游也没有下床小解大解去。可现在，也还有人不知是在梦游还是在醒着，从街上晃过去，一点不知这一夜这世界这镇上到底发生了啥儿事。正在发生啥儿事。""爹拉我的手里满是冷的汗。我的手上全是爹的冷汗和冰水一模样。身上全是我的冷汗和冰水一模样。"

小说写到舅舅住的富人小区，精美描写里充满了阶级仇恨。小说写到外乡人进镇，又写镇上梦游的民众，以李闯王为领袖，人人头绑黄丝带，明明是群体暴力，却号召回到太平天国，回到明朝。

这一夜非常漫长，武斗失控，眼看要出现更大的灾难。这时李天保一家，还有很多其他村民都盼着赶快天亮，希望天一亮，大家的梦会醒，灾难会过去。这时出现了小说潜伏已久的一个最主要的象征，就是"日熄"——太阳迟迟不出来。白天气象报告说，还是像黄昏黑夜般的昏黑。本来所有的梦游、梦游引起的灾难应该是暂时的，但如果没有太阳，没有白天，那怎么办呢？这时我们才想起来，李天保早早埋在水库边上的几百桶"人油"。

李天保认为，只要山上点火，镇上的人们就会以为是天亮了，所以一夜梦游以及它所象征的灾难、革命、动乱、浩劫等，就可以过去了。于是他以奖金为引诱，动员村民搬油，从山洞搬到山顶的一个巨坑。唤醒民众的竟是火葬积淀的"人油"？结束（还是假装结束）黑夜的光明竟是民众被侮辱被损害的证据？

阎连科突然在小说里出现，被这个小男孩主角仰慕。"阎连科"还跟他母亲讨论过他的文学使命：

> ——你真的要写呀。
>
> 他朝母亲点了一下头。
>
> ——你不写就真的心里难受浑身难受和生病一样吗。
>
> 他朝母亲点了一下头。
>
> ——就真的活着和死了一样真的不写就会死了吗。母亲的声音猛的重着高抬着。
>
> 他默沉一会儿。如想了许久样。又朝母亲很慢很重地点点头。和一个人在法场上点头选择刀刑和绳刑的死法样。

　　小说尾段，作家把自己宁死也要写作的精神，投胎到了冥器店老板李天保身上。这些"人油"是无数民众曾经被欺压（火葬）的见证物。李天保搬了几百桶"人油"到山顶以后，到油坑当中用自己的身体点火，为了用光明打破"日熄"，用昔日灾难铁证拯救现在梦游的镇民、村民。李天保最后的表现好像黄继光或者普罗米修斯一样。一个为了数百元奖金而告密，令村民土葬被掘、尸体被炸的冥器店小老板，最后在梦中下跪，向乡亲忏悔，然后以身殉火，点燃象征民众被压榨的"人油"，而解救大众。

　　阎连科这部小说到底想说什么故事？各位读者，你们又看到了什么样的寓言？

参考文献

阎连科、张学昕：《我的现实　我的主义：阎连科文学对话录》，北京：中国人民大学出版社，2011 年

阎连科、梁鸿：《巫婆的红筷子》，桂林：漓江出版社，2014 年

梁鸿编著：《阎连科文学年谱》，上海：复旦大学出版社，2015 年

林源编选、中国人民大学文学院组编：《说阎连科》，沈阳：辽宁人民出版社，2014 年

林建法主编：《阎连科文学研究》，昆明：云南人民出版社，2013 年

张学昕：《阎连科的"梦游诗学"》，《扬子江评论》2019 年第 3 期

李丹梦：《极端化写作的命运：阎连科论》，《南方文坛》2006 年第 6 期

阎连科：《当代文学中的"神实主义"写作：在常熟理工学院"东吴讲堂"上的讲演》，《东吴学术》2011 年第 2 期

孙郁：《从〈受活〉到〈日熄〉：再谈阎连科的神实主义》，《当代作家评论》2017 年第 2 期

陈晓明：《给予本质与神实：试论阎连科的顽强现实主义》，《文艺争鸣》2016 年第 2 期

格非《望春风》
后发制人的学院派小说

一 《大年》的重要性

格非原名刘勇，21 岁在华东师大毕业以后一直留校任教，读博士。2001 年调到清华大学，现担任清华大学文学创作与研究中心的主任。格非对文学创作确实有研究，出版过《小说艺术面面观》[1]《小说叙事研究》[2]《卡夫卡的钟摆》[3]，还评论过博尔赫斯。格非的博士导师钱谷融先生，也是我的硕士导师，所以我们严格说来是同门师兄弟（虽然实际上时间错开，他读博时我离开华师大到香港教书）。格非客气，说他做学生时上过我的课。1982 年到 1987 年我是华师大中文系的讲师和副教授，格非 1981 年到 1985 年就读中文系本科，所以上过课也是可能的。不过本科大课人多，我也没有慧眼当年就认出学生当中有个天才，后来成为中国作协副主席。除了学院经历、学术研究以外，格非的主要作品，尤其是后期屡获大奖的长篇小说，有很自觉的学院派的技巧探索，还有对

---

1 格非：《小说艺术面面观》，南京：江苏文艺出版社，1995 年。
2 格非：《小说叙事研究》，北京：清华大学出版社，2002 年。
3 格非：《卡夫卡的钟摆》，上海：华东师范大学出版社，2004 年。

意识形态与民众情绪的精准把握。

格非23岁就在《收获》发表中篇《迷舟》，后来又有《褐色鸟群》，当时被认为是先锋派小说探索。讲究技巧，扑朔迷离，评论家一头雾水，但是一片叫好。90年代以后，格非就逐渐从先锋派回归讲故事，从中篇、短篇发展到以长篇为主，从模仿现代主义到回归现实主义。除余华以外，格非是另一个转型的范例，相比之下马原、孙甘露的转变就比较艰难。

格非的短篇小说《大年》[1]，很早就显示了解构革命历史故事的高超技巧。小说中玫是乡绅丁伯高的二姨太，穷人豹子抢粮被吊打时，就注意到了美丽的玫。后来豹子经教书人介绍投了"新四军"，腊月三十率众攻入丁家大院，枪毙了早前释放他的丁伯高，可是找不到二姨太。《大年》有两层解构：第一层是解构"农民反抗地主"的模式，不只是地主欺负农民，黄世仁要抢喜儿，农民也要抢夺地主的女人。这个桥段在毕飞宇的《平原》、陈忠实的《白鹿原》、张炜的《古船》、贾平凹的《古炉》里边，都反复出现。第二层就是解构"读书人引导农民反抗"的模式。小说里是掌握话语权的教书人唐济尧，代表党枪毙了"违反命令"的农民土匪豹子，并带走了地主的姨太太。格非的小说《大年》，同时颠覆了50年代的"红旗谱"模式和80年代的重写革命历史，后发制人。

《望春风》也是写一个村庄里边的人事地图和人际关系。村里有名有姓的几十个人，有地主、富农，其中还有"匪特"的嫌疑；有各种乡镇的干部，他们人事更迭，男女关系混乱；有乡下的读书人；还有很多普通农民。他们互相之间都是邻居又是亲戚，鸡狗混杂，恩怨来往。但《望春风》所整理的这个农村图景，已不像《大年》的阶级斗争那样你死我活，也不像贾平凹的《古炉》

1　格非：《大年》，引自《呣哨》，武汉：长江文艺出版社，1992年，第1—35页。

那样乡邻械斗。《望春风》一共四章，单单看前两章，人都出场了，故事都发生了，可是还不知道小说到底要写什么。

小说第一句："腊月二十九，是个晴天，刮着北风。我跟父亲去半塘走差。"[1] 半塘是一个地方，走差就是父亲出去工作，他帮人算命，带上了9岁的儿子。儿子走得慢，"我渐渐就有些跟不上他。我看见他的身影升到了一个大坡的顶端，然后又一点点地矮下去，矮下去，乃至完全消失。过不多久，父亲又在另一个大坂上一寸一寸地变大、变高"。这个动态画面，后来在小说里多次出现，可能是作家的得意之笔。写儿子看父亲先矮下去，又一寸一寸变高、变大，也有象征意义。和《古炉》中的狗娃、《河岸》里的少年、《兄弟》里的男主角一样，男孩都有一个"阶级敌人"的家长，在现实中连累了少年主人公，但后来，主人公又很尊重、崇拜他的长辈（很多时候是父亲），并且为父亲鸣冤叫屈。当代文学中这种"为父不平"的共通情结，与"五四"一代主人公的"弑父情结"形成极有历史意味的对照。

仅从文字看，乡村小孩说前面的父亲身影"乃至完全消失"，多少有点书卷气。父亲要儿子在他脸上亲一口，也是一个比较突兀的写法。对比《活着》，福贵送女不舍，用手摸摸女儿的脸，女儿也用手摸摸父亲的脸，这个瞬间父亲非常意外地感动，最后把女儿抱回家了。《望春风》里是父亲要儿子在他脸上亲一口，不大像乡村人际关系的习惯。小说也写，乡村父子之间这样的肢体接触，会让大家觉得很别扭。

"太阳终于在砖窑高高的烟囱背后露了脸。那熔岩般的火球，微微颤栗着……顷刻间，天地绚丽，万物为之一新"，"为本来毫无生气的山川、河流、衬舍染上了悦丽之色"。这些都是非常文艺

1 格非:《望春风》，南京：译林出版社，2016年。以下小说引文同。

的句型。格非与贾平凹或者金宇澄不同。网上有评论说，"格非始终坚持用规范、纯正的语言写作……他的文字确切而细腻，丰满而华美，这使他的作品宜于翻译"，不知这是称赞还是苛求。

在几乎所有描写农村生活的当代中国小说里，有四种人是必不可少的。一是地主、富农，阶级敌人；二是村镇干部；三是乡村土秀才，读书人；四是其他大部分的贫农和人民群众。

地主、富农之所以不能缺少，是因为没有敌人，怎么确定其他农民属于人民？如何贯彻"以阶级斗争为纲"？很多当代小说家都有一种讨论前几十年农村阶级斗争的兴趣、责任和使命。《古炉》里有地主儿子守灯，有国民党兵遗弃的狗尿苔的婆婆；《古船》里有抱朴、见素的开明乡绅父亲；《生死疲劳》里有变驴、变牛、变猪、变狗的地主西门闹；《活着》里就是福贵的父亲或者福贵自己；柳青《创业史》里也有富农姚士杰等。总之地主、富农不可缺少。

格非的《望春风》里第一页第一句出场的"我"的父亲，也是一个富农，而且后来我们知道他不仅是富农，还牵涉上海某敌特组织，是典型的"阶级敌人"。可是他在小说里很受村民欢迎，基本上是一个正面角色。当然，20世纪80年代以后中国小说里的地主、富农大部分都是比较正面的角色，说明当代文学在政治上，有一种对阶级斗争扩大化"拨乱反正"的"集体无意识"（或意识形态共识）。

《望春风》里的阶级敌人除了算命人，还有抽鸦片的赵锡光，他因为1949年春天观天象，把自己的碾坊、油坊、百十亩土地全部卖给别人，结果"土改"就划了中农。赵孟舒擅长古琴，其实很像一个文人，还在陈毅面前演奏过古琴，但他被划成地主，1955年夏天公开批斗的时候，大小便失禁。批斗据说是温和的，干部也很包庇他，但是他自己觉得屎尿失控没脸活下去，就服毒自杀。赵锡光的长孙叫同彬，后来和"我"是好朋友，他们实际上都是财主的后代。

这是一个很值得讨论的文学现象——当代小说的叙述主角大都是地主、富农的儿子，狗尿苔、福贵、抱朴、见素，包括《望春风》里边的男主角。这不像是一个纯粹的、偶然的现象。都是男孩，都是长篇小说的叙述主角。

试析原因。第一，身为"敌人"的小孩，对于阶级斗争扩大化的历史，有更深刻、更真切的亲身体会。第二，凡小康人家堕入困境，就更能看见世人（这个"世人"也包括农民）的真面目，这是鲁迅的观点。第三，财主家庭背景，即便已受冲击，他们可能仍然有（或曾经有）比较完整的家教，比同龄同村的其他少年更多一些残存的"礼教"，比如《古炉》。当然这只是后来小说家的想象，不一定是社会真实的情况。第四，从小孩的角度展开一个社会的大的画面，可以有选择地忽略一部分他不理解的或者是他想避开的历史真相。

回到《望春风》，这个富农的儿子的视角更加重要。因为到了小说后半部，"我"就不再只是一个叙述视角，而是成为小说的真正主角。

二　富农儿子的叙事角度

农村故事的另一个主角一定是干部。

张炜《古船》里刻画了两个穷苦出身的邪恶干部——赵多多和四爷。贾平凹《古炉》里的支书，又真诚关心群众，又悄悄贪腐弄权，这个形象使得整个乡村"文革"的背景耐人琢磨。余华《活着》写县长老婆生病，让学生抽血抽死人，可这个县长是福贵的战友，所以是一个典型的好心办坏事的干部。好心办坏事的干部是高晓声、茹志鹃以来很多作家的书写策略。

相比之下《望春风》的主角赵德正，却是一个《创业史》以来相当罕见的正面干部形象。德正父母早亡，"这么一个瘦骨嶙峋的孩子，连裤子都没有，成天在村子里晃荡"。老地主赵孟舒建议让他看守祠堂，吃百家饭长大。1950年初"土改"队来了，村里却选不出农会主任，显然是打不开局面。经历过淮海战役的县里的严政委（小说里不叫"淮海战役"，叫"徐蚌战场"，这是国民党方面的说法，看来少年主角受了这个富农父亲的影响），指定要全村最穷的人当农会主任，村民说："若要论我们村里最穷的人，那就是赵德正了。根本不用选，这个人，穷得叮当响，打小没爹没娘，可以说上无片瓦，下无寸地，一人吃饱，全家不饿。"结果赵德正就缺席当选了。当时有个妇女反对，说赵德正不识字，结果赵德正还是做主任，女的做了农会副主任——这是格非精心布置的一条草蛇灰线。

格非没有像马原、残雪那样一直坚持现代主义先锋探索，但是他把马原的这种叙事圈套，转移到他的"学院派"长篇结构里了。所以《望春风》里常常有"在讲述这件事之前，我还要提及另一个'插曲'"或者"五十多年后，我……写下上述这段文字时，内心……"，这种后设的叙事技巧，貌似读书人偶然跟虚拟读者对话。

小说写赵德正做农会主任以后，不仅有威严而且办实事。光棍时还住在祠堂，获得的木材先用来盖学校，后来娶妻才盖房，而且木材不够就挖无主的坟，用旧棺木。赵德正对"我"的富农父亲十分照顾，小说里的阶级关系并不紧张。赵德正声称他一生要做三件事：一盖学校，后来盖成了；二是挖山，后来真的挖掉了一座小山，改造成大片的良田；三就是"死"，这个却很艰难。

赵德正虽是个好官，但曾和村里的一个风骚女人王曼卿睡过觉。王原是妓女，引诱过村里很多人，包括叙述主角和他的小伙伴们。"一女多男"也是当代男作家常用的一个模式，通常这个女人性感、风情，和不同势力的男人有关系。王曼卿的老公有一天请赵德正去喝酒，赵德正的老婆春琴劝他不要去："就算她王曼卿是金枝玉叶，被你拢这么多年了，生地也犁成了熟地，生面也叫你揉成了熟面……还有什么丢不开的？"小说虽有一些书生腔，但人物对话非常乡土生动。赵德正不听老婆劝，结果去了以后被人打晕，捆绑游街，一丝不挂，罪名是强奸（不管是城里还是乡村，捉奸都是好戏）。格非写到紧张处，笔调非常平淡。村民们看不下去了，把来抓人的公社武装部部长等人打伤。但是赵德正还是丢了官。

这事其实是上面公社书记的阴谋，下面的其他干部也是获益者。后来高定邦就被任命为大队书记兼革委会主任。"在村子里的男人与王曼卿的复杂关系中，高定邦开始得有点晚，但却是坚持得最久的一位……'高定邦不仅继承了赵德正的官职，也把王曼卿顺便继承下来了。'"所以赵德正丢官跟男女关系无关，只是乡村官场斗争的借口，因为他得罪了公社书记。

除了赵德正，《望春风》还写了上下不少官员干部。提拔赵的严政委后来调去专区，似乎是个好领导，不过主角的母亲章珠后来发现，她是被严政委有意介绍或者说送给上级首长的。接替赵德正的高定邦、高定国两兄弟，村民们怀疑他们共享一个老婆梅芳。武装部部长曹庆虎的儿子曹小虎，后来在高定国安排下，压制群体事件当中的乡村民众，保护资本家新贵的利益。所以以革命斗争的名义也好，以经济建设为理由也好，小说中的各级干部几十年来一直在管理群众，只有赵德正是一个例外。

除了地主和干部，农村故事里也总有读书人——被斗自杀的赵孟舒很懂古琴，中农赵锡光教过几个农家子弟，外乡人唐文宽很会讲故事。但小说中最重要的读书人角色，其实还是"我"的父亲，算命先生。也因为父子感情，在"我"的叙述当中，父亲的形象颇高大，他不仅算命，好像也有观察推理的科学根据，并且父亲自杀之前曾经对儿子有一番人生嘱托，还说了一些对村里人的预言。比如教他到了新地方，两年不要交朋友，要先观察；比如跟他说，好人不会没缺点，坏人也不会一无是处。看到儿子恨梅芳，说这是感情用事，没道理。儿子的小伙伴当中，父亲说同彬心地干净，"你看他的眼睛，又亮又清对不对？……你可以把他当成一辈子的朋友来结交"。而堂哥礼平，父亲说："这是一个狠角色……这个人将来必然会在村子里兴风作浪，做出一番惊天动地的大事来。离他远点，但也不要轻易得罪他。"这些预言当然精准、神奇，因为都是主人公几十年以后才写的。如果在《古炉》的村里，礼平就是造反派霸槽。可是格非没有把他的视线停止在"文革"的 60 年代，他要往后继续观察乡村的命运。所以礼平这个人物后来发迹，成了"朱方集团"老板，他的买地拆迁计划"兴风作浪，惊天动地"，使得整个村庄都被毁灭，消失了。

这才是格非《望春风》与其他农村小说的真正不同。别的长篇只写民国的乡村，比如《白鹿原》；或者是"十年"的乡村，比如《古炉》。格非从民国、"文革"写起，最后使乡村消失的竟是眼前这个新时代。学院派的好处就是后设、后发制人，就像当年《大年》比《红高粱》等小说更清醒地解构革命历史故事。《望春风》在检讨革命灾难方面轻轻下笔，同时在批判当代资本方面先领风骚。这是既减少风险，又迎合大众的写法。

《望春风》的第三章叫"余闻"，看似只是交代一些人物后来的结局，其实小说的主题在第三、第四章才真正展开和升华。

三　大河小说与纪传体

主角"我"生长的乡村，经历了"土改"和"文革"，地主富农和乡村干部、乡村学生以及更多的村民群众之间，在格非笔下是有矛盾却无死斗，有恩怨却不打派仗。总体来说有坏事无坏人，或者像郝乡长这样弄权整人的坏人一般人也看不见。阶级矛盾大致缓和。很多作家花大笔墨写的"大跃进"、炼钢铁或者困难时期饿死人等惨剧，在《望春风》里都是被省略、忽视的，这也许是因为儒家传统在人伦关系当中的持久影响。两个姓赵的村庄和村民幸存到 20 世纪 70 年代末，然而之后会发生什么事呢？

就在父亲对"我"进行一番人生哲学嘱咐以后不久，他就在当地一个小庙便通庵，悬梁自尽。虽说是革命时期，富农之死还是得到了村里有尊严的安葬，并没有说他自绝于人民，要再受侮辱。但对于"我"（赵伯渝）这个在乡村养猪、放牛长大的青年来说，除了有一个富农算命人的父亲，还有一个一直未出场的，据说是嫁给城里高干的母亲。有消息说母亲要把"我"接进南京，这时"我"在家乡的地位显著上升；还有个颇漂亮的村女雪兰，急急忙忙要嫁给"我"。但是小说并没有出现苦尽甜来的套路。放在象征性背景里看，改革开放和农民工进城也没有造成普通人命运的戏剧性转化。

"我"进城以后才知道母亲已经过世，留给"我"的是许多封几十年间写的日记书信。母亲虽然嫁了高干，当初在官位时，却也没有能力把遗留乡间的富农的儿子带进城里一起生活。当然母亲寄了很多生活用品给"我"，包括手表，但都被"我"的叔叔婶婶，也就是堂哥礼平的父母给代收拦截了。后来高干也受到冲击被打倒，母亲跟随一起受苦，照顾儿子就更不可能了。

"我"到了城里以后，母亲已经去世了，但她去世前还是托了其他干部代为关照"我",让"我"在一个小镇的工厂看管图书馆,或者在保安室看门,"我"一度也自食其力开出租车,其实这也是大部分农民工进城以后的日常处境。新婚不久的妻子雪兰跟"我"进城以后自然失望,不久便离异。

从母亲的日记书信看,"我"才知道父亲为什么自杀。因为母亲从高干丈夫那里,偶然得知了上海那个敌特组织被破获,母亲出于革命觉悟就写材料给组织,举报了"我"父亲当年的历史问题。又出于道德良知,后悔自己写材料告发举报。格非编排这类情节远不如麦家那么逻辑严密,好在这不是《望春风》的重点。所以告发举报以后,又以暗语通知"我"父亲,旧案已经东窗事发。小说写"我"父亲为了保护他的其他同门师兄弟,决心自尽,以中断此案侦查链。其实我们看到这是自绝于人民,自绝于党,甚至是有意蓄谋,大胆对抗。

总之,男主角"我"虽然有富农父亲和革命母亲,生活道路也只是一个普通农民进城。男主角一直没有什么特别的工作经验和职业技能,也没有多少社会关系可以依靠。到了2007年准备写作自传小说(《望春风》)时,他说"我小时候读过几年私塾,后来在邗桥的图书馆看过百十来本书,这大概就是我全部的文学积累"。

要是读者果然把小说当真的话——"当真"当然是一个很多人期望的境界,因为也有人真的在网上提问《望春风》是写作家自己吗?"——早年的"我"太文艺腔,晚年"我"的文字叙述则缺乏年龄增长的心理沧桑感。但放在时代背景里看,《望春风》的前两章,写革命时代的乡村,却没有特别大的浩劫。由赵德正代表的干部民众盖学校,愚公移山,改天换地。相反,后来写改革以后的乡村,整个乡村却消失了。由赵礼平代表的官商勾结的资本力量,将农民乡村全部迁入了某个城镇小区,也不知道是不是幸福生活。

从意识形态操作看，少写苦难少风险，多批官商（尤其是商）得人心，前、后三十年互不否定。这部小说出版前已经入选了广电总局"中国文艺原创精品出版工程"，出版后就获得了茅盾文学奖，又获得了民企百万奖金的京东奖。

格非在大学里研究叙事艺术。《望春风》前两章像是文雅的自传体，记录风雨时代，风雨不大。第三章突然转了写作方法，小说结构也出现巨大变化，变成了交代一个个人物多年后的结局，有点像韩少功《日夜书》的后半部分。评论家事后说这个是中国传统的纪传体，每个人物一节，是前、后三十年历史处境的对比。

"章珠"一节，自然是交代母亲的离婚、再婚、举报、思念儿子等。"雪兰"一节写"我"的妻子进城以后很失望，为了让"我"分房子推迟离婚，后来嫁去了上海，公公是益民糖果厂副厂长。"朱虎平"一节倒叙儿时几个小伙伴，风雨夜在赵孟舒老先生吃砒霜的蕉雨山房里躲猫猫，无意中发现朱虎平和梅芳在凉亭中讲黄色故事。《望春风》里少阶级斗争，但是男女之间的纠葛到处存在，几乎所有人物都在男女关系上有问题。朱虎平拒绝了村女雪兰的痴情，和一个美女蒋维贞"育有一子一女"，"无论是他们的爱情传奇，还是后来的婚姻生活，在我们那个民风放逸的山村里，一时间都堪称纯洁的堡垒"。但这个纯洁的堡垒在1992年蒋维贞被赵礼平带到深圳珠海去"开拓业务"以后就破碎了。于是朱虎平变成了酒鬼。"我在2006年的夏末遇见他时，他已经六十多岁了，为朱方集团旗下的一个成衣公司看守厂门。"这个集团的老总就是赵礼平。但小说没写蒋维贞后来怎么样。这显然又是一个例证，前三十年形成的一个纯洁的爱情堡垒，到了后三十年被摧毁。

"孙耀庭"一节，交代的是"我"在邗桥某工会图书馆的生活，厂长孙耀庭受母亲之托照顾男主角，替"我"安排了工作、住处，当然也就是一般的工作、住处。孙厂长权力有限，晚年再见的时候"我"开出租，孙厂长装作不认识，说明后来的人情关系更加淡薄了。读者可以发现看似随意地交代人物结局，一方面在补回前两章叙事里的空白和悬念，另一方面反复证明，后三十年也没什么好。"娉子"一节，进一步说明1978年以后农村的变化。娉子到城里找"我"，叫"我"签字卖家乡老房给堂哥赵礼平。乡亲已经来信，告诉说村里的官员、干部都在帮做生意，"不要说高定邦一个小小的村长，就连乡长陈公泰都在走他们家的门路，抢着给赵礼平拎包呢"。

四 乡村消失在革命之后

当代小说里的前、后三十年转换，侧重干部生态转变的是《平凡的世界》，从"抓革命"转向"促生产"。《望春风》却描写"官助商欺民"。乡村女人嫁老板很正常，"早些年，生产队的田都分到了各家各户，现在村子里几乎没什么人种地了。这也难怪，一年忙下来，累个半死，一亩地只有五六十块钱的收入，谁愿意干？"于是乡亲们纷纷办模具厂、五金电配厂、酱菜厂等，就连讲故事的唐文宽，也拿了个录音机教人学英语。再下一步，儒里赵村就完成拆迁了，一半村民被安置在朱方镇的"平昌花园"小区，城镇化了。城镇化在别的语境当中，是中国式现代化的成就，但是在"我"所代言的《望春风》的乡亲看来，就是故乡的消失。

第三章里，"高定邦"一节交代一路不倒的乡村干部，随着大集体名存实亡，也很忧郁。大队的地一半荒了，高定邦想挖一条渠让长江水灌新田（赵德正当年挖山开辟的田），可是没人干活。绝望之际，反而是"赵礼平出钱，不知从哪里弄来了几百个安徽民工，几乎在一夜之间，就把水渠修得又宽又直"。高定邦老泪纵横，他的感慨十分文艺腔："时代在变，撬动时代变革的那个无形的力量也在变。"之后他便辞去了大队书记的职务。

可是这条水渠后来没有用来种庄稼,"来自福建的一位蒋姓老板……由赵礼平陪着,在村里村外转悠了一整天……对我们村一带的风水赞不绝口",就想"要把这一带的土地'全都吃下来'"。他跟赵礼平每人投资一半,蒋负责建妥安置房,赵负责拆迁乡民。村民不肯迁怎么办?新上任的村长外号叫斜眼,他和刑警大队长高定国计划,就把附近化工厂污染的水,通过水渠倒灌进赵家村,于是村民们只好搬进"平昌花园"。

现代小说,从晚清的"士见官欺民",到延安的"士助民反官",再到80年代重回"士见官欺民",再到新世纪,现在是"官助商欺民"。百年来官民矛盾一直在,新世纪只是"士"缺席,"商"出现。"五四"小说女主角多为书生所救(或救不了),当代小说女主角多倾心于"霸道总裁"。

"同彬"一节,戏剧性地回顾70年代末,同彬如何在两个女人(都叫莉莉)之间犹豫不决。"梅芳"一节主要记述一个群体事件。村里有个青年叫国义,被朱方集团下面的恒生造纸厂的卡车撞死。"交管部门不顾国义被撞死在斑马线上且肇事司机逃逸这一简单事实,认定事故是由于国义在急转弯处强行横穿马路……应自己承担主要责任。"死者父亲到造纸厂闹,被关起来四五天,少了两颗门牙。到国义下葬那天,全村人去吊香,梅芳和春琴忍不住拿了菜刀喊着脏话,就要去造纸厂讨公道,"一见梅芳和春琴挑了头,村里的男人也都红了眼,抄起扁担、钉耙,就跟着她们上了路"。这是"儒里赵村的村民最后一次以'集体'的名义共赴急难"。"集体"两个字被打引号,令人反思,这两个字以前有没有让大家共赴急难?现在呢?这也是当代小说里比较少见的一个需要维稳的群体事件。

农民们到场了,刑警大队已经赶到了,列阵以待。原刑警大队长高定国看见这个形势，叫新提拔的刑警队队长曹小虎持械镇压。因为造反民众前面有他的前妻梅芳，还有赵德正的遗孀春琴，高定国犹豫了。曹小虎说："那我们应该怎么办？"高定国说："给集团总部打电话。"曹小虎说："为这点小事，怎好惊动董事长？"这句话点出了基层刑警官员心目当中到底谁是老板，孰为重，何为轻，也证明了小说中批判的锋芒，批谁为重，指谁更难。

赵礼平赶到现场，先了解死者家属要赔多少，家属们说"怎么也得有个十万八万吧"，"礼平……伸出右手，张开手指……道：'我只能给你这个数'"。当日葬礼后，赵董事长果然送来赔款，令死者家人惊讶，"不是五万，而是五十万"。小说写"饭桌上码得高高的那堆钞票，在视觉上有一种令人震撼的冲击力"，"冲击力"是要民众感恩，但"视觉"显然是知识分子的视角。之前的"士"是父亲，后来便是"我"了。

赵董事长还安顿了死者家人的工作，乡亲们感恩戴德。这个群体事件以及被维稳的过程，第一说明了"官""商"如何紧密合作；第二说明了在格非小说里，"商"比"官"力量更大；第三说明了用小说批判"商"，比批判"官"更加保险。

"沈祖英"一节写"我"在图书馆的平凡经历。沈祖英是一个一丝不苟的知识分子，在"我"的父亲自杀以后，沈也是"我"的文化老师。"赵礼平"一节当然十分重要，因为作家把赵德正和赵礼平作为前、后三十年的两个村里人代表来描写。赵德正在革命年代忠诚苦干，最后官场失足。赵礼平在改革年代大胆冒险，最后不断发迹，极有手腕。为了表达作家的爱憎倾向，小说夸张罗列赵礼平在婚姻当中的极品渣男行径，平时花心、好色、见美即追、过眼即忘，最后还要编辑自己的格言出书。

第三章还有几节，作家既然写，我们也要读。"唐文宽"一节写男同性恋唐文宽在当初和后来如何在赵村受到歧视。"斜眼"一节写斜眼当上了村长，后来来了一个新的乡长，号称"邵青天"，决定整治贪腐。斜眼因为有贪腐，害怕了，就想先发制人，去告发朱方集团向长江排放污水，而邵乡长收了礼金，对此不予追究。没想到一举报别人，他自己被抓起来关了四年。我们注意到，小说写六七十年代的官场也没有这么黑吃黑，除了赵德正一例。"高定国"一节写大队会计一生算盘打得好，躲过各种危险。老了后每天看新闻联播，然后去花园散步。第三章还写了"老福""永胜"等。总而言之，赵姓两村几十人，除了一个赵礼平，其他人在后三十年的境遇好像都不怎么样。这是互不否定吗？或者也有另外的倾向。

小说第四章第一节是整个长篇中最抒情也最接近于点题的一段："儒里赵村拆迁一年之后的春末，下着小雨，我终于站在了这片废墟前。"

在小说前两章中，这是一个风景好，景色美，有人弹古琴，有人算命，有各种男女关系，有各种原始生产、生活方式的村庄，这个村庄应对数十年的革命运动，虽有损伤也有努力，比如说办了学校、愚公移山等等。

小说第三章断断续续交代了这个村庄进入了经济改革，其结果却是村庄变成废墟。"你甚至都不能称它为废墟——犹如一头巨大的动物死后所留下的骸骨，被虫蚁蛀食一空，化为齑粉，让风吹散，仅剩下一片可疑的印记。最后，连这片印记也为荒草和荆棘掩盖，什么都看不见。这片废墟，远离市声，唯有死一般的寂静。"

于是，"我"站在我们家的旧址上，废墟之中长着野草、留着杂物，"我"走过乡亲们的家园旧址，感慨："悠悠苍天，此何人哉？"（不知道有多少村民会发出这样的感慨，还是他们用不同的方法发出格非的感慨？）我在"被夷为平地的祠堂前……数不清的燕子找不到做窝的地方"，意识到"自己是一个被母亲遗弃的孩子"。

小说的这段话可能引起很多现代读者的共鸣："其实，故乡的死亡并不是突然发生的。故乡每天都在死去。"我"终于意识到，被突然切断的，其实并不是返乡之路，而是对于生命之根的所有幻觉和记忆"。

这段抒情可以和《一句顶一万句》中重返故乡的结局相呼应，这也是80年代寻根文学到了新世纪的心理延续。

到此为止，《望春风》已经在两个意义层次上有别于同时代的长篇了。第一，前三十年的村民生活固然不幸，后三十年的百姓生态也未必幸福。第二，后三十年的农民第二次失去了他们赖以生存的土地，对第一次失去土地的过程，作品却有意无意省略了。

小说如果到此结束，其实也无不可，但作家觉得还应该让人们在绝望中保留希望，而这希望在《望春风》里只能是比较浪漫的。

《平凡的世界》最后，男主角孙少平放弃省领导帮助，不肯回城，留在自己受过严重工伤的煤矿，也是一个与现实主义情节不太和谐的浪漫主义结局。《望春风》不仅感慨乡下人进城之难，更悲悯农民工已无退路，故乡村庄已经永远消失。所以小说的浪漫结局，就是50多岁的"我"和比"我"大几岁的婶婶辈的赵德正的遗孀春琴，一同回到家乡当年父亲自杀的便通庵，简单装修以后一起同居，先称姐弟后为夫妻。"没有电视。没有报纸。没有自来水。没有煤气。没有冰箱。当然，也没有邻居。"

"我"和春琴的这种伯夷叔齐般的与世隔绝，当然不大现实。第一，即使是简陋的便通庵，也是做生意的同彬夫妇出钱替他们装修安排的。乡土中国的要义就是人与人的关系，没有邻居乡亲，何为乡土？第二，这片废墟只因赵礼平公司资金周转出问题而暂时没动工，一旦动工，"我"和春琴又没有了去处。第三，几十年来春琴一直是长辈，小说也没写"我"如何痴情暗恋，现在的爱情是否只是鉴于重归理想的共同信念？或者更多的是同情？

如果说浪漫的定义之一就是不现实，那么人们仍然可以说《望春风》有一个浪漫主义的结局。无论如何，虚幻的乌托邦也比忘却或怀念过去的灾难更少一些危险。

参考文献

张学昕、格非：《文学叙事是对生命和存在的超越》，《当代作家评论》2009 年第 5 期

晏杰雄、杨玉双：《在归乡之途解命运之谜：评格非长篇小说〈望春风〉》，《小说评论》2016 年第 6 期

陈培浩：《小说如何"重返时间的河流"：心灵史和小说史视野下的〈望春风〉》，《当代作家评论》2016 年第 5 期

格非、林培源：《"文学没有固定反对的对象"：格非长篇小说〈望春风〉访谈》，《当代作家评论》2016 年第 6 期

林培源：《重塑"讲故事"的传统：论格非长篇小说〈望春风〉的叙事》，《当代作家评论》2016 年第 6 期

格非、王中忱、解志熙等：《〈望春风〉与格非的写作》，《清华大学学报（哲学社会科学版）》2018 年第 1 期

廖高会：《"存在"与"家园"的双重探寻：论格非小说中的乡愁乌托邦》，《小说评论》2020 年第 6 期

周梅森《人民的名义》

百年官场文学的规则与突破

　　本书中至少有两部作品——《狼图腾》和《人民的名义》——首先是因为作品的社会影响力而不是纯粹文学理由引起我们的注意。

　　很多人是先看了《人民的名义》同名电视连续剧，然后才读小说。电视剧由李路执导，由最高人民检察院影视中心、中央军委后勤保障部金盾影视中心等出品，这是罕见的直接由官方甚至军方制作的描写官场斗争的文艺作品。这部电视剧播出期间受到广大民众的热烈欢迎。开玩笑地说，老百姓一度宁可不看美女宫斗、帅哥穿越，也要看干部们坐着开会。因此《人民的名义》可以看作是官方主旋律与民众审美兴趣的重合。重合部分既显示了主旋律官场文学的边界线，也反映了民众的兴趣焦点。

　　电视剧《人民的名义》从2017年3月开始在湖南卫视播出，同名长篇小说是在2017年1月由北京十月文艺出版社出版，几乎是同步的文化生产。小说的作者和电视剧的编剧都是南京作家周梅森。周梅森，1956年出生于徐州，在这本书之前还写过《中国制造》《绝对权力》等作品，获得过国家图书奖、"五个一工程"奖等荣誉。

一 官员／干部：百年来的官场众生相

从 1902 年梁启超的《新中国未来记》开始，一百多年来中国小说里的官员／干部形象至少经历了四个发展阶段。中国的文官制度从来都具有向上维护、辅助，中央集权向下管理控制农耕文明的社会功能，也一直和科举、士绅文化密切相关。古代的很多文人可能就是官员，比如白居易、欧阳修、王安石、苏东坡等。即使不是官员，至少也曾想做官员。感时忧国、怀才不遇、士为知己者死等，这些文学主题都联系着"士"和"仕"的关系。当然，这个传统到了 19 世纪末 20 世纪初发生了前所未有的大变化。

第一个阶段就是晚清，文学中的官员有两种状态。一类是由"士"而"仕"，但不是传统的"学而优则仕"，而是"学而醒则仕"。科举仕途不通，少数读书人率先觉醒，接受人道主义、马克思主义、无政府主义等世界文化思潮，进而参与甚至领导社会变革。梁启超在《新中国未来记》里所写的黄克强、李去病就是这种由"士"而"仕"的典型代表。他们领导的中国革命在梁启超的幻想当中改变了中国。晚清文学的另一类官员形象都是贪官。在李伯元笔下，天下十八省哪来的清官？而且买官成本高，贪腐就成为"合理"或者无可避免的"刚需"。吴趼人的《二十年目睹之怪现状》中虽然有叙事者自命为批判者，但小说里绝大多数官员都属于"怪现状"，其特征一是贪钱二是好色，这个传统后来一直延续到《人民的名义》中。

从"五四"到延安时期则是第二阶段。拙著《重读 20 世纪中国小说》注意到一个现象：在现代文学作品中很少有官员形象。在社会上，当然官员还是很有权力，其中一些人的作为或不作为会让民众百姓承受苦难。但是在现代小说里，官员几乎消失，只有帮凶爪牙（康大叔、孙侦探等），或者读书人失败堕落（"狂人"

病愈候补做官，魏连殳做师长顾问等）。只有鸳鸯蝴蝶派小说才有军阀直接登场（《啼笑因缘》《秋海棠》），《华威先生》是一个非常特别的例外。简而言之，在民国小说里，官员／干部的形象远不如知识分子和农民形象来得重要。

到了第三个阶段，也就是延安时期和五六十年代的文学作品中，干部／官员的形象在文学里又变得重要起来，而且可以简单地一分为二。国民党、军阀、日伪军官叫"官员"，共产党的领导叫"干部"。"官员"和"干部"这两个说法都是中性的。近年来"官员"这个词也不一定就特指国民党。至于"干部"这个词，一般以为是共产党的专用名词，其实也不是。在阎锡山的干部培训基地，国民党也把他们的各级领导称为干部。忠奸对立和官民矛盾，是中国传统文学的两个最重要的主题模式，都在延安时期得到复兴、混合。这个模式一直延续到"十年"时期，在样板戏里正负人物反差越来越大，"高大全"对"假恶丑"，不允许中间人物，干部／官员形象一分为二。

这样梳理下来，王蒙的《组织部来了个年轻人》是一部超前的作品。他提前点出了80年代以后才普遍被描写的执政党内部的忠奸对立和官民关系，或者也可以说是因为50年代的形势，将王蒙小说所描写的第四阶段的官员／干部形象硬是推迟了20年才引起大家注意。

80年代小说里的官员干部形象，从官民矛盾看主要是承认百姓承受苦难，干部好心无意办坏事，《活着》是这种叙事策略最成功的范例。最初的开拓者则是高晓声的《李顺大造屋》与茹志鹃的《剪辑错了的故事》等。

从忠奸对立看，官方和民间都认可的模式则是蒋子龙《乔厂长上任记》，"好官"大胆改革甚至大胆恋爱，"坏官"阴谋诡计贪图私利，至于恋爱作风都是小节。该模式的要点是每一级必有正负人物，一层层忠奸的对立，但最高一级是"忠"的，所以小说里的结尾是部长下来支持乔厂长（当年林震去敲上级领导的门，里面灯光明亮）。这个模式贯穿在80年代以后大部分的官场小说里，甚至把官场小说发展为一种通俗畅销的类型小说。

《人民的名义》主要也是忠奸模式，但有一些突破。主要突破有两点：一个是有名有姓的最高级别官员竟然是负面角色；另一个则是历史悠久的在知识分子和官员之间的某种假想联盟——读了书的官员会好一些——在《人民的名义》里也被打破了。

另一部80年代后较多描写官员/干部形象的小说是《平凡的世界》，和《人民的名义》一样既受官方推崇也受民众追捧。小说里写了大队公社、乡镇、县市、地委、省以及中央各级有名有姓的几十个干部，大致上隐隐也有正负角色之分。而他们之间的分别在于，凡是努力抓革命的大部分是负面角色，凡是用心促生产的基本上是正面人物。在这些干部复杂的调动升降路线图里，干部们的私德和金钱并不是关键因素，对政治路线的态度以及怎样帮助老百姓致富才是重要的关键。所以，前后三十年中国政治的转变是《平凡的世界》干部群像的生态背景。

二　谁是奸佞？谁是忠臣？

《人民的名义》本质上是通俗政治小说，几乎所有人物都有正负之分。忠奸对立和官民矛盾两个模式在小说里结合，以区分干部忠奸对立为主，与民众的利益关系是第二主题。因为对人物的政治道德评判最后黑白分明，所以小说在价值观上并不存在特别的复杂性。人物逐渐暴露他们真面目的过程，就是小说全部的叙事结构和情节程序。所以小说实际上是全知全能，但又假装困于主要人物"侦探者"的视角局限。小说最主要的叙事推动力是反腐侦探也是官场窥秘，满足人们的政治好奇心。

小说一开篇，最高检反贪总局的侦查处处长侯亮平，等飞机要赶往 H 省逮捕京州市副市长丁义珍。当时分管政法工作的省委副书记高育良正召集省委常委、京州市委书记李达康，省公安厅厅长祁同伟，省检察院检察长季昌明和省反贪局局长陈海一众人开会，商量是马上逮捕丁副市长还是先停职审查。结果就在他们讨论的过程中，也是侯亮平从北京赶往京州的路上，丁副市长已经飞往加拿大。在这一段开会的场面中大部分角色已经登场，人人戴着面具，个个说着官话。从剧情看，此时完全分不出善恶忠奸（消除简单的脸谱化，是 80 年代以后主旋律文学的进步）。已登场的高、李、祁、季、陈五人中，高育良书记曾是大学教授，陈海、祁同伟和从北京来的侯亮平都是他的学生，人称"政法系"。而李达康是前任省委书记赵立春的秘书，他下面也有很多做秘书的干部，所以被称为"秘书帮"。

"秘书帮"是中国政治生态的一个特殊现象，高一级首长的秘书有时候比下一级的正职更重要。晚清小说常常写清朝的高官让身边的人下去"捞几个"。现在常常是领导让自己的秘书下去"锻炼锻炼"，了解地方情况，以后再用也比较放心。

《人民的名义》里的忠奸对立有几个级别。省市一级是高育良的"政法系"对李达康的"秘书帮"，虽然实际上陈海和侯亮平这两个学生并不听高育良的指挥，但表面上"政法系"还是对"秘书帮"占上风。既是因为老师的面子和地位，也是由于李书记的妻子作为银行副行长有明显的贪污行为，李只能跟她划清界限，但这只是忠奸对立的第一个级别。

第二个级别是指新来的省委书记沙瑞金同时对付"高"和"李"，一度是三角关系。但是渐渐地沙书记扶"李"斗"高"，虽是同级，他有第一把手的天然优势。沙书记在小说里有一段名言："中国的

政治就是一把手政治嘛，你不向一把手靠拢，不经常出现在一把
手的视线里，进而把一把手变成你的政治资源，你就不可能出现
在一级组织的考察范围里。"[1] 所谓"考察范围"就是要升级的前提
了。纯粹从权势运作的角度看，沙书记怎么利用"高""李"矛盾
在短期内确定自己的绝对领导地位，也是《人民的名义》的另一
种阅读角度。

除了"高—李"斗和"沙—高—李"三角关系以外，小说里
的忠奸矛盾还有更重要的第三个级别，也就是《人民的名义》的
一个突破。在《组织部来了个年轻人》里，林震斗不过同级和上
级的官员，最后就去敲区委书记的门。在《平凡的世界》里哪个
干部升职快，都是因为得到了省里和中央的支持。在《乔厂长上
任记》里也是这样，忠奸缠斗，最高一级的那是正面形象。但是
这个官场小说的常见潜规则好像在《人民的名义》中被打破了。

小说里有名有姓的官员中地位最高的原省委书记赵立春，"现
在又是党和国家领导人之一"。这样一个中央的领导最后成为反派，
这也是《人民的名义》对中国官场小说基本模式的一个突破。这
个突破如何实现？需要一定的政治智慧和文学技巧。

一般来说，当代小说里比较负面的干部形象，大部分是区长
或县长（《李顺大造屋》《活着》），写到中央一级便充满挑战性。《平
凡的世界》里有个中央老干部，只是回乡探亲。可是《人民的名义》
却把现已晋京的前省委领导写成贪腐干部后台，虽然这个反派自
始至终没有在小说里出场，主要以电话的声音和别人回忆的形式
出现，仍然给人留下微妙的难以言传的想象空间。

周梅森在这里运用了三层技巧。第一，小说中主要犯罪人是
老领导赵立春的儿子。后来儿子被判死缓，赵立春也因此涉嫌违

1　周梅森：《人民的名义》，北京：北京十月文艺出版社，2017年。以下小说引文同。

纪违法（当然是因为包庇儿子）。"高干"因为子女家人经商而出事，颇符合大众的官场想象。第二，小说把赵立春一家叫作"赵家人"，这是一个源自鲁迅的隐喻，泛指权贵阶层。主要罪名不是政治路线错误，而是经济上的违法乱纪。"赵家人"没有反对改革开放，而是在改革开放当中，利用国土资源、土地、燃气等获利。这也是一种比较契合新世纪民众情绪的写法，官商勾结，好像官沾了商才变坏。第三，小说里写到，省公安厅厅长祁同伟在失败时才醒悟，看上去是"高""李"两派争斗，其实是"省委书记沙瑞金太厉害了"，"棋局临近结束，才看明白了布阵，自从中央派沙瑞金来 H 省任职，他们这些人就注定要出事了"。这句话很重要，意思是说，与其说是沙瑞金上任以后与"高""李"斗，发现"赵公子"犯罪团体，"连累"到"赵"在中央的父亲，不如说是沙书记本来就带着要发现"赵家"犯罪证据的使命才被派来 H 省。沙盘推演：也许中央更高的领导发现了赵立春的问题，所以派沙瑞金到赵的老家来搜集证据。因此"沙"在 H 省的行为是得到了"更高"支持的，所以实际上，"最高"的形象还是正面的。

就算是放在 H 省的政治斗争来讲，《人民的名义》也隐隐地暗示了官场政界中的一个规律，就是"前任不敌现任"，"关系不敌组织"。下台前安排再多可靠忠诚的自己人，还是敌不过现实中的组织纪律与利害关系。流水的将也斗不过铁打的衙门（虽然还在衙门里的将总希望有例外）。

当然，政治权术"厚黑学"毕竟只是官场小说的部分内容，而且不一定是最重要的内容。人们不仅关心 H 省政界谁输谁赢，谁黑谁白，更关心的是输赢原因何在，区分黑白的标准是什么。具体地说，"沙""李""侯""陈"（陈就是陈海的父亲，退休的检察长陈岩石）赢了，"高""祁""赵"及高小琴等输了。为什么？他们赢在哪里？其他人又输在哪里？小说把前几位写成清官忠臣，

后几位写成贪官奸商。问题是 21 世纪的忠奸标准是什么？这才是
小说以及改编电视剧又获奖又受百姓欢迎的基本原因。

三　判断忠奸的标准之一：是否贪财

"祁"、"赵"、高小琴以及书中几乎所有的反派官员，他们的
第一个共同特点，就是贪财。祁同伟身为省公安厅厅长，入股山
水集团，自然利用权力保护财团赚钱。赵瑞龙利用他父亲当省委
书记的权势，请高育良批了湖边的宝地建造美食城，等于是变成
了赵家的收款机。高小琴和高小凤两姐妹穷人家出身，含恨忍辱
发财，曾经被强奸，但是最后她们（至少是高小琴）操作山水集
团的私人俱乐部，整天招待当地各级领导。小说里的一些配角，
比如燃气集团的刘新建曾经是赵立春的秘书，也是利用国家资源
给各级领导输金送银，人人都有好处，自己当然也有收获。省委
副书记高育良一度宣称对钱不感兴趣，他学生祁同伟也以为老师
只爱权不爱钱。但最后侯亮平还是找到了他的毛病——高书记在
香港有两亿港币的基金供养私生子。

形成对照的是，所有正面的干部人物，也就是沙书记、侯亮平，
还有中间被撞昏的陈海以及他父亲陈岩石，这些正面人物都没有
经济问题，他们的生活也没有经济困难。小说里细写干部的待遇，
写侯亮平拒绝他的发小商人蔡成功的送礼。陈岩石曾经拿钱买股，
为的是大风厂重新生产，是为了帮助工人而不是炒股票。所以通
过这部小说（及读者观众的认可），人们可以看到，贪不贪钱是干
部官员正派与否以及品性是否善良的第一条标准。

假如社会真像小说所写，看来要维护干部团结让他们真心为
人民服务，最可靠、最直接的方法就是公开并检查官员们（以及
他们子女）的财政状况。如果这个办法一直难以实行，也就说明

小说太简单，社会更复杂。或者说，小说有意无意还是在批判"走资本主义的当权派"。

小说与电视剧一开始，侦查处处长侯亮平就查抄了一个部委项目处处长的家。处长赵德汉（也姓赵！）长得像农民，家里很贫寒，但是在另一秘密豪宅，藏了一整屋的现金。这个画面给电视机前的百姓留下了深刻的印象，唤起了民众直接的愤怒。这既是对贫富不均和官员贪心的愤怒，也是对公权力和金钱关系的愤怒。再引申一步，到底是钱的问题？还是权的问题？还是在它们结合的过程中产生的问题？在这些问题上，《人民的名义》写得不太多。

四　判断忠奸的标准之二：是否好色

第一个标准是"无官不贪"，第二个标准就是"无官不淫"。小说里最后凡是反派人物，在家庭婚恋方面也一定有问题。

祁同伟是一个于连式的人物，苦出身，在社会上碰壁但不甘心，追一个比他大 10 岁的女人，据说是在操场上摆满花下跪求爱。为什么呢？因为这个女人的父亲是高官，是高育良的上司。这是一个很典型的测试，一个男人，尤其是一个青年人，会不会为了某种权势而选择自己的婚姻？通常肯牺牲爱情来获得权势的人将来都是有"前途"的，所以他后来升官了。他对婚姻家庭当然不满意，所以就和山水集团的高小琴同居（在电视剧里还有真情实感）。最后的结局，是逃到自己曾经英勇作战的孤鹰岭自杀。他曾经有机会打死对头侯亮平，但最后却选择自杀，这时很多电视观众对他反而同情。显然，周梅森对忍辱爬行的人物也有较复杂的感情。

另一边厢，"赵公子"是一个高干子弟商人，对女人当然更加放肆。高家姐妹就是他和另一个商人一起培训出来的"美女炸弹"，用来腐蚀高育良和祁同伟。高育良在小说里处处以学者面目出现，家里的"师母"也善待学生。其实省委副书记也另有苦衷，这也是小说的悬念。他援助他的情人高小凤，在香港生了儿子，道德面具破碎（同样的故事发生在别的作品比如《牛虻》里，可能还是悲剧）。

统计一下小说里其他的反派人物，可以发现他们一概都有家庭问题。山水集团的刘庆祝一直"包二奶"，冷淡妻子，以至于他被杀以后妻子一点都不伤心，并且在接受审讯后马上又去跳广场舞。另一方面，凡是善良正派的干部一律都没有婚恋问题。沙书记的家人在小说里是空白。侯亮平和妻子是一对恩爱小夫妻。公安局的赵东来和检查局的一个叫陆亦可的女官员好像要擦出一点火花，但也只是在电视剧里，小说里没有详细写。陈海和他的父亲当然是模范家庭，没有"女色"问题。

所以，与前面讲干部公布财产一个道理，另外一个建议就是如果要判断干部忠奸的话，除了财产还要看家庭，也就是要审查干部的婚姻情况，这是一个重要环节。所以读了小说以后，组织部的同事们也许可以总结出一个简单的经验，要审查干部，一要看他有没有钱，二要看他有没有一个以上的女人。同样"新官场文学"，《人民的名义》相比80年代《乔厂长上任记》，道德标准提高，"思想解放"后退。

李达康是唯一一个忠奸之间的所谓"圆形人物"。他的老婆负责银行，有贪污行为但他不知道，为了仕途他坚决与老婆离婚。他被新领导沙书记成功挽救，继续做一个有缺点的"好干部"。所以李达康很像《日出》里的李石清。因为钱和女人是关键，他老婆贪了钱但他不用，最后又坚持党性来离婚，李达康在小说里是一个既欺人又被欺的官员。

五　判断忠奸的标准之三：是否走"正确路线"

除了贪钱、贪恋女色之外，验证干部究竟是"干部"还是"官员"的，第三个标准，可能也是更重要的标志，就是路线，这里不是指政治路线而是人事路线。小说的大背景是中央派沙书记来 H 省收集前书记的问题，也就是现任清算前任的问题。所以，顺应沙书记意志和指示的干部大多是"革命干部"，反对沙书记意愿和命令的大多是"腐化官员"。"第一把手"规律沙书记说得非常清楚。但是，在政治斗争这条主线之外，小说还涉及了不少官场的游戏规则。比如在"高""祁"师生谈话之间，有时候也会在虚伪背后现出某些透彻。小说的原文提到，"官场上总是这样，表面上是在谈论某一件事，但在这件事背后却总是牵连着其他人和事，甚至还有山头背景、历史纠葛等等"，不知道这是高育良和祁同伟师生之间的领悟，还是作家在一旁的感慨。

小说又写沙书记、侯亮平在追寻前任赵书记留下的政治资源时，因沙书记的父亲和前检察长陈岩石曾经是战友，所以陈岩石这个退休干部就等于有了"尚方宝剑"。他同情大风厂的工人下岗，直接命令区长孙连城批地。小说里陈岩石说："区长啊。"区长就只好说："哎呀，区区小事，还劳您陈老大驾呀。"为什么区长对他这么尊重呢？就是因为他认识新的省委书记的父亲。但是这不好答应下来，因为批地会牵涉很多方经济利益。同样的事情在高育良、祁同伟和赵立春那里叫作风不正，而在沙瑞金和陈岩石这边叫红色基因，发扬革命传统。小说中不止沙书记明言了"第一把手"理论，高育良后来也发现了。他平时说话众人点头，怎么现在就不行了呢？小说写他"又觉得不是他的错误，而是权力效应！因为他不是一把手啊，权重不够大嘛！如果这些话都是沙瑞金说的，那就是堂堂正正的辩证法了"。不过他的领悟太迟了。

那么"一把手"沙书记是否就绝对正确？作品中也有些细节暗示。比如一个人再英明也有疏漏。有一次沙书记为了帮助工人尽早生产，将新的大风厂的法院封条撕了下来。李达康站在旁边想，"其实沙瑞金应让光明区法院来撕封条，而不应该用手上的权力强撕，要依法行政嘛"，"可嘴上却说：沙书记，您眼里容不得沙子啊！"后来沙瑞金火箭提拔了一个地区干部易学习监督李达康工作。李达康忍不住提问，平行监督，"易学习来监督我，谁来监督您沙书记啊？"这大概也是作家想问的话，现实中的李达康大概也不敢这么问。当然读者都知道沙书记要靠上级支持和监督。李达康或者说作家提出这样的问题，实在是比较书生气。

周梅森的这部长篇文字尽量朴素，对话多用间接引语，少用引号、形容词，少用风景和感情咏叹。偶尔有一点抒情，比如用在侯亮平身上，但这个人物却是最平面、最空洞的一个正面角色。他作为司法干部，行动思想很高尚；但作为一个文学人物，他的行动和感情都很概念化。他的确就像小说所言，是沙瑞金以及更高领导用来对付赵家人的一把"工具刀"。

六 读书人，真的能成为一名好官吗？

《人民的名义》对"官场文学"的突破除了反派位列最高，还有一点就是打破了从曾朴、刘鹗一直到王蒙延续下来的读书人与好官之间的隐形联系。曾朴的《孽海花》里，考出来的官一般要比花钱买来的好，"正途"之仕至少熟读礼教学说。《组织部来了个年轻人》里刘世吾和林震因为读俄国文学有了共同语言。可是，在《人民的名义》里，侯亮平是读武侠小说的，高育良却更有书卷气，读很多经典，连一个要贿赂他的美女也要读《万历十五年》。小说里还有一个贪官能将《共产党宣言》倒背如流，可是这一点也不妨碍他们都是贪官，只要有钱，只要有色。所以，百年来中国小说中的文化知识与政治道德的隐形联系，在《人民的名义》里被打破了，值得注意。

根据《人民的名义》小说改编的电视剧走红，也带红了一批演员。观众的反应是，演李达康、高育良甚至祁同伟的演员给人的印象更深。近年电视剧《狂飙》中，饰演反派的张颂文也更受欢迎，其间原因耐人思索。可能是人性的原因，他们犯的错，金钱、女人、权术，也在宣泄一般人的欲望和愤怒；可能是政治的原因，人们发现几个反派"德"不足，"才"却过人；也可能是艺术的原因：好的干部都是一样的好，坏的官员却是不一样的坏。

参考文献

廖伦忠：《周梅森政治小说的独特视角》，《小说评论》2012 年第 4 期

李保堂：《论周梅森政治小说对"改革文学"的超越》，《时代文学》2011 年第 23 期

郭圣龙、周敏：《被虚构的现实：叙述学视角下的〈人民的名义〉》，《名作欣赏》 2018 年第 5 期

周政保：《"被炮火驱动的大碾盘"：谈周梅森小说中的战争与人》，《文艺争鸣》 1990 年第 4 期

王璐：《"对位法"中的现实：周梅森现实政治题材小说论析》，《扬子江文学评论》 2021 年第 4 期。

李洱《应物兄》
"犬""儒"的当代知识分子

李洱是格非的同学，也是上海华东师范大学中文系毕业的作家。如果说格非现在是一位学院派作家，那么李洱的长篇小说《应物兄》[1]则可以称为"学院派小说"。

"学院派小说"当然是生造的概念，意思是小说人物主要是学院中人，小说主要发生在大学内外，小说主题也牵涉学术问题。最重要的是文风、细节、腔调也都处处充满了"学术腔"，引经据典掉书袋。

这类小说在20世纪中国小说史中并不多见。《应物兄》出版以后获得不少好评，也获得了茅盾文学奖。远一点的传统是《儒林外史》，从对儒生种种状态的不满再到对儒家信念的坚守；现代文学写大学校园政治最出色的是《围城》，但《围城》特色是讽刺，不仅方鸿渐讽刺其他人，作家也讽刺方鸿渐。这就像张爱玲评上海人的名言：看不起人，也不大看得起自己。[2]如果这部作品嘲笑

1　李洱:《应物兄》,首次发表于《收获》(长篇专号)2018年秋冬卷;北京:人民文学出版社,2018年。

2　"这里面有无可奈何,有容忍与放任——有疲乏而产生的放任,看不起人,也不大看得起自己,然而对于人与己依旧保持着亲切感。"张爱玲:《到底是上海人》,引自《流言》,北京:北京十月文艺出版社,2021年,第58页。

所有人，而自己却是一个抒情英雄，那就是另外一种作品了。李洱的《应物兄》既不直接批判其他人，同时也好像并不批判主人公，像是一部通篇好话的温柔敦厚的讽刺小说。写知识分子成堆的小说还有杨绛的《洗澡》，但《洗澡》里的知识分子分成正邪两派，有政治运动做背景，要是没有"洗澡"环节，读书人的钩心斗角意义也不大了。

除了钱锺书、杨绛夫妻以外，整个当代文学七十多年里描写知识分子的小说确实不多，这是一个很值得研究的课题。晚清以来，"士""官""民"一直是中国小说的三种主要人物形象，尤其是"士"，在大部分作品里都不会缺席。从《祝福》里内疚自省的"我"，一直到80年代《活着》里听福贵讲他悲惨人生的"文青"，都是知识分子在旁观记录农民或民众的受难故事。大部分情况下，知识分子的视角、眼光，以及他的身份、态度、功能，都和农民（民众）与官员（干部）形成一种三角关系的呈现。

主要以大学为背景的知识分子小说也有，《青春之歌》从林道静爱上余永泽再到最后参加"一二·九"运动，女主角在胡适弟子和地下党人之间做爱情选择。60年代还有《大学春秋》，女主角也是在许瑾、白亚文两个男生之间犹豫，背后就是"红"与"专"哪个更重要。张抗抗的《北极光》也写一个女生与几个男生之间的感情以及人生道路选择。

总而言之，知识分子小说要么讽刺人事斗争，要么强调政治压力，要么就是爱情/人生观选择。如果不明显讽刺，也不写政治运动，亦不要爱情主线，那么知识分子成堆的故事可以怎么写？

一　对知识分子生态的散点透视

《应物兄》的若干特点也和近年中国小说的某种发展趋势有关。

第一，细节大于情节；第二，空间大于时间；第三，群像大于个体；还有第四，迟些再论。

我们在阅读《一句顶一万句》《繁花》《古炉》等近二十年最重要的长篇小说时，讨论过所谓细密派写实主义的概念，并认为这种"碎碎念"的"清明上河图"式的写法是新世纪长篇小说的一种发展趋势，一种散点透视的艺术方法，以人民生态而非人物性格为中心。

应物兄是小说的核心人物，但这个人物的性格命运从头到尾没有戏剧性的发展变化。所以应物兄既是一个人物典型，也是一个观察角度。观察什么？那就是他周围的人和事，应物兄看到、碰到、遇到的种种事情都是小说的主要内容。

小说《应物兄》的情节一句话可概括：北美的教授程济世愿意回到家乡济州主持一个儒学研究院，济州大学为程教授回归做了各种准备。这一情节主线进展极其缓慢，长篇上下两部一千页，五百页就讲了程先生同意回济州到北大演讲。等到下部结束，还没回到济州。如果读者只执着这条情节主线，完全可能缺乏耐心看下去。读者为什么要在意一个虚构的哈佛学者回不回家乡？吸引人的关键还是大量碎碎念的细节。

这种细节在《一句顶一万句》里就是老王卖肉、老张卖豆腐等；在《繁花》里就是偷窥种种阁楼里弄风光，然后"不响"；在《古炉》里就是男孩在大风暴照样"屎尿屁"；在《应物兄》里，这种细节就是引经据典，开口孔孟，各种学问卖弄。好多典故甚至还要读者查字典。这些学人、学院和学术腔调当中好像还没有多少讽刺的痕迹，只有看到学人们和官员打交道（在小说里谈到了几个校长、副校长、副省长），或者和商人来往（安全套公司总裁、内衣企业老板、养鸡大王等），只有当知识分子和官员、商人坐在一张桌前，一种结构性的而不是言辞中的幽默效果才自然呈现。

314

应物兄似乎缺乏方鸿渐那种机智刻薄，他在听程济世大师北大演讲时，在听葛道宏校长抒发文化抱负时都显得那么虔诚、真诚。小说里赞助太和院的商业集团，也是全球顶尖的安全套企业，讨论儒学话题也会演变为对"念奴娇"或"温而厉"等商标符号的研究，甚至"礼智仁义信"也可以结合到对生殖器的解构上。在情节层面，设置学术与官商勾结的背景不难，难就难在放了背景却好像视而不见，在对话层面无休止地打磨学术细节，并对种种关于儒学的讨论加上注解。这种看似虔诚的儒学坚守最终和儒学不能免俗的当代环境形成了反讽关系。整部《应物兄》好像是很多人认认真真合在一起做一件荒唐的事情，荒唐的不是外国专家回乡，而是因为专家回乡，变成了地方上的文化政绩。为此要改造城市——当年专家的父亲是国民党的将领，从这里败退走的，现在要重建他的旧居，甚至要专门研发专家儿时见过的某一种昆虫……

二　"空间病了，患上了时间的病症"

除了用细节堆积故事，《应物兄》的第二个特点是空间大于时间。小说主轴讲的是儒家传统及其当代命运。远一点要讲到两千年的中国历史，近一点也至少要涉及"文革"中的"批林""批孔"乃至今天的"国学"复兴等。但是这些时间因素和百年社会变化在《应物兄》被轻轻带过，小说重点在人事空间。

什么是空间？马克思认为："人的本质不是单个人所固有的抽象物，在其现实性上，它是一切社会关系的总和。"[1]这句话倒过来，

1　马克思：《关于费尔巴哈的提纲》，引自《马克思恩格斯文集》（第1卷），北京：人民出版社，2009年，第501页。

是否也可以从一个人的性格出发，去梳理他的社会关系网？整部小说由应物兄的朋友圈构成。

第一个圈子是他的导师，古代文学专家乔木先生（小说里很多人物，作者故意借用一些已故或者健在的学术名人的姓名，制造一种戏仿疑真的效果，比如乔木、姚鼐、郑树森等）。和乔木同辈的，还有校内的考古专家姚鼐、研究西方哲学的何老太太，还有一度被认为发疯的张子房、校外的核弹专家双林院士等。《应物兄》描写这些学术权威关系都很好，彼此互相尊重。在应物兄眼中，老一辈专家互相之间都没有什么矛盾分歧。

第二个社会圈子是应物兄的家庭和男女关系。他的妻子姗姗是乔木先生的女儿。男人大凡愿意或者希望以婚姻爱情为阶梯而取得社会地位的，一般来说，性格中必有怯懦或功利的一面。应物兄和姗姗关系果然不好，整天吵架，长期分居。为什么不离婚？应物兄的解释是如果离了的话姗姗又要害另一个男人，这是超高水平的阿Q精神。他的女儿应波已经长大，在美国读书，倒是阳光健康。小说里，应物兄和电台女主持人朗月曾有两场床戏，美丽却无情。男主角对美籍女子陆空谷也有点单相思。基本上，男女感情并不是小说的情节主线，也不怎么影响主人公的性格命运。

第三个社会关系圈是哈佛的程济世大师和他身后的一切。程是新儒学的名家，读者可能会联想到杜维明教授，但小说与原型没关系。程济世也和乔木、姚鼐一样属于男主角的导师辈，但应物兄不是程的弟子。筹建研究院过程中，大师是中心人物，将来要做院长，应物兄则是副院长，所以既是偶像崇拜也是上下级。小说里应物兄对程济世五体投地，有些夸张，很难区分是纯粹的崇拜还是工作需要。为了招待程大师，应物兄还要招待他的随从学生珍妮以及他的儿子等。

第四个社会关系匿是济大的校长葛道宏、副校长董松龄，还有主管文化的副省长栾庭玉，以及后来下台的另一个姓梁的副省长。这些领导对济大引进程大师都热情支持，理由当然不同。葛校长是希望学校排名上升，栾副省长是考虑借机可以引进外资改造旧城。这些人物一出现，小说基调就从《儒林外史》转向《官场现形记》了。

我这么说并无贬义，《官场现形记》的文学史地位是被低估的。不过李洱写官场，比李伯元含蓄，不会让你笑出声来。李洱尽量写出葛校长、栾副校长说话做事的合理性，甚至细致地展示副省长家里母亲媳妇的关系，以及男人对女人生育的压力最后导致怎样的后果等。应物兄总是善良地理解周围，尤其是上层的人和事。

第五个社会关系圈是围着太和研究院的商人们。程大师的弟子黄兴（程大师叫他子贡）是国际大财团的老板，光"温而厉"这个安全套的名字就值100万，后来悄悄地捐给了栾副省长的情人所在的医院。商人当中还有卖蛙油起家的雷山巴，他有双胞胎两个"夫人"，其中一个也要进到太和院。养鸡罗老板的女儿叫易艺艺，怀了程大师儿子的小孩，最后不肯打胎。小说里还有酒店老总铁梳子、好色的陈董等。商人们大致上也是照规矩附庸风雅，既做生意也热爱儒学，是研究院建设的现实推动力。

应物兄的第六个社会圈就包括他个人很崇拜的女老师芸娘，以及他的一个已经去世了二十年的知心朋友文德能，这些人物身上寄托了男主角80年代的旧梦。这个圈子里还包括和他略有矛盾的、后来成为程大师弟子的同学象愚，同事费鸣，研究那种名叫"济哥"的昆虫的华学明，鲁迅专家郑树森等。

总之，整个长篇有名有姓的人物几十个，这些人物一圈一圈地由应物兄串起来，整体上像是显示今日"国学"难以复兴的"清明上河图"，而不是《马丁·伊登》这样以个人命运性格为主轴的欧化长篇。负责重建程家旧园的章学栋，告诉应物兄，他的恩师

曾说，"空间病了"。这句话几乎概括了小说主题。再问空间如何
能够痊愈？回答是"无法痊愈，因为它患的是时间的病症"。小说
是细节大于情节，空间大于时态，生态大于人物，但整部长篇以
应物兄这么一个人的名字为题，究竟是想写应物兄周围的文化生
态，还是想研究应物兄这个"典型环境里的典型人物"？

三　学界、官场、商界间的互动关系

《应物兄》写当代读书人的生态，背景是学界、官场和商界三
者的关系互动。

学者、官员、商人异口同声地抒发文化建设的理想，表达对
儒学或国学复兴的热情。但三种人的行动原则、职业特征和道德
规范是不同的。官员会被双规（栾副省长被流产发疯的夫人在自
杀之前举报，罪名不详），某些商人的生活腐化得很"奇葩"（雷
山巴的两个双胞胎女人能够和平相处，后来电视剧《繁花》中的
爷叔也同时爱着两个阿婕）。小说也写陈董的很多好色的经历，写
程大师的公子和他爸爸的女学生珍妮与罗老板的女儿易艺艺玩"三
人行"被拍视频。虽然小说里有很多狗血的情节，但总体上，至
少在应物兄看来，大部分情况下官员贪腐有分寸，商人堕落也不
难原谅，海外长大的下一代举止自然有些另类。学、官、商三界
人士围绕儒学复兴而合作互动，虽有丑闻，也并非邪恶。小说里
写得不动声色，有些细节比如副省长叫秘书邓林打个招呼，好像
非常正常。为了招揽程大师的弟子黄兴投资，还要招待他带来的
宠物"白马"，"特事特办"，无可抱怨。整部长篇都在写学者、官员、
商人之间的微妙关系。小说并不局限于描写学院中人，这也是《应
物兄》与《围城》《洗澡》最大的不同。《应物兄》把知识分子成
堆的故事，最后写成了一个温柔敦厚版的《人民的名义》。或许因

为时代不同，知识分子面临的也首先是社会问题。或许因为作家对学院中的事情不够了解或太了解，所以不敢往那些方面下笔。

四　难以落笔的学院中事

假设不把官员和商人写进小说中，纯粹写学院中事，还有哪些进入的角度和可能性？

第一，在应物兄的眼中，学校的几个学术权威互相尊重，全无文人相轻和学术帮派之类问题，这是一个非常理想主义的美好视野。学者之中，要建立风水学科的唐风十分庸俗，也有芸娘那样纯洁的人。我们知道，凡有成就的学者通常也有偏见与脾气，他们的学生之间也可能会形成某某门某某派，或是出于骄傲，或是出于功利，师门派别之争其实是学术界的普遍现象。小说中还写到"文革"中的各种派仗，某"名家"曾参加过写作组，某"权威"曾是战斗队的小伙计，某"大师"最早的文章发表在"十年"当中的著名刊物上。所有这些精彩的故事，因为应物兄宽厚纯洁，他都看不见，他看见的只是双林院士、芸娘、张子房和乔木先生的胸襟、情怀、学识和光辉的人格。"十年"中的读书人故事，并不是因为大师们学问不好，像冯友兰、刘大杰等学者，在那个时代也会"与时俱进"，"晚节不保"。《应物兄》避开这样的角度写也不奇怪，其他作家也很少有人能写21世纪的《围城》。只见不同的学生，歌颂不同的老师。

第二，即使全部学术权威都没有矛盾，人格学问都无可挑剔，眼前大学秩序中的功利崇洋与学术传统的尖锐矛盾也很难视而不见。现在大学的评审机制主要借用西方大学的"国际标准"，用工科衡量文科，项目比成果重要，论文比著作重要，英语比中文重要。有些学校的中文系老师，没有出过国，就不能升教授。小说里的葛道宏校长就是一个典型，他为了提升大学排名，主张所有的中文课程都要英文教学，要有英文提纲，用英语教《论语》。同样是儒学专家，难道外来的和尚就更会念经？哈佛教授退休回乡，竟然要为他建立研究院，还要把研究院盖在他儿时故居上。故居现在都已经找不到，竟然要找近现代研究所，要找出（其实是创造出）他的旧址，拆迁民房，挖地重建。还特别派专家组研究一种昆虫，只因哈佛大师记得儿时听到这种昆虫叫，非常亲切。甚至他的弟子，一个商人来访时，领导也要出来接见他带的宠物"白马"。小说里有这么一笔——乔木先生说程大师是在美国讲中国文化，要是到济大来还不知道会是怎样。所以本土学者坚持传统与校方商界崇洋功利的矛盾，在《应物兄》里略有提及，却轻轻举起，悄悄放下。

第三，还可能有更进一步的问题。虽然近年来还不必人人"洗澡"，专家们生活个个优渥，但学科要姓"马"，思政课等也在"与时俱进"。学生的举报是不是要鼓励呢？对学院的传统秩序是否又构成某种新的压力呢？

《应物兄》机智地躲开了几个层面的矛盾，否则设想一下：假如既有文人相轻、旧怨背景，又有西化功利与学术传统的矛盾，还要应对政治工程与时俱进，要协调国学复兴与"新左派"之关系，还有作品里已经涉及的大众媒体对文人、对学术的引诱改造，等等。当然，希望《应物兄》一部长篇小说能处理这么多当代儒学或者说当代社会面临的问题，显然是一种苛求，可见知识分子成堆的知识分子小说难写。

五 "犬儒"：像狗一样活着的儒学？

说起来也不是李洱不想写，而是主人公应物兄看不到。为什么看不到呢？这也是应物兄的优点。

　　男主角原名应物，出书时被人搞错改了名他也接受了，基本上算是处处占便宜了。应物兄的成名作叫《孔子是条"丧家狗"》，令人想到北大教授李零的著作《丧家狗：我读〈论语〉》。长篇小说由细节而非情节支撑，基本上生态画面比主角性格更重要，但这并不妨碍我们重新考察主人公的性格。既然作家有意以主人公的名字为书名，总有特别的用意。

　　一般来说，衡量一个人物的性格在文学上是否成功，标准至少有三：第一，其性格是否有明显特征；第二，其性格是否有内在复杂性或者说有没有内在深刻矛盾；第三，其性格在作品里有没有随时间和情节的发展而产生变化。根据以上标准来看应物兄：第一，他的性格特征虽然看上去不明显，其实很有特点；第二，他的性格有内在复杂性，有内在的矛盾；第三，他的性格从头到尾其实没有什么发展变化。

　　作家特别用了三种方法来叙说应物兄。出现第三人称"他"的时候，应物兄是小说的某个叙事角度，当然有时候用"他"有局限，叙事者会补充一下（"后来他才知道"）；直接用"我"的，就是直白展现应物兄的心理状况；还有一种就是当出现"我们的应物兄"这样字句的时候，那就意味着叙事者或者说作家要和主人公拉开距离，他和读者一样是从侧面旁观或者调侃这个应物兄。

　　多种叙述手法并用，十分重要。更能体现主人公性格矛盾的是他的书名。《孔子是条"丧家狗"》，意思是他想追求孔子的思想，但自己却活得像条狗。"孔子"和"狗"在一起，实在是碰巧。有个哲学概念叫"犬儒"，中文翻译无意中并置"犬"和"儒"这两个字。作为西方古代哲学和伦理学学说的犬儒主义，主张追求普遍的善为人生的目的，抛弃一切物质享受和感官快乐。追求美食，偶尔也试试"伟哥"的应物兄，显然不是这种古希腊的犬儒。

　　另有一种对现代犬儒主义的解释，就是一种以不相信来获得合理性的社会文化形态，不相信有什么方法能改变他所不相信的世界。因此，他把对现有秩序的不满转变为一种不拒绝的理解，一种不反抗的清醒和一种不认可的接受。

应物兄对葛校长、栾副省长等领导的儒学热情，大致上就是一种不拒绝的理解，理解他们的功利乃至势利，但要诚恳地服从，认真地理解。应物兄对乔木先生、程济世大师等人的学术贡献是一种不反抗的清醒，因为师道尊严或真心崇拜，即使清醒地看到有学术上的问题，应物兄也不会挑战与反抗。实际上真正的学者，假如应物兄也是学者的话，不可能看不到前辈权威的任何问题。如果凡事首先从忠诚服从出发，那就不是一个真正的学者，但是在应物兄那里，忠诚是醒目的美德。应物兄对子贡的 GC 集团，对雷山巴、铁梳子、陈董等商人功利的儒学热情，则是一种不认可的接受，他知道他们志不在此，与自己不是同路人，但现在肯捐助学术，拿出钱来，真金白银总是好的，所以他接受；同时也委屈，忍气吞声，在场面上应付。

所以，在应物兄的性格里，我们看到诚恳、认真、服从、清醒、怀疑、忠诚、理解、接受、妥协，再加上他对女性观念上的不公平，这些都是儒家风格，合起来就是像狗一样追求儒学了，说是"犬儒"绝不过分。

扪心自问，我们自己又何尝不是呢？

你能被各种上级称赞，其实是因为你不敢指出上级的问题；你能与各种同行友好，其实是因为你在克制、收敛；你能和各色人等和谐相处，其实是因为你世故、犬儒。

应物兄何止是一个人啊？是像狗一样活着的当代"儒学"。读完小说，我们可能都吓出一身汗。

参考文献

敬文东：《李洱诗学问题》，北京：人民文学出版社，2021 年

李洱：《局内人的写作》，南京：译林出版社，2021 年

李洱：《问答录》，上海：上海文艺出版社，2013 年

徐勇：《无限的敞开与缺席：李洱〈应物兄〉论》，《中国当代文学研究》2019
年第 3 期

邵部：《当下生活的"沙之书"：评李洱长篇小说〈应物兄〉》，《中国当代文学研究》
2019 年第 3 期

杨辉：《〈应物兄〉与晚近三十年的文学、思想和文化问题》，《中国现代文学
研究丛刊》2020 年第 10 期

杨辉：《"注"解〈应物兄〉》，《名作欣赏》2020 年第 25 期

丛治辰：《偶然、反讽与"团结"：论李洱〈应物兄〉》，《中国现代文学研究丛刊》
2019 年第 11 期

阎晶明：《塔楼小说：关于李洱〈应物兄〉的读解》，《扬子江评论》2019 年第
5 期

余华《文城》

想象农村的"乌托邦"

一　苦难与善良：从《活着》到《兄弟》

在莫言、贾平凹、王安忆和余华等从 20 世纪 80 年代以来就一直引领文学潮流的作家中，余华最接近于"职业作家"，他每隔数年就有可能写出完全不同格式的小说。也正因为对他有这样特殊的期待，人们也会不时地对余华的新作表示困惑、赞叹，也有失望，也有惊讶。

《活着》是目前余华销量最高的小说，大概也是 20 世纪 80 年代以来所有当代小说中读者最多的作品。这部小说多年来一直占据着虚构类文学的前列，说明这部小说非常契合当代国人的阅读口味，也符合主流意识形态的尺度规范。在如何既宣泄民众之苦难的同时又延续民族之希望这两方面，《活着》的确是一个相当成功的范例。

余华另一部出色的小说是《兄弟》。在香港科技大学的一个研讨会上，我评价说《兄弟》中"兄"是"假胸"，"弟"是"真谛"。"兄"是"假胸"，是因为在写实层面，小说写道德高尚的哥哥在改革开放以后生活困难，被迫为了卖女性内衣谋生，自己还去做假胸。

非常狗血的情节，有点荒谬。在象征层面，"兄"是"假胸"代表哥哥这一辈的忠厚老实的"道德胸怀"已经过时，解救不了现实人生。传说蔡翔有个"金句"："以前是伪善，现在是真恶。""弟"是"真谛"，因为李光头后来官商勾结、性欲横流，充分暴露"文革"后的欲望动力。

选读余华的《文城》，是因为这部小说新近出版，也可以做"近二十年中国小说"的收尾。同时也因为这部小说写法特别，是两部通俗故事结合起来的严肃文学，在长篇结构方面值得讨论。

长篇分成"文城"和"文城　补"两部分。其中"文城"又可分成上下两段，上段是发生在北方林祥福家乡的故事，下段篇幅最长，讲的是林祥福在南方的溪镇——一个他认为就是"文城"的地方的生活。单看上段，感觉余华在写某种乡村童话（他自己说是想写一种"传奇"）。百年来大部分中国小说都在写实苦难乡村，鲜有例外。或者也有看似浪漫的乡村故事，比如《边城》。另一部就是《文城》。也是巧合，两部小说的乡村都被称为"城"。

《边城》写的是一山、一河、一塔、一狗、一个老人、一个少女，一幅清淡秀丽的山水国画。《文城》从开始一直到结尾，都在写一个善良、忠厚、勤劳、朴素但又富有的农民，仿佛兼有所有农村人的各种优点。

林祥福后来在南方拥有一千多亩肥沃的田地，小说开始时他在黄河边上的家乡已拥有四百多亩田地和六间房子的宅院。50年代初"土改"中，有些地方划定"地主"的标准是有十五亩地。不少当代小说喜欢以"财主的儿女们"做主角，从不同角度对历史上的"阶级斗争扩大化"做出不同方法的反思。在张炜的《古船》里，男主角抱朴和见素分别代表了改革开放以后乡村经济发展的两条道路，但两个人都是民国开明士绅的儿子。开明士绅一度是指拥护革命的地主们。在当代中国最重要的小说之一——陈忠实的《白鹿原》中，争斗几十年的两个男主角白嘉轩、鹿子霖，其实也都是地主或开明士绅。在莫言的《生死疲劳》中，一开篇地主西门闹就被枪毙了，可他一直投胎变驴、变牛、变猪、变狗，就是要见证他的儿女们、雇工们和大小老婆们如何在几十年农村阶级斗争的大风大浪里锻炼成长。还有，老百姓接受程度最高的余华作品《活着》，主人公福贵原来也是一个地主，只因解放前夕赌博输光了钱和地产，结果也刚好输了地主的帽子。我们注意这个问题，并不仅仅是因为作家们的共同关注，更在于广大读者为什么会对"财主的儿女们"特别感兴趣。

《文城》的男主角林祥福，是更典型的地主，拥有大量土地。不过与其他地主角色不同的是，他生活在清末民初，以及军阀统治的北伐战争时期，没有赶上后来的"土改"。虽然他命运中的转折以及最后横死都和他的财产有点关系，但开篇时或者说在大部分篇幅里，他不仅拥有土地、房产、金钱，同时还拥有农村"乌托邦"人物的所有优点。

第一，他的父亲是乡里秀才，母亲是邻县举人之女。所以，他从小就读《史记》《汉书》，知书达理。第二，他热爱劳动，13岁就随管家下地，回家坐到母亲的织布机前做功课时，依然是一双泥腿。第三，他不仅下田还精于工匠活，能做手艺，很认真。师父赞他"聪慧手灵"，称赞他吃苦耐劳，一点不像富裕人家的少爷。重要的不仅是"不像"，而是确实"是"富裕人家的少爷。阿强游上海时颇像富裕人家的少爷，但其实不是。相比之下，福贵身为地主儿子却遭了几十年穷人才会受的罪，林祥福则生就了穷苦人的种种优良品质。第四，除了知书达理、热爱劳动、拥有匠人精神外，有次北方出现雨暴之灾，砸死了他的雇农田东贵，林祥福坚持要为仆人做棺材。这时在他旁边的小美，也就是他的女人，当时就心想"这是一个善良的男人"。而且他不仅对雇工仁慈，还爱惜毛驴，各种细节都体现了他的农家道德。

所以中国农家的"乌托邦"，不是王子在树林里碰到落难公主，而是一个集合各种农耕文化道德优点的年轻单身地主，某天在无意中收留了一个走投无路的生病女子。

林祥福与这个女子初见面时，就对这个突然来到他家的女子有好感，但他没有趁人之危，而是孤男寡女地慢慢相处了一段时间。突然有一天，也就是这个女人发现"这是一个善良的男人"的那一夜，小美在床上"一条鱼似的游到他的身上"。对男主角来说这是他的第一个女人，也是他毕生唯一一个女人。

二　消失的小美：解构乡村浪漫童话

善良的男主角爱上了柔顺的"白天鹅"，但他分不清相貌相似的也可能是"黑天鹅"，这是童话中的经典，所以小说前半段是传奇。

某天，小美不见了，而且林家积累的财富中的十七根大金条只剩下了十根，小金条也少了一根。林祥福哭着跪在父母坟前，在中国人心中这个行为是有宗教含义的。他哭诉说："爹！娘！小美不是个好女人……"[1]

更加传奇的是，过了几个月小美又回来了。金条不见了，但她怀了男主角的孩子。进一步，更加浪漫的是男主角这样一个农民／地主，居然原谅了这个女人，仍然照顾她，还补办婚礼，女人生下的女儿成了他的心肝宝贝。曾经，他想起母亲的教诲，"纵有万贯家产在手，不如有一薄技在身"（这也是马克思·韦伯的"职业理论"，有点超越农耕文化），在自己受打击的时候，林祥福还精进工艺。后来他原谅了眼前这个美女，"你也没有狠心到把金条

1　余华：《文城》，北京：北京十月文艺出版社，2021年。以下小说引文同。

全偷走，你留下的比偷走的还多点"，几乎是到了甘地的境界了。

可是在小孩满月后不久，女人又不见了，而且这次看上去是不打算回来了。在农耕社会里，一个有地、有钱的男人会把女人当作衣衫，但我们的男主角是个例外。他把田地当了，把房托给可信的仆人，自己带了银票，背上女儿离开家乡，像一个苦行者一样到南方去寻找那个女人，寻找一个叫"文城"的地方。

小说到此为止都是余华单相思的中国乡土浪漫童话，既有西式的爱情至上观念，又有传统的忠诚朴素美德。

再下来，小说渐渐地往武侠传奇的方向发展。陈平原说"千古文人侠客梦"，主题一是"平不平"，二是"立功名"，三是"报恩仇"。[1] 林祥福放弃土地，背女追妻，更多是为了"报恩仇"。你偷走了我的金子这是仇，我要弄明白；但你生了我女儿这是恩，我也要报答。当然，恩仇混合，恩大于仇。

武侠小说的通常模式是男主角有一个使命，在这部小说里这个使命就是要找到"文城"，找到小美。同时，男主角还要历尽千辛万苦，在大雪当中为女儿乞讨别人家的奶，在他乡重新谋生，还要依靠当地的权贵人物，还要找到自己的助手——小说里就是收容他后来又为他报仇的陈永良一家。

武侠小说的另一个特点就是主角总要一路追踪宝物。宝物在这部小说中就是给他小孩穿的衣服。小说中林祥福的敌人是土匪，绝对是负面角色，所以善恶之争又是武侠小说的主轴。可能在余华的心目当中，追求侠义也是传奇的一部分。

传奇还包括一些在写实小说里完全不会出现的情节。比如林祥福坐在船里遇到龙卷风，被刮到岸上一两里远都没事，布兜里数月大的婴儿挂在附近的一棵树上。再比如到了他以为就是"文城"

1　陈平原：《千古文人侠客梦》，北京：北京大学出版社，2013 年，第 95 页。

的溪镇，他遇到了十几天连续下的大雪，还看到城隍庙外冻死了很多人。喜欢写实主义的读者在这些地方可能却步了。人们以前深深地喜欢余华的写实技巧。余华总有办法把一些细节写得令人难忘，在《活着》里，福贵想把女儿送回寄养的人家，路上他摸摸女儿的脸，女儿也摸摸他的脸，于是父亲心软了便把女儿抱回了家。在《文城》里父亲背着或说是捧着幼女在下雪的异乡逐家敲门求人家给一口奶，这获得了村里乡亲们的同情，这个场面也给读者留下很深的印象。所以，《文城》上部最大特点就是农民和地主都是好人。其实这样写也不是第一次。《活着》虽写的是厄运不断，但也没有坏人，当官的最多是好心办坏事；但是与《活着》《兄弟》最大的不同，就是《文城》里有坏人，有绝对的坏人——这通常是通俗小说的特征。

在故乡，身为地主的林祥福和雇农、庄稼人的关系良好。田家几兄弟后来一直忠实地帮他种地收租，换成银票金条，到最后还是他们来拉回他的棺木。在南方，林祥福寻找小美的溪镇，无论掌权的商会会长顾益民，还是从他乡来谋生的陈永良，或是村镇上各种农户，都没有穷富纷争，没有阶级矛盾，他们共同的敌人就是土匪。而且《文城》里的土匪基本上是绝对的反派，张一斧、水上漂都杀人不眨眼，凶残至极。只有一个土匪叫和尚，不那么残暴，后来还跟陈永良等除匪民团合作并战死。

在很多民国背景的现当代小说里，土匪常常是具有不同功能的社会力量。《红高粱》里土匪抗日，功劳不亚于国民党军和八路军；《白鹿原》或样板戏《杜鹃山》里土匪是我党争取的对象；《林海雪原》里土匪又是国民党败军的活动掩体，当然真正的英雄杨子荣也是作土匪状。余华在《文城》里把土匪在不同作品里扮演的不同角色抛开，单纯让土匪做回侵害百姓的残暴土匪。这样的情节安排有两个作用：一是渲染、突出暴力，有些场面描写实际上是惨不忍睹，这也很接近于武侠小说的趣味；二是以土匪为敌，比较之下村镇上的穷富、官民、阶级关系中就没有特别的矛盾。从小说看，军阀战争时期乡镇社会秩序井然，穷人富人各安其位，淡化阶级矛盾自然也是乡村"乌托邦"的重要特点，《边城》如此，《文城》亦然。

然而到此为止，只是《文城》的一半，篇幅上占了三分之二，这部小说的内涵和篇幅不成正比。如果没有"文城 补"，很多余华的读者确实有理由有些失望：这么一个"虚假"美丽的乡村传奇，有什么特别的意义？于是就有了"文城 补"，据说这是余华在写了"文城"六七年后才写的。如果研究作家的创作过程，这也相当精彩。

一部善恶分明的浪漫乡村故事，怎么会有另一个完全不同的叙事角度，而且另一个角度讲出来的是另一个故事？只有两个故事合起来，才是属于余华的《文城》。简单地说，上部讲乡村"乌托邦"，说钱不重要；下部讲对穷人来说，钱非常重要。上部讲男人的侠义忠勇；下部讲女人的心机与感情——一个女人是否可以同时爱两个男人？

三 一女两男纠葛下的苍凉底色

如果说"文城"讲"钱不是万能的"，那么"文城 补"就是讲"没有钱是万万不能的"；如果说"文城"讲人应该重义轻利，那么"文城 补"写的就是人会趋利避害；如果说"文城"是写两个男人依靠同一个女人，那么"文城 补"研究的就是一个女人能否同时爱两个男人；如果说"文城"是想象乡土侠义的浪漫主义，那么"文城 补"就是直面惨淡人生的写实主义；如果说"文城"写的是农耕文明应该有的样子，那么"文城 补"写的恰是中国乡村实际上的样子。

儒家理想下的社会人人穷富有别，各安其分，既承认人会趋利避害，人不为己，天诛地灭，又主张人应该重义轻利，小人喻于利，君子喻于义。在《文城》上部中，拥有四百多亩田地的林祥福与他的雇农们关系和谐，他的田地、财产、房屋也是父辈男耕女织积累下来的。林祥福自己也下地，见到小美像她母亲一样织布，便十分感动。为了寻找失踪两次的女人，他背着幼儿到了陌生的他乡，一度艰难困苦，还碰到同样的外来户陈永良，他们两家人互相帮助，一起成立木器社，生意兴隆。两家农户人家侠义忠厚、肝胆相照，其间林的女儿林百家被绑架，陈妻竟让自己的儿子陈耀武去顶替，结果他失去了一个耳朵。后来青春年少的陈耀武悄悄地喜欢上了林百家，并曾用手触摸她的大腿，女孩也不拒绝，被陈永良妻子见到，她叫了一声"作孽"。原因是这个林家女儿已经说亲，但还有一层原因是两家在一起这么久，大家都已经觉得是一家人了，发生此事有乱伦嫌疑。

总之，在《文城》上部中，家人间守伦常，村民间无斗争，溪镇最有势力的商会会长顾益民做事也十分公平。后来他知道陈永良组民团抗匪，马上就送去银票万两。因此小说里穷人富户都按"公序良俗"办事。在清末民初的北洋时期，小说里所有的罪恶都来自兵灾匪患，土匪的坏更反衬出乡绅和百姓的善良。

可是到了"文城 补"，同样的故事再讲一遍，把男人的角度换成女人的命运，将大户人家换成弱势底层，情况就变了。在上部里那么美丽、柔顺、贤良、忧愁和神秘的小美被追踪、起底了。

原来小美是穷苦人家出生，家中有四子一女，在十来岁时，她就被送去溪镇的沈记织补店做童养媳。因为她的衣服破旧，差点连童养媳都做不成。小美到了镇上，见到有砖瓦房，眼睛已经"金子般地闪耀起来"，她羡慕这个比自己优越的生活环境。令她高兴的不是十岁嫁人，而是可以穿新的漂亮的花衣服。其实这个沈家织补店在镇上不过只是中等人家，但这也使得童养媳小美和送她来的穷苦家人感到既荣幸又自卑。

《文城》上部是说钱不重要，可到了下部"文城 补"，钱就能决定很多事情了，包括决定人的生态、辛苦劳作以及心态、价值观与自尊心。沈家织补店里的儿子阿强和父亲都软弱无力，权威是阿强母亲，即小美的婆婆，原因是织补店的家产是由小美的婆婆家传承而来的。小美在婆婆的威严训练下，辛苦劳作，忍气吞声，还非常贤惠、温柔。但她还是犯了两次错，一次是偷偷穿上衣柜里的花衣裳，还让年轻的阿强望风，结果差点让婆家写了休书。婆婆说："古人云，妇有七去：不顺父母，去；无子，去；淫，去；妒，去；有恶疾，去；多言，去；窃盗，去。"婆婆问，小美你犯了哪条？小美说，窃盗。婆婆说，不是，你还没把衣服拿出屋去。小美细想，低下头，羞愧地说，淫。原来穿花衣服就是淫，检查这么深刻，婆婆就放过她一次。

但第二次更严重。若干年后小美和阿强都长大了，某日家人不在，小美的小弟找她哭诉。他卖猪的几吊铜钱被偷了，回家没法交代。姐姐在冲动之下就将织补店柜台抽屉里的一些钱给了弟弟，这次是真的窃盗了，所以惩罚也重了。阿强和父亲不忍心，但婆婆硬逼着小美回娘家。"文城 补"好像处处在跟《文城》上部唱对台戏，仿佛在问，钱不重要吗？穷富真的各安其分吗？几吊铜钱几乎就把人逼死。

小美回到娘家，因为被休，无脸见人。这边阿强忍不住，便偷了家里的银圆跑去接她，两人从此私奔。阿强再现等于救了小美，是对她的解放。他们靠着从父母那里偷来的钱去城里，到上海见世面，看世界。在上海看到青楼，小美想她可以在城里谋生，或者织补，或者做店员，再不行做女佣，再不行就去风月场，怎么样也能养活老公。这个念头很重要，这时她的人生目的变成了忠于丈夫和报答丈夫。

整个《文城》故事的关键处，就是两人在去北京的途中贫病焦急，走投无路，然后被好心的林祥福收留。夜里——"阿强说话吞吞吐吐，说他明天独自一人离去，他要小美留下来。后面还有很多话，他难以启齿，嘴巴张了又张，始终没有声音。小美安静地看着月光里阿强的脸，听着阿强说出来的这些话，她知道阿强后面要说的是什么，她等了一会儿，阿强没有声音，她知道那些话阿强说不出口。就安静地问他：'你在哪里等我？'"阿强的回答是"在定川的车店"。

在小说里这段是后来的补记，依然有些暧昧。在定川等的意思就是两个人不分手，只是暂渡难关。可是把老婆留在林家，多住几天又有什么用呢？这个时候他们并不知道林家墙缝里有多少金条。就算这个男人有四百多亩地，有六间大房，但这些都带不走。对阿强来说，把老婆留在林家做什么？对小美来说，在地主家多住几天，又怎么能帮助丈夫？除非阿强是因为养不活老婆，想放她一条生路，但又何必许诺等她呢？除非小美也是为可怜无用的老公着想，要大家各谋生路。

相比之下，阿强的逻辑更不清楚。是放了老婆，还是丢下老婆？不做任何努力，只在中途坐吃山空地空等，等一个暂留在地主家的老婆做什么？哪怕这个地主勤劳忠厚、年轻善良。等着她谋些财物？在小美而言，既然在上海时已经设想过最坏就是去风月场上，这样也可以养活老公，现在住进一家好心的富人家，总比去风月场好，这只能用女人的自我牺牲精神解释了。

可怜的林祥福完全不知道睡在他家的这对"兄妹"半夜在商量什么。次日，哥哥继续上路，妹妹发烧多留数日。哥哥没了踪影，妹妹病就好了，悄悄进入了贤惠、柔顺的女人的角色。就这样一过几个月，小美既不断担忧阿强，又逐渐喜欢上了林祥福。小说写，"林祥福就像北方的土地那样强壮有力，他心地善良生机勃勃随遇而安。小美感受到的是一个与阿强决然不同的男人"，"来到林祥福这里，林祥福让她感到心安。林祥福在木工间里发出敲打的声响和刨木料的声响时，她会让织布机响起来，以此声呼应彼声。如同抽刀断水水更流，对于阿强的担忧越是持续，她对于这里的生活越是适应。久而久之，小美的心里起了微妙的变化，她的眼睛里出现了不同的神色，在担忧阿强的时候，也在等待林祥福从田地里回来"。

四　反转的叙述：一个女人在两个男人之间的抉择

林祥福和小美办了一个简单的婚礼，"婚礼后的深夜，林祥福从墙壁的隔层里取出木盒，把金条展示出来，小美惊醒般地感到自己要离去了，随后她心里一片茫然，似乎突然站立在没有道路的广袤大地上"。

在"金条展示"和"小美惊醒般地感到自己要离去"之间，是一个逗号，说明直到发现金条，她才决定要走。这就有多种解释：一种解释是原来商量好的留下女人是为了获取财物，现在发现了财物，任务有可能完成，所以决定要走了。另一种解释是原先目标不明，且已陷入两个男人之间的困境，现有一大笔金钱，就促使她离开了，毕竟小美从小到大受了太多金钱的欺负、凌辱，现在眼前竟有一堆金条，她没有理由不抓紧。这是挽救自己的婚姻，也是抓住自己的人生。

但是，在这同一段话里，在小美决定离开与心里一片茫然之间，也是逗号，说明和完成任务纠缠在一起的，是自己对两个男人的感情。所以后来小说反复出现了余华的文艺腔，"小美的眼睛里流露出一丝忧愁，林祥福没有察觉"。

小美眼睛里的"忧愁"是有文学史意义的，中国小说里有很多男人在不同女人之间选择犹豫的情节。经典作品里有宝玉对钗黛；现代作品里有觉新想梅表姐和瑞珏；通俗小说里有樊家树碰到凤喜、秀姑、何丽娜；郁达夫的名篇《过去》里，也有男主角对老二、老三两个女人不同的情欲想象。但反过来，一个女人同时真心爱上两个男人的场面很少，更多的情况，是女人被多个男人争夺，比如《死水微澜》《白鹿原》。不同男人代表不同势力，地主、佣农、土匪、乡绅、教民……但女主角不大会陷入真正让她为难的感情选择，《文城》在这方面有所突破。柔石的《为奴隶的母亲》，也写女人到富家大宅服务获得了有钱男人的喜欢，但那是穷苦女人被地主欺负的故事。同样的故事到余华笔下变成了一个女人能否同时爱上两个男人的传奇，这是小说可能一开始都没有想象过的一个亮点。与此同时，"林祥福没有察觉"，这好像不大可能，毕竟天天在一起生活睡觉。如果不是小美太有心计装得太完美，就是林祥福真的太迟钝、太忠厚。当然，迟钝、忠厚也是女主角喜欢他的原因之一。

五个月后小美偷了将近一半的黄金，与一直在定川等候的阿强会合。真佩服阿强这五个月怎么度过的（他又不知道会有金条）。他们南下归故里，途中虽然衣食无忧，但小美发现自己怀了林祥福的孩子。阿强虽然懦弱无能，却也不嫉妒，声言会像对自己的儿子一样照顾小孩。这时小美再次有惊人之举，她又回到北方林祥福家，没带回去黄金，只带回去将要生产的小孩。一切竟如她的计划，林祥福没有惩罚她，只有照顾，当然生气是有的。但是小美生下小孩，不久就又再次失踪。

一个男人同时爱上两个女人，不同小说都有不同理由。可是怎么解释一个女人同时爱上两个男人呢？一边是丈夫阿强不愿休她，要与她同甘共苦，其实主要是共苦，以至于女人感动愿为丈夫牺牲自己的身体和感情；另一边林祥福也是丈夫，有承担，有义气，以至于女人冒着危险也要回到他身边，为他生下小孩。怎么评说？从法理上看，这是一个没有得到及时审判的财产盗窃案；在小说里这是一个底层与富人和谐演出的爱情悲剧；从女人的选择角度看，问题的关键在于——什么是义？什么是利？从写作的过程看，那就是作家用一个故事的不同讲法，用不同叙事角度、不同人物视野和不同艺术方法来挽救六七年前写的显然并不太成功的一个作品。

小说上部叙事流畅，像赵树理一样用情节驱动；下部却是对女性命运的剖析，像张爱玲一样毫不留情。上部是趣味的普及，忠勇、侠义、善良、善恶、斗争，是普及乡村价值和趣味，到了21世纪，还可以获得普通观众的欢迎；而下部就是非常刻薄、悲凉的女性叙事，展示了底层奋斗的残酷现实，因此也获得了文艺圈的欣赏、赞扬。

后来，林祥福真的找到了"文城"。因为他之前路过溪镇时，小美不忍心，让女佣拿了套小孩衣裳送给这高大可怜的北方男人。因为这个线索，林祥福决心回溪镇住下去。接下来的故事是他和陈永良两家在异乡落户，成了拥有田地近千亩的大地主，后来又卷入了跟土匪的生死斗争。只是最后小美和阿强为什么偏要在城隍庙外的大雪之中祈祷而被冻死呢？作家这么安排，还写小美临死前祈求得到林祥福的原谅。一个女人若同时爱上两个男人，最终难道还是得不到作家和读者的原谅吗？

参考文献

王达敏：《余华论》，上海：上海人民出版社，2006 年

徐林正：《先锋余华》，杭州：浙江文艺出版社，2003 年

赖大仁：《先锋浪潮中的余华》，北京：华夏出版社，2000 年

刘琳、王侃编著：《余华文学年谱》，上海：复旦大学出版社，2015 年

洪治纲：《余华评传》，北京：作家出版社，2017 年

刘旭：《余华论》，北京：作家出版社，2018 年

吴义勤主编：《余华研究资料》，济南：山东文艺出版社，2006 年

邢建昌、鲁文忠：《先锋浪潮中的余华》，北京：华夏出版社，2000 年

丁帆：《如诗如歌 如泣如诉的浪漫史诗：余华长篇小说〈文城〉读札》，《小说评论》2021 年第 2 期

钟媛：《形式探索与〈文城〉的读法问题研究》，《当代文坛》2021 年第 5 期

洪治纲：《寻找诗性的正义：论余华的〈文城〉》，《中国现代文学研究丛刊》2021 年第 7 期

高玉、肖蔚：《论〈文城〉中的暴力叙事》，《中国当代文学研究》2021 年第 5 期

汪政：《一个故事的两种讲法：余华长篇小说〈文城〉读札》，《中国当代文学研究》2021 年第 5 期

陈思宇：《历史想象、个人记忆与现代人的困境：评余华的〈文城〉》，《中国当代文学研究》2021 年第 5 期

刘杨：《极致的张力与审美的浑融：论余华的〈文城〉》，《当代作家评论》2021 年第 4 期

集外集

	1940	1950	1960	1970	1980	1990	2000	2010
路　内				1973				
双雪涛					1983			
王占黑						1991		
陈春成						1990		

路内《慈悲》
下岗之前的中国工人阶级

在至今仍活跃的 20 世纪五六十年代出生的作家群，和之后我们会讨论的八九十年代出生的作家之间，路内正好是一个过渡。

王安忆、莫言、贾平凹、余华等作家在新世纪以长篇小说为主，很多作品都获得了茅盾文学奖。其中一个共同的主题，就是检讨当代中国的历史，比如莫言的《生死疲劳》、贾平凹的《古炉》、苏童的《河岸》、金宇澄的《繁花》、韩少功的《日夜书》、阎连科的《日熄》等。但也有一些作品打捞历史的触角更长一些，比如刘震云的《一句顶一万句》，碎碎念写民国史，李锐的《张马丁的第八天》写到义和团。还有一些长篇，革命只是背景，主角就是农民或者男人或者女人，毕飞宇的《平原》、铁凝的《大浴女》、史铁生的《我的丁一之旅》等。甚至也有历史故事，王安忆的《天香》、麦家的《风声》，虽然用意可能不在历史，而在女性命运或者是推理游戏。

总体上我们可以说回顾历史，拒绝遗忘，是"漫长的 90 年代"（陈晓明语）[1] 以来中国长篇小说的共同主题。

1　陈晓明：《漫长的 90 年代与当代文学的晚期风格》，《南方文坛》2023 年第 2 期。

但这个历史回顾大致到 80 年代为止，写 80 年代以后的小说的确不多，说明文学当中的社会学视野，和文学创作年代有时间差。以前"三红"均写于"十七年"，其实都写民国内战。到了 21 世纪，只有《应物兄》《人民的名义》等少数作品描写当前社会矛盾。还有格非的《望春风》后发制人——"士见官欺民"，不仅出现在"十年"阶级斗争，也因为"改开"后的官商勾结。

前辈作家反省的历史悲剧好像过去了，可是在路内《慈悲》、双雪涛《平原上的摩西》等作品里边，却仍然要直面不同的惨淡人生。拙著《重读 20 世纪中国小说》，前后大约 60 万字近千页，努力论证一个观点：20 世纪中国小说的主要人物不只是知识分子和农民，而且是"士""官""民"三角关系。但无论晚清、现代、"十七年"还是 80 年代后，都有一个非常引人注目的空缺，就是工人形象。

当然，当代文学的专家总可以指出，胡万春、费礼文、《朝霞》小说，不都写工人吗？许云峰、贾湘农的爸爸也是工人。对的，不错。但显而易见的文学现象是，当代小说中的工人主角，并没有像知识分子、农民和干部那么令人印象深刻。直到路内、双雪涛的小说出现，个体的工人形象，以及整体的工人阶级，才得到高度重视。有左派理论家感慨，"文革"时人跟人差不多穷，没有阶级之分，但是整天斗争。现在有了阶级分化，却不斗争了。小说《慈悲》，正正跨越着这两个历史时期。

为什么现当代文学中工人形象比较薄弱，这是一个可以写专题论文的题目。最表层的观察就是晚清到"五四"时，工人人数很少。引人注目的有陈二妹（《春风沉醉的晚上》）或祥子。50 年代以后，工人阶级是领导阶级，但创作上要突出高大上，必须是英雄，艺术上很难处理。80 年代以后，《乔厂长上任记》写工厂，但主角是厂长，不是工友。《平凡的世界》里孙少平后来也做了煤矿工人，不过总体上是突出他从农民到工人的心路历程。整个 20 世纪中国文学总基调，是同情被侮辱和被损害者，这也是路内、双雪涛他们的作品受人关注的地方：难道中国的工人，在 20 世纪末期也处在了被侮辱与被损害的地位上？

路内 1973 年生于苏州，2008 年出版长篇小说，2013 年获人民文学新人奖，2016 年他凭借《慈悲》获得华语文学传媒年度小说家奖。《南方人物周刊》评论说是"呈现了时代裹挟下……个体的尊严与慈悲"[1]。中国社科院文学研究所的研究人员，近年来努力提倡一种社会学视野的现当代文学研究，通俗讲就是通过小说看社会。社会学视野当然不是阅读文学的唯一方法，甚至大概也不是文学欣赏的最佳境界，但在很多时候却是文学阅读的真实人生底线。以后我们会看到在《平原上的摩西》这些新生代作品里边，工人下岗是一个灾难，就像农民失去土地，怀念车间变成了一种乡愁。但如果读了路内的《慈悲》，读者可能会疑问在 80 年代下岗之前，工人阶级的生态和心态，是否真是主人翁和先锋队？

一　当代工人的苦难：设备差、待遇低、下岗潮

男主角水生 12 岁碰到自然灾害，村里没吃的，他爸爸背着他的弟弟，他妈妈带着他，大家分头逃荒。水生投靠叔叔读了中专，20 岁进了一个化工厂，叫苯酚厂，多年以后才见到失散的弟弟，父亲死在哪里也找不到了。可见工人来源就是农民，一向有能吃苦的传统。

《慈悲》在某种意义上是工厂版的《活着》。主人公身边很多人都死了，主人公却活了下来，还有尊严有慈悲。当然如果福贵

1　施雨华：《路内：我不是这世界的局外人》，《南方人物周刊》2013 年第 36 期。

听我们这么说，一定会抗议说城里人毕竟有户口，有粮票，有油票、肉票、肥皂票，无论如何工人阶级的生态都比农民要优越，而这种优越正建立在对城市的一些政策倾斜上面。

工人的苦难主要有以下原因。

第一是污染和设备本身的问题。这个"前进化工厂"，靠近江南某城，"苯酚车间的老工人，退休两三年就会生肝癌，很快就死了。老工人为什么在厂里的时候不生癌，偏偏要等到退休生癌？师傅就对水生说，苯有毒，但是如果天天和苯在一起，身体适应了就没事，等到退休了，没有苯了，就会生癌了"[1]。

第二是贫穷。小说前半段大量的篇幅，既不是写生产，也不是写运动，而是写工人们如何"内卷"申请补助。从50年代初到70年代中，中国工人的工资是基本稳定的，都是几十块，当时教授、工程师、书记等过百元，属于高薪。工人得到36元，或者是42元，够基本家用，但如果买个自行车，或家里有人生病就麻烦了。一个办法是工人捐会，就是每人出5块，抽中奖的人拿到60元，其他的人就等于一起贡献。除此以外就是向工会申请补助。小说写根生的师傅，找到车间主任李铁牛。李主任说，你看，我们的补助名额只有三个，宿小东，汪兴妹，老棍子。汪兴妹是跟车间主任睡觉的，老棍子是最穷的，所以一定要给你根生师傅面子的话，就要拿掉老婆生病的宿小东。这个事情后来后患无穷。

在教材里，在理论上，工人阶级应该大公无私，怎么变得如此穷困，为了一点补助，要低声下气求人。笔者70年代曾在上钢八厂做轧钢工人，并不知道当时车间里这么多人争夺补助，但是人人的工资差不多，家里有负担的，的确生活比较困难。工作苦，设备差，工伤多，劳动条件危险。同时我也看到下班以后有工人

1　路内：《慈悲》，北京：人民文学出版社，2015年。以下小说引文同。

洗个澡换套衣服，踩个凭票买来的永久凤凰单车出去，还是很神气的。因为社会上尊重全民工矿，尤其是青年工人，头发油光、精神飞扬。

《慈悲》里看不到这个侧面，作家在《慈悲》后记里写"我上缴的必须是苦难，就像交税似的"，或者是因为文学的意识形态背景，为赋新词强说愁。也可能作家觉得工人当时的自豪神气都是表象，他更关心基本的生态。

师傅带了两个徒弟，一个是根生，一个是水生。根生要补助，因为他爸爸中风了。两个人后来都认识了师傅的女儿玉生。水生、根生、玉生，后来他们丕领养了个小孩叫复生。这些名字看上去很土，接地气，其实和刘震云笔下一大堆的老刘、老张、老王一样，是将底层人物的命运高度抽象符号化。李铁牛是一个很罕见的有名有姓的领导，他和工人基本上是同命运。写到其他的官员，厂长、书记，也没名没姓，代表官民关系。

李铁牛在三个申请者中砍掉了宿小东，但不久他就被宿小东带着保卫干事捉了奸。汪兴妹不经打全招了，所以李铁牛就成了"现行反革命"，宿小东升为车间主任。

小说写水生逃荒大概是60年代初，他进厂20岁，应该差不多是1970年或1971年的时候。小说一点都没有写"九大"或"九一三"事件等背景，但由补助到告密、捉奸，以至于镇压反革命，已经点出了70年代初工厂阶级斗争的背景。

师傅无名无姓，但有骨气。他对根生、水生一生都有影响。当女儿玉生久病时，师傅却也要去求补助，当着新主任宿小东的面下跪。人穷志短，人穷腿软，师傅下跪的情节，令人难忘。后来被书记拉起。书记也没有名字，却是一个重要人物。

《慈悲》在写法上有个特点，就是删除所有形容词和抒情的成分，抽干一切水分，只留下最基本、最平淡的事实陈述，只留下主语和动作。比如师傅要安排女儿婚事：

> 师傅拿到了生平第一笔补助，一共十五块钱。师傅把水生叫到身边，问他："你觉得玉生好吗？"
>
> 水生说："玉生好。"
>
> 师傅说："你觉得玉生漂亮吗？"
>
> 水生说："玉生漂亮。"
>
> 师傅说："那我做主，把玉生嫁给你。"

　　这是我所读过的所有现当代小说中最简练的婚恋故事，这个故事后面贯穿《慈悲》全篇。其实当时玉生喜欢根生，但师傅料到根生将来会有麻烦。师傅因癌去世，临死还在和工厂纠结丧葬费应该是 16 块还是 12 块。根生果然出事，他又跟风流寡妇汪兴妹发生关系，水生劝也不听，"师傅是说过，管得住思想管不住枪"。根生用脚踢阀门，被宿小东看到，说是"破坏生产罪"，最后在保卫科被打。好几个其他工人，邓思贤、王德发，或被迫或积极地揭发。根生骨头很硬，几乎被打死，也不承认踢过阀门和睡过汪兴妹。反而汪兴妹受不了，失足掉进污水池，死了。根生被判了十年。如果不了解那个时代，这些情节是没法理解的。

　　后来在双雪涛《平原上的摩西》等作品当中，不幸的下岗工人被警察怀疑追捕，工人抢劫犯劫富不劫贫，老工人还静坐在伟人雕像下面。有人以为，好像工人的命运是在 90 年代才开始恶化。其实再早二三十年，也是工人阶级，因为睡了女工和踢一个阀门就要入狱十年。所以历史是有延续性的，单单截取一段，不容易看清前因后果。

二 领导阶级和国家主人

在《慈悲》极简主义的叙述当中，每个人名都有象征意义。水生是流动、流水、灵活；根生是植物，是扎在石头缝里，顽固，stubborn。小说第三节，"厂里开忆苦思甜大会，根生和水生都上去发言。根生讲了两句话就结束了。水生讲了二十句，社会主义好，工厂像家一样，党好，毛主席万岁"，等等，这就显示了两个工人的性格，或者说是工人阶级的两种性格。

由师傅做主，女儿玉生嫁给了水生。"玉"是石中精华，所以玉生是又顽固又玲珑。玉生和水生应该说是作家比较欣赏的理想的人生态度，也可能是那个时代比较容易活着的一种选择。复生是他们领养的女儿，更加理想化了，有志气，肯吃苦，爱运动，后来考上大学。复生，就是重新获得生命。

教水生、玉生、根生这一代怎么活下去的师傅，其实也是stubborn。临死为了几块钱丧葬费纠结，为了家人在工会下跪，这不是大丈夫能屈能伸，这是一代工人的时代缩影。书记，代表了他的身份，没有名，没有姓。可是很微妙，这个人物，放在50年代以后文学的干部形象当中，有他独特的表现。

原来这个厂里有个工段长专门打小报告，而且每次都会得到书记的表扬。书记把这些报告都收下来，但是他从来不跟进处理。为什么呢？书记后来说，我要是不收，他这个小报告就还会往上打。很有意思。

从高晓声、余华开始，当代小说里有很多好心办坏事的干部，《陈奂生上城》里边的吴书记是个典型。但是《慈悲》里的书记在恶的环境中悄悄做好事，缓和干群关系，十分生动，既正视官民结构性矛盾，又强调干群同心同德。路内和高晓声、余华书写策略不同，但都是用心良苦。这个书记没有名字，就叫书记，既是一个人物，也是一种身份。

宿小东就不同了，他的身份不断变化。最初是申请补助不成，后来是捉奸车间主任，自己升上去，又一直和根生作对，导致根生被判十年。之后宿小东利用权力，克扣厂里的劳动保护设备，不给水生他们发胶鞋，做了很多或明或暗的坏事。但最重要的是，到了1976年以后，政治局势变化，他也步步升官，最后贱卖了整个化工厂，摇身一变成为新企业的董事长。宿小东与书记这两个人物，在改革开放前后的命运变化很值得玩味。从文学看社会，这就是文学中的社会学。

但是《慈悲》的主轴还是水生一家。师傅虽然将女儿许配给水生，玉生本人却没同意。等了很久，师傅去世后，两人才成婚。婚后的生活小心翼翼，却也甜美。举个例子：布置房间，水生说墙上有霉斑，不如贴张领袖画像挡一挡。玉生说："你出门别说这个话啊，抓你起来。"

《慈悲》一书不仅写工人如何活着，也花很多笔墨写他们怎么送别亲人。在给师傅（玉生爹）以及汪兴妹烧纸钱的一个仪式过程中，夫妇感情沟通："玉生摸摸水生的脸说：'水生可怜，从小没有爸爸妈妈，这些都不懂。'水生说：'哎，托你的福，以后我就懂了。'"懂什么？懂所以慈悲？

有一天，水生到城里看见游行队伍拿着旗帜，人们各自往回走，水生碰到玉生问："今天游行什么？"玉生打呵欠说："今天打倒'四人帮'。"这个"打哈欠说"绝非闲笔，一方面是像王安忆《长恨歌》那样，把历史事件摆在日常生活细节当中，故意淡化；另一方面，又想说明，对工人主人公来说，他们当时也并不清楚历史在发生什么变化。1976年其实是1949年以来，中国当代史上最重要的一个年份。1966年前后中国社会看似巨变，而实际上1976年前后的社会变化更加深刻，影响更加长远。毕飞宇在《平原》里就浓墨重彩，描写农民们在 1976 年感觉天要塌下来了；莫言在《生死疲劳》中，也从动物的角度，写从树上往下看人们怎么伤心、悲痛。相比之下，路内的《慈悲》更强调工人曾经怎么麻木，"打呵欠说"，人们好像更在乎衣食住行，乃至坟前的纸钱。

虽然玉生、水生麻木，世道还是变了。不久书记对水生说："陈水生，再熬几天，坏日子就要过去了。"水生不明白这是什么意思，以为可以不再做苦力了。事实上，他不久就调到车间做管理员，因为他是中专生。接下来水生和邓思贤两个人搞技术革新获奖了，他还有了自己的办公室。

在家里最不满意的是玉生生病，不能生育。所以他们找到远房表哥土根，土根有五个小孩，从老大到老四都是女儿，老五是儿子，断不肯过继。从老大到老三年龄太大了，只剩下老四，却是一个豁嘴，兔唇，一岁半。怎么办？玉生让老公决定，说："我不看了，你做主吧。"结果他们要了那女儿，起名叫复生。手术以后，复生嘴上只剩下一道红色的疤。后来小孩问，我从哪里来？玉生回答说，你是观音菩萨送来的。

玉生的形象和《活着》里的福贵老婆是一个类型，再怎么吃苦也不抱怨，一心靠丈夫，帮丈夫渡过各种灾祸，很苦，很善良。现当代小说中有几类女性形象。一是和男人在情场战斗的白流苏、葛薇龙或者王琦瑶等，萧红、铁凝笔下也有这类正视爱情战争的女性；二是七巧、司绮纹，《财主底儿女们》当中的媳妇，都是既被人欺，又欺负他人的万害角色；三是追求革命的莎菲、江姐、白灵等女战士；四是女性身体成为男性争夺战场的牺牲品，贞贞、王佳芝、田小娥等，这是一女多男格式支撑民族国家叙述；五是祥林嫂、商人妇、烟厂女工、子君、翠翠，乃至福贵老婆，现在还有玉生。悠久传统，男人旧梦，从"20后""30后""50后"，现在到"70后"。

相对幸福的水生的生活都是平淡的幸福，比较不幸的根生的遭遇就是不同的不幸。转眼十年后根生回到工厂，仍然受到宿小东副厂长欺压，只能做废品仓库管理员。有一天看到复生在幼儿园被欺负，就出手报复，结果又惹事，终于在水生帮助下获得一些补助。但是到了 80 年代，工人还是觉得穷。有一段对白这样说："以前日子过得很苦，但没有那么多东西要买，现在世道不一样了，钞票稍微多了点，样样东西都要买齐才开心，还是苦。"问题是，后来这个样样东西都要买齐才开心，与之前的领导阶级平等贫穷之间，有什么逻辑关系？对绝对平等的梦想，是革命的成果，还是革命的负债？

于是根生不安分，就去炒外烟，初步得手，胆子越来越大，最后当然人财两空，走投无路，在仓库自杀。也就在这时，那应该是 90 年代，大环境变了，书记退了，工厂卖了，宿小东做股东了，工人也要买股份了，实际上就是大规模下岗。水生、玉生弄不清东南西北，能做的只有带女儿复生去上坟，人生一世到墓地才明白。然后玉生病死。

小说带出的问题是，之前工人是领导阶级吗？之后工人是国家主人吗？之后的问题，双雪涛等年轻人会认真地对待，但路内笔下的工人阶级、工人，他们记得之前的事情，所以很难跑到伟大雕像下面静坐、怀旧。

邓思贤和水生都是技术员，在厂里画过很多图纸。既然宿小东已经把前进化工厂私有化了，他们也有理由去帮助别的私人工厂建设，这叫"另投明主"。邓是积极主动，水生是被动犹豫。

水生后来处境还不错，但是生活上，水生还是孤独一个人。

三 当代文学中的恋父：路内为什么不写自己真实的父亲？

作为一个社会学文本，《慈悲》是近几十年来最出色的描写工人阶级的长篇小说之一。用最简洁的方法，记录了在革命时代，工人们如何在名义上成为领导阶级，实际上却因为污染、穷困和内斗而历经苦难。后来又怎么在改革中，或者变成股东，或者下岗失业，又成为弱势群体。他们变成弱势群体的详情，以后我们要读王占黑的《空响炮》，二人退休以后，"男保女超"，可以看作《慈悲》的续篇。

但作为一个文学人物，在刚硬的根生衬托下，水生、玉生像水一样地活着，很苦，很善良，最后也都要到墓地——也可以说对得起师傅了，一辈子靠您的女儿；对得起书记了，也是靠党关怀的；对得起女儿了，放孩儿们去光明的未来；也对得起自己了，作为一个工人，也作为一个人。

余华写的是农民版的《活着》，路内写的是工人版的《活着》，既写社会学，也写人性。按李泽厚的说法："中国传统自上古始，强调的便是'天地之大德曰生'，'生生之谓易'。这个'生'或者'生生'究竟是什么呢？这个'生'，首先不是现代新儒家如牟宗三等人讲的'道德自觉''精神生命'，不是精神、灵魂、思想、意识和语言，而是实实在在的人的动物性的生理肉体和自然界的各种生命。其实这也就是我所说的'人（我）活着'。"[1]这是理论版的《活着》。

读完小说，再看后记，我们发现前进化工厂工人作为弱势群体，和水生作为坚强、慈悲的个人之间还有一个他父亲的身影：

---

1 李泽厚：《能不能让哲学"走出语言"》，《文汇报》（上海），2011 年 12 月 5 日。

　　九十年代末，我们家已经全都空了，我爸爸因为恐惧下岗而提前退休，我妈妈在家病退多年，我失业，家里存折上的钱不够我买辆摩托车的。那是我的青年时代，基本上，陷于破产的恐慌之中。我那位多年游手好闲的爸爸，曾经暴揍过我的三流工程师（被我写进了小说里），曾经在街面上教男男女女跳交谊舞的潇洒中年汉子（也被我写进了小说里），他终于发怒了，他决定去打麻将。

　　原来作家真实的父亲，一度靠三样技能生存——跳舞、打麻将、搞生产。而终有一天，"国家不需要他搞生产了，他退休了，跳舞也挣不到教学费了，因为全社会都已经学会跳舞，他只剩下打麻将"。但居然，作家的父亲能够靠每天打麻将，为家里挣来饭钱。"他很争气，从未让我妈妈失望，基本上都吹着口哨回来的。我们家就此撑过了最可怕的下岗年代……"

　　为什么不把这个父亲写出来呢？作家说："因为它荒唐得让我觉得残酷，几乎没脸讲出来。在厚重的历史叙事面前，这些轻薄之物一直在我眼前飘荡，并不能融入厚重之中。"为什么一定要融入厚重之中呢？原来《慈悲》有心要写成厚重的历史叙事。作家既责备他的父亲，同时又有一种深深的同情。一个工程师最后要靠教交谊舞、打麻将为生，就像电视剧《漫长的季节》中原公安队长后来教人跳拉丁舞。作家其实充满了怨恨，从这种对父辈命运的同情和怨恨出发，我们才可以理解《慈悲》。这种儿子对父辈的同情、怨恨，之前渗透在《生死疲劳》《古炉》《活着》《古船》等小说中，之后又延续到《平原上的摩西》等新生代作品中。只不过这些令儿子们同情、愤怨的父辈，之前是漏网地主、开明士绅，之后是下岗工人、跳交谊舞的工程师。当代文学中的这一种恋父（而不是弑父）的情结值得研究。

参考文献

施新佳:《游走在"真相"与"假面"之间：读路内的长篇小说〈慈悲〉》,《当代文坛》2016 年第 6 期

凌云岚:《小城故事变奏曲：评路内的小城小说》,《文艺争鸣》2014 年第 12 期

李海霞:《弱者的文学如何前行：论路内小说中的现实主义》,《现代中文学刊》2012 年第 6 期

林凌:《从"垂死"到"死亡"：路内三部曲与〈慈悲〉的一种比较》,《中国当代文学研究》2019 年第 3 期

王琨:《路内小说创作论》,《小说评论》2020 年第 5 期

李伟长:《随波逐流，或推波助澜：路内〈慈悲〉》,《上海文化》2016 年第 5 期

欧娟:《政治生态之外的生存境遇与精神气质：路内长篇小说〈慈悲〉读后》,《长江文艺评论》2017 年第 3 期

双雪涛《平原上的摩西》
双雪涛的东北故事

　　2022 年 6 月，哈佛大学、罗格斯大学和海峡两岸的两个基金会共同举办了"平原上的摩西：双雪涛与新东北文学"的线上论坛，与会的辽宁师范大学张学昕教授说："我们关注的是他们这一代'80 后'在写什么，像当年苏童、余华、格非、孙甘露他们面临的一个问题，即在'40 后''50 后'作家把各种题材都写尽的情况下，苏童、余华、格非他们也面临着如何突围的问题。在改革开放四十年以来，许多题材都被'70 后''60 后'写尽的时候，雪涛、班宇、郑执这一代作家，他们要打捞历史，他们要反抗遗忘，保存共和国在东北的这一段沉痛记忆和人性的哀伤，并在哀伤、失败中重建一种尊严。"

　　双雪涛们在写东北，但又不只是写东北。仅就《平原上的摩西》而论，小说既打捞历史，更关注现实，以平淡的语言写非常严重的甚至是惊悚的世界。看上去很简单，其实非常讲究技巧。《平原上的摩西》一共十四节，有七个不同人物，不同视角叙事，精巧拼出一个多层次的复杂故事。

　　因为人物转换太多，很难完全凸显每个人物的性格，有些细节也不无生硬之处。比如警察作为植物人，他的倒述不大自然。

但大部分小说里的细节，草蛇灰线细密安排，看上去是多种角度慢慢展开罗生门，实际上叙事圈套下面有一个非常有挑战性的二元结构——两家人对比，两代人交接。

一　1995年后，有人下岗，有人下海

李守廉和庄德增，两个男人曾是邻居，1995年之前两家处境相差不大。有几年，庄妻傅东心每天给李家的女儿小斐补习功课，因为她自己的儿子不爱读书，只喜欢运动打架。庄德增是厂里很空闲的供销科科长。李守廉是拖拉机厂钳工，活好，很受工友们尊重，丧妻以后也没有再娶，女儿便是他的一切。可是到了1995年，两家的处境都发生了很大的变化。李钳工下岗，庄科长下海。

关于工人下岗，双雪涛在上文提到的哈佛论坛上说："我是一个工人的儿子，我的父母其实都在我青春期的时候失去了工作，他们的父母也失去了工作。可能大家都在某一个时期，突然间父辈的尊严受到了考验。而且我觉得在某个层面上，他们失去的是一种乡愁，这种乡愁只能在工厂里获得。工厂粉碎以后，他们不仅失去了工作，也失去了自己的社团，失去了自己依附的某种信念。这是个比较严重的事情，而且据我的回忆，我觉得这个东西严重打击了他们的自信。一个父辈的自信是很重要的，即使自信是虚无缥缈的，也很重要。他们的工作只能在工厂里做，一旦脱离工厂，可能他们的价值就非常低了，非常小了。"

简单说就是，工人下岗，乡愁自信受打击。但这种工人阶级的自信尊严从哪里来，是不是本来就是一种"话语"，可以再讨论，或者回头看看前些年路内的《慈悲》。在《平原上的摩西》里，下岗以后，李家经济困难，李守廉为了帮助往日知青兄弟开一个中医诊所，花了很多钱。等到自己的女儿考了好成绩，要升学，要

付额外 9000 块钱，就极其困难。不过李钳工仍然不肯接受庄妻傅东心的金钱资助，坚持自力更生，艰苦地活下去。不仅穷苦，而且善良。

下岗、下海，不同命运有必然性，也有偶然性。卷烟公司税利多，拖拉机厂在没落，这是必然性。但是庄德增是供销科科长，还和厂长沾点表亲，后来居然用了傅东心画李斐玩耍的一张图，来做烟盒的包装，这些都是偶然。用他儿子的话形容，"因为他的运作疏通而造成的垄断，他的印刷机器和印钞机差不了多少"[1]。后来他又进入了房地产、餐饮、汽车美容、母婴产品领域，甚至电影片头的出品人里也有了他的名字。小说写姓李的下岗工人的很多美德，也没写庄姓的老板多么腐化（最多只是在洗浴中心过夜）。不过这部小说第九节，傅东心跟李斐父亲李守廉谈话，倒是透露了一个重要的细节——原来在 1968 年，傅东心的教授父亲被人打，李守廉路过把他救了。但是傅教授有个美国回来的同事，却被红卫兵用带钉子的木板打穿了脑袋。傅东心说打死这个叔叔的是庄德增，也就是她丈夫。当然，傅东心是结婚以后才知道这个事情。

什么叫故事？故事就是把一些本来不相关的事情，以一定的逻辑关系组合。于是我们看到了这样的故事：打死教授的红卫兵，90 年代下海发财了；曾经救过教授的工人，90 年代下岗后陷入贫困。两家人的命运对比，到底是在质问 90 年代为什么工人阶级地位下降，还是在检讨改革开放当中的社会人性危机和之前革命时代有没有关系？

除了两家人下岗下海重复对比，小说更主要的篇幅是写两代人的关系。这两个下岗下海的人，他们的子女有微妙的恋爱关系。

1　双雪涛：《平原上的摩西》，首次发表于《收获》2015 年第 2 期；天津：百花文艺出版社，2016 年。以下小说引文司。

穷和富是否世代传承？李斐遗传了父亲的善良，也获得了邻居傅老师的精英教育，所以对生活不失浪漫理想，她的天真形象无意中造就了庄家烟厂的成功。李家父女两代苦难命运和美德人品都有传承。另边厢，年轻人庄树也遗传了他父亲的某些品性，比如爱打架、暴力倾向，所以他让妈妈失望。但是他也不大愿意简单继承父亲的财产，最后自强不息，去当了警察，又正义、又暴力地维持这个社会的主流价值。当然这个主流价值里也有他父亲的权力和财产。

庄树的警察身份一开始好像是为小说的侦探格式而设，但有意无意之间却触及了一个敏感问题：下一代如何既反叛又保卫社会主流价值？作为小说悬念，警察蒋不凡"钓鱼执法"导致了一死两伤的案情，在"文革"当中救过人的李守廉，下岗以后生活困苦，还被警方怀疑成是暴力事件中的犯案杀手。警察的怀疑大部分是错的，但有一件事李师傅确实参与其中，这是贯穿整个小说的核心悬念。在意义结构上，也是小说要讨论的新的阶级矛盾的核心焦点。

事发时间是 1995 年 12 月 24 号平安夜晚上，李师傅和他十几岁的女儿李斐偶然坐上了便衣警察蒋不凡的出租车。李师傅说女儿肚疼要去艳粉街看中医，其实李斐身上带着汽油，想到某处高粱地放火庆祝圣诞——这是小姑娘跟男主角庄树的一个浪漫约定，其实男的那时候已经忘了这件事（十二年以后这个男人作为警察重新调查这个案件）。由于汽油味道和这对父女的形迹可疑，警察就在某处停车，想逮捕正在解手的李师傅，并朝李师傅开枪。这时偏巧有辆大卡车追尾撞上了停在路边的出租车，李斐被撞坏了腿，被撞成残废，而父亲看到自己女儿被撞伤了，情急之下就用砖打了警察，警察后来变成了植物人。这是小说家精心设计的一场有点不可思议的警民冲突，以这个暴力事件为象征，《平原上的摩西》实际上是要描绘新时代的阶级矛盾，这种阶级矛盾大致有三种基本形态。

二 新时代阶级矛盾的三种基本形态

第一是阶级分化，两个邻居，一个下岗，一个下海，之后，他们的生活命运完全不一样，就是分化。第二是贫富固化，阶级分化的成果，直接影响到下一代。第三是阶级冲突，警民关系紧张，权力机构帮助富人，弱势群体以暴力抗议。

小说里的人物对这三种形态都有不同的抵抗方法。对阶级分化的抗议，小说第六节写一群老工人在红旗广场领袖的雕像前面静坐，而且叙事角度偏偏是发了财的庄德增，他坐在出租车上看。当时庄正好从洗浴中心过夜出来，在那里招待了生意上的朋友。出租司机火气很大，因为庄让他绕来绕去，"我是开出租的，不是你养的奴才"，绕来绕云严重堵车。老工人们的静坐抗议也吸引了很多民众围观。司机问庄老板："你说，为什么他们会去那静坐？"庄说："念旧吧。"司机说："不是，他们是不如意。"言下之意，主席不在，党出了问题，偏了方向。当然这只是小说中一个出租司机的看法，并不代表作家的观念。但是《古炉》《生死疲劳》《活着》等当代文学的主流是检讨六七十年代革命教训，新一代作家双雪涛发出了不同的声音。司机抱怨的背景，就是庄老板的"先富起来"与李师傅的善良穷困。

青年学者刘天宇在《扬子江文学评论》刊文，考证小说里边的红旗广场，即沈阳中山广场。广场 1913 年由日本人修建，最初名为中央广场，广场中曾经有明治三十七年（1904 年）日露战役（日俄战争）纪念碑。苏战期间改叫红场，1968 年改称红旗广场。小说里说当时有人计划要拆掉领袖的雕像，代之以一个叫太阳鸟的雕像，刘天宇考证说是作家虚构的情节，现实当中太阳鸟的雕像在别的地方，而且也不是外国人设计的。这个虚构情节在评论家看来，代表"世界—文化"取代"民族—阶级"。[1] 不过评论者也指出，60 年代庄德增等红卫兵也正是在红旗广场集合，然后分头前往傅东心的父亲及其教授同事家中实行革命行动，救人或致人死伤。

如果说第一个层面对阶级分化的抗议看似有点无奈（静坐并没有用），那么对贫富固化又有什么办法抵抗呢？按照亚当·斯密的说法，分工与竞争是提高劳动生产效率的要素，对阶级固化的抵抗是《平原上的摩西》最用力、最用心的情景。耶鲁大学法学院教授丹尼尔·马科维茨认为功绩制（meritocracy）主张人们在机会平等的条件下公平竞争，成绩优异者获胜，最好的大学录取最出色的学生，收入最高的职位留给最有才能的人，只要大家在同一起跑线上，最后得到的不同，那是公平的，假如最后得到的东西是绝对一样的，那对于参加跑步的人也不公平，这是资本主义的基本原则。但是马科维茨教授依据一些数据，说功绩制实际上固化了社会等级，造就了新的世袭制。这个世袭制不是西方封建社会的爵位世袭。资料显示，在哈佛、普林斯顿、耶鲁、斯坦福这些学校，来自 1% 最富裕家庭的学生人数超过 60% 中低收入家庭的学生总数。原因不是大学依照家庭收入招生。大学招生还是依照成绩，依照课外活动、各种各样的表现。但为什么这 1% 的富有家庭能够把自己的小孩送进一流的学校？原来 meritocracy 的秩序，客观上也会达到现代的"贵族世袭"。说简单一点，有钱的人家，让自己的小孩获得更好的教育，从小学、中学、私人学校开始，用钱堆出来，进入更好的学校，毕业后又会成为富有的

---

1 刘天宇：《虚实之间：〈平原上的摩西〉社会史考论》,《扬子江文学评论》2022 年第 2 期。

阶级。换句话说,新的世袭制不是靠一个爵位,也不仅是靠家里给你财产,主要就靠非常好的教育。当然教育又跟经济相联系。[1]

中国的特殊国情,把现代性带来的很多问题都加速而且异化了。双雪涛的小说,看到了阶级分化会成为阶级固化——中学读得好,想升学要额外付9000块,而这9000块就是权势的一方给弱势群体设下的一道障碍。下海发达的庄家的妻子非常热心,要为下岗邻居的女儿出这笔钱,而且她特别帮这个工人的女儿补习了好几年,还教给她摩西的故事。双雪涛有意无意的一个神来之笔,就点中了"文革"以后新的阶级矛盾——两家的父亲已经阶级分化,怎么才能不影响他们的子女?有钱的,下海者妻子是知识分子,来教旁边善良的工人女儿,这成了整个小说乃至题目上的一个"文眼"。

阶级分化是两个工人下岗,一穷一富。"运动"中打死人的发财,善良工人穷困。但小说里却出现一个精彩情节:富人的妻子有心给穷人的女儿提供课外教育,甚至愿意帮她出学费。这就是企图防止阶级分化被世袭固化。社会上种种"9000块",哪里是同一起跑线,教育和别的竞争规则,已经或正在形成、促成了新的世袭制。

但是作家没有足够暗示,眼前的阶级分化,让一部分人先富起来,其背景也是为了反抗昔日"成分"血统的世袭。曾经有几十年,阶级身份在政治意义上也被固化。"地富反坏右"及"走资派",他们的子女、他们的家人,很难获得人民的身份。90年代坐在伟人雕像下的下岗工人,60年代也是从这个广场出发,分头去给教授们实行"专政"。

关于"十年"的研究很多,功过评价不一。但是一个共同的

---

1 〔美〕丹尼尔·马科维茨:《精英体制的陷阱》,王晓伯译,台北:时报文化出版企业股份有限公司,2021年。

见解，包括红卫兵的先锋张承志都指出，"血统论"是其中最大的失败。[1]《伤痕》情节简单粗糙，当时之所以引起全民关注，要害就是"血统论"，就是阶级身份的遗传。当时大家很少有人设想，假如王晓华的母亲真的是叛徒呢？那她的女儿一生就应该被歧视吗？

三　从政治身份到经济状况：子承父命的写作结构

"五四"小说有所谓"弑父"情结，当代小说主人公则大部分是同情父亲的命运，形成一种叙事模式。苏童《河岸》里的儿子，随父亲上船劳改；贾平凹《古炉》里狗尿苔替自己的外婆鸣冤叫屈；张炜《古船》里抱朴和见素两兄弟，或者读《共产党宣言》，或者谋生财之道，都为他们自己被迫害的开明士绅父亲鸣不平，甚至要继承父亲的遗志。这一种阶级身份的痛苦遗传，有的小说是从父亲的视角来展开，比如余华的《活着》，地主的儿子看着自己的儿子抽血而死，女儿难产身亡；莫言的《生死疲劳》，地主死后变牛、变猪、变狗，一直看着自己的儿女们挣扎、投机、做造反派，或者要把"文革"做成主题公园。

总之，一个常见的叙事模式是年轻主角（特别是男性的青少年），踩着父辈身份的阴影，以不同的方式替父鸣冤。《河岸》《古炉》里的小男孩，背的是长辈的政治身份的遗传，《平原上的摩西》中的下一代，反抗的是下岗工人困境的世袭，所以写的是阶级斗争新形势，用的是子报父仇的老方法。

但是在中国的语境，抱怨经济处境"世袭"，比质疑政治身份遗产更多自信，更少阻力，更容易获得大众共鸣。双雪涛在论坛发言说自己是工人的儿子，说90年代工人地位失落，但"工人的

1　张承志：《三份没有印在书上的序言》，引自《清洁的精神》，合肥：安徽文艺出版社，1996年，第190页。

儿子"，就像有些作家称自己是乡下人，是农民的孩子一样，是比较有底气的。假如说我是资本家的儿子，甚至教授的儿子，算了，还是不要特别提出。

双雪涛小说里这种男孩同情父母穷困、反抗父辈命运的写作模式，在情绪内容上成功地帮助同代青年渲染失落的苦闷，在叙述形式上也无意中延续了余华、贾平凹、苏童小说里子承父命的心理模式。

四　若无其事的暴力描写

除了父辈命运的具体内容和象征意义在短短数十年中已有变化，同情和反抗的方式，也有所发展。

《河岸》里儿子对父亲的同情必须压在心底，甚至只在无意识层面，表面上似乎看不起父亲（尤其当父亲自宫时）。《古炉》里的小男孩也是自然接受"黑五类"的身份世袭，最多偷偷摸摸儿童游戏般捣乱反抗。如果写暴力，那就必须很变形，比如苏童的《黄雀记》写绳绑、纸手铐等。

在这方面双雪涛小说的暴力因素比较直接，值得讨论。相比剥削阶级子女在革命时代的畸形抵抗，工人阶级在新时代的失落困苦，讲起来更理直气壮。但同时又会直接碰到法律和警察的管制，面对现有制度的管制。

在《平原上的摩西》里，作家戏剧性地对比了两个男人的不同命运，但他们的共同点，就是喜欢打架，冲动的时候使用暴力。李师傅如前所述，有很多美德，引用双雪涛的话，就是"一个不接受道德约束的雷锋"[1]。可是雷锋在当时就是道德标准。李师傅自己承认"文革"时候也扎伤过人，下岗时看到卖茶叶蛋的穷人被

1　双雪涛：《猎人》，引自《猎人》，北京：北京日报出版社，2019 年，第 209 页。

人欺负，他气急之下和人打架，一度想回家取刀，看到女儿美丽和平的形象才克制住自己，否则也不用等蒋不凡出场了，可能早已酿成惨剧。血性男儿庄德增在"文革"中用带钉的木板打死傅教授的同事，当然也是暴力分子。不过他发财以后反而和气了，醉酒也回家睡觉，这时警察成了维护强者富人秩序的暴力机器。

双雪涛近年获得宝珀理想国文学奖的短篇小说集《猎人》，其中有几篇艺术上精致的小说都涉及暴力。《杨广义》写一个工人阶级的侠客，以前也是工人，后来消失了，神出鬼没，他的刀法成了传奇：一棵树被劈成两半还活着；鸟被一分为二，像手术一样精准。他把一个作恶的纵火犯劈成两半装在袋里送到工厂门口，大家都惊骇，总而言之是非法使用暴力做好事。小说主角又是男孩，他父亲曾经被认为是这个杨广义的徒弟，受了牵连。男孩又和父母一起住在车间厂房里——这是双雪涛重复使用的一个情节，应该也是真实故事。某日有个二十七八岁的青年到车间来，说自己是杨广义，小孩将信将疑，还十分崇拜。《平原上的摩西》也写了当时轰动全国的"二王"追捕案，但改了若干细节，把犯人写成主要是劫富（但也没有济贫）。阎连科的《日熄》里也有类似的情节，强盗专抢富人别墅区，这样好像罪轻一等。值得注意的是双雪涛写暴力笔调非常平淡，若无其事，读了令人心惊胆战，颇能渲染年轻一代对贫富悬殊社会的犯罪欲望，以及它的变形和控制。

在小说《火星》中，地位卑微的男人应约到豪华酒店，将一包中学时代的通信，还给现已成为大明星的昔日女同学。男生在信的结尾都写"此致"或"敬礼"，代表了那个时代，可是现在还信的过程却充满了屈辱——到酒店要先交出身份证，以及人家不守时他要等，这些都是在现代化面前的低头。忍受现代性的屈辱，这是双雪涛小说主人公的常态。但是分手的时候他们随便拆了一封旧信，女明星把红蜡抠掉，一只八哥从里面飞了出来。这只鸟居然还能照镜子，最后又跳进信封。女明星害怕了，不要这些信了。但是桌上的信封震动起来，三五一行地立起来在茶几上走圈，如同游行一般。最后男人抽出一封信，一根绳子从中游出来，女明星发怒了，说，你就是一只臭虫，什么也不是，得靠吸我的血。这时绳子爬上明星的大腿，缠上她的脖子，最后拖着她的尸体钻回信封。这就是不动声色的惊悚、魔幻，一种复仇。

《猎人》里还有一篇《心脏》，写主人公（又是男青年）跟女医生一起用车送生病的父亲去北京，途中父子情感交流，最后父亲平静死去。我觉得这部小说典型体现了双雪涛们"为父鸣冤"的基本主题。

总而言之，《平原上的摩西》和《慈悲》一样，是当代中国小说中写工人形象比较出色的作品。小说描写了90年代工人成为弱势群体以后的三个抵抗方案：一是领袖像前怀旧抗议，二是以教育抵抗阶级关系固化，三是暴力幻想，杨飞刀、明星男友，还有警民冲突。这些幻想效果惊悚，有效宣泄不满，只是这种暴力与"十年"中这两个工人年轻时候的暴力的关系，也许更复杂一些。

参考文献

双雪涛：《我的师承》，《文艺争鸣》2015年第8期

王德威：《艳粉街启示录：双雪涛〈平原上的摩西〉》，《文艺争鸣》2019年第7期

曹翰林：《不作为方法的讲述：双雪涛笔下的故乡、个人命运与理想主义》，《文艺争鸣》2020年第10期

黄平：《"新的美学原则在崛起"：以双雪涛〈平原上的摩西〉为例》，《扬子江评论》2017年第3期

梁海:《镌刻记忆的"毛边":论双雪涛、班宇、郑执的东北叙事》,《扬子江文学评论》2022 年第 2 期

刘天宇:《虚实之间:〈平原上的摩西〉社会史考论》,《扬子江文学评论》2022 年第 2 期

丛治辰:《何谓"东北"？何种"文艺"？何以"复兴"？:双雪涛、班宇、郑执与当前审美趣味的复杂结构》,《中国现代文学研究丛刊》2020 年第 4 期

鲁太光、双雪涛、刘岩:《纪实与虚构:文学中的"东北"》,《文艺理论与批评》2019 年第 2 期

刘岩:《双雪涛的小说与当代中国老工业区的悬疑叙事:以〈平原上的摩西〉为中心》,《文艺研究》2018 年第 12 期

王占黑《空响炮》

上海工人下岗以后

　　理想国举办的宝珀文学奖是现在中国最重要的青年文学奖，第一届获奖者是 1991 年出生的年轻女作家王占黑。王占黑的第一部短篇小说集《空响炮》，和双雪涛的小说一样，也写 20 世纪 90 年代以后工人阶级如何变成社会上的弱势群体。自晚清以来，中国文学总是以同情弱者、同情民众、同情被侮辱被损害者为主流。可是工人阶级不同于其他弱者，不同于其他民众。这是一个革命时代的话语符号，当工人阶级居然成了被侮辱被损害者，可以说是老革命碰到新问题，革命文学传统发展到了一个新的阶段。

　　在当代文学的这个新阶段，路内的《慈悲》、双雪涛的《平原上的摩西》，还有其他一些中青年作家的作品，发展到了新阶段。一方面显示了 90 年代工人们陷入困境，在伟人雕像前平静抗议；或者犯法抢劫富人，导致警民暴力冲突。另一方面这些小说也有防止贫富悬殊走向阶级固化的一些美好方案。比如让工人重新做设计员，或者富有的知识分子来教下岗工人的儿女，并且以宗教的力量唤醒人性的平等，等等。当然，这些小说也会触及 90 年代工人阶级成为弱势群体与 60 年代"工人阶级领导一切"这两个时代之间的复杂逻辑关系。放在百年中国文学的发展脉络看，这也是工人形象在小说中最被重视的一个阶段，超过以前百年。

王占黑的小说，既不像路内的《慈悲》那样极简地压缩文字，也不像双雪涛的精心结构布局，而是一种比较老派的写实，细节非常丰富。她写的工人并不只是牺牲者，同时也不再领导一切。这些工人的处境具体来说是"男保女超"：男的做保安，女的去超市，都是普通人。其实，他们从来都是普通人，虽然活得辛苦，临死之前，还要在床上含糊地哼着"大吊车，真厉害，成吨的钢铁，轻轻地一抓就起来"——这是样板戏《海港》里边的著名唱段，象征着"工人阶级领导一切"那个特殊时代的声音。

《空响炮》2018 年出版，复旦大学的张新颖教授写序说："这本作品集，八篇小说，都不算长，我却读了不少时间，没法一口气读下去，读完一篇，必得停下来歇一歇，才能继续。"[1] 为什么要停下来想一想才能读下去呢？因为这些看起来鸡毛蒜皮、东长西短的故事，都关系着一个严峻的主题：工人阶级的历史命运，以及工人作为人怎么活着？

在《平原上的摩西》里，工人阶级在 90 年代命运起伏非常大，在"文革"中打死过人的供销科科长，下海后成为成功企业家；在"文革"中救过人的钳工，却成为被警察追捕的嫌疑犯。王占黑的短篇《麻将，胡了》也写了两个工人好朋友的对比，一个叫吴光宗，一个叫葛四平，两个人搓了一辈子的麻将，当了一辈子上下家，吵架像冤家，其实很讲义气。两人都是人到中年才从电机厂下岗，命运没有多大的反差。葛四平和他的工友换了不少工作，"卖保险闹猛过一阵，搞外贸也闹猛过一阵"[2]，闹猛，是沪语，就是热闹过一阵儿。"如今稳定下来，走两条基本路线，男保女超。男的老来

1　张新颖：《空响炮·序》，引自王占黑：《空响炮》，上海：上海文艺出版社，2018 年，第 1 页。
2　王占黑：《空响炮》，上海：上海文艺出版社，2018 年。以下小说引文同。

都当了保安，女的都在超市收银"，都成了弱势群体，却还有相当自豪的阶级意识，他们说"城里各个角落的值班亭，都埋伏着我们的同志"。

吴光宗显然也是"我们同志"之一，而且比一直单身、害怕家庭、比较躺平的葛四平更加会折腾。小说写"上世纪九十年代末，必定是对对吴（吴光宗的外号）这辈子浪头最大的时候"，浪头最大，就是最出风头、最有作为的意思。"他太忙了，扛着家伙满城赶场子，酒席上香烟红包拿到手软，一双眼睛也跟着长到天上去了。白天干活，晚上同一帮小老板花天酒地。等抬起头来，大变天了，录像不流行了，婚庆一条龙兴起，对对吴的熟人生意再难做开，很快就被淘汰了。此后对对吴修过空调，搞过装潢，再难威风。"后来，"对对吴又搞了一辆桑塔纳，想找人搭班跑出租"，也不成功。最后还是和葛四平搭班做了保安。他的这一大段就业史也是他的挣扎史。像吴光宗、葛四平这样的工人，和"宝总"同时代，也同样可能在黄河路追"浪头"，却是被王家卫的镜头忽略的上海人。他们也在90年代商业大潮中折腾，卖保险、搞外贸、婚庆一条龙等，但也都没有发迹。"宝总"、庄德增毕竟太少了。他们的实际命运好像更接近路内想写而没写的他父亲的经历，最后靠打麻将谋生。他们没办法的时候就去做医院护工或挂号的黄牛，也不会到伟人像前去静坐——因为他们记得在伟人那个时代，他们还不可以打麻将。

因为被欺负而有暴力的反抗更不可能。对对吴有一次很气愤，因为他的仇家举报他们打麻将聚众赌博，警察抓走了葛四平，他就去找仇家武力交涉，结果最后自己也受伤。所以，一旦被举报，警察来了，还是你们吃亏，管你是工人阶级还是谁。

小说的高潮在后面。吴光宗生癌了，躺在医院里，医生不让多吃，不让抽烟，但是病情恶化，人受不了，疼得要命。终于有一天，葛四平和其他工友给这个病人送来了整整一桌的饭菜，还违反医嘱，给他点上一支真的香烟。病人骨瘦如柴，笑中带泪。《海港》的主题曲就是在那个时候唱起来的，"大吊车，真厉害"……我看到这个场景，想起来自己认识的几个钢铁厂工友，不禁感动（在很多后现代的文本技巧那里，我已经学会不要被感动）。

在《慈悲》和《平原上的摩西》以后读王占黑的小说，我们更可以看到工人阶级形象重回当代文学的历史发展线索。

王占黑写工人也是男女有别。男人们除了麻将桌外，就是各种失败的打拼，卖保险、搞录像、开的士、做黄牛，等等。那么女人呢？有一篇小说《美芬的小世界》，居然能够沿着张爱玲或者王安忆的笔法，去写女人身边的物件，胸针、围巾、布料。一个广场舞大妈的白日梦，就是盼望女儿婚礼上自己能够穿几套令姐妹们刮目相看的旗袍或裙子。她这些等待重大场合的衣服已经被精心制作认真修改了很多次，喜欢的料子，别致的式样，反复斟酌的颜色。这些衣服在衣柜里珍藏了好几年了，几乎是退休女工美芬的全部精神寄托。一系列物化的辛酸，一片母亲的爱心。然而女儿嫁给了香港人（香港又一次成为不同于上海的符号），居然决定不办婚礼，也不要小孩儿。美芬也是城里人，所以珍爱女儿也尊重女儿，但是她的白日梦也就一直锁在她的衣柜里了。

双雪涛精于构思，简洁有力；王占黑，注重细节，朴素写实。王占黑小说有意无意延续了契诃夫或者叶圣陶以来的朴素写实传统，这样写的女作家现在不太多。语言上也尽量接地气，虽然不像金宇澄那么大规模，但是她也试图用一些上海的方言，比如灶头间、交关响、碗也不想汰、拗断、屏不牢、好料作、豁急，既增加了地方色彩，也突出了劳工生活的地气。

年轻女作家，也写新时代的穷人住宅区。"上世纪九十年代的小区住到现在，有小孩的，小孩都走了，有钱的，看准房价搬迁了。剩下都是些老的，穷的，也有像赵光明这样新加入的外地人"，她的视角总在老人院、棋牌室、卖菜的小贩等。小说《怪脚刀》，写隐形作者自己生活的小区，有第一手的感性经验。近距离写实，更能够体现小人物、社会底层。也不一定是产业工人，《老菜皮》，写穷人、老人聚集的小区门口有一菜农，土黄色的削尖脸，蓝色的工人帽，一天两趟卖小青菜，风雨无阻。"扒分"，就是赚钱特别刻苦，斤斤计较且守信用，东西比别人好。尤其在下雪天，"老菜皮高高举起手中的两把小青菜，像挥着革命大旗"。小市民语境里掺杂着宏大叙事，效果就很像张爱玲写菜市场的《中国的日夜》。后来老菜皮不见了，出现在本地的《晚间新闻》，说他路上被人偷了300多块钱，报案无果，连续生病，突然就死了。大家感慨一番，很快也就忘了这个人。

王占黑是现在上海的年轻人，笔下却是 old school，延续着《孔乙己》或者是《多收了三五斗》的笔法。

也不一定个个是受难者。小说《演说家吴赌》写一个奇葩人物，坐巴士喜欢揩油，不付车资，身靠投币箱和司机搭讪，然后跟车上的各种乘客吹牛闲聊，吹自己的成绩、旁人的八卦。其实就是宣泄转移他的失败人生，用的是《华威先生》式的素描法，但不写官僚，只写小人物，又是一个失败的工人。

偶尔王占黑也写些奇怪的人与事。《偷桃换李》中，火葬场里两个死人对换了身份、人名，包括他们的社会关系。原来是两个男人，不仅活得没意思，对死也害怕，觉得死了以后要被人追究，一辈子对不起女人，怎么办？他们商量好了，再请另外一个人帮忙，给他们调换。情节荒诞，悲剧心理却也普遍。老人们在临死之前也还回想到一生当中的高光时刻，做梦又到了天安门广场：

　　我赶到的辰光，毛主席已经走了，红卫兵也走光了。满地都是鞋，解放鞋，白球鞋，草鞋，还有臭洋袜，踏烂的标语，旗帜，小钞票，扁掉的军用水壶。我就喊，阿大，阿大啊。没人理我。我兜了一圈，碰到好几个小队，我就跑上去问，你们看到陶立庆了吗。人家都摇头。

　　我累死了，在金水桥边坐一歇。我们阿大突然坐过来了！伊讲，爸爸放心，我鞋带绑得不要太牢，绝对不会叫人家踩掉的。伊伸出脚，我望过去，大腿小腿上全是鞋带，勒出血印子来噢。

　　这段金水桥梦，可以跟《平原上的摩西》的广场静坐文本互读，也可以跟《活着》里边福贵儿子的鞋子细节遥相呼应。

　　王占黑的大部分小说都是写实片段，但偶尔也有奇妙的象征。小说集的书名叫《空响炮》，同名小说放在第一篇总有它的道理。这篇小说写的是过年不准放鞭炮了，一开始像双雪涛一样，直接涉及干群矛盾。小说从卖炮仗的赖老板、他隔壁的李阿大、沉迷于鞭炮的邻居瘸脚阿兴、戴红袖章的街道干部烫头、年初一开头班车的马国福、负责扫街的工友老棉袄，一共六个人物、六个不同角度展开叙事。从过年不准放鞭炮，看到了多方位的社会反应：炮仗老板沮丧；隔壁老板的女儿转型卖电子炮赚钱；瘸脚阿兴没炮仗就火大；街道干部非常紧张，贯彻上级指示，但是听到附近有鞭炮声又很高兴，说这是隔壁小区拿不到红旗了……围绕禁止鞭炮，几乎可以看到后来上海动态清零的封城情景。多角度写官民矛盾，《空响炮》也有点追袭《秧歌》的小说结构。

　　最后的意象更加令人深思。过年时大家突然听到一阵爆竹声，群众又害怕又兴奋，干部首先看是不是在自己的小区，从担心到庆幸。其实是什么？人们跑去一看，哪里是放鞭炮，原来是过不了瘾的瘸脚阿兴买了很多气球，在空地上一一戳破，发出大家怀念的"爆竹声"。

这就叫空响炮，象征什么？象征新时期的新成就：旧传统、新包装、人心在、空响炮？

参考文献

王占黑：《不成景观的景观》，《大家》2018 年第 1 期
黄平：《定海桥：王占黑小说与空间政治》，《小说评论》2020 年第 4 期

陈春成《夜晚的潜水艇》

沈从文风格如何在新世纪生存?

读当代小说,读完以后觉得好,写评论也很有可说,但是读的过程有点苦。为什么?

第一种是故事苦。《日熄》里,儿子看到父亲把火葬场烧尸以后的"人油"搬来搬去;《河岸》里,男孩目睹自己的父亲自宫;《陆犯焉识》里,劳改犯互相折磨,人被马拉得头皮粘在草地上。

第二种是叙述苦。《古炉》全篇贯穿"屎尿屁";《一句顶一万句》句式烦琐,细芟拧巴;《繁花》也是碎碎念,细密写实主义令读者沉闷。即便是较年轻的双雪涛等作家,看似浪漫精致的文字,打开内涵也是苦闷结构。

盼望有读上去不苦,甚至郁郁葱葱、赏心悦目,却仍然是好的小说,于是,我们读到了陈春成。

一 《竹峰寺》:教材式的优美小说

陈春成,1990 年出生,福建青年作家,近年已经颇受各种奖项的关注,他的短篇小说集《夜晚的潜水艇》获得了宝珀理想国文学奖,也入选了《亚洲周刊》年度十大小说。陈春成的小说显示了沈从文、汪曾祺风格如何在新世纪继续生存,《竹峰寺》就是一部几乎可以从语言、意象、人物、细节几方面称赞的类似语文教材的作品。

先看语言。

> 山中的夜静极了。连虫鸟啼鸣也是静的一部分。

> 白天,寺院中浮动着和煦的阳光,庭中石桌石凳,白得耀眼,像自身发出洁白的柔光。

> 有时我也去慧灯和尚的禅房里,向他借几本佛经看看。有一些竟是民国传下来的。经我央求,才借给我。竖排繁体,看得格外吃力。不一会,又困了。有时从书页中滑落下一片干枯的芍药花瓣。也不知是谁夹在那里的,也不知来自哪个春天。已经干得几乎透明,却还葆有一种绰约的风姿。而且不止一片。这些姿态极美的花瓣,就这样时不时地,从那本娓娓述说着世间一切美尽是虚妄的书卷里,翩然落下。

> 芍药环寺而种,,遍地绮罗,烂漫不可方物。花香炉香,融成一脉,满山浮动。[1]

陈春成在别的小说,比如《传彩笔》里还专门介绍过锤炼文字的乐趣与痛苦,所以《竹峰寺》里刻意描绘仙经佛气的文字,也是为了虚构一种貌似跟现实无关的桃花源场景。

小说情节很简单,主人公因为不舍得福建家乡旧屋被拆,便

---

[1] 陈春成:《夜晚的潜水艇》,上海:上海三联书店,2020年。以下小说引文同。

执意想把家乡唯一旧物——旧屋的钥匙（房子没了，还留个钥匙），保存到竹峰山上的一个庙里。为此主人公在庙里住了一阵，还调查了这个庙的历史。

从前有座山，山上有座庙，庙里有个老和尚和小和尚，老和尚给小和尚讲故事：从前有座山，山里……这是一个中国故事的最原始形态，现在主人公是一个现代的青年，他讲什么？"竹峰寺始建于北宋，寺中传下来的刻有元丰字样的石臼、石槽可以证明。后来几经劫乱，屡废屡兴，规模在乾隆年间达到鼎盛。"寺中曾有一块蛱蝶碑，传说是明代书生寄居庙中，仿王右军体抄《法华经》，其中部分抄文被刻成这块碑。60年代"破四旧"时，山上的僧人怕小将给毁了，就把这块碑藏起来。结果其他东西、佛像都砸了，里边的东西都被毁掉了，那块碑他们始终相信还在，但是找不到。

小说虽然整体上像篇游记，却也有人物。"我"住竹峰寺时，庙里有两个和尚，慧航、慧灯。慧航30多岁才出家，大学时，不知犯了什么错误，没有拿到毕业证，回乡后开过茶馆、澡堂，现在是一个热衷搞关系、振兴经济、想做政协委员的和尚。另一个是慧灯和尚，红尘谋生，辛苦几十年，老来受戒，经营寺庙。经营无方，但是信仰坚定，明知石碑在哪里，可以开发振兴古庙，却不肯说出来。

两个和尚相当典型，一个与时俱进，一个不忘初心。

高山深处难逃红尘，小说里的"我"最后发现，这块古碑面朝下被做成了人们天天走路的石桥。主人公也不作声，只把老家的钥匙放在古碑的旁边。意思当然就是传统文化精华就在我们日常生活当中，为了躲避政治冲击，也要拒绝经济开发。

小说的主题和象征都有些刻意精致，所以有点像课本，让学生容易找到中心思想。但小说中另有一些闲笔更加动人，比如"我"在寺门外石阶上坐着看天一点一点黑下来。此地有个说法，说是人不能在外面看着天慢慢变黑，否则小孩不会念书，大人没心思干活。

　　坐了几个黄昏，我似乎有点明白了。有一种消沉的力量，一种广大的消沉，在黄昏时来。在那个时刻，事物的意义在飘散。在一点一点黑下来的天空中，什么都显得无关紧要。你先是有点慌，然后释然，然后你就不存在了。那种感受，没有亲身体验，实在难于形容。如果你在山野中，在暮色四合时凝望过一棵树，足够长久地凝望一棵树，直到你和它一并消融在黑暗中，成为夜的一部分——这种体验，经过多次，你就会无可挽回地成为一个古怪的人。对什么都心不在焉，游离于现实之外。本地有个说法，叫心野掉了。心野掉了就念不进书，就没心思干活，就只适合日复一日地坐在野地里发呆，在黄昏和夜晚的缝隙中一次又一次地消融。你就很难再回到真实的人世间，捡起上进心，努力去做一个世俗的成功者了。因为你已经知道了，在山野中，在天一点一点黑下来的时刻，一切都无关紧要。知道了就没法再不知道。

　　比起逃过"破四旧"又躲过经济开发的古石碑来，这种目睹天一点一点黑下来的感觉，象征意蕴更加复杂，更加深远。陈春成的小说只是逃避现实吗？当年《边城》空灵秀美，其实也是有意挑战 20 世纪 30 年代左翼及西化文化主流。汪曾祺一面写小和尚的性启蒙，一面亲身介入革命样板戏的创作，可见中国小说，再超脱的桃花源，也有其政治背景。

二 文字桃花源的多重世界

《裁云记》，另一篇短篇小说。陈春成的主人公在一个云彩管理局的修剪站工作，修剪云彩，维护机器，打印广告。

> 云彩管理局是个历史悠久的机构。很多年前，当时的元首要来本地视察，全市如临大敌，把街道扫荡得纤尘不染，建筑外墙全部翻修。长得歪歪扭扭的树都拔了，重新种上笔管条直的，树冠修成标准的圆球状。流浪狗一律击毙，拖走。为防止产生异味，街上所有垃圾桶不准往里丢垃圾。元首来了。是日天朗气清，上午九点钟，街上人车皆无，草木肃立，重重大厦在阳光下熠熠生辉。元首背着手逛了一圈，很是满意，对身后官员们说："你们这个市容管理得很好嘛！街道干净，绿化也不错。就是今天天上这个云，怎么破破烂烂的。你们看像不像一块抹布？"

据说领导也只是打趣，未见得真的对云彩有意见。可是视察结束以后，云彩管理局就成立了，以后所有的云都成了卡通画里的样子，"流云""落霞"等都要修改。经过高科技处理以后飘出来的云都像是一块一块可爱的饼干。没有人会对领导关于云彩的即兴指示提出异议。

这当然也是某种科幻小说，儿童版科幻小说，或者说是魔幻现实主义，5%的魔幻，95%的现实。其实想深一点，现实本身非常魔幻。

陈春成追求文字的精致非常自觉，非常痛苦。短篇《传彩笔》写一个寓言。姓叶的作家在梦中跟一个老人在亭子里谈话。公园罩在浓白的雾中，仿佛与世隔绝。他们从韩愈、袁枚说起。老人问：

"如果你可以写出伟大的作品，但只有你自己能领受，无论你生前或死后，都不会有人知道你的伟大——你愿意过这样的一生吗？"作家在梦中说，好。于是他收到了一支笔。第二天写作，"用了两个结实的自然段就捕捉到了竹林中的落日，轻松地像摘一枚橘子，阐明了竹叶、游尘、暮光、暗影和微风间的关系，删掉了多余的排比和不克制的抒情"。当然这是作家夫子之道，陈春成非常努力地捕捉具体自然物象之间的抽象哲理关系。但是当小说中的作家把文本输入电脑，发给报刊编辑后，报刊编辑却说，只收到了空白的文档。"我拿着稿纸去厨房找妻子。在递给她的一瞬间，我看到纸上的字尽数消失了，像莲叶上失踪的朝露。"于是，这个作家好像签了一份反方向的浮士德契约，不是为了利益出卖灵魂，而是为了灵魂必须放弃世俗。

> 我写下了这一秒钟内世界的横截面。蜻蜓与水面将触未触，一截灰烬刚要脱离香烟，骰子在桌面上方悬浮，火焰和海浪有了固定的形状，子弹紧贴着一个人的胸膛，帝国的命运在延续和覆灭的岔口停顿不前而一朵花即将绽放……

这是新一代作家想要用文字占领时空瞬间的一些数码想象。

小说中作家得笔三年以后，写了很多自觉伟大的文字，但一个字也不能传播，不能被世人阅读。这是文学家的宿命？这是陈春成的梦魇？

陈春成是幸运的，他的文字不仅进入梦境，也被世人看到，连续获奖。张爱玲生前也没有出版过她的杰作《小团圆》，并没有真的坚持要烧掉书稿。一个人怎么对待自己的文字，其实也是怎么对待自己的生命。生命其实是短的，作品更长。

偶尔陈春成也尝试科幻加武侠。《〈红楼梦〉弥撒》，从万历十四年（1586 年）写起，主要篇幅在公元 4876 年。有个年迈的从 1980 年活下来的犯人，在秘密监狱被美貌神奇的袭春寒女侠拯救，逃到一个在土地下面潜行的地下航母里，脑洞大开。见到几千年后一个叫洪一窟的红学会会长，秘书长叫李茫茫，理事叫张渺渺、麝星、檀烟、焚花等。这些未来的侠客名字非常金庸腔。原来这个犯人被救的原因是要让他回忆《红楼梦》，因为书没了，谁都不记得了。所以四千年后因为经过几次星球大战，《红楼梦》成了世界的《圣经》，全宇宙都在寻找。

另一篇《音乐家》却是用苏联背景的侦探包装实验文字，写通感。小说里有六段六段内容幻想音乐和文字的关系，写如何演绎音乐。有一警员，他的一件童年往事令人印象深刻——

> 库兹明自小羞怯，文弱，习惯了受欺负，因此对其他警员的作弄处之泰然。他童年唯一的爱好是用玻璃箱盛满土壤，在里头养蚂蚁。蚂蚁们浑然不知巢穴的每个角落都已暴露在人类的目光中，依旧忙忙碌碌地挖掘，搬运，分泌，摇摆着触角。玻璃是多么奇妙的物质，让地底的秘密一下子变得直视无碍。他精心地伺候着它们，又频频制造着灾难，往洞口灌水，熏烟，间或随机碾死一两只蚂蚁，或者扔进一只马蜂。看着蚁群一团溃乱，他忽然意识到这原是属于上帝的享乐。库兹明每天迷醉地瞧着，摆弄着，直到有一天那玻璃箱被高高举起，在他的尖叫声中，被愤怒的父亲在地上摔得粉碎……而现在，他可以从容地坐在巨大的档案柜间，在明晃晃的灯光下恣意浏览，再也无人干扰。库兹明感到一阵幸福，他觉得整个城市都放进他的玻璃箱了。

他现在在做文化警察，监视很多人的种种活动。

相比《〈红楼梦〉弥撒》或者《音乐家》等复杂的故事，短篇《李茵的湖》，非常朴素，倒是小说集《夜晚的潜水艇》里最动人的一篇。李茵是"我"过去且已经去世的女友。小说不写爱情如何迷人、传奇、激烈，只写两个人在一个破花园里找到一个破败安静的角落。他们在花园一角什么也不做，度过了很多时间，后来又一起寻找承载儿时记忆的草地。《李茵的湖》的风景文字最少技巧，但写得最美。陈春成有自觉的形式追求，常常喜欢在故事中套故事，在文本中插文本，而且非常注重山林野趣、乡间生态，有时又穿插奇幻玄思，像早期的沈从文，但《李茵的湖》却格外朴素。陈春成一般来说不大擅长写女性，但这个短篇是一个例外。

有次笔者和阎连科一起在香港科技大学对谈，谈到新生代创作可以突破的方向，阎连科很郑重地向年轻的作者推荐陈春成，说这是沈从文、汪曾祺的风格。当然，在沈从文、汪曾祺的时代，文字桃花源都包含独特的世界观，也都是文坛的边缘，甚至一度被排斥。不知道在21世纪新时代，陈春成等人的路会不会好走一些。

参考文献

王德威：《隐秀与潜藏：读陈春成〈夜晚的潜水艇〉》，《小说评论》2022年第1期

李静：《"内向型写作"的媒介优势与困境：以陈春成〈夜晚的潜水艇〉为个案》，《中国现代文学研究丛刊》2022年第8期

图书在版编目(CIP)数据

21世纪中国小说选读 / 许子东著 . -- 北京：九州
出版社, 2025. 5. -- ISBN 978-7-5225-3903-4

Ⅰ . I207.42

中国国家版本馆 CIP 数据核字第 2025FU0034 号

21世纪中国小说选读

作　　者　许子东 著
责任编辑　周　春
出版发行　九州出版社
地　　址　北京市西城区阜外大街甲35号（100037）
发行电话　（010）68992190/3/5/6
网　　址　www.jiuzhoupress.com
印　　刷　山东临沂新华印刷物流集团有限责任公司
开　　本　965毫米×635毫米　16开
印　　张　24.75
字　　数　310千
版　　次　2025年5月第1版
印　　次　2025年5月第1次印刷
书　　号　ISBN 978-7-5225-3903-4
定　　价　99.00元